LA LEY DEL MANANTIAL

**Títulos del autor
publicados por Editorial Atlántida**

EL JUICIO

EL ALEGATO

LA LEY DEL MANANTIAL

CLIFFORD IRVING

LA LEY DEL MANANTIAL

Traducción
María Cristina Cochella de Córdova

Editorial ATLANTIDA
BUENOS AIRES • MEXICO

Ilustración de tapa: Joseph Veruet, *Morning Bathers*, 1772.
Diseño de interior: Natalia Marano

Título original: THE SPRING
Copyright© 1996 by Clifford Irving.
Copyright©Editorial Atlántida S.A. 2000.
Derechos reservados para América del sur: EDITORIAL ATLÁNTIDA S.A.
Primera edición publicada por
EDITORIAL ATLÁNTIDA S.A., Azopardo 579,
Buenos Aires, Argentina.
Hecho el depósito que marca la ley 11.723.
Libro de edición argentina.
Impreso en España. Printed in Spain. Esta edición se terminó de imprimir
en el mes de marzo del 2000 en los talleres gráficos Rivadeneyra S.A.,
Madrid, España.

I.S.B.N. 950-08-2297-0

Fic
Irv
Spa

3/01 NLA Grant

Nota del Autor

El idioma utilizado ocasionalmente por algunos de los personajes de *La ley del manantial* no es una fantasía. Es una variante del *boontling*, un auténtico dialecto del inglés estadounidense —una especie de lunfardo—, desarrollado alrededor de 1890 por los colonos del valle Anderson del condado de Mendocino en California y transplantado con posterioridad a una zona remota de las montañas Elk de Colorado, donde sufrió una metamorfosis y se convirtió en el dialecto llamado *springling*. Aunque el dialecto va muriendo lentamente, algunas personas aún hablan *boontling* en Bonville, California (donde hay un café llamado Horn de Zeese, que significa "taza de café"). La variante de Colorado, para la persona con buen oído, todavía se habla al sudoeste de Aspen, cerca de Springhill y el pueblo fantasma de Crystal City.

Para el lector curioso o intrigado, al final del libro he agregado un glosario de las palabras en *springling* que utilizo en el texto, con su correspondiente significado. *

Estoy agradecido a muchas personas de Colorado por la ayuda que me brindaron en mi investigación. Entre ellos: Bob Braudis, comisario del condado de Pitkin; Ann Stephenson, asistente del comisario; Steve Crockett, coordinador de Procedimientos de

---

* Nota de la T.: En la presente traducción se han adaptado estos términos al castellano de manera de producir un efecto fonético más natural.

Emergencia; Mac Myers, abogado defensor de Aspen; Steve Ayers, ex médico forense; doctor Robert Christensen, odontólogo forense; Duchess McCay, oficial de seguridad; Tom Dunlop, del Departamento de Sanidad Ambiental; Reid Haughey, administrador del condado; David Williams, de la Décima División del Sistema de Albergues de Montaña; Hank Charneskey, de la Asociación de Mineros; Brooks Hollern; y Lila J. Lee, directora de la Sociedad Histórica del condado de Mendocino.

Mi especial agradecimiento a Robert Lewin, Maureen Earl y Maurice Nessen por su apasionado trabajo de edición; a Frank Cooper por su entusiasmo sin límites; y a Julie Schall por su paciencia y devoción cuando me interné en las montañas.

C. I.
Bonnieux, Francia

Este libro, con mi amor, es para Margo.

En memoria de
Fred Schoneman

Prólogo: Acontecimientos en el paso Pearl

El campamento base de los buscadores estaba a dos mil ochocientos metros de altura, cerca de la hoya Lead King, en la zona desierta cubierta de nieve de las Maroon Bells. El grupo estaba formado por una pareja de ancianos, un hombre joven y una mujer joven. Al amanecer el aire estaba frío, perfumado con el aroma dulzón de los pinos, y el anciano, el líder, se colocó la mochila y se colgó al hombro una escopeta Beretta semiautomática. Tenía noventa y cuatro años, sus cabellos eran blancos y su rostro largo y enérgico parecía tallado en roble oscuro. En el pasado su estatura había sido de un metro noventa y dos, pero durante la última década se había encogido más de cinco centímetros. Parecía rondar los sesenta y cinco años, pero poseía la vitalidad y la fuerza de un hombre mucho más joven.

El anciano se ubicó a la cabeza del grupo y los cuatro comenzaron a caminar rápidamente a lo largo del brazo norte del río Crystal. Caminaron hacia el este siguiendo una picada que se enroscaba como una lombriz a través del corazón verde oscuro del Parque Nacional White River de Colorado. Sobre ellos, un buitre volaba lentamente en círculos en un cielo que cambió con rapidez del plateado a un azul intenso y brillante.

El hombre joven llevaba un arco de grafito, una mira telescópica electrónica y flechas de punta ancha de acero. Las mujeres no llevaban armas. Los cuatro iban en busca de una pareja que

11

conocían muy bien, un hombre y una mujer llamados Henry y Susan Lovell.

Al mediodía, se hallaban cerca de los tres mil trescientos metros de altura, al sudoeste del paso Pearl. El líder miró su reloj, que indicaba la altitud, la presión barométrica y la temperatura.

La temperatura de agosto se había elevado a veintisiete grados.

—Busquemos un poco de sombra —sugirió el arquero—. Y podría ser un buen momento para almorzar.

El líder sacudió la cabeza.

—Cómete un chocolate, jovencito. No podemos detenernos.

En las zonas bañadas en sombras de los picos de las montañas, los bancos de nieve duraban hasta bien entrado el verano. Los buscadores llenaron sus sombreros con trozos de nieve de la última primavera y se los colocaron con la copa levantada para permitir que el aire circulara alrededor de sus cabezas. Se sentían cómodos en la alta montaña; los cuatro habían nacido a menos de cincuenta kilómetros de distancia, en la aldea de montaña de Springhill. Durante el invierno, esquiaban a campo traviesa o se calzaban raquetas para nieve y recorrían los senderos que los indios Ute habían abierto en el bosque. En verano, realizaban largas caminatas o paseos en bicicleta por los mismos senderos. A ambos lados de los senderos, el mundo era un bosque silencioso.

La esposa del líder cumpliría noventa y dos años al día siguiente. Era una mujer callada, aún atractiva y de buena figura; sus ojos eran de color gris acerado y transmitía una sensación de tranquilidad que flotaba a su alrededor como un aura. Nadie que no perteneciera a la comunidad de Springhill podría haber soñado que tenía más de sesenta y cinco años.

A cuatro mil setecientos cincuenta metros de altura, en la tundra alpina, llegaron a un paso angosto donde la picada desembocaba en una cornisa filosa que descendía de las cumbres de las montañas al oeste del paso Pearl. Los caminantes aminoraban la marcha cada veinte minutos para beber agua de sus cantimploras. El viento gemía sobre sus rostros, y a las cinco la temperatura bajó a dieciséis grados. Cuando oscureciera, disminuiría a cuatro grados o menos.

El anciano líder había notado a lo largo del sendero señales que los otros no habían visto.

—Estamos cerca —les dijo—. Creo que podemos acampar aquí.

—¿Tienes apetito? —le preguntó su esposa.

—Podría comer una mula cruda y la cola de un zorrino —le respondió el anciano mientras se sentaba sobre un tronco caído.

Los alces habían estado ramoneando allí entre los escasos arces de montaña, y su olor aún flotaba en el aire.

—Éste es el momento del día que más me gusta —comentó su esposa.

Se sentó en el pino caído y se puso un suéter. Extrajo de su mochila un pequeño pastillero de plata que había comprado en la *rue* de Rennes, en París, hacía más de treinta años. Retiró una aspirina entera y un inhibidor de calcio y tragó las dos píldoras con agua fría de su cantimplora.

Su esposo le apoyó una mano huesuda sobre un hombro.

—¿Estás cansada, querida?

—Mis piernas —respondió la mujer—. Hagas lo que hagas, el tiempo no perdona. —Lo miró con afecto, pero sus ojos grises estaban menos calmos que lo usual.

—Pudo haber sido peor. Podrían haberse dirigido directamente hacia Wyoming. —Por unos instantes, el anciano olfateó el viento; estaba haciendo deducciones, midiendo las posibilidades. —Creo que entrarán en razones. Lo discutiremos. Henry Lovell y yo nos conocemos hace muchos años. Según dicen, para un caballo viejo hace falta una pica dura.

Cuando había desempacado la mitad del equipo de acampar, levantó la vista y vio la expresión de preocupación en el rostro de su esposa.

—Querida —le dijo—, es algo que debe hacerse.

—Lo sé. Pero no quisiera tener que hacerlo. Tú y Henry son viejos amigos. Susie y yo éramos muy unidas. Mañana es mi *guño*. No pensaba festejarlo de este modo.

Susan Lovell había llevado los libros en la cantera de mármol de Springhill hasta que su vista empeoró. Henry Lovell había sido un excelente ebanista. Cuando los buscadores se casaron, Henry les fabricó una biblioteca de cedro y, años después, un mesita de pino para el televisor. Él y el hombre que ahora lo perseguía habían luchado juntos codo a codo en el incendio de 1924, cuando la mina

13

de carbón Black Queen quedó inactiva durante un año. Henry también había sido cazador; a los cien años aún era un buen tirador.

Cuando miró a los ojos a su mujer y notó la mirada llena de angustia, el anciano buscador frunció el entrecejo.

—¿Intentas decirme que no lo harás?

—Conversarás —respondió su esposa— y llegarás a un acuerdo con Henry. Sé que lo harás. Esa es la forma *codel* de hacer las cosas.

—Vamos a lijar todo el barniz hasta llegar a la madera.

El anciano sonrió; era un hombre educado pero, además del dialecto que caracterizaba a su pueblo, le gustaba usar las expresiones antiguas de los hombres semiliteratos que habían colonizado esas montañas. Lo hacía sentir aferrado a la tierra y conectado con sus antepasados.

Para la cena prepararon pollo al limón y arroz integral, utilizando una piedra chata para sujetar la hornalla de gas. La anciana horneó unas brownies en un estante cerrado inferior. El líder había llevado una botella de Château Pommard cosecha 1990 de su bodega, confiando en que no se sacudiría demasiado durante la subida. Comieron en silencio cordial. La pareja de ancianos y los dos jóvenes tenían poco que decirse; sólo los unía un objetivo: seguir el rastro de Susan y Henry Lovell y encontrarlos dondequiera que se encontraran en ese bosque.

Una hora antes de que oscureciera, los hombres salieron a explorar el sendero. En las sombras oblicuas aún podrían ver las huellas dejadas por su presa. Caminaban con tanto sigilo sobre la tierra que un par de alces que bajaban por la siguiente cornisa, apareciendo y desapareciendo entre la vegetación, no los oyeron ni los vieron. El anciano caminaba formando una arco suave con las piernas para evitar que se rozaran las piernas de sus pantalones. Sus abuelos habían llegado al Oeste desde Pennsylvania poco después de la Guerra Civil. El anciano había aprendido el arte de rastrear de su padre, un hombre nacido en Springhill. Hasta el momento en que murió, a los cien años, su padre jamás se perdió una temporada de caza. Utilizaba un rifle Winchester fabricado en Missouri un par de años después de que se rindió la Confederación.

Un perro ladró en las cercanías, un sonido tan áspero como el de una sierra al cortar la madera blanda de un pino, y los buscadores se colocaron con rapidez en cuclillas. Una alondra se alejó aleteando en la oscuridad. Los dos alces desparecieron: un crujido de ramas, después silencio.

—Es el *guzo* de Henry Lovell —susurró el hombre joven—. ¿Le parece que nos está olfateando?

—¿Acaso una gallina de tres metros no pondría un huevo grande? —dijo el anciano—. Pero estamos contra el viento. El perro es inteligente, pero no tanto como para decirle a Henry a quién olfatea. También podría estar olfateando ese par de alces.

A los veinte minutos, después de que los dos hombres recorrieron el sendero en zigzag y avanzaron a favor del viento a través del bosque hasta colocarse detrás de un prado de aguileñas azules, el perro dejó de ladrar.

En las alturas, sin hacer ruido alguno, volaban veloces algunos halcones palumbarios. El anciano, que ya estaba un poco cansado, extrajo sus binoculares militares del Pacto de Varsovia, como los que usaban los guardias fronterizos de Alemania Oriental diez años antes a lo largo del Muro de Berlín. Los enfocó a través del follaje y divisó una carpa de nailon azul brillante en el límite del prado. Henry Lovell, con sus cabellos canos, estaba parado a un costado de la carpa y acariciaba a su perro. El aire estaba tan limpio, tan fresco y seco que los observadores alcanzaban a oler el aroma al tabaco de pipa que se elevaba en el viento nocturno. Una escena pastoral; algo para recordar. Un pensamiento extraño se deslizó en la mente del anciano: pintar acuarelas. No lo había hecho jamás. Pero todavía le quedaban seis años. Tiempo suficiente.

Quince minutos más tarde, los observadores se retiraron sin siquiera quebrar una ramita y emprendieron el regreso a su campamento para reunirse con las mujeres.

A las tres de la madrugada, en la noche fría iluminada por las estrellas, el anciano se despertó diez minutos antes de que sonara la alarma de su reloj de cuarzo. Despertó a los demás. Le deseó feliz cumpleaños a su esposa y a pesar de la oscuridad vio que ella le sonreía con tristeza cuando lo besaba en la mejilla. El mensaje fue claro: durante su vida había habido cumpleaños más felices que aquél. Pero estaban haciendo lo que debían. El anciano colocó un par de linternas entre las piedras y preparó café y avena caliente.

La mujer joven se ubicó junto a él, frotando sus botas contra la tierra.

—He venido con ustedes —le dijo en voz baja— porque soy parte de la comunidad y ustedes me hicieron sentir que debía hacerlo. Pero no quiero seguir más allá de este punto.

El anciano suspiró y dijo:

—Creo que deberías acompañarnos. Existe algo llamado fuerza moral y persuasión, y aumenta cuanto mayor es la cantidad de gente involucrada.

—Lo sé, pero no quiero ser parte de esa fuerza moral y persuasión.

El anciano meditó unos instantes sus palabras y luego sonrió con afecto.

—Haz lo que te plazca. —Después se alejó.

Mientras la joven se quedaba levantando el campamento, el anciano, su esposa y el arquero iniciaron la marcha a través de la oscuridad por el sendero que desembocaba en el prado de flores silvestres. Esa vez demoraron veinte minutos más para abrirse camino a favor del viento. Llegaron al campamento a las cinco menos cuarto, media hora antes del amanecer. La brisa se deslizaba a través de las largas agujas de los pinos, cargada con el aroma de las flores que no veían.

Una franja de luz plateada apareció sobre el horizonte. Los cazadores estaban en posición. Unos minutos después de las cinco hubo luz suficiente para que vieran el contorno de la carpa azul de nailon de los Lovell a trescientos metros de distancia. El anciano frunció el entrecejo. Desde el lugar que habían elegido la noche anterior, le había parecido que la carpa se hallaba más cerca.

El arquero contempló la carpa bajo la escasa luz, preocupado por el error. Estaban fuera del alcance de su arco. Los músculos se contrajeron debajo de la campera de caza.

—¿Y dónde está el maldito perro? —susurró.

El anciano colocó una rodilla en tierra y se apoyó en su rifle; después puso la mano enguantada sobre el brazo del arquero. En silencio, se esforzó por transmitirle una sensación de calma y armonía. El perro podía estar cazando en el bosque, o en la carpa, con Henry y Susan Lovell, dormido a sus pies.

Cuando sintió que su joven compañero se había relajado, recogió una piedrita del terreno casi congelado y la lanzó hacia el prado, a unos diez metros de la carpa. La piedra cayó con suavidad sobre un manojo de aguileñas.

El enorme perro marrón salió desde el otro extremo de la carpa y trotó hacia el lugar donde había caído la piedra. Bajo la escasa luz del amanecer, comenzó a escarbar la tierra. Estaba a veinticinco metros de distancia de los hombres del bosque. El anciano asintió. El arquero extrajo una flecha de punta ancha, levantó el arco de grafito negro y enseguida, casi sin esfuerzo, lo tensó. No hubo sonido alguno, sólo el movimiento del aire. Lanzó la flecha en línea recta a setenta y cinco metros por segundo, y le atravesó el pulmón y el corazón. El perro se estremeció, cayó al suelo, se contrajo un par de veces y quedó inmóvil. Los observadores no oyeron sonido alguno.

Avanzaron en silencio a paso rápido y cruzaron el prado hacia la carpa. La esposa del anciano caminaba detrás de ellos. No llevaba armas, pero en su mochila había jeringas llenas de veneno suficiente para matar a un alce.

Al ingresar en la semioscuridad de la carpa, el anciano divisó dos figuras acurrucadas dentro de bolsas de dormir. Encendió la linterna y deslizó el haz de luz primero sobre el cabello canoso de Susie Lovell y después por las arrugas de su rostro. Susie estaba dormida y roncaba apenas.

En su bolsa de dormir, Henry Lovell levantó la cabeza y, confuso, parpadeó. Tendió una mano hacia el rifle que había colocado al costado de la bolsa de dormir, junto a una caja de pañuelos de papel.

—No lo hagas, Henry —dijo el visitante más anciano, en voz baja pero lo bastante alta como para que lo oyera.

En lugar de tomar el rifle, Henry retiró un pañuelo de la caja y se sonó la nariz. Al oírlo, Susie despertó. Se apoyó en los codos y se colocó de inmediato los anteojos de marco de metal mientras se esforzaba por adaptar sus ojos a la luz y su mente a la situación. Después dijo con tristeza:

—Hola. Qué sorpresa. ¿Por qué no ladró Gerónimo?

—Lo lamento —dijo el arquero—. No sintió nada. —Pero en

su voz había más orgullo que pesar. No pudo controlarlo, y los demás lo notaron.

—¿De veras era necesario hacerlo? —dijo Susie Lovell con ira.

—Consideramos que era necesario —respondió el anciano—. Si aparecíamos al amanecer o inclusive después de que hubiese aclarado, y el perro comenzaba a ladrar con furia, ustedes podrían haber pensado que esto era el Álamo y actuado como si fueran Davy Crockett y su esposa.

Sus ojos se posaron unos instantes en el Remington 30-30 de Henry Lovell, que aún yacía junto a la caja de pañuelos de papel.

Mientras extendía el brazo para tomar la mano de su esposa, Henry Lovell dijo:

—Eso ya no tiene importancia, Susie.

El anciano cazador asintió en señal de acuerdo, aunque comprendió que esas palabras habían sido dichas por amabilidad y no eran ciertas. Si el perro estuviera vivo, podrían haberlo llevado de regreso a Springhill. Alguien del pueblo se habría hecho cargo de él durante su vejez.

Susie Lovell comenzó a llorar casi en silencio. Henry la rodeó con un brazo, tratando de consolarla.

—Nos darán un poco de tiempo —le dijo con suavidad. Después levantó la vista y miró a los visitantes con resignación. —¿Cómo nos encontraron?

El cazador apartó la mirada. No estaba dispuesto a discutir ese punto. Se sentó con las piernas cruzadas sobre el piso de la carpa. Aún poseía flexibilidad a pesar de sus noventa y cuatro años, pero ya no podía sentarse en la posición del loto.

—Vamos a *vertar* —dijo—. Nos ayudará a todos.

Antes de que eso sucediera, oyó pasos sobre la hojarasca, un gritito de confusión y después voces de mujeres. A la distancia, su esposa dijo algo que el anciano no pudo comprender, pero su tono expresaba alivio. El anciano levantó la vista cuando se abrió la puerta de la carpa. El ambiente se iluminó y se llenó de perfume y aroma a trébol alpino. El anciano vio a la visitante que había surgido del bosque. Su rostro se iluminó con una sonrisa cálida.

—¡Qué sorpresa! Pensé que no ibas a llegar a tiempo. Bienvenida, querida.

1

La mujer de la montaña

Febrero de 1993

En el invierno de 1993, Dennis Conway, un abogado penalista de Nueva York, viajó a Colorado para esquiar una semana. Pero allí sucedió algo más, que cambiaría su vida.

Dennis alquiló un departamentito al pie de las laderas de la montaña Aspen. Por la mañana, temprano, después de encerar y ajustar sus esquíes, trabajaba en el alegato de un juicio por fraude bancario que le había sido encomendado en Manhattan. Por las tardes, había comenzado a releer a Conrad e Isaac Bashevis Singer. De vez en cuando bebía un par de cervezas en Little Annie's Eating House con un par de colegas esquiadores que vivían muy cerca de allí, en el valle Roaring Fork.

Dennis era un hombre muy alto y de espaldas anchas. Tenía ojos oscuros y una barba canosa que con frecuencia olvidaba recortar. Veinticinco años antes, había formado parte del equipo de esquí de Dartmouth, pero cada año de vida en la ciudad se cobraba su precio: siempre le resultaba un poquito más difícil adaptarse a la altura y ponerse en forma para esquiar. Un fragmento de mortero del Vietcong le había dejado un dolor permanente en una rodilla. Un músculo de la pantorrilla se acalambraba siempre que se afirmaba en las piernas para realizar un giro brusco. Pero al cuarto día dejó de prestarle atención y se lanzó por las pistas zigzagueantes de los Dumps.

Esas pistas, que formaban ángulos agudos entre bosquecillos de álamos temblones, abundaban en montículos sin alisar. Aquel día se hallaban casi vacías; en Short Snort, la pista que había elegido, sólo había otro esquiador: una mujer. La noche anterior había nevado copiosamente y se había formado una capa de polvo de nieve de quince centímetros de espesor. La montaña estaba en silencio y el aire frío y seco resultaba extraño y liviano en los pulmones de Dennis. No había ni una sola nube en el cielo, y cuando bajaba raudamente sobre la nieve blanca podía oír la nieve flotando detrás de él y el sonido de sus cantos clavándose durante los giros. Lanzó un grito de alegría. Aquello era sensacional. Era lo mejor. Bajó a toda velocidad la colina escarpada, flexionando las rodillas, colocando los bastones en la parte más alta de los montículos, a la vez que aceleraba el envión y respiraba con dificultad. Pasó a la otra esquiadora, que se había detenido a descansar bajo el sol junto a un grupo de álamos temblones.

Sintió un fuerte dolor en la pantorrilla. La pierna se dobló y Dennis sintió que caía. Una bota primero y después la otra quedaron libres de los elementos de fijación; los esquíes desaparecieron de su vista. Mientras rodaba y se deslizaba, Dennis se esforzó por no ponerse tenso. No opuso resistencia: era lo único que podía hacer. Rogaba en silencio que no se le fracturara una pierna… no tenía tiempo para eso. Continuó deslizándose, saltó por el aire una vez y por fin se detuvo en forma abrupta contra el costado de un montículo.

Los anteojos de sol se habían desprendido de su cabeza y la nieve que cubría sus ojos lo cegaba. Los golpes le habían dejado los pulmones vacíos. Se limpió los ojos con el borde mojado de un guante. Se sentó de a poco, centímetro a centímetro, movió las piernas, después los brazos, y flexionó el cuello. No sintió dolor. No tenía fracturas. ¡Qué suerte! La caída lo había sacudido pero el polvo suave lo salvó. Dennis se sentó derecho, se sacudió la nieve de la boca y, protegiéndose la vista con la mano, miró colina arriba, tratando de divisar sus esquíes. Habían desaparecido. Eran invisibles. Quizá estaban enterrados en el polvo de nieve. Pero debía estar agradecido porque los elementos de fijación se habían abierto: la tecnología moderna lo había salvado de fracturas en los tobillos o cosas peores.

Aunque se sentía débil, Dennis se levantó un poquito más y estudió la pendiente. Vio los esquíes donde había comenzado a caer, más de treinta metros colina arriba, atascados en un montículo. Tan pronto como recuperara el aliento, subiría a buscarlos.

Pero entonces vio que la mujer, la que había estado descansando junto al bosquecillo de álamos temblones, había comenzado a esquiar colina abajo, deslizándose con gracia por los valles entre los altos montículos. Por un instante desapareció de su vista. Dennis pestañeó al caer un trozo de nieve de su cabello a sus ojos.

Cuando recuperó la visión y miró de nuevo, la mujer bajaba hacia él. Pero ahora, más que mujer, le pareció un ángel: llevaba los dos esquíes sobre el hombro. Y los bastones en la otra mano.

La mujer se detuvo después de girar un poco en dirección ascendente y quedó a un costado del lugar donde Dennis estaba sentado.

—¿Estás bien?

—Creo que sí —respondió Dennis.

—¿Nada roto?

—No, que yo sepa.

—Descansa un poco —dijo la mujer—. No te levantes todavía.

—Gracias. Gracias por todo.

Se limpió más nieve de la frente. Su cabello y barba aún estaban llenos de trozos helados de nieve. La mujer dejó sus esquíes entre dos montículos y después, con la mano enguantada, removió la nieve y recuperó otro objeto: sus anteojos para sol recetados.

—¿Quieres que te los limpie?

—Sería muy amable de tu parte —respondió Dennis.

—¿Chocaste contra una roca oculta por la nieve?

—Ojalá tuviera esa excusa. Sentí un calambre en la pierna. No estoy en forma.

La mujer rió.

—Te iba muy bien allá arriba hasta que desapareciste.

—Pero tú lo hacías mejor cuando bajabas sin bastones.

La mujer le entregó los anteojos, que había limpiado con un pañuelo. Dennis se los deslizó sobre las orejas. Se puso de pie y comenzó a sacudirse la nieve de la campera y los pantalones de esquí.

La voz y la silueta de la esquiadora ya le habían indicado que se trataba de una mujer joven. Las antiparras ocultaban sus ojos. Debajo de ellas, pensó Dennis, era posible que fuera hermosa. Difícil saberlo. Pero no importaba. Había ido a Colorado a esquiar, no a buscar otro tipo de aventuras. Hacía varios años que se había divorciado, y su ex esposa había muerto. Él criaba solo a sus dos hijos. Con eso ya tenía bastante.

—Ya me siento bien. No quiero que te demores más por mí. ¿Estás esquiando sola?

—En esta pista. Me reuniré con mis amigos en Sundeck al mediodía. Ellos no esquían en la zona de montículos altos. ¿Estás listo para intentarlo de nuevo? Puedo descender contigo si deseas compañía.

—Me encantaría. Vamos. —Sacudió la nieve de sus botas y elementos de fijación, y se colocó los esquíes.

La mujer tomó la delantera, con los brazos extendidos en forma rítmica con los bastones. Dennis notó que ella controlaba su velocidad de tanto en tanto para no separarse de él. Después de cruzar los Dumps, bajar por Spar Gulch y llegar a la pista sin montículos de Little Nell, que desembocaba en la base de la montaña Aspen, Dennis se sentía bien otra vez.

—Eres una buena esquiadora —dijo Dennis, mientras esperaban el teleférico.

—Bueno, me encanta esquiar. Me esfuerzo por hacer bien las cosas que me gustan. Creo que vale la pena intentarlo.

Dennis se propuso recordar esas palabras pero no hizo ningún comentario. A pesar de su aspecto franco y a pesar de ser un abogado locuaz cuando las circunstancias lo requerían, Dennis no se sentía cómodo de inmediato con los extraños. Pero deseaba ser amistoso, y la subida hasta la cumbre, a más de tres mil trescientos metros de altura, duraba quince minutos. Aunque cada vagón del teleférico tenía capacidad para seis personas, él y la mujer que había rescatado sus esquíes y anteojos estaban solos, mirando montaña abajo. Los techos rojos del antiguo pueblo minero desaparecieron de su vista a medida que las cumbres nevadas de las montañas comenzaron a elevarse contra el horizonte.

La mujer bajó el cierre de su campera negra, se aflojó la bufanda y desabrochó las hebillas de sus botas de esquí. Se quitó las antiparras y los guantes. Sus dedos eran largos y finos. Sus ojos eran oscuros y brillantes; tenía pómulos altos y boca grande. Llevaba muy poco maquillaje. Pero lo que más le llamó la atención a Dennis, fue su serenidad y seguridad.

—No eres una turista —observó.

—Tienes razón.

—¿Vives aquí, en el pueblo?

—No. En Springhill.

—Springhill… No sé dónde queda.

—Del otro lado de la montaña. Condado de Gunnison. Sobre el valle del río Crystal.

—¿Cerca de Marble? —Dennis sabía que Marble era una aldea situada a gran altura.

—Alrededor de mil ochocientos metros más arriba.

—¿Hace mucho que vives allí?

—Allí nací.

Casi todas las personas que vivían en esa zona provenían de otros sitios; Aspen y el valle Roaring Fork eran una meca no sólo para los esquiadores y los sibaritas sino también para la gente que iba en busca de la buena vida. En una fiesta, en Manhattan, donde un grupo de personas reunidas en un rincón de la habitación estaban comparando los lugares adonde irían a esquiar, Dennis oyó que una asistente social decía:

—¿Aspen? Allí nada es real.

Dennis, quien durante el año anterior había defendido a traficantes de droga y ladrones de guante blanco multimillonarios, le respondió: "Tres hurras por la irrealidad".

—Soy Dennis Conway —le dijo a la mujer del teleférico.

—Sophie Henderson.

Cuando estrechó su mano, Dennis notó que estaba fría y que los dedos eran asombrosamente delicados. Calculó que tendría alrededor de treinta y cinco años, pero sabía que las mujeres eran, por lo general, un poquito mayores que lo que le parecían a primera impresión.

—Perdona la indiscreción, pero ¿a qué te dedicas a dos mil setecientos metros de altura, en Springhill?

—Enseño ciencias en la escuela primaria. Y soy la intendente.

—Cuando vio la expresión de Dennis se encogió de hombros. —No es gran cosa. Sólo había trescientas cincuenta personas en el pueblo la última vez que alguien se tomó el trabajo de contarlas.

—De todos modos, estoy impresionado. ¿A qué distancia dijiste que estaba Springhill?

—A veinticinco kilómetros del otro lado de la montaña Aspen, después de las Maroon Bells, si conoces a un águila amistosa que se ofrezca a llevarte. —La risa de Sophie Henderson era profunda, vibrante, y Dennis sintió que retumbaba en su pecho. —Por el camino, a más de una hora de distancia.

—Recorriste un largo trecho para esquiar.

—Y tú, señor Conway, viajaste cinco horas en avión, ¿no es así?

—Si cuentas el cambio de avión en Denver. ¿Cómo lo supiste?

—Reconocí el acento de Nueva York. Y tal vez de la Ivy League.

—Nueva York, pero no la ciudad —protestó Dennis—. Por lo menos, no de nacimiento. —Quería contarle quién era, y ocultar sus pecados. —Soy oriundo de Watkins Glen, un pueblito situado junto a un lago, en el norte del estado de Nueva York, que quizá jamás hayas oído nombrar. Y tienes razón, asistí a Dartmouth, después a Oxford durante un año, una pequeña interrupción en las fuerzas armadas, y por último a la facultad de Derecho de Yale. Después decidí ejercer la abogacía en la ciudad de Nueva York por razones que ya no me parecen tan valederas como en ese entonces. Soy viudo. Vivo en Connecticut con mis dos hijos. Una biografía resumida. Te dice todo y nada.

—Bueno, tenemos la viudez en común —repuso Sophie Henderson—. Y aunque me perdí Oxford cuando realicé mi gran viaje por Europa, te sorprenderá saber que estuve en Watkins Glen.

—No me sorprende… Me asombra. ¿Cómo sucedió?

—Fui a Cornell. Me especialicé en Química. Ithaca está muy cerca de Watkins Glen.

Sophie se quitó el gorro de esquí y un torrente de cabello castaño rojizo cayó sobre su campera. Dennis sintió la textura de ese pelo en su mano. Su actitud hacia ella cambió, se volvió más cálida. Algo se apoderó de él: el efecto de una crema perfumada que le traía recuerdos de su niñez, o el olor natural que brotaba de la piel limpia.

—Mi padre es abogado —dijo Sophie—. Jubilado, pero reconozco la especie a primera vista. Tú te pareces a él.

—Espero que te lleves bien con tu padre.

—Lo adoro —afirmó Sophie Henderson.

En la cima de la montaña Aspen, bajaron del teleférico y se colocaron los esquíes.

—¿Ves a tus amigos por los alrededores? —preguntó Dennis.

Sophie recorrió con la vista las terrazas, frente al restaurante de Sundeck, y señaló con la mano hacia un grupo de personas que estaban cerca de la Telesilla Tres y la saludaban. Caminó hacia ellos seguida por Dennis. Un minuto más tarde, lo presentó a una mujer rubia de alrededor de treinta y cinco años y un hombre de aproximadamente la misma edad; un anciano de cabello canoso, barba gris y ojos marrones vivaces; y un hombre más joven, de pelo oscuro y contextura robusta. Este último saludó a Dennis con un mero movimiento de cabeza, sin sonreír. Debía de ser el novio de Sophie, pensó Dennis.

Sólo captó sus nombres: Jane, Hank, Edward, Oliver. Conversaron entre ellos durante un minuto y Dennis notó que todos eran de Springhill. Mientras se ajustaban las antiparras y las hebillas de las botas, se colocaron mirando hacia el pie de la montaña.

—¿Por cuál pista?

—¿Dipsy Doodle?

—Y después almorzamos en Bonnie's.

—¿Me permiten esquiar con ustedes? —preguntó Dennis.

El hombre más joven gruñó, pero los otros tres miraron de inmediato a Sophie Henderson. Su mirada fue vacilante.

Edward, el hombre canoso, miró a Dennis y habló con firmeza.

—Con mucho gusto. Quizás usted pueda mantenerse a la par de Sophie.

—Puede —dijo Sophie.

· · ·

Los padres de Dennis, ambos universitarios, eran personas sencillas que vivían en un pueblo pequeño. Durante su adolescencia y juventud, la ambición de su hijo había sido llegar a ser como ellos: honorable, moral y honesto. Unos cuantos años después, un fiscal rival dijo de él: "Dennis te castigará duramente en el tribunal, pero es un hombre decente". Ese fiscal, Mickey Karp, había sido colega de Dennis cuando ambos eran aprendices en la Oficina del Fiscal Federal, recién llegados a la gran ciudad de las provincias: Dennis, de Watkins Glen, y Mickey, de Carolina del Norte. Compartían la pasión por esquiar y durante cuatro inviernos sucesivos viajaron juntos, primero al norte a Sugarbush y Killington, después al oeste, a Tahoe y Aspen. Tras el último viaje, Mickey dijo: "Ya estoy harto de la ciudad. Colorado es el lugar para mí". Había conocido a otro abogado que se había mudado de Chicago al oeste, y abrieron un estudio juntos en Aspen.

El otro amigo de Dennis que vivía en Aspen era Josh Gamble, el comisario electo del condado de Pitkin, cuya sede era Aspen. Josh medía un metro noventa y cinco de estatura y pesaba ciento veinte kilos. Dennis había compartido la habitación con él en Dartmouth. Habían pasado dieciocho años desde que Josh Gamble renunció a una empresa de corredores de bolsa de Filadelfia para dedicarse por completo al esquí, pero inclusive los esquiadores tenían que comer. Condujo un ómnibus para la empresa de transporte público de Roaring Fork, después se enroló como policía de tránsito. Fue el primer paso hacia el puesto de asistente del comisario, con su consiguiente aumento de sueldo. Le dieron un arma; la colocó sobre su mesa de luz y la observó durante una semana antes de abrir el cilindro. Se convirtió en director de patrullas y un año después se postuló para comisario y ganó las elecciones. No le gustaba encerrar a la gente y nunca contrató a nadie de quien pudiera sospecharse que le gustaba ser policía.

—Jamás contrataré a nadie que se moje los pantalones pensando que usará un arma y arrestará a alguien —le dijo Josh a Dennis en cierta ocasión.

—¿Entonces quién trabaja para ti?

—Personas que me agradan. ¿No es lo esencial?

Quizá lo fuera, reflexionó Dennis. Y comprendió con tristeza que no le agradaba la mayoría de la gente con la cual trabajaba.

En ese último viaje, mientras desayunaban una mañana en la cafetería de la calle principal, Josh le dijo:

—Tal como yo lo veo, Denny, estás harto de la vida en la Gran Manzana Podrida. Hay una gran congestión de tránsito, grandes multitudes, desorden, drogas, adolescentes de todos los colores que invaden todos los lugares nocturnos los sábados por la noche. Es un mundo desastroso. ¿Por qué no renuncias cuando aún eres joven para hacerlo? Múdate al oeste, donde los niños aún son niños, los hombres son hombres y las mujeres hacen las compras.

Dennis apretó el hombro robusto de su amigo.

—Porque soy abogado penalista. ¿A quién podría defender aquí? Ustedes no tienen una clase criminal. La gente dispone de espacio, no están confinados por un gueto o edificios altos, no están enojados con el mundo. Muchos son pobres pero no parece importarles en tanto puedan esquiar en invierno y hacer largas caminatas en el verano. Es un valle que casi no tiene delitos. ¿Cómo me ganaría la vida?

—Esta temporada aumentaron los robos de esquíes —dijo el comisario, pensativo—. De vez en cuando hay algún fraude con cheques. La cocaína ha comenzado a hacer estragos en el valle. Los obreros viales mexicanos se emborrachan los sábados por la noche. La violencia doméstica también abunda. Tendrías trabajo. Los honorarios quizá no serían muy buenos, pero sí tendrías trabajo.

Cuando Dennis pagó la cuenta, el comisario no protestó.

—Lo pensaré —dijo el abogado—. Mientras tanto, me voy a la montaña. Tú quédate aquí abajo y defiende a la comunidad de los fraudes con cheques.

Fue el mismo día que tuvo el accidente en los Dumps y Sophie Henderson rescató sus esquíes de la nieve.

Comieron sopa y ensalada, todos juntos, a mitad de la montaña en la terraza del Restaurante de Bonnie. Era un día de febrero sin nubes, lo bastante cálido como para que algunos esquiadores curtidos se quedaran en remera. Dennis descubrió que Hank Lovell, uno de los acompañantes de Sophie, era el director de una cantera de mármol en Springhill. Su esposa, Jane, era técnica dental y trabajaba para el anciano, Edward Brophy, el dentista del pueblo.

—Si alguien sufre de dolor de muelas hoy —explicó Edward— tendrá que buscarse una botella de licor. Soy el único dentista del pueblo.

El otro hombre, Oliver Cone, era el sobrino de Edward, capataz en la cantera de mármol de Springhill. Seguía mirando con desagrado a Dennis y casi no habló.

Al finalizar la tarde, Dennis ya había comenzado a sentir los primeros síntomas de ese estado rayano en la psicosis llamado enamoramiento. Hizo un esfuerzo para conservar la calma. Se preguntó: ¿Lo necesito? ¿Lo deseo? Y lo que era más importante: ¿Puedo evitarlo? Aunque logró formular las preguntas, no pudo responderlas. Mientras él y Sophie estaban apoyados en sus bastones de esquí en la Telesilla Tres, a la espera de la llegada del resto del grupo, Dennis dijo:

—Eres viuda, ¿no?

—Mi esposo falleció en una avalancha hace cinco años.

—¿Y Oliver?

—Oliver es el sobrino de Edward, y Edward es uno de mis mejores amigos. Oliver no es tan desagradable como parece. Y es muy inteligente... pero como es muy tímido no lo demuestra.

—En realidad no me refería a eso —admitió Dennis—. ¿Tú y Oliver...? —No terminó la oración; sabía que ella entendería su significado.

—No —respondió Sophie.

Dennis la invitó a cenar con él esa noche.

—No puedo. Reunión del Consejo y la Junta de Agua del pueblo. Springhill es una sociedad anónima. Tenemos un estatuto, votamos gran parte de nuestros impuestos para caminos, educación y cosas por el estilo. En estos momentos no sucede nada grave, pero el intendente preside el consejo. No puedo faltar.

—¿Y mañana a la noche?

Sophie se mordió el labio. Era evidente que estaba meditando su respuesta, y Dennis se preguntó cuál sería la razón. Si no se trataba de Oliver Cone, entonces debía de haber otro hombre en su vida. Por un instante se sintió deprimido.

Pero Sophie dijo al fin, en un extraño tono formal:

—Sí. Si lo deseas, cenaré contigo mañana.

En la telesilla de gran velocidad, después de que Dennis se despidió y se alejó esquiando, Edward Brophy le dijo a Sophie:

—Me agrada ese abogado. No es un *quije*. Es inteligente y alegre. Me da la sensación de que mantiene algo en reserva. No se esfuerza por seducir ni acaparar la atención. Y es un esquiador realmente *buño*.

Sophie asintió y agitó su cabello rojizo.

—Me invitó a cenar mañana.

—Pensé que lo haría, si le dabas la oportunidad.

—Debo de habérsela dado.

—¿Y qué le dijiste?

—No se me ocurrió ninguna excusa. Le dije que sí. Pero decidí cancelar la cita.

—¿Nada más que porque es un *fureño*?

En la jerga de Springhill, un *fureño* era un extraño. Sophie frunció la frente y respondió:

—¿No te parece una razón bastante buena?

El dentista sonrió con afecto.

—Parecían llevarse muy bien. —Al ver que Sophie fruncía el entrecejo de nuevo, Edward levantó una mano. —Te invitó a cenar. No se trata del resto de tu vida. Corre el riesgo, Sophie. Disfruta tu tiempo sobre la Tierra. Qué importa que sea un *fureño*. He estado mirando a mi alrededor en el pueblo, y seguro que tú también lo has hecho. Rechazaste a mi malhumorado sobrino, por lo cual no puedo culparte. ¿Qué otro hombre decente está disponible?

Cuando llegaron a la cima, Sophie saltó de la silla, clavó los bastones, tomó envión y se lanzó montaña abajo hacia la pista larga de Copper Bowl.

Sin embargo, mientras conducía de regreso a su casa, más tarde, Sophie no pudo dejar de pensar en Dennis Conway. Directo, poco refinado para ser de la gran ciudad... no se recortaba bien la barba. Su tipo, sin duda alguna. Un abogado exitoso, imaginó Sophie, con la misma actitud segura que siempre había tenido su padre. Le había agradado el modo en que reaccionó cuando ella lo ayudó después de que rodara por la nieve. No se había sentido avergonzado, ni tampoco había adoptado una actitud machista después. En el teleférico, la escuchó mientras ella hablaba, como si estuviera asimilando sus palabras y pensamientos y no meramente esperando su turno para escucharse.

Quizá había sido sólo una actuación. Un buen trabajo profesional. Un noeyorquino engreído. Un *fureño*; no era uno de ellos. La mezcla no funcionaba casi nunca.

Pero Dennis la había conmovido, había llegado a ella en un nivel que sólo podía manejar con el corazón, no con la cabeza, así que decidió correr el riesgo.

2

El misterio de un perro muerto

8 de noviembre de 1994

Queenie O'Hare desempeñaba más de un trabajo. Era ayudante del comisario del condado de Pitkin y también uno de los cinco oficiales de seguridad de la ciudad de Aspen. Y, en ese instante, durante esa mañana, estaba a cargo del control de animales.

Trabajaba en un escritorio funcional en una habitación con otros cuatros escritorios funcionales en el subsuelo del Tribunal del Condado de Pitkin. En la pared, sobre el escritorio, había colocado dos carteles que decían: "Paz salarial" y "Sea optimista, inclusive en vista de la realidad". Rodeándolos, había colocado fotos de su gato y de sus dos perros. Queenie tenía treinta y cinco años, era soltera y no tenía hijos, pero su pequeño zoológico le hacía compañía durante las noches frías de invierno.

Era principios de noviembre, la temporada de caza de alces, y había dos hombres fornidos frente a ella. Por su olor, parecía que hacía varios días que no se bañaban, por lo que Queenie O'Hare conservaba la distancia. Tenían puestas camperas camufladas, botas salpicadas de barro y gorras anaranjadas. La habían llamado por teléfono desde la estación de servicio Texaco pero tuvieron la sensatez de dejar sus rifles para ciervos en la camioneta Ford estacionada en la calle Main frente al tribunal.

—Señora, soy Fred Clark —dijo el mayor de los dos hombres—. Y él es mi hermano Harold. —Le explicó que él y Harold habían acampado en el paso Pearl. El día anterior a la mañana, habían encontrado un perro muerto. —El coyote lo estaba mordisqueando —dijo Fred— y nosotros lo corrimos. Suponemos que desenterró el perro del lugar donde se encontraba enterrado, porque estaba envuelto en una bolsa de dormir.

—El perro, no el coyote.

—Sí, señora.

—¿Café?

—Muy amable de su parte, señora.

Los hermanos tenían poco más de treinta años y vivían en un campamento de remolques próximo a El Jebel, donde trabajaban en la construcción de un nuevo centro comercial. Aún conservaban el acento y los modales campesinos de la zona rural de Tennessee. A Queenie no le pareció apropiado introducir dos hombres robustos en el pequeño espacio que había entre su escritorio y el escritorio del sargento de turno. Por lo tanto, los llevó a la sala de conferencias. Los cazadores se quitaron las gorras y se sentaron a la mesa de conferencias mientras Queenie servía las tazas de café.

El padre de Queenie había sido un estibador que emigró al valle Roaring Fork desde Houston. Queenie sabía cómo debía hablar con los campesinos sureños.

—¿Tuvo suerte en la cacería, señor Clark?

Fred Clark sonrió, dejando al descubierto el hueco donde le faltaba un diente.

—Sí, señora. Uno de nueve puntas. Y Harold cazó otro de diez puntas. Están en la camioneta, en la calle Main.

—¿Y el perro muerto? ¿También está en la camioneta?

Fred Clark bajó la vista.

—No, señora, no lo trajimos. Estaba en mal estado.

"Como ustedes, después de pasar tres días en la montaña sin bañera ni jabón", pensó Queenie.

—¿Le habían disparado un tiro?

—El tiro le atravesó el corazón y los pulmones. Pero no fue una bala. Fue una flecha, señora.

—¿Cómo se dieron cuenta?

—Una bala deja un tipo de orificio en un animal. Una flecha deja otro tipo de orificio. Más grande y más ancho. Menos profundo.

—¿Trajeron la flecha?

—No estaba allí.

Queenie pensó en ese dato unos instantes.

—¿Qué clase de perro era?

—Grande. Un macho. Nunca había visto nada parecido. No tenía collar ni chapa de identificación.

—Si les doy un mapa, ¿podrían indicarme el lugar donde encontraron al perro muerto que en opinión de ustedes recibió un flechazo y fue enterrado en una bolsa de dormir?

Mentalmente, Queenie había imaginado la herida producida por una flecha moderna de acero en el corazón y los pulmones del perro, y después la topografía de la sierra Elk. El área descripta por los hermanos Clark debía de estar situada en el límite entre el condado de Pitkin y el condado de Gunnison. Si pertenecía al condado de Gunnison, llamaría a sus colegas del Tribunal de ese condado y les transferiría el problema.

Queenie llevó a los hermanos hasta un gran mapa topográfico de pared, situado en la habitación contigua. Fred lo estudió unos instantes y después señaló con una uña ennegrecida.

—Más o menos por aquí… porque teníamos las Maroon Bells al sur. Y el paso Pearl estaba a pocos kilómetros en esa dirección, hacia el norte.

"Más o menos por aquí" se hallaba en el condado de Pitkin. Una flecha para matar a un perro. Queenie se preguntó por qué.

—¿Podrían darme una descripción más detallada del animal?

Con la otra mano, Fred Clark extrajo del bolsillo de su campera de caza una cajita amarilla y negra. Queenie notó que se trataba de una cámara Kodak descartable, del tipo que se vendía en Wal-Mart a nueve dólares con noventa y cinco centavos.

—Harold tomó fotos de los ciervos que cazamos. Y también tomó un par de fotos del perro.

Fred se había aproximado a Queenie para entregarle la cámara, y ella inhaló el aroma de tres días que salía de las profundidades de la gruesa camisa leñadora. Queenie retrocedió un par de pasos.

—Señor Clark, si tiene la amabilidad de dejarme esa cámara, haré revelar el rollo. Deme su dirección en El Jebel y le enviaré mañana por correo las fotos y los negativos. El condado pagará los gastos de revelado.

Queenie revisó el archivo de perros extraviados, pero lo único que encontró fue un Labrador en celo que había huido de la casa de un actor famoso situada en la calle Smuggler, en el Lado Oeste. Se preguntaba si la persona que mató al perro lo había hecho en forma legal, porque el animal estaba molestando a algún ser humano o animal salvaje, o ilegal, por puro placer, en cuyo caso esa persona podría ser acusada bajo la ley de protección a los animales del estado. O quizá era un perro viejo o enfermo y el propietario lo había llevado a la montaña para sacrificarlo. No era ilegal enterrar a un perro en tierras públicas en la zona de montaña.

Pero, por otro lado, pensó Queenie, si ella hubiera decidido sacrificar a su perro enfermo, le habría pedido a un veterinario que le diera una inyección. Y si fuese cazadora y hubiese subido al paso Pearl con el pobre y viejo Fido moribundo, podría haberle disparado en la cabeza con una pistola, pero no hubiera tenido el valor de practicar tiro al blanco con un arco y una flecha.

De regreso en su oficina, después de pasar por la única casa de fotografía, Queenie se detuvo frente a un cartel de grandes dimensiones distribuido gratuitamente por la compañía de alimento para perros Gaines. Mostraba dibujos en colores de ciento cincuenta razas de perros e indicaba sus características, peso promedio y colores usuales.

Las dos fotos tomadas por los hermanos Clark revelaban un cuerpo grande bañado en sombras y colocado en un hoyo que, presumiblemente, era su tumba. Pero Queenie no había visto nunca una cabeza como ésa. No conocía la raza. Observó el cartel de Gaines durante unos minutos, y después se comunicó con la oficina del comisario. La atendió Doug Larsen, el director de patrulleros de turno.

—Doug, necesito tu mirada experta y tus agudos poderes de deducción.

Cuando Larsen llegó, Queenie le mostró las fotos de los hermanos Clark.

—Señala la raza en el cartel.

—¿Cuál es el premio?

—La alegría de haber ayudado a una compañera policía. Sólo hazlo, amigo.

Doug estudió el afiche durante unos minutos.

—¿Un galgo escocés para cazar ciervos?

—Yo opino lo mismo —dijo Queenie en tono triunfal.

El último de los veterinarios del valle Roaring Fork que llamó dijo que sí, que había vacunado contra la rabia a un galgo macho de ese tipo hacía tres o cuatro años. No, no conocía ningún otro galgo para cazar ciervos en el valle. Estaba seguro de que él y el propietario había comentado ese hecho. Según las fichas, el propietario era el señor Henry Lovell, padre, de Springhill, condado de Gunnison. El perro se llamaba Gerónimo. Si aún vivía, tenía nueve años.

Queenie había estado en Springhill sólo una vez, alrededor de diez años antes, cuando salió a dar un paseo de verano con unos amigos. En esa zona no fomentaban el turismo y, salvo que uno tuviera negocios con la cantera de mármol, no había nada para hacer en el pueblo. Allí sólo vivían unas pocas familias, y se suponía que, generación tras generación, se había producido una fuerte endogamia. Corrían rumores de que existían idiotas.

Queenie pidió el número a Informaciones y lo marcó. Respondió una mujer. La voz sonaba lejana, como si se tratara de una comunicación de larga distancia. Queenie se identificó y explicó que estaba tratando de ubicar al señor Henry Lovell, padre.

—El señor Lovell falleció —dijo la mujer.

—Lo siento mucho. ¿Con quién hablo?

—Con Jane Lovell. Henry era mi suegro. Su hijo, Henry Lovell, hijo, o Hank, es mi esposo.

—Señora Lovell, ¿su suegro tenía un galgo escocés para cazar ciervos llamado Gerónimo?

Jane vaciló un instante y dijo:

—Sí, lo tenía.

—¿Y el perro desapareció hace poco? —Como Jane no respondió, Queenie le preguntó: —¿Usted se ocupaba del perro? ¿Después de fallecer su suegro?

—No, yo no me ocupaba de él —respondió Jane y, de nuevo,

guardó silencio durante un momento largo. Qué mujer extraña, pensó Queenie. Después Jane agregó: —Acabo de llegar a casa para almorzar y debo regresar a la oficina. Soy asistente odontológica y hoy tuvimos una emergencia. Creo que sería mejor que hablara con mi esposo de este tema.

—Lamento informarle que encontraron muerto al perro y estoy tratando de ubicar a la persona que se ocupaba de él —dijo Queenie.

—No sé con certeza quién lo hacía.

Jane Lovell no demostró emoción alguna por la muerte del perro. Quizá fuera una consecuencia de las emergencias odontológicas, pensó Queenie.

—Señora Lovell, ¿cuándo falleció su suegro?

—En agosto.

—¿Y dejó una viuda?

—Bueno, no por mucho tiempo. Mi suegra también falleció. Poco después que él.

—Cielos, lo siento mucho —dijo Queenie—, pero eso es muy común, ¿no? El año pasado nos sucedió lo mismo con un tío y una tía que vivían en Sarasota, Florida. Ella dependía totalmente de él. —Suspiró. —¿Y no sabe quién cuidaba al perro desde que falleció su suegra?

—Mi esposo vendrá a cenar a casa. ¿Podría llamarlo esta noche?

—¿Puedo llamarlo a su lugar de trabajo?

Jane le dio el número. Queenie agradeció y colgó. Sin esperar ni un segundo, marcó de inmediato el número para que Jane Lovell no pudiera comunicarse antes que ella.

—Cantera. Habla Hank Lovell.

Queenie se identificó y después le describió cómo habían encontrado a Gerónimo.

—Sí, estábamos preocupados —dijo Hank Lovell con serenidad—. No sabíamos qué había sucedido.

—¿Ustedes cuidaban al perro?

—Así es. Tenemos otros dos perros. Dos akitas.

—Su esposa… Bueno, no importa. ¿Gerónimo se escapó, señor Lovell?

—Desapareció. Creo que en septiembre. Pero no lo sé con certeza. Tengo mala memoria para las fechas. —Hank Lovell rió sin afectación.

—¿Informó que el animal había desaparecido?

—No, me pareció prematuro. Pensamos que regresaría.

—Lamento haberle dado la noticia de este modo —dijo Queenie.

—Aclara el misterio. Se lo agradezco. Es una pena.

"No me pregunta cómo murió el perro —pensó Queenie—. Y es evidente que no siente pena alguna." Henry hijo no estaba nervioso ni vacilante como su esposa, que no sabía quién se ocupaba del perro. Queenie esperó un par de segundos mientras escuchaba el silencio crepitante de la línea.

—Señor Lovell, si quiere saber algo más, llámeme aquí, a Control Animal de Aspen.

Queenie permaneció sentada frente a su escritorio durante un largo rato, mientras estudiaba nuevamente las fotos de Gerónimo. Y fue entonces cuando notó, en el extremo inferior izquierdo de una de las fotos, algo que brillaba en las sombras. No lo había visto antes porque sólo había observado al perro. Queenie abrió el cajón del escritorio y extrajo una lupa.

En la tumba había un objeto de plata cubierto en parte por la tierra. Una cajita, pensó. Quizá un pastillero.

3

Un abogado enamorado

Marzo - julio 1993

Cuando tenía alrededor de treinta y cinco años, Dennis conoció a Alma Bennett, una modelo oriunda de un pueblito de Virginia, una joven hermosa muy cortejada y admirada en las altas esferas de Nueva York, dependía de la aprobación constante de los hombres y el consuelo de la cocaína. A pesar de ello, Dennis se enamoró perdidamente de Alma y vio sólo su vulnerabilidad y necesidad de afecto: el caballero andante que había llegado en su caballo desde Watkins Glen para rescatar a su amada y salvarla de la locura. Alma, en apariencia, respondió a su afecto y aceptó sus cuidados. Se casaron, tuvieron dos hijos y entonces, una tarde de verano, Dennis llegó a su hogar, en Westport, después de un día agotador en los tribunales y encontró a Brian, su hijo de dos años, caminando solo hacia la autopista, a una cuadra de la casa. Llevó el niño a la casa y encontró a Alma inconsciente en el sofá de la sala, con una pajita y un espejo y un poco de polvo blanco esparcido sobre la madera de la mesa ratona. Con la ayuda de un ama de llaves alemana de mediana edad, y de una hermana casada que vivía cerca de allí, en Greenwich, Dennis comenzó a criar a los niños mientras Alma entraba y salía de costosos programas de desintoxicación y de las camas de los traficantes de cocaína. "Es la madre de mis hijos —se repetía Dennis—. Siento afecto por ella, debo ayudarla." Lo intentó durante dos años y fracasó.

Después se preguntaría cómo había podido ser tan quijotesco y estúpido.

Tras el divorcio, Alma se mudó a Virginia y se casó con un hombre siete años menor que ella. Le escribió a Dennis: "Aquí nadie sabe que tengo hijos, y no quiero que lo sepan. Nunca me interesó ser madre y, de todos modos, los niños están mejor contigo". A Dennis le costó bastante asimilar esas palabras, y transmitírselas a sus hijos fue la tarea más difícil de su vida. Un año después, Alma sufrió un ataque al corazón; la autopsia reveló que el tamaño de su corazón era casi el doble de lo normal.

En su vida privada, Dennis tenía relaciones breves, pero nunca se involucraba íntimamente. Le habían inculcado desde niño que debía perseverar en los compromisos y sólo rendirse después de muerto. Uno podía perdonarse por cometer un error sólo una vez. En su visión moral de la vida, un segundo error resultaba inaceptable.

El municipio de Springhill estaba ubicado a dos mil setecientos metros de altura entre densos bosques de piceas azules. Parecía que brotaban arroyitos de todos los rincones. La última tarde de sus vacaciones, dos días después de la primera cena en un restaurante de Carbondale, Dennis fue a conocer el pueblo con Sophie. Durante esos dos días no pudo dejar de pensar en Aspen y en el cambio que él mismo estaba experimentando.

Muchos años antes, una persona sabia le dijo: "Antes de involucrarte con la hija, conoce a la madre. Es probable que la hija termine siendo como ella". La madre de Alma había sido alcohólica y una fumadora empedernida. Dennis, enamorado, no había prestado atención al consejo de la persona sabia. Ya mayor, y con las cicatrices de un fracaso matrimonial, Dennis estudió con atención a la madre de Sophie mientras cenaban en su casa. La serenidad de Bibsy Henderson y la ligera ironía que empleaba al hablar eran comparables a las de Sophie. Cuando la conversación derivó en la política y Scott Henderson dio una palmada sobre la mesa del comedor para reforzar sus opiniones acerca de Bill Clinton y el control de armas, Bibsy le dijo a Dennis:

—Algunas veces, mi esposo cree que puede convertir una opinión en una verdad absoluta con sólo levantar la voz.

Pero inclusive mientras hablaba, acariciaba con suavidad el dorso de la mano de Scott, y Scott se disculpó con una sonrisa.

Bibsy le recordaba a Dennis a su propia madre, allá en Watkins Glen. Y ése era el mayor cumplido que podía hacerle.

—¿Qué significa "Bibsy"?

—Beatrice. Cuando era niña no podía pronunciar mi nombre.

A Dennis también le agradaba Scott. A un amigo de Nueva York, le describió al padre de Sophie como un "Gary Cooper conversador. Brazos como un roble. Puede correr más rápido que tú, cortar más leña que tú y tal vez, ganarte una pulseada. Para un hombre de sesenta y cinco años, que es la edad que le calculo, está asombrosamente en forma".

Después del primer encuentro en las pistas de la montaña Aspen, en febrero, Dennis no pudo alejar a Sophie de sus pensamientos, ni de día ni de noche. No habían hecho el amor pero él ya sentía que le pertenecía. Sus temores eran infundados; Sophie le había dicho que no existía otro hombre en su vida. Dennis regresó a Colorado dos semanas después, luego de dejar a sus hijos con su hermana en Greenwich. Sophie fue a buscarlo al aeropuerto de Aspen. Dennis arrojó sus esquíes y su valija en la parte trasera de la camioneta de Sophie y ella lo condujo montaña arriba hacia la aldea de Springhill.

Cruzaron el valle helado del río Crystal, pasaron junto a manadas de caballos inmóviles que a Dennis le parecieron recortes oscuros pegados sobre cartulina blanca. Era una tarde muy fría y el río brillaba bajo la luz del Sol poniente. En todas las direcciones había montañas cubiertas de nieve. En los lugares donde las avalanchas que se producían en las cumbres habían abierto senderos hasta la base del valle, se veían hileras de arces añosos quebrados como si fueran fósforos.

—Me encantan los arces —dijo Sophie—. ¿Ves las manchas negras sobre el gris puro de la corteza? Cuando era pequeña, creía que esas manchas eran ojos que me miraban. Que me protegían.

—¿De qué?

—De cualquier cosa que pudiera causarme daño.

Después del pueblo de Marble, la nieve había sido retirada del camino angosto. Ésa era la única entrada del pueblo de Springhill, y la única salida. La casa de Sophie, en el extremo más lejano del pueblo, era una cabaña de troncos de techo alto, construida en la época de auge de la minería en el siglo XIX. El valle Roaring Fork había prosperado después de que se encontró plata allí en 1877, pero menos de dieciséis años después el presidente Cleveland desmonetizó la plata para proteger las reservas de oro de la nación. La mayoría de las minas y los comercios del oeste de Colorado quebraron; las minas de carbón y las canteras de mármol impidieron que el valle desapareciera. Más adelante, durante la semana de Navidad de 1936 un grupo de esquiadores fue llevado en un trineo guiado por cuatro caballos a la cima de la hoya Little Annie, situada sobre el pueblito de Aspen, para bajar flotando desde allí en esquíes de madera sobre la nieve más profunda y suave que habían visto en toda su vida. La recuperación económica y social del valle comenzó de inmediato. Ni siquiera pudo detenerla la Segunda Guerra Mundial: la Décima División de Montaña, las tropas de ataque en esquíes del ejército, se entrenaba y divertía en el valle Roaring Fork. Muchos de ellos regresaron después de la guerra para asentarse allí y hacer fortuna.

Sophie y Dennis pasaron por la calle principal, limpia de nieve, de Springhill, frente al Departamento de Bomberos Voluntarios, el pequeño gimnasio, la funeraria y el Banco de madera color violeta que parecía formar parte de la escenografía de una película del Oeste. Sophie le dijo que Edward Brophy tenía su consultorio dental en la planta alta del Banco. Del otro lado del pueblo, en Quarry Road, en un predio de diecisiete hectáreas de bosques y prados ondulados, se hallaba la cabaña de troncos de Sophie. La casa y la tierra habían sido regalo de sus padres. Sophie había reciclado la vieja cabaña minera: agregó la planta alta, una cocina con tejas coloniales y un invernadero. Un pequeño puente de madera permitía cruzar un arroyito que serpenteaba a través de la propiedad. En un claro crecían arces y piceas. Los ciervos bebían en el arroyito y algunas veces ramoneaban en el límite del claro.

Sophie encendió varias lámparas. La luz era cálida; la cabaña casi parecía un lugar encantado en medio de un bosque. En la sala se oía el tictac de un reloj cucú suizo. Un estuche de violín marrón oscuro yacía apoyado contra la mesita baja.

—¿Tocas el violín?

—Desde niña. Me enseñó mi bisabuela. ¿Quieres que toque?

—Más tarde, sí. Ahora no.

Dennis se hundió en los almohadones del sofá de la sala. Sentada junto a él, Sophie le acarició las manos. Dennis la besó durante lo que les pareció media hora, aunque en realidad fueron sólo cinco minutos. Las manos de Sophie estaban frías, y parecían frágiles. Dennis sintió deseos de protegerla de cualquier cosa que pudiera hacerle daño.

—¿Quieres hacer el amor? —le preguntó Sophie.

—Por supuesto que quiero —respondió Dennis.

Sophie lo tomó de la mano y lo llevó a la planta alta.

El dormitorio estaba iluminado por la luz de la Luna. A la distancia, Dennis oyó el murmullo del agua sobre las piedras. Cuando Sophie se quitó la ropa, Dennis vio que era más hermosa de lo que había imaginado.

Por la mañana, Sophie le dijo:

—Hacía dos años que no estaba con un hombre. Y fue una relación muy breve. Comenzaba a pensar que sería una solterona.

—¿Cómo es posible? ¿Una mujer tan bella como tú?

—No salgo. Y soy muy exigente. Escúchame bien. El sexo fue maravilloso, y estoy segura de que será aún mejor. Pero no quiero ser sólo una dulce diversión… tu amiga de Colorado. Si soy sólo eso o si me convertiré en eso, sé sincero y dímelo. Los dos podremos reponernos.

Dennis no deseaba hacer promesas que no tuviera certeza de poder cumplir. Sabía que Sophie era mucho más que una diversión; sin embargo temía admitir que ya había comenzado a hacer planes. Guardó silencio, pero el modo en que Sophie le sonrió y le acarició la mejilla con sus dedos fríos hizo que Dennis sintiera que le había leído la mente.

Se refugiaron en la cama, entre sábanas revueltas, durante una semana. Algunas veces sólo bajaban a abrir la puerta de la heladera a las dos de la tarde. Otros días, llegaban al mediodía a las pistas de esquí de la montaña Snowmass.

Esquiaron juntos en los Hanging Glades. Dennis oía la respiración agitada de Sophie cuando ella clavaba los filos en los giros, el ruido seco de los esquíes de los dos al deslizarse por el tramo final hasta el pie de la montaña, y los latidos de su corazón cuando, simplemente, la miraba.

Dennis regresó a Nueva York un domingo, y a la mañana siguiente fue directamente a los tribunales. Tenía trabajo atrasado. Debía redactar demandas, responder llamados telefónicos. Era necesario modificar las fechas de las audiencias. Comenzó a trabajar catorce horas por día. Pero hasta julio, con su hermana y la devota ama de llaves que se ocupaban de sus hijos y aliviaban su culpa, logró viajar dos veces por mes a Colorado, y se quedaba cada vez un fin de semana de tres días.

En abril, él y Sophie esquiaron por los senderos de fondo que atravesaban de los bosques situados entre Springhill y Aspen. En otra oportunidad, Sophie le pidió prestado a un amigo un vehículo para nieve. A lomo de águila, como Sophie le había dicho el día en que se conocieron, había solo veinticinco kilómetros entre Aspen y su pueblito aislado. Pero los altos picos de la cadena Elk —las Maroon Bells— se interponían en el camino. Sophie le contó que las Bells constituían una receta segura para el desastre. No se trataba de una subida demasiado técnica, pero sí engañosa pues las rocas estaban sueltas, eran resbalosas e inestables. Los bancos de nieve eran traicioneros. Los barrancos que debían cruzar los esquiadores de fondo se hallaban en el camino de las avalanchas, que comenzaban en octubre y finalizaban en julio. Alpinistas expertos que no conocían las rutas adecuadas habían encontrado la muerte en las Maroon Bells.

En la espesura de las montañas, entre Aspen y Vail, había una cadena de doce cabañas amplias para emergencias que podían alquilar los excursionistas de verano o los esquiadores de fondo aventureros. Administradas por la Asociación de Cabañas de la Décima División de Montaña, una agrupación sin fines de lucro, las cabañas estaban provistas, por lo general, de alimentos, mantas, madera, medicinas, una radio con transmisor y equipo para rescate de avalanchas. Sophie las conocía muy bien. En junio, entre las dos temporadas de turismo, llevó a Dennis a la cabaña situada en un lugar llamado hoya Lead King e hicieron el amor allí, en la espesura. Para julio, Dennis estaba convencido de que la vida sin Sophie no tenía sentido. Le pidió que se casara con él.

Pero no era tan simple.

Iban caminando a orillas de un arroyo alto cerca de Springhill. Los azulejos de montaña volaban sobre los prados, como flecos desprendidos del cielo de verano. Los ojos de Dennis se entrecerraron como los del capitán de un barco que trata de ver a través del humo de la batalla.

—Escúchame, Sophie. Soy abogado penalista. Deberías verme en un juicio: resplandezco. Me dedico seriamente a mi trabajo y a la ley, y me sería muy difícil dejar Nueva York. No tiene nada que ver con la ciudad en sí misma; podría renunciar a ella. Pero allí están mis clientes.

—Y a mí me resultaría muy difícil dejar Springhill —respondió Sophie con serenidad—. Allí está mi vida.

Dennis no pudo responder de inmediato. ¿Acaso podía comparar su clientela con la vida de Sophie?

—Dennis, es posible que no te resulte fácil comprenderlo… por lo menos todavía, en este momento… pero si no estuviera aquí, si no pudiera quedarme aquí, no sería la persona que crees amar.

—No lo creo —dijo Dennis.

—Debes hacerlo.

—Te amaría en cualquier sitio.

—Estoy segura de que sí. Pero no me estás prestando atención. Si estuviera en otro sitio, yo sería diferente.

—¿Cómo?

Sophie no respondió. Dennis ya había aprendido que ella era capaz de interrumpir una conversación cuando había dicho todo lo que necesitaba. En ese aspecto, era testaruda al extremo de lo insoportable. Dennis comprendió que le estaba rogando que reflexionara acerca de sus palabras, que no insistiera más. Se sentía intrigado, pero la amaba y no intentaría obligarla a adaptarse a su esquema de comprensión.

El arroyo de aguas frías corría sobre rocas y ramas quebradas. Se sentaron sobre un canto rodado al borde del agua. En la Edad de Hielo, esos cantos rodados habían sido arrastrados hacia el sur por el glaciar en su ruta hacia el casquete polar. Cuando el glaciar se retiró de nuevo hacia el norte, los cantos rodados quedaron, según dijo Sophie, "para que nosotros nos sentemos sobre ellos y, de vez en cuando, si no tomamos los recaudos necesarios, para caerse sobre nosotros".

Sería necesaria una elección y un cierto tipo de sacrificio: uno de los dos debería ceder. Dennis sabía que siempre había alternativas para el modo en que uno vivía. No siempre eran fáciles... pero existían. Y él las había estado buscando.

—Sophie...

Sophie colocó un dedo sobre los labios de Dennis. Lo llevó hacia el bosque, extendió sobre el suelo el mantel floreado para picnics, y le hizo el amor a la sombra de los árboles cuando comenzaba a soplar la brisa de la tarde. Le quitó la camisa, lo mordió con suavidad en los hombros y el pecho. En el acto amoroso, Sophie no tenía inhibiciones. Se colocó a horcajadas sobre Dennis, haciendo que la tierra, el ripio y las ramitas se clavaran en su espalda. Dennis oyó el sonido de un búho y el gorjeo de un colibrí a la distancia. Los gemidos gatunos de Sophie parecieron poblar el bosque. Ningún pájaro ni ninguna otra criatura se atrevería a interrumpirlos.

A la tarde siguiente, Dennis subió por la escalera alfombrada a las oficinas de Karp & Ballard, situadas en la avenida Hyman, en Aspen.

—Voy a casarme con una mujer de Springhill —le dijo a Mickey Karp, su antiguo amigo de la Oficina del Fiscal Federal de Manhattan—. ¿Podrías emplear a un abogado penalista de mediana edad para recoger papeles y darles a ustedes algunas lecciones sobre el mundo real?

Mickey Karp era un hombre elegante de poco más de cuarenta años, con cabello negro y brillantes ojos oscuros.

—Sí, el hombre que describes nos vendría muy bien. Pero,

Dennis, esto es Aspen. Famoso por su paz y tranquilidad... básicamente, aburrido. Un abogado penalista de Nueva York...

Dennis borró su vida pasada con un movimiento de la mano.

—No lo hago por dinero ni por mi ego, sino en busca de cordura. Una vida nueva.

Mickey y su socio, Bill Ballard, se tomaron un día para redactar un simple convenio de sociedad. Dennis necesitaría un tiempo para terminar sus casos en Nueva York, poner en venta su casa de Westport, venderla, preparar la mudanza y despedirse. Para cambiar su vida. Para cambiar su mundo.

4

Recuerdos de Dylan Thomas

Día de Acción de Gracias de 1993

El éxodo de Dennis se demoró debido a la continuación de un caso relacionado con drogas. Como no quería volver a dejar a los chicos, persuadió a Sophie de que viajara al este para pasar el día de Acción de Gracias junto a su familia. Brian tenía ocho años, y Lucy, seis.

Al principio, Sophie habló poco con los chicos, y ellos actuaron con timidez. Pero al cabo de un día ya se habían hecho amigos. Sophie había llevado su violín y tocó para ellos tonadas irlandesas y canciones gitanas mientras bailaba sobre la alfombra y agitaba su cabello cobrizo. Mientras tocaba, reía. Los chicos también reían y Lucy aplaudía. Después Sophie tocó un movimiento de una sonata de Bach. Los niños guardaron silencio. Cuando terminó, Sophie hizo una pausa.

—¿Me llevarían a dar una vuelta por su ciudad? —les preguntó—. Si lo hacen, algún día los llevaré a conocer la mía.

—¿Dónde vives? —le preguntó Brian.

—En las montañas, muy alto, cerca del cielo. En el bosque hay lugares maravillosos. Un manantial de aguas increíblemente cálidas… que es la razón por la cual el pueblo se llama Springhill. Un lugar muy especial. Les prometo que los llevaré a conocerlo.

Al día siguiente, los cuatro viajaron trescientos veinte kilómetros desde Connecticut, cruzando las Catskills, hasta la casa de los padres de Dennis, en Watkins Glen, a orillas del lago Seneca. Las dos hermanas de Dennis, una de Greenwich y otra de Rochester, se reunieron con ellos para compartir la cena festiva. Su tía Jennie también viajó desde Rochester; tenía noventa y cinco años y estaba muy enferma.

—¿Está en condiciones de viajar? —le preguntó Dennis a su hermana.

—Podría ser su último día de Acción de Gracias. Quiere venir.

Ya hacía más de un mes que la erupción otoñal de rojos y dorados se había evaporado. Los árboles estaban desnudos, y soplaba un viento helado en todo el estado de Nueva York. El padre de Dennis había sido profesor de historia en el colegio de Ithaca. Ahora que estaba jubilado tenía un par de viejos caballos de silla, cabras, cerdos, un gallinero lleno de aves y una vaca, y cumplía la ambición de toda su vida: escribir un libro para demostrar que el Hamlet de Shakespeare fue un joven príncipe decidido que los estudiosos, los productores de teatro y los cineastas habían difamado y malinterpretado.

En la sala, mientras tía Jennie dormitaba y el resto de la familia había salido a recorrer los establos, la madre de Dennis le dijo:

—Me agrada tu mujer. Tiene una personalidad muy estable. Es cálida y alegre. A los chicos también les gusta.

—Sophie es exactamente lo que ellos necesitan —afirmó Dennis—. Esta vez funcionará. No fracasaré de nuevo.

—No fracasaste la primera vez, querido Dennis. Elegiste la mujer equivocada.

—Es un error de criterio, mamá.

Durante la cena de Acción de Gracias, después de trinchar el pavo, el padre de Dennis le dijo a Sophie:

—Dennis me dijo que asististe a Cornell. Yo enseñé en el colegio de Ithaca. ¿Te lo comentó? Fue hace cien años. Pero si pasaste cuatro años aguas arriba del Cayuga, debes de haber conocido Watkins Glen. Todos los estudiantes vienen a nuestra cascada cuando comienza a hacer calor.

—Lo recuerdo bien —dijo Sophie—. Vine a nadar bajo la cascada. Uno tenía la sensación de que se estaba ahogando, y era emocionante, no causaba temor. A mí también me parece que pasaron cien años.

48

—¿En qué te especializaste?

—En química. Pero lo que más me gustaba era la literatura inglesa del siglo XIX. Wordsworth, Keats, Coleridge.

—Entonces debes de haber estudiado con John Yates. El experto en los románticos. John era amigo mío.

—No, con David Daiches —Sophie comenzó a toser, y se sirvió otra porción de pavo y salsa de arándano.

—También conocí a Daiches, pero no muy bien. Era un gran experto en whisky escocés. Se marchó para presidir la cátedra de poesía en Cambridge, Inglaterra. Y antes que él estuvo el ilustre Vladimir Nabokov. Como verás, tengo unos cuantos años. ¿Fuiste buena alumna? ¿Te gustaba la Colina?

—No era muy trabajadora. Extrañaba a mi familia, y sentía mucho frío.

Del otro lado de la mesa, la hermana de Dennis que vivía en Rochester comenzó a reír.

—¡Dennis dice que vives a dos mil setecientos metros de altura en Colorado! ¡Eso es lo que yo llamo frío!

—Frío —repitió la tía Jennie mientras movía la cabeza en señal de asentimiento. Sus manos temblaban.

—Pero no es así —dijo Sophie con amabilidad—. En la zona alta de las montañas Rocosas no hay humedad y casi no hay viento. La gente del este habla todo el tiempo de la sensación térmica. Para nosotros no existe. La nieve es tan blanda y seca que pueden hacerse bolas con ella hasta el mes de abril. Lo llaman polvo de champaña. En invierno, el sol es tan fuerte que puedo cultivar buganvillas en mi invernadero. Y gardenias y orquídeas. Dennis es testigo…

Sophie había hablado con la pasión serena de una mujer enamorada. Pero en ese caso, enamorada de un lugar: su bosque cubierto de nieve.

Esa noche se acostó temprano y Dennis se quedó a beber un último vaso de whisky con su padre.

—Daiches —murmuró su padre—, el profesor de inglés de tu novia, me enseñó lo poco que sé de la elaboración del whisky. Decía que nosotros teníamos las mejores mezclas y también las más baratas en las tiendas Macy's de Nueva York. Bebía muchísimo, así que debe de haber tenido razón. Dylan Thomas fue a visitarlo. Era un tipo amistoso, pero era alcohólico. Leyó sus poesías en la Colina. Él y Daiches se divertían muchísimo. Me presentó a Dylan. Su vida fue una tragedia. —Frunció el entrecejo. —¿Sabes, Dennis? No tiene sentido.

—¿Qué, papá? ¿Que la vida de Dylan Thomas haya sido una tragedia?

—Que Sophie haya estudiado con David Daiches. Él estuvo en Ithaca a fines de la década de los 40 y principios de la de los 50. Para la época en que ella se graduó, hacía mucho tiempo que él estaba en Cambridge.

Dennis sabía que su padre olvidaba muchas cosas y algunas veces confundía las fechas. Acababa de cumplir setenta y cinco años.

—Sé exactamente lo que estás pensando —le dijo su padre—. El viejo está un poco loco. Primera etapa del mal de Alzheimer. Pero te aseguro que Dylan visitó Cornell en 1950. Fui a escuchar su conferencia en Willard Straight Hall. Una voz magnífica. Lo recuerdo como si fuera ayer. ¿Entonces cómo pudo ella estar allí? Debería tener más de sesenta años.

—Tienes razón —repuso Dennis—. Debe de haberlo confundido con otro profesor. —Se inclinó y abrazó con fuerza a su padre… El anciano despedía un aroma agradable a lana y caballos y libros viejos. Dennis dijo: —Voy a dar el gran paso. ¿Qué te parece, papá?

—¿A qué te refieres? ¿A Sophie?

—Sí, a Sophie.

—¿Importa lo que yo opine?

No era el entusiasmo que Dennis había esperado. Esperó, sin saber cómo continuar. Por fin el su padre dijo:

—Creo que está bien. Es evidente que te ama, pues ha venido hasta aquí, donde hace frío de veras, para visitar a tus ancianos padres.

Dennis le apretó el hombro.

—Es eso, ¿no? "La gente del este habla de la sensación térmica." ¡Una crítica al querido Watkins Glen! Eso te molestó, ¿verdad?

—Con sinceridad, Denny, no puedes decirme que hace más frío aquí, que estamos virtualmente en el nivel del mar, que a dos mil setecientos metros de altura…

—Es verdad, papá. Estuve allí y Sophie dice la verdad.

—Vete a la cama. Tu cerebro está nublado por el amor. Ve a darle calor a tu novia en nuestra Siberia.

5
La escena del crimen

10 de noviembre de 1994

—No puedo ver todo el cuerpo —dijo el comisario Josh Gamble, ceñudo, mientras se inclinaba hacia adelante para estudiar las fotografías esparcidas sobre el escritorio de Queenie.

—¿Qué significa eso? —le preguntó Queenie—. ¿Crees que no es un galgo escocés para cazar ciervos?

—Nada de eso. La cabeza basta para saber que lo es. Lo único que digo es que no se puede ver todo el cuerpo o el cuello o el otro ojo.

—¿Y por qué es importante, Josh?

El comisario le entregó a Queenie una fotocopia de un volante que la policía del estado de Colorado había enviado por fax a su oficina el verano anterior. El volante solicitaba a todo el personal de las fuerzas de seguridad del estado que estuviera alerta respecto de cualquier muerte dudosa de animales domésticos.

—¿Lo recuerdas?

Queenie lo recordaba, y se sintió molesta por haberlo olvidado. La primavera anterior, por segundo año consecutivo, había surgido en los suburbios de Denver lo que parecía ser un culto satánico integrado por adolescentes, y para el verano se había extendido a las zonas rurales del estado. Se encontraban perros y gatos en lugares insólitos, con las gargantas abiertas y sin ojos. Los machos aparecían castrados. Según los rumores, el culto sostenía que los animales domésticos estaban contaminando el planeta con sus excrementos.

—Pero la teoría indicaba —dijo Queenie— que los muchachos hacían esas cosas en verano, cuando no había clases y no tenían nada mejor de que ocuparse.

—No sabes cuándo mataron al galgo, ¿no? Lo único que sabes es la fecha en que supuestamente desapareció, de acuerdo con lo que te dijo el hombre de la cantera de Springhill.

Queenie pensó unos minutos.

—Será mejor que suba al paso Pearl y eche un vistazo.

Esa tarde llamó a los hermanos Clark a su casa rodante, situada en el valle, en El Jebel.

—¿Estuvo alguna vez en las fuerzas armadas, Fred?

Fred Clark le dijo que había sido cabo en el ejército.

—Entonces conoces el significado de la palabra "voluntario".

—Sí, señora.

—Cabo Clark, necesito que usted o su hermano se ofrezcan como voluntarios para un viaje al paso Pearl.

A las cuatro de la madrugada, en plena oscuridad invernal, Queenie condujo su desvencijado Jeep Wagoneer hasta el rancho T Lazy 7, próximo a la base de las Maroon Bells. Harold Clark y el subcomisario Doug Larsen la esperaban, vestidos con camperas de color anaranjado fosforescente para que ningún cazador los confundiera con un ciervo o un alce, como había sucedido algunas veces en el sangriento pasado de esas pacíficas montañas.

Un perrito negro y blanco saltó del Jeep de Queenie y comenzó a correr en círculos en la nieve mientras ladraba alegremente.

—¿Qué es eso? —preguntó Larsen.

—"Eso", que en mi opinión merece llamarse "ella", es mi terrier, Jack Russell. Y se llama Bimbo.

—Simpática. ¿Dónde piensas dejarla?

—Vendrá con nosotros.

—Estás bromeando.

—Si el señor Clark, con la mejor de las intenciones —dijo Queenie—, nos llevara a la zona del paso Pearl pero no distinguiera el punto exacto donde él y su hermano encontraron al perro... ¿qué haríamos? ¿Revisaríamos cada centímetro cuadrado de la sierra Elk a una altura de tres mil seiscientos metros? —Bimbo rodó sobre el lomo en un manchón de tierra. —Si llevamos a Bimbo dentro de un radio de cincuenta metros del cadáver de ese galgo, ella lo encontrará. Tiene un olfato excepcional.

La media luna dibujaba sombras cuando los tres exploradores y la perra emprendieron la marcha en dos vehículos para nieve. El rugido de los motores en el sendero angosto quebró el silencio. Harold Clark viajaba detrás de Doug Larsen en el primer vehículo. Queenie cerraba la marcha, con Bimbo apretada contra su amplio pecho y envuelta en una manta.

Al este de las Maroon Bells amplias extensiones de nieve cubrían varios kilómetros a cada lado del sendero. El cielo del amanecer se llenó de luz opaca. Los vehículos para nieve treparon ruidosamente hasta los tres mil seiscientos metros de altura. Los bosques situados más abajo parecían manchones de tinta distantes, y grandes rocas emergían de la tundra. La vegetación era escasa, las laderas de algunas montañas estaban tan gastadas por el viento que parecían lijadas. Queenie señaló hacia el sur, donde la masa de nieve de la sierra Elk se hallaba cortada al medio por la larga y fea cicatriz de una avalancha.

—¡Qué grande! —exclamó Queenie.

La zona desértica inspiraba admiración pero sólo un inconsciente podía considerarla amistosa. En el valle Roaring Fork las avalanchas cobraban varias vidas cada año. Cuando los deslizamientos terminaban, la nieve se asentaba en grandes trozos que tenían la consistencia del cemento. En marzo, ese hermoso polvo blanco, al deslizarse montaña abajo a velocidades de hasta ciento sesenta kilómetros por hora, había arrojado a una esquiadora de fondo contra un grupo de árboles con la fuerza suficiente para decapitarla.

No era amistosa.

Los exploradores comenzaron la larga subida alrededor del sitio que llevaba a la División Continental. El viento formaba remolinos de nieve sobre la superficie del sendero.

Poco después de las nueve, Harold Clark levantó una mano cubierta por un mitón y señaló.

—¡Allá abajo!

Larsen y Queenie apagaron el motor de sus respectivos vehículos y bajaron. El altímetro de muñeca de Larsen indicaba tres mil ochocientos cincuenta y dos metros. Se calzaron raquetas para nieve sobre las botas y comenzaron a bajar, mientras Bimbo saltaba y resbalaba pegada a los talones de Larsen.

Una hora más tarde, cuando Queenie indicó que se detuvieran, Harold Clark se encogió de hombros con impotencia.

—Estoy seguro de que fue por aquí. Podíamos ver a las Bells hacia allá. —Miró en todas direcciones. —También podría ser un poco más arriba.

El cielo se cubrió de nubes y el bosque quedó bañado en sombras. En las alturas, esos cambios se producían en pocos minutos. Unos metros más abajo, el sol brillaba a través de la niebla, pero cerca del límite de la vegetación arbórea, el viento y la nieve quemaban la piel desnuda. Queenie se inclinó y tomó a la terrier entre sus brazos. "No debí traerte —pensó—. Fui una tonta. Pero, como siempre, pensé que sabía más que los demás."

Un saliente les bloqueaba el paso. Una cornisa peligrosa situada en el extremo este les impedía continuar a sotavento y, por lo tanto, tuvieron que avanzar por el extremo oeste bajo el azote del viento.

Bimbo comenzó a ladrar, después a gruñir. Al principio, Queenie pensó que la terrier estaba asustada. Pero no temblaba ni tampoco gemía.

—Bimbo, chiquita… —Bimbo continuaba gruñendo. —¡Cálmate!

Bimbo no se tranquilizaba. Y después, Queenie sonrió.

—¿Acaso has olfateado un perro muerto, muñequita?

Queenie aflojó la presión y sintió una ola de temor cuando la perra saltó de sus brazos. El viento había arrastrado la nieve caída la semana anterior y se habían formado parches de hielo sobre el suelo. Si la terrier resbalaba en uno de esos parches, se deslizaría hasta estrellarse contra un árbol.

—¡Bimbo!

La perrita era blanca y pequeña; costaba distinguirla entre la nieve fresca. Desapareció en el bosque de abetos, tragada por las oscuras sombras azules. Queenie se lanzó tras ella. Sus raquetas se hundían en la nieve. Larsen la siguió pero Clark se quedó atrás. El aire estaba lleno de copos de nieve.

Por fin un pequeño destello blanco cruzó las sombras. Queenie lo siguió. Oyó un grito a sus espaldas. Cuando se dio vuelta, Larsen estaba en el suelo y no se veía la mitad de su cuerpo. Queenie regresó por las huellas que habían dejado sus raquetas de nieve y aferró la campera mojada de Larsen con la mano enguantada. Su boca y su bigote estaban llenos de nieve. Ya no llevaba puesto el sombrero y respiraba con dificultad.

—¡Tu maldita perra nos va a matar a todos!

Utilizando los bastones como punto de apoyo, se puso de rodillas.

Queenie se dirigió colina abajo, hacia el bosque de sombras. Muy alto, en el cielo cubierto de nubes, una pareja de águilas rojas planeaban en el viento. En algunas ocasiones, las águilas habían cazado cabras montesas y ciervos. Las águilas, al igual que la nieve, no siempre eran amistosas.

Bimbo ladró desde cierta distancia a la izquierda. Queenie gritó:

—¡Ya voy, chiquita! ¡Quieta, Bimbo! ¿Me oyes?

Encontró a la perrita en un claro al borde de un prado donde un montículo de nieve de alrededor de dos metros y cuarenta centímetros de diámetro se elevaba sobre el ángulo de la pendiente. La mayor parte de la nieve había sido removida.

Pero no por Bimbo, pensó Queenie. Tan pronto como se aproximó, notó un olor dulzón desagradable. Bimbo giraba, gemía y escarbaba con sus patitas en un sitio de tierra marrón sin nieve. El viento aullaba a través del claro.

Queenie extrajo de la mochila su pala para avalanchas. Comenzó a cavar. En unos minutos, un olor más fuerte llenó el aire frío del bosque. Apareció un trocito de tela oscura. Queenie continuó cavando.

Cuando Larsen llegó junto a ella, Queenie había abierto un surco dejando al descubierto un trozo de tela de nailon azul oscuro y carne mordisqueada. Y también un conjunto de dientes, en lo que había sido una boca.

Larsen contuvo el aliento:

—Lo encontraste. Me disculpo con tu perrita.

—No, no lo encontré —dijo Queenie.

Larsen la miró intrigado.

—Pero lo estoy viendo.

—No lo estás viendo. No es un perro. Son dos bocas. Y los dientes de una de ellas tiene emplomaduras de oro —dijo Queenie.

Sobre ellos se extendía una zona sin vida de rocas y silencio helado. Comenzó a caer aguanieve. Queenie dijo:

—Declaro este lugar escena de un crimen. No debe tocarse nada en un radio de cincuenta metros. Ni siquiera el tronco de un árbol. ¿Comprendido?

Obraba de acuerdo con las disposiciones del Sistema de Procedimientos para los Casos Federales. Lo único que sabía era que había dos cuerpos humanos en estado de descomposición. Hasta que se demostrara lo contrario, según las normas de la Oficina del Comisario del Condado de Pitkin, todas las muertes que no habían sido declaradas y clasificadas eran consideradas homicidios. En una cartuchera de cuero negro colocada en su cinturón, junto a una Smith & Wesson .357, un cargador automático, y un par de esposas, Queenie llevaba una radio de dos sentidos con catorce canales. Su primera señal en el canal de emergencia llegó a una repetidora próxima al valle y desde allí el operador diurno la comunicó con la Oficina del Comisario en los tribunales de Aspen.

—¿Está Josh? —preguntó Queenie.

En menos de veinte segundos oyó la voz del comisario en la radio.

—¿Dónde está, jefe?

—En un almuerzo del Club de Hombres en el Little Nell. Entre burritos y mousse de chocolate, con cincuenta ciudadanos de la comunidad comercial de Aspen pendientes de mis palabras. —Queenie oyó una carcajada de fondo. —¿Qué sucede, alguacil?

—Estoy a unos cinco kilómetros del paso Pearl —informó Queenie— y encontré algo que, en apariencia, son dos cadáveres humanos enterrados a un metro veinte de profundidad. La tumba fue abierta por animales, según parece, y los cuerpos están mordisqueados. Resulta difícil calcular la fecha en que sucedió.

El comisario emitió un gruñido.

—¿Cómo está el clima?

—Cada vez más frío. No recuerdo que se haya denunciado ninguna persona perdida durante el último verano. Ni tampoco en el invierno.

—Yo tampoco. Encontramos a todas las personas perdidas. ¿Con quién estás?

Queenie se lo dijo.

—Queenie, te nombro jefa del operativo. Iré a buscar una orden al tribunal. ¿Qué necesitas?

—Alimentos, el forense, y un par de carpas con aislante.

—¿Podemos enviarlo en helicóptero?

—Negativo. Creo que necesitaremos al DIC. Y también a la gente de la AII.

El DIC era el Departamento de Investigaciones de Colorado, cuya sede estaba en Denver. Y la AII era la Asociación Internacional de Identificaciones. En 1976, después de la Gran Inundación Thompson, se formó una división de las montañas Rocosas.

—¿Alguna identificación en los cuerpos?

—Nada visible.

—En unos diez minutos —dijo el comisario— voy a conseguir todos los vehículos para nieve disponibles del condado, y enviaré al forense, y a un ayudante, y todas las personas de nuestra oficina que pueda encontrar. Seis de ellos pasarán la noche contigo. ¿Podrás manejar la situación, O'Hare?

—Por supuesto —afirmó Queenie—. Haremos una gran fiesta si alguien trae cerveza.

6

El oso

Enero de 1994

Excitado, temeroso y sin prestar atención a los consejos de sus amigos, Dennis sentía que su corazón latía aceleradamente mientras vendía su casa en Westport en forma rápida y por menos de su valor. El agente inmobiliario le había aconsejado esperar unos meses porque el mercado estaba en baja.

Pero Dennis le había contestado que eso no le importaba en absoluto. Vendió sus muebles a la primera persona que respondió a su anuncio del *Times* y le hizo una oferta. El dinero no le faltaría jamás. Tenía una profesión a prueba de recesión, y gozaba de perfecta salud salvo el dolor en una rodilla causado por una herida de granada durante la guerra de Vietnam. Vendió su Mercedes porque ya se había comprado un Jeep Cherokee rojo en Berthod Motors, en Glenwood Springs. Y envió a Springhill, por camión, el resto de sus pertenencias, incluyendo el escritorio de caoba, los cuadros, los libros, su colección de discos compactos, los libros de derecho y un *container* repleto de juguetes.

Dennis sufrió una decepción cuando casi a último momento su ama de llaves alemana decidió que no los acompañaría. Sus hijos tenían seis y ocho años cuando se mudaron al oeste para vivir junto a Sophie Henderson, y Dennis presentía que la adaptación no sería fácil. Pero, al mismo tiempo, pensaba que si él era feliz, ellos también lo serían.

—Chicos, el invierno es largo, pero hay muchas cosas para hacer. Esquiaremos y patinaremos. Les gustará la escuela. Sophie es una de las maestras. Sé que van a extrañar a sus amigos, pero podrán llamarlos por teléfono y los verán cuando regresemos de visita.

Lucy y Brian parecían un poco apesadumbrados por esas perspectivas.

La casa de Sophie era amplia y antigua, y cada uno de los chicos tendría su propio dormitorio. Era cálida, seca y cómoda, con varios hogares y estufas de leña que caldeaban las habitaciones sin contaminar las montañas Rocosas, sillones mullidos, sofás y una mesa de comedor de roble para doce personas. Sophie tenía un *freezer* en el garaje. Después de la temporada de caza, algún amigo o familiar le daba un trozo de alce para conservarlo congelado. Y ella, con los anteojos casi en la punta de la nariz, seguía las instrucciones de los libros de cocina francesa y preparaba estofados de venado.

Las paredes de la casa estaban cubiertas de óleos y acuarelas entre estampas de escenas deportivas y calendarios con reproducciones de Hockney y Matisse, y Dennis consideraba que los óleos eran tan buenos como los que había visto últimamente en las galerías de arte de Nueva York. Uno de ellos —de bañistas desnudos a orillas de un río en un paisaje de verano de ensueño—, colgaba en el dormitorio de ambos.

—Detrás de ese cuadro hay una pequeña caja fuerte —le dijo Sophie— donde guardo algunos títulos al portador y mis papeles privados.

—¿Cuál es la combinación? —le susurró Dennis al oído.

—Está en mi testamento —respondió Sophie.

Pero, en realidad, a Dennis le interesaba el cuadro.

—¿Quién lo pintó? ¿Y los otros? No están firmados, pero todos tienen un pajarito verde muy gracioso en una esquina.

—Mi ex suegro —le explicó Sophie— se llama Harry Parrot. Es el pintor del pueblo, un excéntrico. El pájaro es su firma. No es muy sociable, pero me agrada.

Los chicos habían llevado a sus gatos en la mudanza, un macho llamado Donahue y una hembra llamada Sleepy. Tan pronto como fueron liberados de sus jaulas, Donahue y Sleepy comenzaron a recorrer sus nuevos dominios olfateando todos los rincones. Sophie ya había hecho instalar una puerta para gatos en la cocina.

Antes de que comenzaran las clases, Dennis llevó a los chicos a esquiar a Snowmass, donde la pista era fácil. Algunas veces fueron a esquiar con Sophie en un sendero del bosque.

—No te preocupes por ellos —le dijo Sophie—. Se adaptarán. Cuando hagan nuevos amigos te preguntarás por qué no están nunca en casa.

Habían contratado a una jovencita de diecinueve años para limpiar la casa y recibir a los chicos cuando regresaban de la escuela. Se llamaba Claudia Parrot; era la nieta del pintor y acababa de graduarse en la escuela secundaria Carbondale.

—Yo voy a trabajar la mayoría de los días en Aspen —le dijo Dennis— y Sophie seguirá enseñando en la escuela. Los chicos van a necesitar mucho afecto y atención. ¿Podrás hacerlo, Claudia?

—Adoro a los niños —respondió Claudia—. ¿Sabe? Si no tuviera este empleo, tendría que trabajar en la cantera, o como cajera en un supermercado de Glenwood Springs. Le estoy muy agradecida.

—Es perfecta —le dijo Dennis a Sophie.

—Aún recuerdo que querías traer una niñera suiza. Y yo te dije que en Springhill podías tener todo lo que quisieras, excepto los Giants de Nueva York.

Dennis se sentía muy optimista.

—También los tendré a ellos cuando sea la época del campeonato del oeste —afirmó.

Dennis le preguntó a Sophie acerca de su esposo, Ben Parrot, que había fallecido en una avalancha cuando esquiaba en Canadá.

—No lo mencionas casi nunca.

—Han pasado seis años —dijo Sophie mientras se echaba el cabello hacia atrás—. No quisiera parecer fría, pero su muerte me conmovió y estuve de luto por él durante dos años; después lo superé. Era mi primo segundo. Todos tomamos conciencia del sexo a cierta edad, y en ese momento los dos estábamos disponibles y muy cerca el uno del otro. El sexo llevó al matrimonio, el matrimonio a la continuidad… pero faltaba algo. No fue un matrimonio apasionado. Ben era un buen hombre, pero no tenía muchas luces y era muy aburrido.

Sophie le contó que ella y Ben habían tratado de tener hijos pero no lo lograron.

—¿No quieres intentarlo conmigo? —le preguntó Dennis.

—Estoy segura de que nos divertiríamos mucho intentándolo. —La boca amplia de Sophie se curvó formando la sonrisa que siempre lo enternecía. —Pero no me entusiasma. Me siento demasiado vieja para eso.

—Sólo tienes treinta y siete años. En esta época, las mujeres tienen hijos hasta después de cumplidos los cuarenta.

—Lo sé, pero... —Se soltó el cabello dejando que cayera como una cascada alrededor de su rostro. —Lucy y Brian son suficientes para satisfacer mi instinto maternal. Los quiero mucho, Dennis.

Dennis sintió cierta desilusión pero sabía que no debía insistir. "La amas —se dijo—. No intentes cambiarla."

Lucy y Brian se encariñaron con ella casi de inmediato y parecieron beneficiarse con la armonía que brotaba de su interior. Les leía los libros del doctor Seuss, los llevaba con ella cuando iba a hacer las compras a Carbondale, y los mandaba a hacer mandados a la pequeña tienda de ramos generales de Springhill. Un día, después de la escuela, Sophie y Brian libraron una batalla con pelotas de nieve y los dos entraron en la casa por la puerta de la cocina, con los rostros enrojecidos y riendo. También comenzó a darle clases de violín a Lucy.

Scott y Bibsy Henderson ocuparon rápidamente el papel de abuelos y comenzaron a consentirlos. Dennis estaba encantado, y se dio cuenta de que a los chicos les había faltado todo eso en Westport. Había sido padre y madre para ellos durante demasiado tiempo.

—Jamás pensamos que sucedería —le dijo Bibsy un día—. Sophie no permitía que ningún hombre se le aproximara. Gracias, querido Dennis.

En febrero de 1994, un mes después de que Dennis se mudara a Springhill y un año después de que se conocieran en la montaña Aspen, él y Sophie se casaron en la capilla del condado de Pitkin. Los dos estuvieron de acuerdo en postergar la luna de miel hasta la primavera, para que los chicos tuvieran tiempo de adaptarse.

Pero cuando llegara el momento, abordarían un avión de Air France en Los Ángeles y pasarían dos semanas en la isla de Moorea, en el Pacífico Sur.

—Me enamoré del nombre cuando era pequeña —dijo Sophie.

—Me alegro de que no te haya cautivado la cadencia de Timbuktu —respondió Dennis, aunque con ella hubiera ido allí o a cualquier otro lado.

Dennis viajaba a Aspen cuatro o cinco días por semana, a trabajar en su oficina recubierta de madera en Karp & Ballard, donde colgaban de la pared su título de abogado otorgado por Yale y el certificado que lo acreditaba como miembro de la Asociación Nacional de Abogados Penalistas. Durante todo ese invierno, a la mañana temprano oía las explosiones distantes provocadas por las patrullas de montaña para limpiar las avalanchas que habían caído sobre las laderas de la montaña. Para principios de marzo ya actuaba en los tribunales defendiendo al hijo de diecisiete años de una estrella de cine acusado de vender drogas, y después defendió al propietario de un bar de la zona acusado de vender alcohol a menores. Le tocó alegar ambos casos ante el juez Florian, el juez de distrito de la zona. Sus dos clientes recibieron condenas en suspenso. Dennis estaba satisfecho, y también lo estaban sus clientes.

Comenzaron a llamarlo nuevos clientes. Y Dennis empezó a sentir que podía ganarse la vida en ese lugar, quizá no una fortuna, pero sí lo suficiente para vivir. Con eso bastaba. Sus ambiciones y su visión del futuro habían cambiado.

En Springhill, Dennis pasaba tanto tiempo con Sophie, conversando, haciendo el amor, escuchando a Mozart y Verdi frente al hogar encendido en las tardes de invierno y primavera, que sólo le quedaba tiempo para estar con sus hijos. Algunas veces invitaban a sus amigos a cenar: Hank y Jane Lovell o Edward Brophy. El pueblito de montaña era pequeño. La vida, simple. Dennis no había visto nunca a un nativo de Springhill vestido de saco y corbata, y las mujeres, inclusive Sophie, no sólo usaban vaqueros en su trabajo sino también cuando estaban en la casa y por las noches. Sin embargo, eso no les daba un aspecto vulgar o común. En Nueva York y en Connecticut había todo tipo de gente, desde la delgada, hermosa y moderna hasta la extraña, simple o intimidantemente obesa. Pero en su nuevo hogar, casi todos los habitantes eran atractivos y bien formados. Tanto ellos como su estilo de vida estaban rodeados de un halo de simplicidad que cada día él admiraba más. Al cabo de unas pocas semanas, Dennis había conocido a todos los amigos, vecinos y familiares de Sophie. Ella le contó que tenía, como mínimo, una docena de primos en primer y segundo grados que vivían en el pueblo.

—De hecho, Oliver Cone es uno de ellos.

—¿Qué hace el pueblo respecto de la endogamia?

—Todo lo posible. Oliver es el resultado de una unión endogámica... el aspecto positivo. Tiene un doctorado en ingeniería hidráulica. Es muy inteligente, pero jamás podrías adivinarlo a menos que él confiara en ti, y las únicas personas en que confía son Edward y sus compañeros de cacería. ¿Sabías que es un excelente arquero? Me provee de la mayor parte del venado cada otoño. La única razón por la cual trabaja en la cantera es debido a que... bueno, debido a que la cantera es una empresa de todo el pueblo, y todos hacen algo allí.

Sophie hizo una pausa.

—Pero, por supuesto, tú tienes razón. Cuando era niña, recuerdo que una chica sufrió un ataque de epilepsia y falleció, y había un chico de doce años que no podíamos controlar y debió ser enviado a un internado. Fue muy desafortunado. Desde entonces, hasta donde yo sé, no tenemos ningún enfermo mental encerrado en un granero. Llevamos un registro de los árboles genealógicos y tratamos de mantener separados a los consanguíneos.

—¿Cómo hacen para controlar a los adolescentes en celo?

—En una comunidad como ésta, si existe un riesgo genético, no dudamos en recomendar un aborto. Obviamente, los chicos pueden negarse, y en ese caso no podemos hacer nada. Pero, por lo general, entienden las razones.

En el concepto y en el modo en que Sophie lo expresó hubo algo que preocupó a Dennis. Al principio, no se dio cuenta. Pero después, comprendió.

—¿A quién te refieres cuando dices *nosotros*? ¿Quiénes son

los que llevan un registro de los árboles genealógicos? ¿Los que "no pueden hacer nada"? No me digas que forma parte de las tareas de la intendente.

—Lo creas o no —respondió Sophie—, lo hace la Junta de Agua del pueblo.

—¿La Junta de Agua? ¿Lo dices en serio?

—Es un pueblo pequeño. Sólo tenemos trescientos cincuenta habitantes… En cualquier otro sitio seríamos una mancha grande en el camino. No tenemos comisiones u organismos para cada cosa. El Consejo del Pueblo maneja las finanzas, la legislación y la escuela y la cantera. El Departamento de Bomberos Voluntarios se ocupa de las emergencias, organiza las fiestas y realiza el control de avalanchas en el pueblo e inclusive en el camino que nos une con Redstone. Así que todo lo demás, como por ejemplo el control de la contaminación, e inclusive la genética, queda a cargo de la Junta de Agua. Simplemente resultó de ese modo. Fue una solución elegante, supongo.

Dennis asintió en silencio. ¿Qué importancia tenía? ¿Qué tenía que ver con el nuevo corazón de su vida?

Algunas noches, Sophie leía poesía en voz alta. Le leía a Dennis poemas de Wordsworth y Mallarmé. Había aprendido francés utilizando los videos de la Biblioteca del Condado de Pitkin. A Dennis le encantaba el sonido de su voz; su claridad era similar a las vibraciones suaves de un gong. Y por lo menos tres o cuatro veces por semana tocaba el bello violín de madera oscura que estaba guardado en el gastado estuche de cuero. Acariciaba su madera reluciente y sus cuerdas tirantes. Su música cautivaba a Dennis. Las preocupaciones que el mundo le causaba se evaporaban. Era transportado hacia un lugar similar a un útero donde parecía flotar en aguas tibias que lo mecían con lentitud.

—Algunas veces —admitía Dennis—, cuando cierro los ojos, podría dormirme mientras tocas.

—Hazlo —le respondió Sophie, con los ojos brillantes de placer—. No me molestaría. La música puede transportarte a otro mundo. Y llega hasta ti inclusive mientras duermes.

Cuando vivía solo, y antes, cuando estaba casado con Alma, algunas veces veía televisión a la noche, pero un día se dio cuenta de que en las montañas rara vez encendía el televisor, excepto para ver una película o un suceso deportivo al cual no podía resistirse. Su mundo real era soleado y entretenido; no necesitaba nada más.

Antes de conocer a Sophie se consideraba un hombre sexualmente sofisticado. Había sido soltero durante muchos años antes de su casamiento con Alma, y había hecho el amor con muchas mujeres. Una de sus parejas estables de Nueva York era editora de una revista de arte francesa; otra, una psiquiatra de piel oscura oriunda de Brasil. Siempre había estado dispuesto a experimentar, y en varias ocasiones había hecho el amor con dos mujeres al mismo tiempo. Pero jamás era arrogante acerca de su sexualidad. Como la mayoría de los hombres, se consideraba un buen amante. Las mujeres se lo habían dicho; ¿qué razón tenía para dudar de su palabra? Más aún, había sido afortunado al tener relaciones con mujeres que eran más experimentadas que él en las artes del amor. Y había llegado a la conclusión de que era un arte. Guiarse por el instinto no era suficiente. Era posible aprender. Era posible experimentar. Era posible superar lo ordinario.

Y ahora estaba Sophie. Todo lo que creía saber sobre la femineidad y el sexo cambió con Sophie. No parecía haber nada que ella no hiciera o no supiera hacer. El dormitorio era su dominio. A la luz de las velas, jugueteaban. En la oscuridad, ella susurraba a su oído y conjuraba imágenes de todas sus fantasías. Sin embargo, a pesar de su experiencia, lograba todo con el placer de la frescura carnal. Dennis se preguntaba dónde habría obtenido sus conocimientos.

Después de hacer el amor, si no hacía demasiado frío, salían a caminar juntos por la terraza. "Para que la luz de las estrellas lave nuestros ojos" decía Sophie. A dos mil setecientos metros de altura la oscuridad era absoluta. Las estrellas eran como diamantes y parecían emitir un suave murmullo. Desde la montaña llegaba el aullido de los coyotes, que algunas veces despertaba a los niños. En las noches estrelladas, un búho cantaba, y en las noches más cálidas a medida que la primavera daba paso al verano, oían a los ciervos o alces caminando entre los arbustos.

—¿Hay osos pardos en esta zona? —preguntó Brian.

—Osos negros —respondió Sophie—. Pero en invierno hibernan. Ahora, que es primavera, podrás ver huellas y deposiciones frescas. Y en verano podrás ver uno o dos de los pequeños del otro lado del arroyo. No se acercarán a la casa a menos que estén muy hambrientos.

Una noche de abril, Dennis despertó al oír una serie de golpes detrás de la cocina. Los tachos de basura de plástico verde estaban a la intemperie junto al Blazer de Sophie y su Cherokee. Una media luna pendía clara y brillante sobre las montañas. Dennis espió por la ventana del primer piso y vio a un animal grande revolviendo uno de los tachos de basura. Un vecino tenía vacas y con frecuencia olvidaba cerrar el granero.

Consultó la hora: aún no era medianoche. Los restos de unos leños encendidos brillaban en el hogar de la sala, y la habitación aún estaba tibia. Se puso la bata de toalla y bajó a la planta baja. Sobre las paredes se formaban sombras danzantes mientras tomaba una linterna de la mesada de la cocina. Al oír cerca una pisada suave, giró. Brian estaba parado en la escalera. Tenía puesto el piyama de lanilla roja con figuras del Ratón Mickey y Pluto.

—Oí algo, papá.

—Creo que una vaca está escarbando la basura. ¿Recuerdas que tiramos todos esos huesitos de pollo deliciosos? Vamos a mirar.

Con Brian a un costado, Dennis abrió la puerta de la cocina. El aire helado de la noche los golpeó con fuerza. Dennis salió, enfocó el haz de la linterna y dijo:

—¡Shuuu!

Un oso negro giró su enorme cabeza hacia él. Se afirmó sobre las cuatro patas junto a los tachos de basura caídos. Sus ojos, botones rojos bajo la luz amarillenta de la linterna, brillaron de repente y lo miraron con una expresión que a Dennis le pareció de maldad. Dennis olió el aliento a carne del animal. El oso dio un paso hacia ellos. Dennis empujó a Brian hacia sus espaldas. El niño soltó un grito y se orinó.

Dennis no pudo recordar jamás donde había leído o escuchado qué era lo que debía hacer, pero la noción estaba claramente arraigada en su mente. Tenía el cinturón de la bata blanca atado con flojedad. Dennis se puso en punta de pies, extendió los brazos y los levantó. "Debes parecer más grande", recordó. Al mismo tiempo, bajó la vista para no desafiar al animal.

El oso dio media vuelta y se alejó con rapidez hacia la oscuridad del bosque.

Durante un mes, cada vez que Dennis hablaba con sus amigos o familiares de la Costa Este, les contaba la historia, aunque omitía la parte en que Brian mojaba los pantalones de su piyama de Disney World. Comenzó a sentirse como una especie de montañés de la época moderna: casi desnudo a la luz de la Luna y compartiendo el territorio con los Osos Vecinos. Un aventurero, un ex muchacho de ciudad feliz fuera de su elemento; esa imagen lo complacía.

7

Confía en mí

Mayo de 1994

Brian recordó que su madrastra le había contado que el pueblo de Springhill se llamaba de ese modo debido a un manantial de aguas cálidas que estaba en las proximidades.

—Dijiste que era un lugar especial y nos prometiste que nos llevarías a verlo. ¿Por qué es especial?

—Cuando vayamos, te lo mostraré.

Brian continuó insistiendo y la mañana de un domingo de mayo, muy temprano, Sophie anunció que los llevaría a él, su hermana y su padre, cruzando el bosque, al manantial.

—Lleven sus raquetas para nieve, muchachos.

Durante la noche habían caído diez centímetros de nieve. Sophie les había regalado raquetas para nieve a todos en Navidad. La familia cruzó la propiedad y el arroyo hasta llegar a un sendero que se internaba en el bosque. Allí se detuvieron y se colocaron las raquetas. A unos cien metros de distancia, llegaron a una tranquera maciza instalada en un cerco de alambre tejido de un metro veinte de altura que reptaba entre los árboles hasta donde alcanzaba su vista. La tranquera tenía un candado de combinación.

Sophie hizo girar los diales. Se oyó un chasquido y el candado se abrió.

—¿Estas tierras no te pertenecen? —le preguntó Dennis.

—No, son tierras de la aldea.

—¿Y cómo sabes la combinación? ¿Es uno de los privilegios del intendente?

—Todos los adultos de Springhill la conocen.

—Si todos los adultos la conocen, ¿qué sentido tiene colocar un candado? ¿Para que no entren los niños?

—El sendero desemboca en el manantial y después continúa hasta el lago Indian. No queremos que haya extraños en la zona.

—Sophie, en caso de que no lo hayas notado, no llegan extraños a Springhill.

—La gente del valle sale de excursión en verano. ¿Acaso crees que saben cuál de los arroyos aporta al suministro de agua potable y cuáles no? Pueden contaminar el agua sin saber que lo están haciendo.

Sophie continuó avanzando, hundiéndose en la nieve. En algunos lugares la nieve acumulada le llegaba a la cabeza. Los pinos estaban cubiertos de copos y el cielo azul brillaba a través de sus ramas como en las postales de invierno.

—Allá —dijo Sophie mientras señalaba hacia una pequeña colina. Una cascada delgada caía desde un saliente de roca a casi cuatro metros de altura, hasta un arroyo de no más de noventa centímetros de ancho, que transitaba turbulento por su cauce durante unos quince metros, después se ensanchaba formando una pileta de un metro cincuenta de diámetro y por fin desaparecía en una curva pronunciada de la colina. En la superficie flotaban musgos y helechos, algunas ramas podridas y vegetación oscura.

—¿Ése es el manantial? —preguntó Dennis—. ¿Esa cascada diminuta, ese hilito de agua? ¿Y la colina? ¿Eso fue lo que le dio nombre al pueblo?

—El manantial está oculto. El agua que ven tiene una temperatura de alrededor de veintisiete grados. En verano sube a treinta. La pileta que ven era un poquito más grande, y algunas veces la gente se bañaba en ella. Vengan. Les mostraré algo más.

No había sendero, pero Sophie sabía con exactitud hacia dónde se dirigía. Dennis y los chicos la siguieron. De repente, una cabaña desvencijada apareció frente a ellos, detrás de un montículo de tierra.

—¡Es la casa de la bruja malvada! —exclamó Lucy.

—No —gritó Brian—. ¡Ella vive en un castillo! Ésa es la cabaña de un pobre carpintero.

—Nadie vive aquí ahora —les explicó Sophie con una sonrisa—. Pero hace muchos años vivía un minero. William Lovell, un ancestro de Hank Lovell, nuestro amigo que administra la cantera. Ese hombre, el ancestro de Hank, fue uno de los primeros colonos de la zona.

Los ojos de Brian se agrandaron.

—¿Todavía hay oro por aquí?

—El señor Lovell extraía cobre, no oro, y su pequeña mina, que estaba al costado de la colina, se llamaba El Rico. El cobre se agotó hace veinte años. Nadie trabaja en la mina. Ahora les mostraré algunas de las razones por las cuales es especial. Algunas veces suceden cosas extrañas a su alrededor.

—¿Cosas que asustan? —preguntó Brian.

—No. —Sophie apoyó una mano en el hombro de Lucy y la otra en el hombro de Brian. —Quítense las raquetas para nieve y entren en la cabaña junto a mí.

Los chicos la siguieron. Dennis, a corta distancia, los observó. La antigua cabaña estaba oscura. Su techo de paja había sido reparado muchas veces durante su existencia de más de un siglo. Las maderas del piso crujieron.

—¿Cuál de los dos es más alto? —les preguntó Sophie.

—Ya sabes que yo —dijo Brian—. Por cinco centímetros.

—Dos y medio —corrigió Lucy.

Sophie asintió.

—Póngase espalda contra espalda.

Los chicos estaban parados bajo la débil luz invernal sobre el piso de madera, que parecía totalmente nivelado. Sophie unió las partes posteriores de sus cabezas.

—Dennis, tú serás el juez. ¿Cuál de los dos es más alto?

—No sé donde están parados —dijo Dennis—, pero parecen de la misma altura.

—Yo soy cinco centímetros más alto —insistió Brian—. Bueno, quizá cuatro.

—El piso debe de tener un declive —observó Dennis, intrigado.

—¿Cómo no se me ocurrió? —preguntó Sophie. Después extrajo una vieja pelotita de tennis del bolsillo de su campera. Se inclinó, la colocó sobre el piso a pocos centímetros de los pies de Brian. La pelotita rodó lentamente hacia Lucy y rebotó contra su talón.

—Si el piso tuviera un declive en el sentido en que rodó la pelotita —dijo Sophie—, entonces Brian debería parecer mucho más alto que Lucy. Inclusive más de cinco centímetros.

—Toda la cabaña debe de estar construida en declive —conjeturó Dennis. Pero inclusive mientras lo decía, sabía que las palabras y el concepto no tenían sentido. Estaba asombrado.

Sophie levantó la pelotita de tennis.

—Mírenme.

Levantó los brazos en alto y se inclinó hacia la izquierda. Su cuerpo formó un ángulo extrañísimo; parecía imposible que no se cayera al suelo.

—¡Sensacional! —exclamó Brian.

—Espera un minuto —dijo Dennis—. Eso es muy extraño. ¿Cómo lo haces?

Sophie se enderezó, sin dar explicación alguna de la postura que había adoptado.

—Salgamos.

Cuando se hallaban otra vez entre los árboles, les dijo:

—Aquí suceden cosas extrañas. Y aquí no suceden cosas extrañas. En verano, por ejemplo, no hay pájaros. No vuelan sobre estos árboles y no se paran en sus ramas. Hacen un desvío alrededor de toda la zona. Y observen los árboles. ¿Qué ven?

Algunos estaban doblados como sacacorchos grises.

—En el verano —continuó diciendo Sophie— las ardillas saltan de uno de esos árboles a otro y con frecuencia no llegan a la rama hacia la cual saltaron.

—¿Tú lo has visto? —le preguntó Dennis.

—Sí, lo he visto.

—Dame una explicación racional. ¿Qué sucede con este lugar?

Sophie los guió de regreso a través de la nieve hacia la tranquera distante.

—Algunos dicen que las vetas profundas de cobre causan todas esas cosas. Otros afirman que hace miles de años cayó un meteorito en este lugar y que supuestamente quedó enterrado a poca distancia de la superficie. Hay un magnetismo que no podemos explicar. La fuerza de gravedad está descontrolada.

—¿Quién te lo dijo? —preguntó Dennis.

—Un geólogo de la Universidad de Colorado vino a hacer un estudio. Fue antes de que yo naciera, pero conozco todas sus conclusiones. Supongo que tenía razón, pero ¿quién puede saberlo?

—Tú eres maestra —dijo Brian—. Deberías saber por qué este lugar es raro.

—Tienes razón. Debería saberlo, pero no lo sé. —Acarició la mejilla de Brian. —Hay algunas cosas en la vida que no tienen explicación. Es posible esbozar una teoría, especular, pero no llegar a una conclusión científica. A lo mejor, se trata sólo de una ilusión óptica.

Brian recurrió a la autoridad suprema.

—¿Tú qué opinas papá?

—No lo sé —repuso Dennis—. He vivido en Nueva York y pensé que no me quedaba nada por ver. Es evidente que me equivoqué. —Echó a reír y también lo hizo Sophie, y la risa fue contagiosa: los chicos comenzaron a saltar por la nieve y a caerse, mientras decían:

—¡Soy una ardilla y no puedo encontrar mi rama!

No obstante, la risa de Dennis ocultaba su intriga. Era más que intriga: pero no lograba definir sus sentimientos. En ese lugar había algo que lo perturbaba profundamente, y le alegró alejarse de allí.

La enorme masa de nieve de la cadena montañosa se derretía de manera tan lenta que inclusive a fines de mayo aún había casi un metro y medio de nieve en el bosque que rodeaba el hogar de los Conway. Lucy se acercó a Dennis, que estaba sentado a la mesa de la cocina bebiendo una taza de café a media mañana del sábado mientras completaba el crucigrama de la edición nacional del *New York Times*.

—Donahue se ha ido —dijo Lucy con pesar.

—¿Estás segura? —Dennis dejó la lapicera y levantó la vista. —A lo mejor está en uno de los cajones de pulóveres, como la última vez que creíste que había desaparecido.

—No, papá. Se fue. Anoche no durmió junto a mí . Ya lo busqué por todas partes.

—¿Cuándo fue la última vez que lo viste?

—Anoche, después de la cena. Les di de comer a él y a Sleepy.

—¿Y dónde está Sleepy ahora?

—En tu silla grande, la que te gusta para ver los partidos de fútbol.

—Si Donahue se hubiese ido de verdad, ¿te parece que Sleepy estaría durmiendo tan tranquilo? ¿No habría salido a buscarlo?

Lucy comenzó a llorar.

—Papá, te estás burlando de mí, y yo trato de decirte que Donahue desapareció.

Dennis abrazó a su hija; después se paró y probó la puerta para gatos para asegurarse de que no estuviera atascada. Se movía sin obstrucciones.

—Salgamos a buscarlo, querida —dijo.

Sophie estaba en una reunión del Consejo del Pueblo. Dennis y Lucy comenzaron a revisar la casa y Brian se sumó enseguida. Miraron en todas partes, inclusive en una cómoda que contenía camisetas y calzoncillos largos, y en los estantes superiores de los roperos de Sophie, donde apilaba los pulóveres de lana suave.

En el prado y en el bosque cercanos, Dennis les enseñó a los chicos a realizar una búsqueda lógica recorriendo óvalos de tamaño cada vez mayor. Recorrieron las zonas de nieve y barro en busca de huellas de zarpas. Llamaron a Donahue por su nombre y emitiendo sonidos sibilantes. Escudriñaron las copas de los árboles y agitaron las ramas bajas. Pero no encontraron nada.

—Regresará al anochecer —afirmó Dennis—, cuando comience a sentir hambre.

Por la tarde, cuando Sophie volvió a la casa, fueron a visitar a los vecinos para preguntarles si alguno había visto un gato gris y blanco, de tamaño mediano y sin collar. Los padres de Sophie,

Scott y Bibsy, vivían a un costado del arroyo, hacia el norte. No habían visto nada.

La vecina dueña de las vacas era una anciana llamada Mary Crenshaw. Su esposo había sido el gerente de la diminuta funeraria del pueblo y, además, jefe de policía de media jornada. Cuando falleció, varios meses antes, su hijo heredó ambos trabajos. Mary Crenshaw salía muy pocas veces y cuando lo hacía era para comprar alimentos y grandes cantidades de vino oporto, que la tienda de ramos generales almacenaba en los estantes posteriores. Dennis había notado que muy pocos habitantes de Springhill bebían en exceso; su sobriedad lo había impresionado.

—Será mejor que yo hable con ella —dijo Sophie—. Es una mujer extraña.

Dennis y los chicos esperaron afuera, en el porche de Mary Crenshaw. Oyeron que Sophie, en el interior de la casa, preguntaba por el gato perdido. Dennis creyó haber escuchado que decía: "El *monteco cobé* de los *nebes*, Mary. *Braño y griso…*" Pero la respuesta de la señora Crenshaw le resultó aún más extraña.

Sophie salió de la casa.

—No ha visto a Donahue, pero mantendrá los ojos bien abiertos.

—¿Qué fue lo que le preguntaste? —le preguntó Dennis—. No entendí ni una palabra.

—Es una anciana —respondió Sophie—. No pronuncia bien las palabras.

—Te oí a ti, Sophie. Parecía una jerga.

—Dennis, querido, por favor. He tenido un día muy largo y estoy preocupada. No creo que podamos encontrar a Donahue.

Durante los días siguientes, Dennis revisó el bosque en busca de un cadáver, o restos, o incluso un mechón de pelaje. Pero no encontró nada.

Una semana después, Lucy se aproximó a él acunando a Sleepy en sus brazos.

—Quizá —le dijo— Donahue se enamoró de otra gatita que vive lejos, como tú y Sophie. Y se fue a vivir con ella. ¿No te parece, papá?

—Creo que es muy posible.

—Y quizás algún día venga a visitarnos.

—No me extrañaría.

—O quizá vuelva para siempre, si deja de gustarle la otra gatita.

—Sí, querida, eso podría suceder —le respondió Dennis—, pero no cuentes con ello.

Dennis había planeado llevar a Sophie a los Mares del Sur en junio, para su postergada luna de miel. No harían otra cosa más que nadar en los arrecifes de Mooréa y navegar en canoa y comer frutas tropicales y hacer el amor.

El plan incluía dejar a los chicos con los padres de Sophie. Dennis había hecho suyas las palabras de Sophie y se repetía que los chicos no los extrañarían y que para junio tendrían nuevos amigos.

Pero en mayo eso no había sucedido. Los chicos se aferraban a él cada vez más. Regresaban de la escuela con Sophie o sin ella y hacían los deberes, jugaban entre ellos y con los gatos, y veían televisión cuando se lo permitían. Después de la desaparición de Donahue, jugaban sólo con Sleepy.

—¿Por qué no han hecho amigos? —le preguntó Dennis a Sophie.

—Lleva tiempo. Los chicos de la aldea son tímidos.

—¿Qué podemos hacer?

—Dejar que las cosas sigan su curso.

—No me gusta no hacer nada. No estoy acostumbrado a quedarme con los brazos cruzados.

—Dennis, no puedes modificar la vida social de tus hijos. Lo harán ellos mismos, cuando estén listos, a su tiempo. Los padres deben observar y esperar, como los civiles a cuyas puertas se libra una batalla. Es difícil, es frustrante, pero es el único modo que tendrá sentido a largo plazo.

Algunas veces, Dennis pensaba que la sabiduría y los conocimientos de Sophie eran excesivos para su edad.

—Tú los amas —le dijo Sophie— y ellos lo saben. Apóyalos y enséñales, pero no interfieras. Permíteles construir su propio destino.

—Tal como están las cosas, no me gustaría viajar a Tahití.

—Air France es una empresa accesible. Diles que quieres cambiar las reservaciones. Esperemos hasta el invierno.

—La vida es corta —dijo Dennis—. Por lo general, es un error postergar las cosas que deseas hacer.

Sophie guardó silencio durante un largo rato, como si tuviera dificultad para expresar una idea o deseara decir algo pero no estuviera segura de que fuera el momento correcto para hacerlo. Después suspiró y dijo:

—Cuando crees sinceramente que sucederá algo bueno, al fin resulta de ese modo. Lo sé. Confía en mí.

"Está bien —decidió Dennis—. Puedo hacerlo. Y lo haré."

8

Bajo la Luna llena

Junio de 1994

Cuando Dennis se instaló en Springhill, los nativos lo llamaban "el abogado nuevo". El abogado nuevo había esquiado a campo traviesa hasta el arroyo Owl con Edward Brophy. Tipo inquieto, el abogado nuevo: ¿lo vieron caminando por la aldea en medio de la noche?

Cuando se acostumbraron a él, el título cambió a "el hombre de Sophie". ¿Se enteraron? El hombre de Sophie ayudó a June Loomis en una disputa con el propietario de un garaje en Glenwood Springs. No le cobró ni un centavo. A los chicos del hombre de Sophie se les perdió un gato y lo han estado buscando.

Lo pintoresco de la situación le arrancaba una sonrisa, pero Dennis se sentía ligeramente molesto por carecer de nombre. Entendía que no lo hacían con mala intención. La gente se mantenía distante, pero sentía que les agradaba. Presentía que lo estaban probando: los aldeanos esperaban a conocerlo mejor antes de aceptarlo. Debía pagar el derecho de piso.

La vida de la montaña era por completo diferente del mundo eléctrico y frenético de Nueva York. La gente era tranquila, no tenía prisa. A Dennis le fascinaba la aldea; no había soñado jamás que viviría, o que podría vivir, en un lugar que, a pesar de su belleza, era tan tranquilo y remoto. Algunas veces se preguntaba si, al cabo de un tiempo, no se cansaría y extrañaría el dinamismo de la ciudad en que había vivido durante tantos años. Era consciente de que se había jugado el todo por el todo; que había aceptado depender de Sophie por lo menos durante un tiempo. Pero no lo había hecho por debilidad. El amor no lo había cegado: había optado por alterar drásticamente su mundo. Para cambiar, para crecer. Para aprender.

Pero su nuevo hogar en la montaña tenía peculiaridades, y él necesitaba llegar a comprenderlas.

Al poco tiempo de recurrir a Sophie con sus preguntas notó que ella no era tan clara como le habría gustado y, por cierto, no tan clara como él consideraba que se merecía cuando le preguntaba acerca de su pasado en Springhill y la gente del pueblo. Cuando Dennis profundizaba en esos temas, Sophie por lo general le respondía:

—Un día, muy pronto, te lo diré, querido. Pero no ahora.

Dennis pensaba que sus preguntas eran muy inocentes.

—¿Sabes? —le dijo un domingo a la mañana mientras exprimía jugo de naranjas—. He notado algo acerca de la gente del pueblo. Su estado físico es extraordinariamente bueno. Son fuertes… activos… alegres.

Sophie le sonrió desde la cocina, donde estaba preparando panqueques.

—Es el efecto del aire puro de la montaña.

—Y quizá de la vida sana. No conozco a nadie que fume, excepto Harry Parrot. Y nadie bebe en exceso los fines de semana, ni siquiera los adolescentes. Es asombroso, es maravilloso, pero…

Sophie miró hacia la planta alta, donde había sonidos de actividad.

—Dennis, les prometiste a los chicos que los llevarías a pasear en bicicleta.

—Y lo haré, lo haré… pero primero permíteme terminar. Casi toda la gente del pueblo está sana y vigorosa. No hay inválidos. Nadie parece triste o deprimido. ¿No?

—Supongo que sí —respondió Sophie.

—¿Todos toman un mismo medicamento?

Sophie lanzó una carcajada y sacó la miel y el puré de manzana.

—Tendrás que preguntárselo a Grace Pendergast. Pero no creo que rompa el juramento hipocrático para decírtelo.

—Jack Pendergast me dijo que Grace se queja todo el tiempo porque lo único que hace es darles vacunas contra la polio a los chicos y tratar fracturas de huesos en la cantera. Pero eso no es lo más extraño. —Había pensado en ese aspecto muchas veces pero no le había dado importancia. —Aquí no hay personas muy ancianas. Todos mueren cuando pasan los setenta años. Si todos son tan sanos como parecen, no tiene sentido.

—La mente legal investigadora está de nuevo en acción.

—¿Tú no has notado lo mismo?

—En realidad, nunca le había prestado atención —respondió Sophie.

—Vamos, querida. En todo pueblo hay un par de personas muy ancianas. Pero aquí, donde todos gozan de un excelente estado físico, no hay ni un solo anciano sentado en una mecedora en el porche. Llegan a los setenta o un poco más, y basta —Dennis chasqueó los dedos—, simplemente parten. Como si tuvieran una cita fija.

Sophie no contestó.

—¿Cuándo fallecieron tus abuelos? —le preguntó Dennis.

Sophie guardó silencio unos instantes.

—Mis abuelos maternos fallecieron cuando tenían alrededor de setenta y cinco años. Mi abuela paterna murió joven: cáncer de útero. Pero el padre de mi padre, un hombre maravilloso, vivió hasta los ochenta y cinco años. Dennis, eres como un perro que no quiere soltar su hueso. En realidad, unos meses antes de que tú llegaras, una mujer llamada Ellen Hapgood falleció a la edad de noventa y un años. Y antes de morir se sentaba en su mecedora y hablaba sola todo el día, mientras espantaba murciélagos imaginarios con una escoba. Scott y Bibsy, estoy segura, vivirán una larga vida. Esos ruidos son de Brian. Está golpeando sillas para llamarte la atención.

Dennis sujetó los brazos de Sophie con firmeza. No permitiría que lo desviara del tema.

—Una cosa más. Explícame acerca de ese segundo idioma.

Dennis lo había oído por primera vez cuando esperaba fuera de la casa de Mary Crenshaw, el día que habían salido a buscar el gato con los chicos. Sophie le había dicho que Mary era una anciana y no pronunciaba bien las palabras. Pero después de esa ocasión, Dennis volvió a oír palabras extrañas. Oliver Cone, cuando regresaba del gimnasio con uno de sus amigos, había señalado a una chica con senos grandes diciendo algo acerca de sus *"memas soneques"*. Dennis había aprendido, además, que en Springhill un coche era un *"joca"*, una manzana era una *"banza"* y un rifle para cazar ciervos, un *"rifle para beche"*.

—Ya he comenzado a entender algo —dijo Dennis—. Sé que cuando algo es de buena calidad es *"buño"*. Sé, inclusive, que *"memas"* y *"funis"* son senos y trasero. Así que dime, Sophie, ¿de qué se trata?

—Existe desde siempre —dijo Sophie—. Se llama *springling*.

—Y tú lo hablas, por supuesto.

—Desde niña. Se transmite de generación en generación.

—¿Entonces por qué todos actúan como si se tratara de un secreto? ¿Por qué no me lo mencionaste nunca?

—Estaba esperando el momento oportuno, y creo que éste lo es. —Sophie sonrió. —Se originó en California y fue traído aquí a principios de siglo por unos mineros. Al principio lo hablaban los niños, para que sus padres no entendieran lo que decían. Pero después se extendió. Nosotros lo hablamos… algunas veces. Dame un *barne* —le dijo.

—¿Qué es un *barne*?

—Un beso. Es tu recompensa por ser tan *into* y *bille*.

—Lo cual significa…

—Inteligente y sensual.

—¿Me enseñarás el idioma?

Sophie vaciló.

—¿Por qué no? —preguntó Dennis—. Vivo aquí, ¿no? Soy tu esposo.

—Sí, te lo enseñaré. Pero no permitas que nadie sepa que lo entiendes. La gente de aquí es un poco rara acerca de algunas cosas. Quieren que vivas aquí durante un tiempo antes de contarte sus secretos. ¿Prometes no contarlo?

A Dennis le pareció extraño pero aceptó.

—*Buño*. ¿Y ahora dónde está el beso que me prometiste?

Dennis la besó y habría hecho mucho más si los chicos no hubieran bajado corriendo las escaleras.

· · ·

Unas semanas después, un sábado de junio por la noche, Dennis no podía dormir. Estaba preocupado por un caso que llevaba en Aspen y en el cual se había producido un giro inesperado. Bajó a la cocina, calentó una taza de café en el microondas, y se instaló en una mecedora de la sala. Tomó algunas notas en un cuaderno durante casi una hora. Cuando terminó aún estaba totalmente despierto y, como era una noche luminosa y corría una brisa tibia del sur, decidió salir a caminar por el sendero que corría paralelo al arroyo.

La gente de la montaña se acostaba temprano. Ya era casi medianoche y, bajo la Luna llena, el mundo de Springhill dormía con placidez. El sendero paralelo al arroyo se dirigía hacia la casa y las tierras de sus suegros. La luz de la Luna formaba sombras extrañas. Dennis caminó en la oscuridad. El agua corría con fuerza entre las piedras pues el deshielo de primavera se hallaba en su punto culminante. La brisa nocturna agitaba las ramas de los pinos. Dennis aspiraba bocanadas profundas de aire perfumado.

La propiedad de los Henderson era una casa amplia de dos pisos, y lo primero que Scott mostraba a sus visitantes era su tina de agua caliente gigante instalada en el patio. Dennis se encontraba a cincuenta metros de la casa y vio luces encendidas en ambas plantas. El patio estaba iluminado por una luz difusa. Entonces oyó voces.

Las sombras grisáceas de un grupo de abetos ocultaba su presencia. El rugido del arroyo tapaba el sonido de sus pisadas. Podía ver la tina de agua caliente y el vapor que se elevaba. Estaba rodeada de velas. Dennis notó que había personas desnudas en la tina y oyó carcajadas.

Alguien entró ilegalmente en la propiedad, pensó. Seguramente, Scott y Bibsy habían ido a Denver, y los chicos del pueblo decidieron pasar un buen rato. Sin embargo, cuando sus ojos se adaptaron a la distancia y la luz de las velas, Dennis vio que las personas que ocupaban la tina no eran chicos. Y oyó voces más cálidas, suaves y ancianas.

En ese instante se abrió la puerta trasera de la casa. Las notas profundas de un concierto de Mozart fluían desde la sala. Bibsy salió de la casa; un brazo de hombre rodeaba su cintura. Tenía puesta una bata blanca semiabierta que arrastraba sobre las baldosas mexicanas color rojo oscuro de la terraza. Dennis notó que, bajo la bata, estaba desnuda.

El hombre que le abrazaba la cintura también estaba desnudo. Era bajo, robusto, con barba gris plata. Era Edward Brophy, el dentista, el buen amigo de Sophie a quien Dennis había conocido en la montaña Aspen. Dennis miró rápidamente hacia la tina y allí vio a Scott dentro del agua caliente, con dos hombres y otras dos mujeres.

Las ideas cruzaban su mente con tanta rapidez que casi no podía asimilarlas. Reconoció a las mujeres sentadas en la tina: una era Grace Pendergast, la médica del pueblo, una mujer atractiva y dominante, de cabello negro y ojos azules. La otra era Rose Loomis, una viuda rellenita y sensual que administraba la tienda de ramos generales de Springhill con la ayuda de sus dos hijos.

Su suegro, Scott Henderson, estaba también en la tina de agua caliente, besándole un seno a Rose Loomis mientras con el otro brazo acariciaba a Grace Pendergast. El esposo de Grace, Jack Pendergast, un constructor jubilado, se hallaba detrás de Rose Loomis, sentado en el borde de la tina. Gemía mientras se mecía hacía atrás y adelante.

"Dios mío —pensó Dennis—. Están haciendo el amor".

Jack Pendergast debía de ser aún mayor que Scott. El otro hombre sentado en el borde de la tina, desnudo, aferrado a una botella de vodka, era Harry Parrot, el pintor.

Una orgía. Decorosa, sin estridencias, con música de Mozart de fondo… una orgía en una noche cálida de verano para un grupo selecto de los ancianos ciudadanos de Springhill.

Dennis contuvo la risa, aunque sabía que no podían oírlo. Lo estaba viendo; no era una alucinación. Bajo la luz de la Luna, los cuerpos, aunque ya no eran jóvenes, poseían una belleza escultural. Los hombres eran musculosos. Las mujeres se movían con paso ligero y rápido. Rose Loomis parecía la Venus de Botticelli emergiendo del mar.

Dennis se retiró. No era un voyeur; había presenciado la

escena por accidente. Regresó caminando junto al arroyo sin dejar de sacudir la cabeza.

De regreso en su cocina, preparó café y después se sentó en el porche a beberlo y contemplar la luz serena de las estrellas. El aire nocturno era suave; el color del cielo, entre azul marino y negro violáceo aterciopelado.

Decidió no contárselo a Sophie... Después de todo, Scott y Bibsy eran sus padres.

Pero cuando al fin se acostó, aún se sentía estimulado por lo que había visto. Despertó a Sophie y le hizo el amor en la oscuridad.

Al día siguiente continuó pensando en lo que había visto.

Eran libres, decidió, y por cierto tenían edad suficiente para elegir. "Si tengo la suerte de llegar a esa edad, ojalá tenga una mente tan abierta y tanto vigor físico como ellos. ¡Dios los bendiga!"

Unas noches después, estaba mirando las finales de la NBA por televisión mientras los chicos jugaban en el parque próximo al arroyo. Los días de junio eran cálidos y secos. De vez en cuando había una tormenta eléctrica en las montañas y las noches siguientes eran muy frescas. Las montañas se ponían más verdes cada día y el pasto adquiría un tono esmeralda.

Dennis oyó que se aproximaba el auto de Sophie por el camino de tierra. Sophie había ido a la aldea a una reunión de la Junta de Agua y el Consejo del Pueblo, del cual era presidenta. Esas reuniones, que se celebraban por lo menos una vez por semana, lo intrigaban. Sophie asistía siempre. Esa noche, más temprano, Dennis le había dicho:

—Dime, querida, ¿cuántos asuntos debe discutir una aldea de trescientas cincuenta personas? No creo que el intendente de Nueva York tenga tanto trabajo como tú, y él tiene que controlar a nueve millones de habitantes enfurecidos. ¿Qué sucede aquí? ¿Te preocupa que no te reelijan?

Sophie rió con afecto. Las comunidades pequeñas, le explicó, eran las peores en lo que concernía a asuntos cívicos. Había debates interminables por los impuestos, las asignaciones del presupuesto, las sugerencias de urbanización, el equipamiento para el gimnasio, las reparaciones de la escuela y el cambio del programa de estudios… el negocio de la cantera, la reparación de caminos… y la lista no tenía fin.

—¿Cuándo terminará tu mandato como intendente?

—Tenemos un sistema peculiar. No fui elegida. Fui designada por… bueno, supongo que tú lo llamarías un consejo de ancianos. No hay un período establecido. Seguiré siendo intendente mientras lo desee y mientras estén conformes con mi trabajo. Podría permanecer en el cargo durante mucho tiempo.

—Y no te pagan por hacerlo.

—Por supuesto que no. Es un honor. Y una obligación comunitaria. ¿Te molesta? —Su frente se frunció levemente. —Cuando nos conocimos, me dijiste que te impresionaba mi cargo.

—Aún es así. No estoy sugiriendo que seas un ama de casa; sólo trato de averiguar cómo funcionan las cosas en esta aldea. No es fácil, ¿sabes? Aquí todo es… diferente.

Dennis aún estaba pensando en eso cuando Sophie regresó de la reunión; notó de inmediato que algo andaba mal. Bajó el volumen del televisor con el control remoto.

—¿Qué sucede?

—Jack Pendergast falleció de un ataque al corazón.

—¿Jack? Dios mío, pero si lo vi…

Calló. Había decidido no comentar la reunión que había visto en la tina de agua caliente.

—Parecía gozar de excelente salud —dijo Dennis.

—No hubo ninguna advertencia.

Dos días después asistieron al funeral. Casi toda la población adulta del pueblo se había reunido en el pequeño cementerio situado en el límite del bosque. Jack Pendergast había sido un hombre popular que construyó muchas de las casas nuevas para las parejas jóvenes. Grace Pendergast era la médica y amiga de todos.

Dennis pensó en Jack como lo había visto por última vez en la tina de los Henderson, compartiendo a su esposa y a Rose Loomis con Scott mientras Bibsy se divertía con el dentista del pueblo en uno de los dormitorios de la planta alta.

El Sol brillaba en un cielo azul rodeado por nubes que se

movían despacio. En Springhill no había iglesia. Grace, la viuda, dirigía la ceremonia. Hank Lovell, Oliver Cone y dos hombres jóvenes bajaron el ataúd a tierra. Sobre la tapa, Grace colocó una piedra, un puñado de tierra y un vasito transparente de agua.

—Estamos aquí para afirmar la partida de Jack —dijo—. Lo amamos y sabemos que él nos amó. Jack se marchó con plena aceptación. El vínculo entre nosotros perdura.

Algunas personas murmuraron; otras asintieron. Grace hizo un movimiento de cabeza en dirección a los jóvenes, que comenzaron a cubrir con tierra el ataúd. No hubo más discursos.

Dennis y Sophie regresaron a su casa caminando por un sendero bordeado de flores silvestres y pastos altos.

—Las palabras de Grace fueron breves y extrañas —comentó Dennis.

—A mí me parecieron perfectas —respondió Sophie.

—"Jack se marchó con plena aceptación." ¿Qué significa? El pobre hombre falleció de un ataque al corazón. Grace ni siquiera estaba cerca cuando sucedió. ¿Por qué cree que él aceptó que su vida terminara en forma tan repentina? Quizá sintió dolor. ¿Cuántos años tenía? ¿Poco más de setenta? No era demasiado viejo. Por cierto, para esta época, era muy joven para irse con "plena aceptación", como dijo ella.

Sophie guardó silencio. Después de unos instantes, Dennis comprendió que no iba a responder a su pregunta. La miró, y en el mismo instante, mientras continuaban caminando por el sendero de tierra, la mano de Sophie buscó la suya y la aferró. Giró la cabeza hacia él. Sus ojos oscuros, que reflejaban el sol, lucían excepcionalmente claros. Destellaban certeza, destellaban con tanta fuerza que Dennis se sintió reconfortado. Estaba respondiendo su pregunta; era indudable. Su sonrisa y todo su ser le estaban diciendo: "Ya lo verás. Muy pronto lo comprenderás". Casi sin notar que lo hacía, Dennis asintió. Se sentía satisfecho. No podría haber explicado la razón.

9
Una visita oficial

28 de noviembre de 1994

A la semana siguiente al día de Acción de Gracias, apertura oficial de la temporada de esquí, una tormenta de nieve cayó sobre el valle de Roaring Fork con la furia digna de una bestia rugiendo desde la soledad. Comenzó bien entrada la tarde y nevó copiosamente durante toda la noche. Después cesó y el cielo aclaró. En la mañana, las laderas de las montañas de Aspen se veían cubiertas de por lo menos veinticinco centímetros de polvo blanco. El suelo firme, debajo de ese polvo, se encontraba a casi un metro de profundidad. La temperatura al pie de la montaña era de quince grados bajo cero y no había viento. El cielo azul era tan brillante como para llegar a lastimar los ojos de cualquiera que fuera lo bastante tonto como para no llevar puestas unas antiparras o unas buenas gafas para sol. Las condiciones para esquiar eran perfectas.

Dennis terminó con su trabajo de oficina a mitad de la mañana, tomó los esquíes, los bastones, las botas y el traje de esquiar del armario que tenía en el estudio de Karp & Ballard y se preparó para enfrentarse con la montaña. Le dijo a Lila Hayes, su secretaria, que regresaría a la oficina alrededor de las dos de la tarde.

—Pero, Dennis, si te necesitamos…

—Difícil.

Estaba convencido de que en algún lugar debía marcar un

límite. Y se negaba con firmeza a cargar con su teléfono celular mientras subía las laderas de las montañas de Aspen.

Al mediodía, se lanzó cuesta abajo por una pista llamada Little Nell. Entre una nube de polvo blanco, hizo un giro de jugador de hockey para detenerse. Cargaba sobre el hombro los esquíes y se dirigía a la aerosilla, cuando Lila Hayes apareció ante él, envuelta en un suéter noruego de color celeste y con una gorra de béisbol de los Rockies en la cabeza. Le hizo un saludo con la mano, pero no le sonrió.

—¿Qué sucede, Lila?

—Llamó tu mujer. —Ella vio su expresión. —No, todo está bien y los niños también. Es por su madre.

Dennis experimentó una sensación súbita de culpa seguida de un gran alivio. Un derrame cerebral, pensó. Un ataque al corazón, una cadera rota. Había visto a Bibsy en la orgía que habían hecho en la tina de agua caliente con el club de veteranos, un recuerdo encantador. Y en las vísperas de Año Nuevo del año anterior, oyó a Scott Henderson referirse a ella como "la rubia sensual del vestido rojo, con la que me casé para siempre y por la que aún me siento enloquecido", pero aun así la mujer era vulnerable a los achaques de la edad.

Lila lo condujo hacia la escalinata que bajaba a la calle, para después dirigirse a la oficina.

—Sophie dijo que un par de oficiales de la oficina del comisario del condado de Pitkin llegaron a Springhill para conversar con ella. Es decir, con tu suegra. No me dijo de qué se trataba.

De nuevo se sintió aliviado; Bibsy se hallaba bien.

—¿Oficiales? ¿Para qué? —quiso saber, desconcertado.

—No puede tratarse de nada serio, a menos que ella sea la jefa secreta de los traficantes de la ladera oeste. Pero Sophie dijo que dejaras todo lo que estuvieras haciendo y fueras para allá. ¡Ah! Y que la llamaras de inmediato.

Dennis no se molestó en cambiarse de ropa, salvo las botas por zapatos, ya que de lo contrario no podría conducir el automóvil. En la carretera, antes de llegar a las afueras de Aspen, marcó de manera automática el número de su casa en el teléfono del automóvil. Después de dos llamados, atendió el contestador y oyó el mensaje de Sophie. Era breve, sin rebuscamientos: no lo precedía música alguna ni cantitos de niños. Colgó y marcó el número de sus suegros.

Atendió Sophie.

—¿Sí?

—Soy yo. ¿Qué es lo que sucede?

—¿Dónde te encuentras?

—En el coche, al oeste de Aspen. Lila me dio tu mensaje cuando estaba por ascender en la aerosilla.

—Quisiera que vinieras aquí y que te encargaras de todo esto.

—Estoy en camino. ¿Es verdad que han ido dos oficiales del condado de Pitkin?

—Aún están aquí.

—¿Para entrevistar a tu madre?

—Exacto.

—¿Por qué?

Sophie no contestó. Dennis dedujo que no estaba sola.

—No la acusan de haber cometido algún delito, ¿no?

—Aún no.

—¿Dónde está tu padre?

—Aquí.

—¿Él no puede manejar la situación?

—Dennis, por favor, te suplico que vengas lo más pronto posible. Y ten cuidado. Han sido despejados los caminos, pero debe de haber mucho hielo.

Dicho esto, cortó la comunicación.

Entre el aeropuerto y la salida de la montaña Snowmass, Dennis logró comunicarse mediante el conmutador del condado de Pitkin y del secretario de un oficial con Josh Gamble, en la oficina del comisario.

—Josh, me encuentro en mi auto camino al valle. Acabo de tener una conversación casi en clave con Sophie. Dos de tus oficiales se encuentran en la casa de sus padres en Springhill, para hablar con su madre sobre no sé qué. ¿Sorprendieron a Beatrice Henderson en tu jurisdicción con algún tipo de cargo? Y si así fuera, ¿de qué se trata?

Oyó un silencio forzado en el teléfono.

—Josh… ¿te encuentras ahí?

—Sí, aquí estoy.

—¿Qué es lo que sucede?

—No creo que pueda hablar de esto contigo por teléfono, a menos que me llames como el abogado de Beatrice Henderson —dijo el comisario.

Por unos segundos Dennis trató de comprender.

—¿Ella necesita un abogado?

—Si me llamas como su abogado, Dennis, te veré aquí en mi oficina y hablaremos. Si lo que pretendes es averiguar algo de lo que sé, entonces, como te dije, creo que será mejor que pongamos fin a esta conversación.

Dennis sintió que un vestigio de su sangre irlandesa comenzaba a inflamarse.

—¿Es una broma? ¡Te pregunto sobre mi suegra, que tiene sesenta y cinco años! —Se calmó; nunca valía la pena elevar la voz ante la autoridad, ni siquiera cuando ésta estuviera representada por un amigo. —Me encontraba en la cima del Ajax, en el mejor día del año para esquiar.

—No es una broma —dijo Josh.

—¿Se la acusa de algo?

—No puedo hablar de eso. Debo cortar. No lo tomes como algo personal.

Dennis oyó un zumbido y la línea quedó muda. Primero su esposa y ahora su más viejo amigo le habían cortado la comunicación. No era un buen día.

Afuera, delante de los portones cerrados del garaje de los Henderson, se hallaban estacionados el Chevy Blazer gris de Sophie, un jeep negro con guardas doradas del departamento del comisario del condado de Pitkin, y un tercer automóvil, una camioneta cubierta de nieve que Dennis no reconoció.

Nadie de Springhill cerraba con llave la puerta de entrada. Dennis ingresó en el cálido vestíbulo de la casa y Scott Henderson, bronceado por el sol de invierno, salió de la sala para saludarlo.

Le estrechó la mano; Dennis la sintió como un trozo de madera. Tenía las comisuras de los labios caídas, pero habló con calma, como si se tratara de una ocasión normal y su yerno hubiera llegado para cenar.

—Gracias por venir, Dennis.

Dennis rodeó con un brazo el hombro de Scott.

—¿Qué hizo Bibsy? ¿Cruzó una luz roja?

—Ya hablaremos de eso —repuso Scott.

—Espera un segundo. ¿Se encuentra bien?

—Ven, entra.

Dennis encontró a su suegra sentada junto a Sophie en el sofá de la sala. Madre e hija vestían vaqueros y pulóveres de lana y, a pesar de que Bibsy era rubia y Sophie morena, el parecido entre ambas resultaba evidente. Bibsy debía haber sido una belleza, pensó Dennis. Y aún lo era, a pesar de la edad. Había visto que tenía un cuerpo de destacable firmeza cuando, a la luz de las velas, la contempló acercarse a la tina de agua caliente.

Le echó una mirada a Sophie, y recibió como siempre, en su corazón el impacto de su belleza, el color ámbar líquido de su cabellera, la suavidad de sus ojos. Le sonrió, con una sonrisa que le decía: "Aquí estoy y haré todo lo que deba hacer. Todo sadrá bien".

En uno de los sillones estaba sentada una joven regordeta de ojos azules. Vestía una camisa de uniforme de color verde oscuro sobre un suéter blanco de cuello alto, vaqueros y botas negras. Dennis miró la placa de cromo que brillaba bajo la luz que se colaba por las ventanas de la sala; indicaba que se trataba de Queenie O'Hare, subcomisaria del condado de Pitkin.

La oficial O'Hare bebía una taza de café humeante y comía algunas de las galletas de chocolate que había preparado Bibsy. Las galletas estaban aún calientes y el chocolate se derretía sobre el plato. Acogedor, pensó Dennis. No había nada grave en todo aquello. Todo saldría bien.

Otro de los oficiales del condado de Pitkin, un hombre de alrededor de treinta años, con bigote, se presentó a Dennis como Doug Larsen. Estaba sentado en una silla tapizada con chintz debajo de una planta colgante que adornaba la sala. Detrás de la mesa de mármol de backgammon se hallaba sentado un hombre de aspecto amistoso, cuya edad rondaba los cincuenta años. Herb Crenshaw, jefe de policía de tiempo parcial que se ocupaba de violaciones de estacionamiento de vehículos, vagabundeo de adolescentes y mantenimiento de la prisión de la localidad: una celda con dos literas, contigua al granero de su madre. En sus once meses de residencia en Springhill, Dennis jamás había sabido de alguien que pasara allí una noche. Durante una semana había sido el tema de conversación: no se cometían delitos en Springhill.

La voz de Scott sonaba suave, profunda y tranquila. Le explicó a Dennis que Herb Crenshaw estaba allí a pedido de la oficial O'Hare, como muestra de cortesía hacia la municipalidad de Springhill. Sin embargo, era esa oficial la que se hallaba a cargo de la investigación.

Dennis miró con amabilidad a Queenie O'Hare.

—¿Puedo preguntar de qué investigación se trata?

—Señor, tome asiento, por favor.

Haciendo un esfuerzo por ocultar su incomodidad, Dennis se sentó.

Queenie dijo:

—El diez de noviembre, para ser precisos, la oficina del comisario tuvo conocimiento de que a cinco kilómetros al noroeste del paso Pearl, en el condado de Pitkin, se encontraron enterrados dos cuerpos. Aún no disponemos de identificación positiva, pero tenemos razones para creer que fueron residentes de esta ciudad y que sus nombres corresponderían a Henry Lovell y Susan Lovell, marido y mujer. No obstante, en forma oficial, aún se los considera como cuerpos no identificados.

—Comprendo —repuso Dennis. Sin embargo, no comprendía nada. Se sentía como si se asomara a una oscura y misteriosa espesura. Esperaba contar con mayor información que pudiera arrojar luz y apartar la maraña de hojas. Tenía habilidad para eso. Como buen cazador y veterano de guerra, sabía cuándo debía permanecer callado y esperar.

—Esta mañana llamé a la señora Henderson —continuó Queenie— y le pregunté si ella se acercaría voluntariamente al juzgado de Aspen y nos ayudaría a encontrar respuestas a algunos interrogantes.

Queenie hizo un alto y Dennis, sin moverse esperó. Se daba cuenta de que Queenie no era ninguna tonta: sabía conducir interrogatorios. Al fin Dennis preguntó:

—¿Qué es lo que le hizo pensar que la señora Henderson podría ayudarlos en esta... investigación?

Queenie parpadeó.

—Ella dijo que volvería a llamarme; creía que debería hablarlo con su marido. Muy bien, le pedí que me llamara en una hora. Esperé dos horas y no lo hizo. —Queenie se encogió de hombros, como si dijera: "¿Qué podía hacer yo?"

Dennis observó que no había contestado a su pregunta.

—Por lo tanto —continuó Queenie— vine hasta aquí con el oficial Larsen. Cuando llegamos la señora Henderson llamó a su hija, que supongo es la esposa de usted, además de intendente de Springhill. —Le hizo un gesto amistoso, de mujer a mujer, a Sophie. —Y entonces la señora Henderson me dijo que no debía hablar conmigo hasta que un abogado estuviera presente. Y agregó que usted era su abogado.

Eso fue una novedad para Dennis, pero no tenía intención alguna de desmentir a su suegra. Asintió con la cabeza varias veces y le dijo a la comisionada:

—Cuando usted llamó la primera vez desde Aspen, ¿no le informó a la señora Henderson la razón por la que deseaba entrevistarla?

—No, señor, no lo hice.

Bibsy interrumpió. Con voz normal, preguntó:

—Dennis, ¿no deseas una taza de té con galletas de chocolate?

—Me encantaría, Bibsy.

La invitación sirvió para reforzar su incredulidad por lo que sucedía. Se volvió de nuevo hacia Queenie.

—¿Se encuentra la señora Henderson bajo sospecha de algo?

Queenie mostró una sonrisa ganadora, dejando ver uno de sus encantos físicos: unos dientes blancos y bien cuidados.

—Señor, ¿recuerda aquellas películas del inspector Clouseau? *¿La pantera rosa* y el resto de la serie? ¿Y a Peter Sellers, que siempre decía —frunció el entrecejo en forma dramática e imitó un acento afrancesado— "*M´sieur*, sospecho... de todos"?

Dennis se permitió la más débil de sus sonrisas. Una vez más, Queenie no había contestado su pregunta.

—¿Se encuentra la señora Henderson bajo custodia?

—Por cierto que no.

Se volvió hacia la madre de Sophie que estaba sentada en el sofá y en ese momento servía una taza de té.

—Bibsy, ¿es verdad que deseas que yo te represente como abogado en cualquier asunto de que se trate?

—Si a ti no te importa —respondió Bibsy, y le ofreció una taza de fragante té caliente.

Dennis arqueó las cejas, mirando a su suegro.

—Creo que es lo más adecuado —opinó Scott— que tú seas el abogado, y no yo. Yo se lo expliqué a Bibsy. Ella lo comprende.

"Me alegra que así sea —pensó Dennis—, porque yo no lo comprendo." Pero ahora se preguntaba si el asunto era más grave de lo que al principio había supuesto.

Se volvió hacia Queenie O'Hare.

—Oficial, ¿qué es lo que usted desea saber?

Queenie buscó en su gran cartera.

—He traído un grabador portátil, señor Conway. ¿Le molesta si lo enciendo?

Dennis exhaló un silbido entre los labios entreabiertos.

—¿Es necesario?

—Soy un desastre tomando notas —explicó Queenie—. Mi jefe me ha llamado varias veces la atención, porque las considera muy malas.

—Sí, conozco bien a su jefe y nadie debería tomar a la ligera su descontento. —Dennis dejó la frase flotando en el aire; trataba de decirle algo. —¿No puede el oficial Larsen tomar las notas mientras usted hace las preguntas?

Queenie cerró la cartera.

—Supongo que sí. Esto es sólo una charla amistosa. Doug, ¿tienes algún problema?

—No tengo anotador —dijo Larsen, ruborizándose.

Scott Henderson se puso de pie; era tan alto que su cabeza no parecía estar muy lejos del techo.

—Yo le traeré uno.

Volvió con un anotador de hojas amarillas para asuntos legales y se lo ofreció a Larsen. Queenie dijo de inmediato:

—Señora Henderson, ¿toma usted algún tipo de medicamento?

Dennis bajó su taza de manera tan repentina que estuvo a punto de derramar el té sobre la vieja mesa de arce. Bibsy tomó una servilleta y limpió lo que había salpicado; la madera de arce se manchaba con facilidad.

—Oficial —dijo Dennis—, ¿es ésa una de las preguntas que usted ha venido a hacer en representación de la oficina del comisario, o simplemente se trata de una pregunta impertinente?

Con calma, Queenie respondió:

—Es una de las preguntas que vine a hacer en representación de la oficina del comisario.

A Dennis sólo le habían informado que dos residentes de Springhill, los padres de un tal Hank Lovell, a quien él había conocido el día en que vio por primera vez a Sophie, habían sido encontrados enterrados en una tumba en la montaña, en un desolado lugar del condado de Pitkin. Aún eran cuerpos no identificados. La robusta oficial no había dado detalles de su muerte. Fuere lo que fuese lo que había sucedido, Dennis estaba seguro de una cosa: su suegra no tenía nada que ver con ello.

—Bibsy —le dijo—, puedes responder cualquiera de las preguntas que esta joven te haga, a menos que yo te diga lo contrario. Estoy seguro de que no tienes nada que ocultar, pero aun así presta atención si yo te indico que no contestes. ¿Comprendido?

Bibsy asintió con la cabeza en gesto solemne.

—¿Puedo contestar la pregunta sobre los medicamentos?

—Sí.

—Estoy tomando una medicación —dijo Bibsy con voz clara.

—¿Qué medicación es? —preguntó Queenie.

—Un compuesto de vitaminas y minerales y algunas pastillas de ajo en aceite, esas que evitan que la piel exude mal olor. Y un producto de hierbas que contiene raíz de valeriana y yerba mate. Además, un remedio llamado Rejuvelax, cuyo ingrediente activo es extracto de sen. Todo eso es para limpieza interna y la regularidad intestinal. Mi cardiólogo de Aspen, el doctor Morris Green, me ha prohibido hacerme enemas de colon, que yo solía hacer con frecuencia. —Bibsy dudó por un momento, frunciendo el entrecejo. —Sufro de algo que se ha diagnosticado como angina de Prinzmetal. En esta enfermedad la arteria coronaria sufre espasmos, sin causas conocidas.

Larsen tomaba nota. Dennis se preguntaba qué demonios tenía todo aquello que ver con el tema que interesaba a la oficina del comisario del condado de Pitkin. Pero Queenie O'Hare siguió asintiendo, como si se enterara de una noticia fascinante.

—¿Tiene usted conocimientos médicos, señora Henderson? —preguntó.

—Hasta que me jubilé, fui enfermera y partera matriculada.

—¿En el hospital Valley View de Glenwood Springs?

—Oh, no. Santo Dios, eso fue sólo un trabajo de tiempo parcial. Trabajaba aquí, en Springhill. Y a veces atendía partos en Marble.

—¿Por este problema de angina de pecho, toma alguna medicación?

—Algo que se llama Ismo —respondió Bibsy—. Es un nombre cómico, pero así es. Se trata de nitroglicerina de efecto retardado. Es para mantener abiertas las arterias. Y Cardizem, un bloqueador de calcio que hace lo mismo, pero con una reacción química completamente distinta. Además de una aspirina por día, para evitar las obstrucciones. Sé que parece mucha medicación, pero en realidad me siento perfecta en tanto tomo mis píldoras y llevo conmigo la nitroglicerina, para un caso de emergencia.

—¿Su nitroglicerina? ¿El Ismo?

—Ese medicamento es de tratamiento prolongado. Yo hablo de píldoras de nitroglicerina para colocar debajo de la lengua, si sufro de un espasmo coronario, o un cuadro cardíaco, como les encanta decir a los cardiólogos. Son vasodilatadores; abren las arterias coronarias como si fueran dinamita.

—¿De qué marca es la nitroglicerina? —preguntó Queenie.

—Nitrostat. Me dijeron que el efecto es el doble que el de cualquier otra marca.

Bibsy comenzó a ponerse pálida. Dennis interrumpió.

—¿Te sientes bien? No te sientes mal ahora, ¿verdad?

—No me gusta hablar de enfermedades —dijo su suegra—.

Hace que todo parezca más real. En esta variante de angina, la arteria se cierra sin ningún aviso, de modo que no llega nada de sangre al músculo cardíaco. Uno se puede ir de un instante para el otro. —Chasqueó los dedos, produciendo un sonido sorprendentemente fuerte.

Queenie preguntó, con aparente comprensión:

—¿Debe llevar consigo todas esas píldoras cuando sale de su casa?

—Apueste hasta sus botas que así es —respondió Bibsy—. En uno de esos pequeños cilindros de plástico de las películas Kodak de treinta y cinco milímetros. No es muy elegante, pero le aseguro que resulta muy práctico. Solía llevar un pastillero de plata, pero lo perdí hace unos años. —Se volvió hacia su marido. —¿Recuerdas cuando sucedió, cariño?

—Claro —respondió Scott—. Fuiste a Glenwood un día para hacer unas compras. Cuando regresaste, no lo tenías. Te sentiste muy molesta.

—Compré ese pastillero de plata en París —explicó Bibsy—. Hace muchísimo tiempo, cuando estuvimos pasando una especie de segunda luna de miel.

—En la *rue* de Rennes —dijo Scott—, en un negocio que vendía chucherías. Parábamos en Saint-Germain-des-Prés, en el hotel d´Angleterre, donde Hemingway estuvo la primera vez que vivió en París.

Queenie O'Hare la estudiaba. Para los oídos de Dennis, el diálogo detallado de un marido y su mujer sobre las compras en Glenwood y una segunda luna de miel en París sonaba superficial.

Queenie dijo en voz muy baja:

—Usted cree haber perdido su pastillero de plata hace unos pocos años, ¿correcto?

Bibsy asintió: correcto.

—¿Puede ser más específica acerca de cuándo fue, señora Henderson?

—¿Dos años y medio? —Bibsy se encogió de hombros. —¿Tal vez tres?

—¿En qué mes?

—En el verano, creo. Es lo máximo que logro recordar. ¿Importa ese detalle?

—¿Y en qué parte de Glenwood Springs cree que podría haberlo perdido?

Dennis interrumpió.

—¿Qué importancia tiene todo esto, oficial?

—Señor, en una tumba, cerca de la tumba donde se encontraron esos cuerpos aún no identificados, hallamos un pastillero de plata —dijo Queenie.

Dennis se quedó pensando unos segundos.

—¿Dijo usted en una tumba cerca de la tumba?

—Correcto.

—¿Entonces había una tercera tumba? ¿Un tercer cuerpo?

—El cadáver de un perro, señor, que se encontró en una tumba separada.

Dennis lanzó un suspiro, como si la cuestión fuera demasiado pesada para la comprensión de un mortal.

—Oficial, le ruego me explique de qué se trata todo esto. ¿Qué sucede si el pastillero de plata que encontraron en la tumba del perro perteneció una vez a la señora Henderson? Usted la oyó decir que lo había perdido hace varios años. ¿Qué más desea de mi cliente?

—Respuestas veraces, nada más.

Aquello molestó a Dennis. Miró a Queenie con frialdad y dijo:

—¿Tiene alguna razón para creer que esas dos personas a las que se refiere como cuerpos no identificados fueron víctimas de un homicidio?

—Sí, señor, así es.

Dennis miró a Bibsy, después a Scott y después a Sophie. No pudo deducir nada de sus expresiones. Se preguntaba la razón por la que Bibsy no había ido a la oficina del comisario en Aspen y por qué no había vuelto a llamar por teléfono a la hora prometida, además de la razón por la que manifestaba la necesidad de contar con un abogado. Sintió que una punzada de inquietud le abría las costillas.

—¿Cómo murieron esas dos víctimas? —preguntó Dennis.

—No creo poder responderle ese punto —contestó Queenie—. Pero si no le importa, tengo algunas preguntas más para hacerle a la señora Henderson.

—Sí me importa —contestó Dennis con firmeza—. Debe haber un poco de solidaridad en todo esto. Yo les doy, ustedes me dan, ¿no le parece? Ustedes encontraron una pareja de supuestas víctimas de un homicidio no identificadas, enterradas en una tumba lejos de aquí. Tienen un pastillero de plata que encontraron en otra tumba, de un perro. Este pastillero puede haber sido o no propiedad de la señora Henderson hace mucho tiempo. Como sin duda le indicará el sentido común, existe más de un pastillero de plata en este mundo. ¿Tendría usted la amabilidad de decirme cuándo fueron asesinadas supuestamente esas dos víctimas?

—Hace cuatro o cinco meses —dijo Queenie.

—Mucho tiempo después de que la señora Henderson perdiera su pastillero, ¿correcto?

—Simplemente estamos llevando a cabo una investigación —se justificó Queenie—. No estamos acusando a nadie de nada. Nadie está bajo custodia. La señora Henderson está en su propia casa. Es libre de quedarse o de irse. —Miró a Doug Larsen para asegurarse de que aún continuaba tomando notas.

Una alarma sonó en el cerebro de Dennis. La amistosa oficial había declarado dos veces que nadie se hallaba bajo custodia, y ahora había dejado en claro que de ninguna manera se habían limitado los movimientos de Bibsy. Si uno estuviera bajo custodia —y por definición legal, eso incluso podía suceder en la propia casa si no se le permitía a uno abandonar el domicilio—, debían leérsele los derechos y garantías establecidas por ley y explicarle los derechos constitucionales. Debían decirle que cualquier cosa que dijera podría ser utilizada en su contra. En teoría, alguien debía ser acusado de un delito y colocado bajo arresto. Por miles de programas y películas de televisión, en los Estados Unidos, y tal vez también en Bangladesh, todos estaban familiarizados con la lectura de los derechos del acusado, en general efectuada a punta de pistola mientras el acusado abría las piernas y los brazos, apoyado contra un vehículo. Pero pocos eran los ciudadanos que comprendían que hasta que esos derechos fueran leídos, si no se estaba bajo custodia, uno era por entero responsable de lo que declaraba ante representantes de la ley.

Dennis se preguntó por qué había permitido que las cosas llegaran tan lejos. Porque se trataba de la madre de su esposa y sabía sin ninguna duda que ella no había hecho nada ilegal. Bueno, nada incorrecto, al menos.

—Creo que no permitiré que la señora Henderson conteste más preguntas —dijo—. Ella sufre del corazón, lo que, confieso desconocía hasta el día de hoy. Hemos tenido ya suficiente presión durante una sesión. ¿Hay algo más que pueda hacer por usted, oficial O'Hare?

Queenie lo pensó durante siete u ocho segundos: mucho tiempo para una habitación sumergida en el silencio, con gente que esperaba. Por último, asintió.

—Me gustaría hacerle una o dos preguntas al señor Henderson. ¿Usted lo representa a él también, señor Conway?

Dennis esperó. No era él quien debía responder la pregunta.

—Adelante, pregunte, oficial. Soy abogado, aunque me encuentro un poco fuera de práctica. Conozco mis derechos. Si es una pregunta adecuada, con gusto la contestaré y haré todo lo que pueda para ayudarla en el esclarecimiento —dijo Scott.

—¿Posee usted un rifle Remington treinta milímetros?

—No —dijo Scott.

—¿Tuvo uno el año pasado?

—No

—¿Y perdió usted, o perdió su esposa, una bolsa de dormir de color azul? ¿O se la robaron?

—No, señora. Ni perdida ni robada.

—¿Conoció usted a Henry Lovell y a su esposa, Susan Lovell?

—Henry y Susie fueron muy buenos amigos nuestros.

—¿Recuerda cuándo fue que murieron los Lovell?

—El verano pasado —contestó Scott.

Algo más que una o dos preguntas, se dio cuenta Dennis, pero mantuvo la boca cerrada. Su suegro podía manejarse solo, aunque tal vez no creyera peligrosa a esa agradable jovencita de aspecto angelical. Dennis no estaba de acuerdo.

—¿Fallecieron los Lovell aquí en Springhill? —preguntó Queenie.

—En su casa, bajo los cuidados de un médico.

—¿Hubo funeral?

—Dos funerales. No murieron al mismo tiempo.

—¿Concurrió usted a los funerales, señor Henderson?

—Por supuesto.

Queenie se volvió hacia Sophie.

—Señora Conway, usted es intendente de Springhill, de modo que le preguntaré, si no le molesta: ¿quién extendió los certificados de defunción aquí en la ciudad?

—La doctora Pendergast —respondió Sophie.

—¿Cree que la encontraremos en su consultorio hoy?

—Encontrarán a la doctora Pendergast en su consultorio —afirmó Sophie—, a menos que haya salido de la ciudad por alguna razón importante, como ir a esquiar a Highlands o a Owl Creek, que son sus pistas favoritas. Su consultorio está en una casa victoriana de color azul en la avenida principal, a tres casas del correo, frente a la tienda de ramos generales. Verán la placa.

Sonó el teléfono de los Henderson. Scott tomó el inalámbrico, escuchó y dijo:

—Es para usted, oficial O'Hare.

Queenie escuchó durante un minuto, respondió algunos "sí" y otros "no" y después se volvió hacia Dennis.

—El comisario está en línea, señor Conway, y quisiera hablar con usted.

Dennis tomó el teléfono y con tono frío dijo:

—Josh.

Josh arrastró las palabras.

—Entiendo que ahora te encuentras en esto como abogado y no simplemente como ciudadano. De modo que puedo hablar contigo. Discúlpame por lo de antes; a veces me dejo llevar por las normas.

—Está bien. Nada es predecible.

—¿Qué te parece si conversamos como amigos?

—Cuanto antes mejor —dijo Dennis.

—Debo reunir a otros participantes. Te llamo mañana temprano y te hago saber cuándo. No pienses en traer a tu cliente.

10
El pintor

29 de noviembre de 1994

El llamado telefónico del comisario llegó a las siete de la mañana, cuando Dennis aún estaba en la cama, haciendo el amor con su mujer. Fue invitado a concurrir a una reunión a las nueve de la mañana: a conversar, había dicho Josh Gamble, sin su cliente presente. Dennis no estaba muy seguro de saber qué significaba eso. Sin embargo, comprendía que no podía perderse la reunión.

—Gracias, viejo. Allí estaré.

Colgó y volvió su atención hacia Sophie. La mañana era su hora favorita para estar con ella, cuando su cuerpo estaba cálido por el sueño. Iría primero al baño a lavarse los dientes. Si tenía tiempo, podría tenerla entre sus brazos durante una hora, simplemente tocándola, dejándose tocar por ella, cayendo en un sueño liviano de a cortos ratos, escuchando los murmullos de placer de su esposa.

Sophie le dijo con suavidad:

—Este momento es tan hermoso… —Sus palabras lo colmaron de dicha. Ella lo sentía así; le bastaba sentirse entre sus brazos. Cuando le hacía el amor, Sophie temblaba, se retorcía y gemía de pasión. Cerraba los ojos. A veces, hasta lágrimas rodaban por su rostro.

Ahora, mientras Dennis se despertaba a otra realidad, oyó el golpe de la puerta de la heladera en la cocina, en la planta baja. Los niños estaban levantados.

—¿No crees que a veces nos oyen? —preguntó Dennis.

—No puede hacerles daño oír los sonidos del amor.

—Es amor, ¿no es cierto? —dijo él—. No es simplemente lujuria y una reacción química.

—Bueno, eso también puede ser —respondía Sophie.

Dennis se rió, se inclinó para besarla y después, de un salto, salió de la cama.

—Debo irme. El comisario me dará el informe confidencial sobre este asunto descabellado con tu madre.

—Dennis…

Ya iba camino del baño, pero el tono de Sophie lo detuvo.

—¿Qué?

—¿Le sucederá algo desagradable a mi madre?

—No, si puedo evitarlo. —Se daba cuenta de que su respuesta no era satisfactoria. —No, nada. El cumplimiento de la ley puede a veces estar cargado de excesos. Ellos cometen errores. No te preocupes. —Sin embargo, le preguntó: —¿Sabes algo de esto que no me hayan dicho, Sophie?

—Sé que ella no hizo nada malo —contestó Sophie.

—¿Pero hay algo que yo no sé y debería saber?

—No.

—Bueno. Te llamaré a la escuela después de la reunión con el comisario.

Dennis condujo su Jeep Cherokee rojo por Carbondale rumbo a Aspen. En las afueras de Springhill pasó por la casa de Harry Parrot, una vieja vivienda victoriana construida junto a un tupido bosque de pinos. Era el último refugio habitable antes del descenso serpenteante hacia el río Crystal. Un rulo de humo gris oscuro, como si fuera un cigarrillo que se consumía en un cenicero, se elevaba desde la chimenea en medio de la fría mañana de invierno. Harry Parrot estaba en su casa. Se encontraba trabajando.

—Inténtalo, Harry —dijo Dennis en voz baja.

Una tarde soleada de enero, casi un año antes, Dennis había pasado por aquella casona victoriana de color gris. Había visto al pintor afuera, en el patio, fumando un cigarro y paleando nieve para limpiar la entrada de autos. Dennis salió del camino, estacionó el automóvil y se presentó.

De blanca barba y una edad indeterminada, pero seco como leños para el fuego y ligero como un mono, a Harry Parrot le gustaba beber vodka directamente de la botella de Smirnoff que guardaba en la heladera. Durante las mañanas cuando comenzaba a trabajar, estaba sobrio. Para la tarde, ya no había garantía de ello. El día que se conocieron, después de algo de insistencia, Harry llevó a Dennis hasta un enorme galpón de cemento que era su estudio, situado detrás de la vieja casona, y le mostró sus obras. Dennis tardó más de dos horas en mirarlas como correspondía. Había docenas de telas sin enmarcar, apiladas de tal forma que resultaba difícil verlas. Algunas eran inmensas: cuadrados de dos o tres metros. Había esculturas de mármol debajo de los metros de telas pintadas. Las obras eran apasionadas, cargadas, como si Brueghel y Cézanne —ésa fue la imagen conjunta que se le ocurrió a Dennis— hubieran vuelto a nacer bajo una misma piel.

—Harry, esto es extraordinario.

—¿Te parece? Muchacho, tienes un gusto excepcionalmente bueno.

—¿Cuánto hace que pintas?

—No comencé hasta casi los cuarenta. Hasta entonces trabajaba en una cantera. No sabía hacer nada mejor.

—¿Qué edad tienes?

Harry dudó.

—Está bien —repuso Dennis—, no me lo digas. Por aquí todos se muestran bastante evasivos acerca de la edad. Pero debo decirte algo. No pretendo ser un experto, pero creo que la calidad de estas telas y de estas esculturas es de primera. ¿Con quién estudiaste?

—Picasso. Matisse. Claude Monet. Henry Moore. Sólo con los mejores. Soy autodidacta. No hay ninguna escuela de arte de mierda que me pueda enseñar.

—¿Naciste aquí? ¿Como todos los demás?

—No. —Parrot sonrió. —Soy un maldito inmigrante, como tú. El único en los alrededores en este momento. Provengo de una pobre y sucia familia de mineros. Un vagabundo prófugo de treinta y tres años por haber mandado a un policía al hospital en las minas de carbón de West Virginia. Un día vine aquí, a Springhill, y pedí trabajo en la cantera. Ellos me enviaron al diablo como a un vago. Pero yo sabía que necesitaban mano de obra. Era verano; acampé junto al lago, me di un baño, comencé a comer fresas, atrapar conejos y cortar esos trozos de mármol perdidos que uno encuentra por todo el lugar, haciendo esculturas. Comencé a hablar con la gente. Les gusté, no podían evitarlo, ¿no te parece? También les gustaban mis esculturas. Después comencé a hablar con esa viuda bonita, Rosemary. El marido se ahogó en una gran inundación, y tenía dos hijos. Jamás se pudieron despegar de mí después de eso. Cupido es un arquero ciego y sólo se necesita un flechazo. Me casé con ella, como tú lo hiciste con Sophie. Hace nueve años que la perdí.

—¿Te molesta que te haga preguntas?

—Tú no preguntaste. Yo me fui de boca —dijo riendo Harry Parrot—. De todos modos, eres abogado, ¿no? ¿No es eso lo que hacen? ¿Hurgar?

Dennis sonrió.

—¿No tienes un representante que se encargue de tus pinturas?

—Tuve un par. No funcionaron muy bien. Uno me robó y el otro era un idiota. El que me robó me consiguió más dinero que el que era idiota.

—¿Alguna exposición?

—Pocas. No se vende mucho. Y menos los óleos grandes.

—Mira, perdóneme —dijo Dennis—, yo conozco a los dueños de algunas galerías y vendedores de arte, pero no tengo mucho contacto con el arte contemporáneo. ¿Hiciste alguna exposición en Nueva York, Londres o París? ¿El mundo del arte te rinde homenaje? ¿El público te adora? ¿Soy un bobo por no conocer tu nombre?

Harry tomó un trago de su botella de vodka.

—No, no y no. Yo hago lo que hago porque necesito hacerlo. Braque dijo: "Un pintor pinta porque no sabe hacer otra cosa". Y el viejo Renoir decía: "No hay miseria en el mundo que pueda hacer que un verdadero artista deje de pintar". Ése soy yo.

—Dime, si aún no te molesta que te interrogue. ¿Cómo ganas lo suficiente para vivir?

—Me ayuda la ciudad.

—¿De qué forma?

—Bueno, tú sabes que la cantera de mármol y las minas de carbón son una corporación que pertenece a la ciudad. Los bienes y las ganancias pertenecen a toda la maldita ciudad. Hace un tiempo votaron para que yo ganara un sueldo, de modo tal que pudiera seguir pintando y tomando de vez en cuando un trago de vodka. No necesito nada más.

Tal vez, pensó Dennis, un padrinazgo de este estilo podría darse en un *kibutz* israelí o en una utópica comunidad socialista del siglo XIX. Pero Springhill era una diminuta ciudad de las montañas de Colorado, un villorrio capitalista, donde todos parecían trabajar en empresas de riesgo mucho más prosaicas y utilitarias que esas gigantes telas al óleo.

—¿Tiene la ciudad un poeta o un compositor de jazz al que también apoye económicamente? —preguntó, no muy seguro de si hablaba en serio o en broma. El pueblo abundaba en sorpresas.

Harry negó con su cabeza gris enmarañada.

—No. Soy el único. Lo que ellos hacen por mí no es una cuestión de principios o de política. Es simplemente como se dieron las cosas. Alguien lo sugirió en su momento. Después, en un instante de debilidad, los muchachos dijeron: ¡Diablos, por qué no!

Dennis miró la pesada pila de telas apoyada contra la pared.

—Si sigues a esta velocidad, Harry, pronto te quedarás sin espacio para almacenar tus obras.

—Se está convirtiendo en un problema —admitió Parrot.

—No vivirás para siempre, Harry. Tendrías que comenzar a pensar en hacer exposiciones y vender, si no es para tu beneficio, al menos… esto puede sonar extravagante, pero lo digo de verdad… al menos que sea en beneficio del arte. Si puedo ayudarte…

Allí se encontraba de nuevo, pensó Dennis. Cuando niño, su padre le había enseñado que los únicos regalos que obtendría en la otra vida serían los que él hubiese dado en ésta. Dennis había defendido muchas causas sin cobrar honorarios, pero incluso más allá de los principios éticos de su profesión, era propio de él ayudar a cualquiera que considerara que lo merecía. Su mente se llenaba de inmediato de ideas, especulaciones, mapas de ruta.

Reforzaba sus consejos con tiempo y dinero, si ésa era la forma necesaria pra lograr lo que él creía que debía hacerse.

—Muy amable de tu parte —dijo Parrot—. Tal vez. Si hay tiempo suficiente.

—Nunca existe el "para siempre", Harry.

—No, por cierto, que no hay un "para siempre". Nadie es eterno. Lo decidimos hace mucho tiempo.

Dennis frunció el entrecejo, sin comprender.

—Subamos y tomemos un trago —dijo Parrot—. Siempre creí que Sophie era una maravilla de mujer y que ese hijastro mío no se la merecía. Ella es todo corazón, y si dice que una ardilla puede tirar de un tren de carga, debes creerle. Empiezas a agradarme. Es probable que seas un hombre ocupado, pero tienes buen gusto para el arte, y eso te hace especial. Tengo agua tónica y vasos limpios para ocasiones especiales.

Harry Parrot y Dennis se hicieron amigos. Dennis a menudo se detenía de paso por su casa para beber una copa o ver un nuevo trabajo. Una vez fueron a esquiar juntos a campo traviesa, y el anciano demostró más agilidad y vitalidad de lo que Dennis podía haberse imaginado.

Fue a Harry a quien Dennis comenzó a confiarle su confusión acerca de ciertas cosas que había notado en el pueblo de Springhill. La salud y la longevidad constituían aspectos que continuaban intrigándolo. Después estaba el tema de los matrimonios consanguíneos. Habló del tema con Harry antes que con Sophie, con la esperanza de obtener una respuesta más satisfactoria.

—Tienes un ciento por ciento de razón, maldición —dijo Harry—. No es mucha la gente que se casa fuera de la comunidad.

—Bueno, tu extinta esposa lo hizo —contestó Dennis—. Y también Sophie, conmigo. Pero obviamente, es raro que suceda.

—Correcto. Se necesita mucho más que una mayoría para estar de acuerdo sobre algo. Debe haber casi un voto unánime.

Dennis se inclinó hacia adelante, inseguro de si había oído correctamente.

—¿Una mayoría de quiénes? ¿A qué te refieres?

Harry le pasó la botella de vodka.

—Hablo de manera figurada. Sophie es nuestra intendente,

nuestra líder. ¿Crees que la dejaríamos casarse con cualquiera? Sophie dijo que eras inteligente y que esquiabas casi tan bien como ella. Si el consejo o la junta se negaba, ella renunciaría. Difícil negarse. Y fue así como estás aquí. Y eso es lo que importa, *n´est-ce pas?*

—Harry, estás borracho.

—Cuando hablo en francés —dijo el pintor— puedes apostar a que lo estoy. En inglés también, si te interesa saberlo.

—Una cosa más —continuó Dennis, siguiendo con el hilo de la conversación—. Lo que no sucede aquí es que nadie que se casa con un extraño va a vivir a otro lugar. El hombre que no pertenece a Springhill viene a Springhill a vivir. ¿No es así?

—No siempre —respondió Harry—. Yo tengo un sobrino que se fue a la Universidad del Sur de California, conoció allí a una muchacha, la dejó embarazada y se casó con ella. Se quedó allá y ganó una fortuna invirtiendo en tierras en el condado de Orange. Era un tonto, y eso lo prueba. Y conozco a uno o dos más como él.

—Supongo que lo quise decir es… —Dennis dudó. —Sophie jamás consideró la posibilidad de irse de aquí.

—No a su edad —afirmó Harry.

—Tiene sólo treinta y ocho años.

Harry estaba limpiando unos pinceles de marta cibelina mientras hablaba.

—Sólo quise decir que acá la vida es muy simple. Pura, inclusive. Es difícil negarlo. Después de un tiempo, quedarse aquí es tan fácil como levantarse después de haberse sentado sobre una tachuela. ¿Qué es lo que hay allá afuera que cualquiera de nosotros necesite? Yo estuve por todas partes, y te seguro que no lo sé. ¿Para qué alguien desearía abandonar el negocio, por decirlo de alguna forma, y desandar el camino? Dímelo. Ya verás.

"Ya verás"… Ésas eran también las palabras favoritas que Sophie le decía a él. ¿Qué era lo que veía?

En cuanto a la pureza o la simplicidad, Dennis ya no estaba seguro de que existieran allí. Dependía del modo como se definieran las cosas. Desde su paseo a medianoche, en junio, por las orillas del arroyo, sabía que entre la generación de los mayores había una sofisticación sexual que no existía en ninguna otra parte que él hubiera visto. También Harry había estado en la tina de agua caliente. De modo que, cuando Harry le dijo: "La vida aquí es muy simple… ¿Qué es lo que hay allá afuera que cualquiera de nosotros necesite?", Dennis tenía motivos para preguntarse cómo definía Harry esos términos.

También, para su sorpresa, se había enterado de que, junto con Sophie, Grace Pendergast, un joven minero de nombre Amos McKee y Oliver Cone, Harry era miembro de la Junta de Agua, compuesto por cinco personas. Dennis aún no comprendía cuál era la función principal de esa junta, además de llevar un registro genético de la población de la ciudad.

—¿Qué es esa junta? —le preguntó a Harry, sonriendo—. ¿Son los encargados de aprobar los matrimonios con *fureños*?

Harry tomó la botella de vodka.

—Tienes buena memoria. Además de todas las otras cosas que nos asignan, la Junta de Agua es simplemente lo que dice ser. Controlamos el suministro de agua, verificamos la existencia de excrementos, cloroformo, plomo, cosas por el estilo. Contaminación bacteriana. El agua subterránea de aquí puede matarte, viejo. Está en contacto con los canales de las minas, toda clase de mierda. Yo no doy ni el culo de una chinche por nada de eso, pero bajo la ley de Colorado todas las comunidades deben archivar un maldito informe anual acerca del estado de sus aguas.

—¿Y tú tomas parte en todo eso?

—Ayudo, nada más.

Dennis rió.

—Harry, no sólo eres artista, sino también un artista del engaño. No te creo nada.

—Créeme, viejo. Es un hecho. La ciudad me mantiene, no lo olvides. Debo tocar la gaita. Entonces voy a las reuniones. La mitad del tiempo estoy tan borracho que casi no recuerdo lo que sucede ni lo que voto.

Aún estaba pensando y soñando despierto con Harry, cuando de pronto se dio cuenta de que había llegado al semáforo situado en Cemetery Lane, en Aspen. A su izquierda se levantaba, bajo el cielo azul de la mañana, la ancha extensión de Red Mountain y los elegantes palacetes de los ricos. El tránsito de vehículos se hizo más lento en el camino de doble mano que ingresaba en Aspen; los trabajadores llegaban al valle a cumplir con sus tareas.

"El mundo hace lo suyo —pensó Dennis—, y yo también. Lo mío es averiguar por qué mi suegra es sospechosa en un caso de asesinato."

11

La segunda inyección

29 de noviembre de 1994

Con un resoplido y una risotada, Josh Gamble hizo girar su cuerpo robusto en el sillón giratorio y echó una mirada al reloj de péndulo situado en una de las esquinas de su oficina. El reloj marcaba su tictac con suma gravedad, como si distribuyera las horas de la humanidad. El comisario levantó una mano en dirección sur con respecto a las montañas de Aspen, que no podía ver, ya que su oficina, ubicada en el subsuelo del juzgado del condado de Pitkin, miraba hacia atrás. Una única ventana le ofrecía la vista de un montículo de desperdicios congelados.

—¡Casi veinte centímetros en una noche! —tronó su voz—. ¡Odio tener que trabajar en un día como éste! —Señaló a Dennis con un dedo. —Tú estuviste allá arriba ayer. Mi mamá tenía razón; debería haber ido a la facultad de Derecho. Yo tengo que estar sentado aquí peleando con malhechores, pero tú puedes ir a la montaña cuando tienes ganas. Eso no es democrático. ¿Sabes qué es lo que tienen en común los espermatozoides y los abogados?

—Desafortunadamente lo sé —respondió Dennis—. Sólo uno en un millón tiene oportunidad de convertirse en un ser humano. Lo aprendí el primer año que estuve en Yale.

—No por antiguo es menos cierto.

Dennis estaba sentado en el sofá junto a Queenie O'Hare. La parte inferior del torso del doctor Jeff Waters casi desaparecía

111

en un sillón ubicado bajo la cabeza de un alce con cuernos de diez puntas.

—Y para contestar tu pregunta anterior, sí, ayer estaba esquiando en la montaña hasta que fui groseramente interrumpido por los acontecimientos que aún no me han sido explicados de manera adecuada.

Ray Boyd, el fiscal del condado en el noveno distrito judicial, era la única persona que estaba de pie. Carecía de paciencia para quedarse sentado y en su lugar. Ex estrella de fútbol de la Universidad de Colorado, era ahora un hombre de casi cuarenta años, de cabello pelirrojo y un físico más musculoso que fibroso. Aún ayudaba como entrenador al eternamente perdedor equipo de fútbol de la escuela secundaria de Aspen. Poseía una poderosa voz de barítono que ejercitaba no sólo en el campo de juego, sino también cuando se paseaba por la sala del juzgado de Pitkin haciendo valer los derechos de los ciudadanos del condado. Era un hombre de acción. Se crispaba y agitaba, se estiraba y caminaba de un lado al otro todo el tiempo. Era famoso por dirigirse al jurado y rugir: "Damas y caballeros, el abogado de la defensa representa al acusado. Yo, por el contrario, represento al estado de Colorado, pero, aún más que eso, represento a las víctimas de este delito. Hablo por ellos y, por supuesto, por el pueblo…".

—A mí también me gustaría estar esquiando —le dijo a Dennis— pero enfrentemos la realidad, no todos los días tenemos un doble asesinato.

Josh Gamble se limpió de los dientes un trozo de panqueque del desayuno con un mondadientes de oro y asintió.

—Sí, Ray, quizás una vez cada cien años, con suerte.

Con esas palabras quiso decir que en el condado de Pitkin no había habido un doble asesinato desde el siglo pasado, cuando un banquero de la localidad había asesinado de un disparo a su esposa y el amante, un indio Ute. Fue condenado a tres años de trabajos forzados, de los cuales cumplió seis meses. Por lo tanto, Ray Boyd estaba entusiasmado. Se inclinó hacia adelante para escuchar cada una de las palabras del comisario y lo que dirían los demás presentes en aquella habitación, que se parecía más al refugio de un cazador, con bibliotecas cargadas de libros, que a la oficina del comisario. Había colecciones completas de Shakespeare, Mark Twain y Jane Austen, una antigua *Enciclopedia británica*, seis volúmenes de Dusterville y *Orquídeas venezolanas,* de Garay. Como Sophie, el comisario tenía un invernadero.

—Dennis —dijo—, los demás ya lo saben, pero debo aclararte algo. Aquí, en Colorado, hacemos las cosas de un modo diferente del que tal vez acostumbrabas en tu maldita Nueva York. Con menos formalidades. A veces, en forma amistosa. Nosotros, y con ello me refiero a todos los funcionarios del condado, te diremos todo lo que sabemos sobre este supuesto crimen. Desde luego, tú no tienes por qué hacer lo mismo, y serías un pésimo abogado si lo hicieras, ya que tú debes representar a un cliente. Y ese cliente podría ser culpable de algún acto vil del que tú no tienes conocimiento y podría necesitar toda la ayuda posible. ¿Está claro?

Dennis asintió, complacido. Era lo que había esperado de su viejo amigo y colega.

El sillón giratorio chirrió bajo el peso de Josh.

—Ahora sólo nos interesa averiguar qué sucedió allá arriba, en el paso Pearl. Supongo que a ti también.

—Sin ninguna duda —dijo Dennis.

—Y —continuó Josh—, como los montañeses no somos tan estúpidos como creen algunos, si todos los que estamos aquí presentes no nos dedicamos a jugar a los abogados y policías, quizá logremos averiguar entre todos qué fue lo que sucedió. Trabajar en equipo. ¿Te animas a apostar?

Dennis deseaba más que apostar; estaba entusiasmado.

El comisario se volvió hacia donde se encontraba el joven forense Waters.

—Jeff, dinos todo lo que sabes. Si me aburro, bostezaré, y puedes tomarlo como una señal para entrar en tercera velocidad. Dennis, si tienes alguna pregunta, no seas tímido. Pero supongo que jamás lo fuiste, ¿no es así?

Dennis decidió que todo funcionaría bien. Miró al forense.

La mañana después de que los cadáveres llegaron en vehículos para nieve desde el paso Pearl —dijo Jeff Waters—, él y Otto

Beckmann, patólogo forense y médico forense del condado de Garfield, hicieron una autopsia que duró seis horas. Se llevó a cabo en el hospital Valley View, de Glenwood Springs, a sesenta y cinco kilómetros de valle de Aspen.

Los cuerpos de las víctimas fueron depositados durante la noche en la morgue, a cinco grados de temperatura, pero aun así, cuando los colocaron sobre las mesas de acero inoxidable, tenían mal olor. Habían pasado varios meses de putrefacción. En terrenos situados a elevada altitud, durante el invierno, se produce un cierto tipo de momificación, pero por el resultado de la autopsia quedaba claro que los cuerpos habían sido colocados en su fosa común durante el verano. Para neutralizar el mal olor, los doctores Beckmann y Waters usaron mascarillas rociadas con Vicks VapoRub.

Una de las víctimas era hombre; la otra, mujer, según relató Waters en la oficina del comisario.

—Pudimos confirmarlo porque el útero y la próstata son muy resistentes a la descomposición. Las dos víctimas tenían más de sesenta y cinco años y menos de setenta y cinco. Eso lo pudimos ver por el deterioro de los huesos, en particular de la columna vertebral. Si necesitan algo más aproximado, yo diría que el hombre tenía alrededor de setenta años, y la mujer era tal vez un par de años más joven. ¿Alguna pregunta?

No hubo preguntas.

El patólogo y el doctor Waters tomaron muestras del hígado, del corazón y del bazo, que necesitarían para los estudios de los tejidos. Tomaron muestras de sangre seca y de líquido cardíaco, además de una pequeña cantidad de humor vítreo de uno de los ojos del cadáver de la mujer. El cadáver del hombre no tenía ojos. "Los coyotes buscan primero las partes blandas", le explicó el doctor Beckmann a Waters. Tenía mucha experiencia en examinar cuerpos que se encontraban durante el verano, después de las avalanchas de nieve del invierno anterior.

—Las orejas, la nariz, los labios, los ojos… ¿Esto le molesta?

—Sí —admitió Waters, deseando no haber comido huevos al vapor y salchichas de cerdo durante el desayuno.

Ahora Waters decía:

—No tenían huesos rotos. No había rastros de violencia. Ambos sufrieron una muerte súbita. Ataques cardíacos.

—¿Eso no significa una muerte natural? —preguntó Dennis.

—En absoluto. Simplemente estoy explicando la causa técnica de la muerte. En general, si no podemos encontrar una razón evidente de la muerte y la gente es muy mayor, lo llamamos "muerte provocada por paro cardiorrespiratorio". Es un lugar común. En este caso, sin embargo, debido a las circunstancias peculiares, hicimos estudios preliminares de tejido y muestras de sangre, y descubrimos en ambos cuerpos rastros de Versed y Pentotal.

—Tranquilizantes —explicó Ray Boyd, haciendo una mueca con la boca.

—Son algo más que eso —agregó con paciencia Waters—. Las llamamos drogas de control. El Versed es un sedante fuerte de acción rápida, un depresor como el Valium, pero más fuerte. En los hospitales se lo utiliza antes de una cirugía mayor, como tranquilizante consciente. Si usted tiene un paciente con un hombro muy dislocado y el médico desea trabajar sin que el paciente grite, para que los demás que esperan no huyan de espanto, ese profesional usará Versed. También se lo usa en los estados donde hay pena de muerte, como en Texas. Se inyecta antes que la inyección letal. El Pentotal, por el contrario, es un anestésico. Combinados hacen dormir a la persona, y por un par de horas no siente absolutamente nada.

Dennis tomó algunas notas y después preguntó:

—¿Es fácil proveerse de Versed y Pentotal?

—Lo tienen todos los hospitales, proveedores de medicamentos y droguerías.

—Entonces, no son difíciles de conseguir.

—No si alguien tiene acceso a esos lugares.

—¿Alguna de esas drogas puede provocar un ataque cardíaco?

—Personalmente no conozco ningún caso en que haya sucedido. Ni tampoco Otto Beckmann.

Dennis frunció el entrecejo.

—De modo que el Versed y el Pentotal no mataron a las dos personas encontradas en el paso Pearl.

—Correcto. Le dije que murieron de un ataque cardíaco. Pero

esos ataques fueron inducidos. Hubo una segunda combinación de inyecciones después del Versed y el Pentotal. Para decirlo de otro modo, después de haberlos hecho dormir. ¿Me sigue?

Dennis asintió.

—¿Qué había en la segunda combinación de inyecciones?

—Beckmann y yo estudiamos los tejidos del hígado de ambos cuerpos y encontramos rastros de cloruro de potasio. ¿Sabe lo que es?

—Un veneno letal.

—Correcto. De acción rápida, pero no necesariamente indoloro, a menos que el sujeto haya sido medicado antes con otra cosa.

—Como el Versed y el Penthotal —sugirió Dennis.

—¿Se da cuenta de la secuencia?

Dennis veía con claridad la secuencia: los sedaron, después los mataron. En teoría una forma humana de morir, si las muertes fueran en cualquier sentido necesarias.

—El cloruro de potasio se aplica en forma endovenosa con una aguja hipodérmica —prosiguió Waters—. Induce de inmediato un infarto de las coronarias. Se detiene la respiración, aunque en algunos casos el corazón puede seguir latiendo débilmente durante veinte o treinta minutos. Después, la muerte. El corazón se detiene, el cerebro deja de funcionar. Muerte, por cualquier definición que busque.

—¿Es fácil conseguir cloruro de potasio? —preguntó Dennis.

—Lo mismo que antes. Hospitales, proveedores de medicamentos y droguerías. También en veterinarias.

—Si es un veneno letal, ¿cómo resulta tan fácil de conseguir?

—Porque los médicos se lo dan a aquellos pacientes que tienen un gran desequilibrio de potasio. Pero hablo de dosis muy pequeñas, como tres centímetros cúbicos de una bolsa de mil centímetros cúbicos.

—¿Cuánto habría que utilizar para matar a alguien?

—Se provee en ampollas de veinte miliequivalentes, mezclado con diez centímetros cúbicos de líquido para inyección. Todo junto, llega casi a una cucharada de té. Diez de esas ampollas, tal vez una décima de litro, realizarían con facilidad el trabajo.

—Entonces usted me está diciendo que a esa gente primero la tranquilizaron y después la asesinaron.

Waters sonrió apenas.

—Asesinato es un término legal, ¿verdad? Sólo le digo cómo murieron. Podría muy bien haber sido un acto de eutanasia.

—Espere. —Josh Gamble levantó una mano. —En este estado —dijo, para beneficio tanto de Dennis como del joven forense— la eutanasia está clasificada como asesinato.

Dennis digirió esta información y no le gustó la sensación que le causaba mientras lo digería.

—¿Quién podría saber cómo hacer una mezcla de esas inyecciones? —preguntó Queenie O'Hare—. ¿Y cómo administrarlas, además de las cantidades? Yo, por cierto, no sabría hacerlo. ¿Y tú, Josh?

El comisario meneó la cabeza.

—Si me cuesta preparar un margarita…

—¿Y usted, señor Conway?

—Por favor, llámeme Dennis. La respuesta es no.

Mientras hablaba, Queenie tomaba notas en un anotador de hojas amarillas.

—Tendría que ser un médico o una enfermera, algún técnico en medicina, por así decirlo, ¿no es cierto?

—Es probable —convino Waters.

El comisario gruñó.

—¿Entonces tenemos a otro doctor Kevorkian trabajando en esta zona?

—Kevorkian jamás usó un arco y una flecha para matar al perro de un paciente —observó Queenie.

—Sí, el perro. —Dennis se inclinó hacia adelante. —¿Le importaría volver atrás un poco? Me gustaría saber más sobre el perro.

Queenie le contó acerca del descubrimiento de los hermanos Clark: un galgo escocés que había sido atravesado por una flecha. Relató cómo había averiguado que el perro había pertenecido a Henry Lovell, de Springhill. Contó el llamado peculiar a la nada sincera Jane Lovell y después a Hank, hijo, a la cantera de mármol de Springhill.

117

—No tenía identificación, de modo que no hay pruebas de que fuera ese galgo —señaló Dennis—. Por supuesto que es una raza muy rara. Sin embargo, podría tratarse de otro perro.

—Apenas posible —asintió Queenie—, altamente improbable.

Dennis se dio cuenta de que ella no tenía experiencia en el tema. No comprendía que los defensores penales utilizaban muy bien la frase "apenas posible" como equivalente de "duda razonable".

Josh Gamble, como director de esa pequeña orquesta, le hizo un gesto con la mano al doctor Waters para que continuara.

—Existe otra razón por la cual les costaría trazar una analogía con el doctor Kevorkian en este caso —dijo Waters.

—¿De qué se trata? —preguntó Dennis.

—Le dije que descubrimos la causa de la muerte —continuó el forense—. Pero también buscamos en los cadáveres evidencias de alguna enfermedad. Tejidos cancerosos, un tumor, cualquier cosa. No había nada. Esa gente no se estaba muriendo. Eran personas mayores muy sanas. De excelente tono muscular, todos los órganos en buen estado. ¿Para qué debería alguien cometer un homicidio misericordioso?

No hubo respuesta.

—Jeff, ¿no es posible que ustedes hayan pasado algo por alto? ¿Algo como un cerebro esotérico o una enfermedad en los huesos?

—Es posible —dijo Waters—. Beckmann no es perfecto. Pero el hecho es improbable.

Otro "improbable" para recordar.

—De todos modos —continuó Jeff Waters—, los cuerpos estaban bastante momificados y congelados después del frío que pasamos durante el último mes de octubre, aunque la población animal que vive en aquellas alturas devoró parte de las extremidades. Creo que las dos personas murieron la segunda semana de agosto, pero podría haber un margen de error como mucho de dos semanas, ya sea para adelante o para atrás. Tenemos buenas huellas digitales, ya que se observa algo denominado "deslizamiento de la piel". La epidermis se despega como si se tratara de un guante.

Josh le hizo una seña a Queenie, quien le dijo a Dennis:

—Sin embargo, esas huellas no figuran en los registros.

Ninguno de estos NN tenía antecedentes criminales, ni estuvieron en las fuerzas armadas.

—¿Y la dentadura? —preguntó Dennis.

—El doctor Beckmann llamó al odontólogo forense, que justamente es mi dentista. —Queenie volvió a mostrar las coronas blancas casi perfectas de sus dientes, así como las arrugas que se le hacían alrededor de los ojos. —Se llama Howard Keating. Estuve enamorada de él, pero está casado con una ex modelo de Los Ángeles y tienen hijos mellizos de tres años, de modo que hace tiempo que lo descarté. De todos modos, Howard produjo una serie completa de radiografías *postmortem* de estos NN. Yo las llevé a Springhill. Antes de ir a ver a su suegra, Dennis, pasé por el consultorio del dentista de la localidad, el que atendía a Jane Lovell. ¿Lo conoce?

—Edward Brophy —dijo Dennis—. Un buen amigo de mi esposa. Yo esquío con él. Tiene tendencia a perder las curvas en las bajadas, pero, fuera de eso, es un buen hombre.

Queenie sonrió y dijo:

—El doctor Brophy aún poseía radiografías de los Lovell en un archivo, y las comparamos con las que tomaron de los cuerpos no identificados. No coincidieron.

—De modo que los cuerpos de aquellas tumbas del paso Pearl no son de Henry Lovell y Susan Lovell —dijo Dennis. Se sentía complacido, aunque no sabía por qué.

—No parece que así sea —respondió Queenie—. Además, antes de salir de Springhill, pasé por el consultorio de la doctora Pendergast y revisé un poco a la ligera los certificados de defunción de los Lovell. En el caso de él fue un paro cardíaco, y en el de ella, neumonía.

—¿Entonces quiénes son estas dos personas que ustedes encontraron en el paso Pearl? —preguntó Dennis.

—La ropa está demasiado putrefacta como para rastrear su origen. Le hemos dado las prendas a un laboratorio de Denver, pero no tenemos demasiadas esperanzas. Estamos intentando rastrear el rifle que encontramos en la tumba del perro, pero por supuesto ni siquiera tenemos pruebas de que haya pertenecido a alguno de los dos NN.

Dennis se apoyó sobre el respaldo del sillón y se cruzó de brazos.

—Entonces, ¿podría decirme la razón por la que mi cliente, Beatrice Henderson, madre de tres hijos, una mujer de edad avanzada, está involucrada en todo esto? El pastillero de plata que se encontró difícilmente sea una prueba. Ella le dijo que lo perdió hace tres años. Los pastilleros de plata, tal como señalé, no son raros.

Queenie miró al comisario y Josh Gamble le dijo a Dennis:

—Es lo que encontramos en el pastillero, amigo mío, lo que nos da que pensar.

—¿Y de qué se trata? —preguntó Dennis, que ya se sentía infeliz, previendo la respuesta.

—Píldoras —dijo Queenie—. Las analizamos. Resultaron ser Cardizem, Ismo y nitroglicerina, cuya marca el químico no pudo determinar con un ciento por ciento de certeza, aunque cree que se trata de Nitrostat. Me parece que esos nombres le son familiares, Dennis, después de lo que nos contó su suegra.

—Sí —admitió Dennis—, me suenan familiares.

—Indagamos en todas las farmacias del valle. Existen sólo dos personas registradas, además de la señora Henderson, que adquieren esa medicación. Una de ellas es un hombre de Glenwood, de ochenta y seis años, que está paralítico y se desplaza en una silla de ruedas mecanizada. El otro es el juez Florian.

Todos sonrieron.

—Entiendo —dijo Dennis.

—Pero hasta donde sabemos —prosiguió Queenie— ni el hombre de la silla de ruedas ni el juez Florian guardaban sus píldoras en una pastillero de plata hecho en Francia.

—Espere —dijo Dennis—. Usted está omitiendo algo. Bibsy Henderson le contó que perdió su pastillero hace tres años en Glenwood Springs. Scott Henderson, un funcionario de la corte, lo confirma. Aun cuando se probara que el pastillero encontrado en la tumba del perro fuera propiedad de mi suegra, es probable que alguien más lo haya estado usando en estos años. Y ese alguien podría haberlo dejado caer por accidente o incluso en forma deliberada en el paso Pearl. Aunque no tengo la menor idea de sus razones para hacerlo.

—Sí, al principio pensé lo mismo —dijo Queenie—. Por cierto sería posible, salvo un detalle.

—¿Qué detalle? —preguntó Dennis, que comenzaba a sentirse acosado. Como abogado había experimentado esa sensación muchas veces, en las salas y en las cámaras de los jueces, y durante las declaraciones de los testigos, pero jamás se había acostumbrado a ello.

—Las píldoras de nitroglicerina comienzan a convertirse en polvo al cabo de doce a dieciocho meses —explicó Queenie—, dependiendo, sobre todo, de si el envase original ha sido abierto o aún se encuentra sellado. Hablé con el cardiólogo que prescribió esas píldoras. La gente que usa nitroglicerina debe renovar sus recetas cada dieciocho meses. Si la señora Henderson perdió el pastillero hace tres años, como ella lo relató, la nitroglicerina que estaba dentro sería ahora un polvo blanco. Pero el Nitrostat de la cajita se encontraba en buen estado. Sin duda, hacía menos de quince meses que estaba allí. Como corroboración de eso, la señora Henderson renovó la receta el pasado mes de junio. —Queenie se encogió de hombros. —Como puede ver, no tiene sentido que, si ella perdió el pastillero en Glenwood hace tres años, la persona que lo encontró haya desechado la nitroglicerina vieja y colocado otra fresca el pasado mes de agosto. Nada más que para enterrarlo en la tumba de un perro en el paso Pearl. No sería muy factible, ¿no le parece?

—Pero no es imposible —replicó Dennis.

—Eso tendría que decidirlo un jurado —afirmó Ray Boyd.

Dennis se dirigió a él, contento de enfrentarse a un adversario.

—No puede estar hablando en serio.

Josh Gamble ya había mirado a Ray en forma poco amistosa. Se volvió con rapidez hacia Dennis.

—Mira, amigo y hábil consejero, personalmente creo que resulta difícil creer que una mujer de más de sesenta años, que jamás ha hecho algo ilegal en toda su vida, por lo menos hasta donde yo sé, pueda llegar a ser responsable del asesinato de dos personas en medio de la soledad de un lugar remoto, cualquiera fuera la identidad de las víctimas. Si ella llegara a ser la responsable, estoy seguro de que no pudo hacerlo sola.

Dennis no dijo nada.

—Lo que sí puedo creer —continuó Josh—, y lo que sugieren las pruebas, es que ella o su marido podrían estar involucrados en un caso de eutanasia. Depende mucho de lo que Beckmann diga acerca de las pruebas sobre la existencia de algún tipo de enfermedad que él podría no haber descubierto. No tengo la respuesta para eso. Es mucha la gente que no considera que una muerte misericordiosa sea un crimen, pero en el estado de Colorado eso no está permitido, y yo tengo la responsabilidad de investigar, y Ray, de presentarse como fiscal. Aparte del hecho de que es tu suegra la que está envuelta en esto, ¿tienes alguna otra razón para decirme que lo que pienso es descabellado?

—Sí —contestó Dennis—. Creo que no se puede realizar una eutanasia a alguien a quien no conoces. Tú crees que estos cuerpos pertenecen a los Lovell, viejos amigos de los Henderson, porque el perro que encontraron coincidía con la descripción del perro de los Lovell. Pero ahora ustedes saben, por las radiografías dentales, que no se trata de los Lovell. Entonces, ¿a quiénes encontraron ustedes? ¿En quiénes se practicó la eutanasia? La lógica sugiere que se trataría de gente que padecía alguna enfermedad terminal, como cáncer o sida. Hasta el momento no hay señales de enfermedad alguna. Si aún intentan vincular estas muertes de alguna manera con los Henderson, será mejor que identifiquen a las víctimas y su supuesta fuente de sufrimiento, antes de que comiencen a buscar los nombres de los que perpetraron el hecho. ¿No tiene sentido?

Dennis esperó hasta que Josh asintió, para después proseguir:

—¿Han establecido alguna conexión entre Beatrice Henderson y las víctimas? No. ¿O me equivoco? No, porque no conocen la identidad de las víctimas. —Se volvió hacia Ray Boyd. —Y permítame decirle, Ray, que sin esa conexión, si usted da un paso más sin esa evidencia, y pide un jurado o incluso un gran jurado, se involucrará en un caso de negligencia en el desempeño de sus funciones como fiscal de distrito. No creo que usted lo desee y estoy seguro de que no es lo que desea el comisario. Por lo tanto, no sigamos avanzando y dejemos de acusar sin fundamentos y de efectuar amenazas vacías. No sería inteligente.

—Bravo —dijo el comisario. Se levantó de su sillón giratorio y palmeó a Dennis en el hombro. —Sin ninguna duda, quisiera que fueras mi abogado, si alguna vez se me acusa de algo. Pero hasta ese día, permíteme hacerte una pregunta difícil. ¿Cómo debemos tomar la presencia del perro de los Lovell en una tumba situada a escasos cien metros de la tumba de las dos víctimas? Y no me vengas con esa mierda de que "tal vez" se trate del perro de los Lovell. La coincidencia no cuenta en el mundo real. Sin duda se trataba del perro de los Lovell.

—Considera esta hipótesis —dijo con calma Dennis—. Las víctimas, los NN, encontraron al perro. Lo llevaron a acampar con ellos. O lo encontraron en el paso, después de que se escapara. —Se volvió hacia Queenie. —¿Hay registrado algún desaparecido en la ciudad de Springhill? ¿Alguna persona que pudiera coincidir con la descripción de las víctimas?

—No que sepamos hasta ahora —respondió Queenie—. Pero lo averiguaremos.

—¿Cuál es tu teoría —le preguntó el comisario a Dennis— respecto de cómo llegó el pastillero de plata a la tumba del perro?

—Aún no tengo ninguna teoría —dijo Dennis.

—Tal vez encuentres una. Eres bueno para eso. Mientras tanto, hemos tomado muestras del pastillero y del rifle Remington que encontramos allá. Podemos llegar a dar con la persona a la que perteneció ese rifle; es bastante viejo y es un modelo bastante común. ¿Te importaría si le pido a tu clienta y a su marido que se acerquen aquí para que tomemos sus huellas digitales?

—¿Qué sucede si me niego? —preguntó Dennis.

—Me molestaría mucho, ya que debería tomarme el trabajo de pedir una orden judicial. Que sin duda conseguiré.

Los juzgados habían decidido que las huellas digitales y las muestras de escritura no eran de naturaleza privada ni estaban protegidas por la Quinta Enmienda constitucional. Aunque fuera por la más nimia de las razones, el comisario tenía derecho a pedirlas.

—A mi clienta —dijo Dennis— le encantará venir a colaborar y permitir que tomen sus huellas digitales. Yo no represento a Scott Henderson, mi suegro, pero estoy seguro de que él tampoco se negará.

El comisario estaba feliz.

—¿Lo ven? Les dije que si cooperábamos llegaríamos a alguna parte.

¿Dónde sería eso?, se preguntó Dennis, pero no formuló la pregunta.

—Una cosa más —dijo Queenie O'Hare—. Me gustaría exhumar los cuerpos de Susan y Henry Lovell. Ray, necesito un permiso por escrito para hacerlo. Es posible que tengas que llamar al fiscal del condado de Gunnison.

—Encantado —repuso Ray Boyd.

—¿Qué esperan encontrar en las tumbas? —preguntó Dennis.

—En realidad, no lo sé —admitió Queenie—. ¿No desea venir conmigo y ver?

12

El cementerio

29 y 30 de noviembre de 1994

Cuando sufría cualquier tipo de crisis, Bibsy Henderson cocinaba. Para la visita de Queenie O'Hare del día anterior, había preparado galletas de chocolate. Para la cena con su marido, su hija y su yerno, fue directo al estante donde guardaba los libros de recetas, situado encima de la cocina de hierro fundido, y, sin dudarlo, tomó *La guía del amante de la cocina francesa*. Tres horas más tarde ya estaba en la mesa un estofado de cordero con aceitunas negras al vino tinto, papas gratinadas y, para terminar, una tarta de varias capas de limón y chocolate, preparada según una receta de La Bonne Etape, una posada de los Alpes donde una vez había estado con Scott.

—Esto no es para gente que hace dieta ni para los fanáticos de la comida sin grasas —anunció mientras servía grandes porciones de estofado y papas.

—Beso tus pies, mujer —dijo Scott—. Menos mal que nos avisaste. De lo contrario, ¿quién podría haberlo adivinado?

Dennis esperó unos minutos y dijo:

—Debemos hablar de la situación, Bibsy. Espero que no nos arruine la cena.

—Nada podría arruinar mi comida —afirmó Bibsy.

—Bien. Entonces cuéntame qué sucedió en el paso Pearl. —Y agregó de la manera más afable en que puede hablar un abogado. —Si lo sabes.

—Es una tontería que ellos crean que yo tengo algo que ver con todo eso. ¿No estás de acuerdo?

—Me encantaría estar de acuerdo. Pero por el momento considérame tu abogado y no tu yerno. Convénceme.

De repente, el rostro de Bibsy enrojeció y se marchitó, y la base de su garganta comenzó a latir en un leve tic nervioso. Antes de que pudiera comenzar a hablar, Scott levantó una mano para pedir silencio y se inclinó hacia adelante.

—Dennis —dijo—, ¿no es un hecho que las autoridades de Aspen no saben un rábano sobre la identidad de las víctimas? Podrían ser de cualquier parte. Podrían ser vagabundos. ¿Cómo pueden conectar a Bibsy con unos extraños que encontraron a ochenta kilómetros de aquí, en una zona desierta? No nos engañemos, esa teoría no tiene fundamentos.

Tal como se lo había prometido, Dennis había llamado a Sophie desde Aspen para contarle la mayor parte de las cosas que Josh Gamble y Jeff Waters, el forense, le habían informado: acerca de las inyecciones de Pentotal y Versed, y luego de cloruro de potasio, administradas a la pareja de NN. También había mencionado el vencimiento de las píldoras de nitroglicerina.

—Podrías hablar de todo esto con tus padres antes de la cena —sugirió.

Dennis repitió esos detalles a sus suegros.

Scott Henderson frunció el entrecejo; Dennis notó que durante el día anterior habían aparecido más arrugas en la piel oscura de sus mejillas.

—Comprendo todo eso —dijo Scott—. Pero creo que en el tribunal sería como ponerle una montura a una mula muerta. Podría lucir bien, pero ¿adónde podrías llegar? ¿No se dan cuenta de que no existe ninguna prueba?

Dennis evaluó la respuesta y no le gustó. Era precisa, pero tenía un tinte de lo que alguna gente consideraba evasivas legales.

—La teoría de Josh Gamble —dijo—, sin hacer mucho hincapié en ello, es que Bibsy, tal vez con alguna ayuda de tu parte, Scott, cometió un acto de eutanasia. Un suicidio asistido, si deseas ser cuidadoso con el idioma. Como ex enfermera, Bibsy podría obtener las drogas o incluso tener una reserva a mano. Además de estar físicamente capacitada para administrarlas en forma adecuada.

Scott se puso de pie, asombrado.

—¿A gente que ella ni siquiera conocía?

Dennis miró a Bibsy.

—¿Estuviste alguna vez en el paso Pearl?

—Hace muchos años —respondió Bibsy, tranquila.

Aquélla era una experiencia nueva para Dennis. Jamás había tenido a un pariente como cliente y jamás había hablado sobre los detalles de un caso delante de sus suegros o de su esposa. Aunque su esposa no participaba en la discusión; Sophie guardaba absoluto silencio y se la veía pálida, casi blanco tiza, a la luz de la lámpara. No comía.

Dennis tenía hambre, y el cordero estaba cocinado a la perfección; sin embargo, sólo había comido algunos trozos.

—¿Hace cuántos años? —preguntó Dennis.

—Muchos —dijo Bibsy—. Acampamos. Hace mucho, mucho tiempo. No lo recuerdo con exactitud.

No era el momento ni el lugar para comenzar una discusión. Dennis miró a Scott.

—¿Cuál es tu teoría sobre lo que sucedió?

Era una pregunta que Dennis hacía con frecuencia a sus clientes, cuando tenía la impresión de que eran culpables o cuando no se atrevía a preguntarles si lo habían hecho ellos. Los abogados con experiencia rara vez hacían a sus clientes esa última pregunta, por temor a recibir una respuesta afirmativa. Si decían que lo habían hecho, fuere lo que fuese, el defensor aún tenía el derecho de obligar a la fiscalía a presentar pruebas en el juicio. Sin embargo, colocar al cliente en el banquillo de los testigos para que diera un falso testimonio respecto de su inocencia violaba los cánones de la ética legal. Por algo así, un abogado podía ser expulsado del Colegio de Abogados y, en algunos casos, procesado, aunque Dennis sabía que la mitad de los abogados defensores penalistas de los Estados Unidos estarían desocupados o detrás de las rejas si ese canon se aplicara con rigor. Por lo tanto, un abogado, para salvar tanto su pellejo como su alma, preguntaba a su cliente cuál era su teoría.

—Mi teoría —respondió Scott Henderson, después de haber tomado un trago de St. Emilion— es que, si no permitimos que estos mamarrachos encargados de la aplicación de las leyes nos claven las garras, las cosas se calmarán. Llevará tiempo, eso es todo. Uno de estos días, el comisario Gamble, tan trabajador y tan bien predispuesto, y ese tonto del señor Boyd, ése es un hombre incapaz de distinguir entre su mano derecha y su izquierda, se darán cuenta de que no existe sustento legal en que apoyarse. Simplemente están ladrando a la nada. Para decirlo como se debe, para que no creas que yo soy un pueblerino ignorante, las pruebas que se presentaron hoy no alcanzan el nivel requerido para hacer una acusación. No pueden hacer una acusación basándose en un pastillero de plata robado o perdido. No existe una causa probable. —Le sonrió a Sophie. —Causa probable, mi querida, es un término legal, y todo cuanto debes saber al respecto es que las autoridades deben tenerla para poder arrestarte. Deben contar con hechos que señalen al supuesto acusado. Y no los tienen. No, señor. El juez Florian es un viejo zorro y para convencerlo será necesario muchísimo más que lo que estos patanes tienen entre manos.

Dennis miró a su suegro con disgusto. Pero Scott no lo notó o no le importó. Estaba absorto en su discurso.

—Dentro de uno o dos meses, ya verán, será una cuestión de dos personas no identificadas, que sufrían de alguna enfermedad incurable y dolorosa, vinieron de Denver a la ladera oeste para partir de este mundo en un escenario más majestuoso que su ciudad otrora hermosa y ahora contaminada. Yo considero ese acto como un cumplido a la pureza de estas montañas, donde tenemos la extrema buena fortuna de vivir. Digo "tenemos" y eso te incluye a ti, Dennis. Tú eres parte de nosotros, más de lo que aún puedas haberte dado cuenta. Pero ya te darás cuenta… te lo prometo. Mientras tanto, disfrutemos de esta espléndida cena que mi esposa ha cocinado para nosotros. Prueba esta tarta. Limón y chocolate, mis dos sabores favoritos. Estas tartas son tan buenas que podrías llegar a pegarle a la abuela para conseguir otra porción.

El patriarca había hablado con voz firme, segura, y dando a su discurso un tono definitivo. Y ése fue el fin de toda conversación no culinaria. Dennis sintió un profundo desasosiego, pero sabía por experiencia que Bibsy y Sophie no desafiarían las palabras de Scott, por lo menos no en aquel momento, en público. De modo que se dispuso a terminar y de alguna manera disfrutar de la comida.

Había salido la Luna. La niebla se levantaba entre los pinos. Mientras se acostaba, Dennis le dijo a su esposa:

—Sophie, tu madre no es muy realista con respecto a lo sucedido. Y tu padre es evasivo. Necesito ayuda.

Sophie guardó silencio por unos instantes y después respondió con tranquilidad:

—No creo que deba involucrarme en esto. Es algo entre tú y mi madre. Por favor, Dennis, así es mejor.

—Son tus padres. Estás comprometida.

—Ya oíste a mi padre. Él dice que no habrá acusación ni nada que se parezca.

—Es posible que se equivoque.

—Él conoce a la gente de aquí mejor que tú, Dennis.

—La ley no es tan indulgente como él lo plantea.

—¿No crees que es buena idea esperar a ver qué sucede? —En su voz había el mismo tono definitivo utilizado por su padre, pero también un dolor cuya causa Dennis no comprendía: un pesar. —Si deseas ayudarme —dijo en un tono aún más suave—, por favor mantenme fuera de la situación. Por lo menos por ahora. Sólo haz lo que mejor puedas. Sé que eres capaz. Confío en ti.

—Lo haré —prometió él—. Y gracias por la fe que depositas en mí. Muy bien, veremos cómo siguen las cosas. Tal vez tengas razón y tu padre sepa más que yo sobre la manera de actuar aquí. Así lo espero.

Al día siguiente, el sol permaneció detrás de una cubierta de nubes. La brisa anunciaba nieve. Dennis miró el pronóstico del tiempo: llovía en California, lo que en general anunciaba tormentas de nieve en las Rocosas. La temperatura bajó a diecinueve grados bajo cero. Abrigados con sus camperas y con guantes de piel, Dennis y Sophie, que estaba pálida, silenciosa y distante como él jamás la había visto, se encontraron a las diez, como habían convenido, con Queenie O'Hare y dos oficiales del condado de Pitkin frente al correo de Springhill.

Sophie asistía como representante oficial del municipio.

—Lo siento —le dijo a Queenie—, pero en representación de la municipalidad debo preguntarle si usted tiene una orden judicial.

—Tengo un fax del juez de Gunnison. —Queenie le mostró un trozo de papel que flameó en el frío viento de la montaña.

Sophie miró a Dennis, formulándole una pregunta sin abrir la boca.

—No es exactamente lo adecuado —observó Dennis—, pero es justo decir que, si nos oponemos, estaríamos retrasando el proceso judicial. Y no olviden que todo lo que deben hacer es ir hasta el tribunal en Gunnison y conseguirlo.

Sophie miró a Queenie.

—Puede abrir las tumbas.

Las tumbas estaban una al lado de la otra, con lápidas que mostraban los nombres de Henry Lovell y Susan Lovell, las fechas de sus muertes y dos cruces sencillas.

Había tres palas. Queenie supervisaba y los dos oficiales cavaban. La tercera pala había quedado enterrada en un montículo de nieve, en el borde de la tumba de Henry Lovell. A los ojos de Dennis, aquella presencia parecía volverse más y más acusadora a medida que los oficiales cavaban y sudaban. Pero se contuvo. No era su tarea facilitar las cosas a los adversarios.

Los copos de nieve caían de manera abundante del cielo oscuro. El viento soplaba con más fuerza. Los cavadores comenzaron a golpear y sacudir los pies mientras trabajaban.

También Dennis comenzó a sentir frío en los pies. Más que frío, sentía inquietud y desdicha. Como en un murmullo, pronunció unas palabras de disculpa, se apartó de Sophie y de los cavadores y comenzó a caminar hacia el bosque cercano, a lo largo de una hilera de tumbas y de pequeños monumentos con sus lápidas.

Se trataba de un cementerio agradable, un testimonio de vidas modestas y de partidas modestas también. No había muchas tumbas. Quizá, decidió Dennis, en el pasado mucha gente era enterrada en el fondo de sus jardines con una breve ceremonia o tal vez sin ceremonia alguna. Tal vez aún se hacía. Se acercó a una pequeña cabeza de mármol rosado con una más pequeña a su lado. El retrato de un perro había sido tallado en la piedra más pequeña. Dennis leyó las palabras grabadas debajo de aquella imagen: un fiel basset hound que había muerto poco después de que su dueño partiera de este mundo.

El basset hound —"FIEL AMIGO Y ALEGRE COMPAÑERO"— tenía el digno nombre de Randall. La dueña de Randall se había llamado Ellen Hapgood. El nombre le resultaba familiar, pero al principio Dennis no logró recordar la razón. Después recordó. La muerte de Ellen Hapgood, tal como una vez Sophie le había contado, tuvo lugar unos meses antes de que Dennis llegara a Springhill. "Ella se sentaba en su mecedora hablando sola todo el día y espantando murciélagos imaginarios con una escoba". Había muerto a los noventa y un años de edad, le había dicho Sophie.

Dennis miró las fechas talladas en la piedra: "3 de octubre de 1919 - 20 de julio de 1993".

Hizo dos veces el cálculo, pero las leyes matemáticas de la suma y la resta no cambiaron. La mujer tenía setenta y cuatro años. Dennis continuó caminando entre las tumbas. Sophie podía haber cometido un error. A veces la memoria juega malas pasadas.

El viento era muy fuerte y hacía que los ojos le lagrimearan. La nieve caía más espesa. Los zapatos se hundían bajo el manto blanco. Ahora tenía un propósito su paseo sin rumbo. De espaldas a los cavadores, se preguntó si Sophie lo estaba observando. Pero cuando se volvió se dio cuenta de que había llegado a un punto donde un grupo de pinos se alzaban entre él y los cavadores.

En el ala oeste del pequeño cementerio encontró lo que había estado buscando. El apellido de Bibsy era Whittaker. Allí se encontraban las tumbas de los Whittaker, los abuelos de Sophie. Verificó las fechas de sus nacimientos y muertes. Nada fuera de lo común. Ambos habían muerto pasados los setenta años. Unos metros más adelante, se encontró con las tumbas de los padres de

Scott. Sophie le había contado que su abuela paterna, Janice Cone Henderson, había muerto cuando tenía cuarenta años, en 1956. Joven. De cáncer, recordaba. La inscripción confirmaba la fecha de su muerte y la edad.

Junto a esa tumba yacía enterrado el padre de Scott. La inscripción decía: "SCOTT HENDERSON. AMADO PADRE DE PATRICIA Y DE SCOTT HIJO". Y debajo de ésta: "1894-1965".

"El padre de mi padre —había dicho Sophie— vivió ochenta y cinco años…"

Pero el cálculo matemático de la tumba indicaba setenta y uno. Dennis miró como atontado durante uno o dos minutos. Que Sophie se equivocara respecto de la edad de Ellen Hapgood era una cosa, pero cometer el mismo error con el padre de Scott era otra. ¿Por qué había mentido sobre algo de tan poca importancia? ¿Qué sentido tenía? ¿La negación de la mortalidad? Sophie era una mujer razonable. Jamás le había oído expresar algún temor a la muerte o a morir. Poseía una paz respecto del futuro como nadie que él hubiera conocido.

Dennis quería respuestas. Pero si exigía conocer la razón por la que ella insistía que la gente de Springhill vivía hasta una edad muy avanzada, cavaría una fosa entre los dos. ¿Era algo tan importante como para forzar un enfrentamiento? Sintió que se le congelaba la sangre. El gris y el viento feroz lo tornaban en un día poco común.

Todavía evaluando la situación, regresó a las tumbas de los Lovell. Los dos hombres continuaban cavando. Los ojos oscuros de Sophie lo miraron con sombría preocupación. Dennis sintió que su rostro enrojecía. "Ella sabe dónde estuve. No pudo verme detrás de los pinos, pero lo sabe."

Tomó la tercera pala. Miró a Queenie O'Hare, que asintió: "Sí, por supuesto. El condado de Pitkin se lo agradece, abogado".

La presión de la pala en la tierra repercutió en sus brazos y en su espalda. Era lo adecuado. Necesitaba trabajar, castigarse un poco por lo que sabía, por sus dudas, por su esfuerzo por mantener todas las negativas bajo control. La vida era muy buena; Dennis amaba demasiado a su esposa como para quebrar la armonía.

132

Cuando al fin apareció la madera del ataúd, una película de sudor perlaba la frente de Dennis. Un minuto después, Queenie dijo:

—Suficiente.

Uno de los oficiales bajó, destornilló las manijas de metal y abrió las dos trabas; después miró a Queenie para pedir permiso. Ella movió la cabeza una vez. El oficial aplicó cierta presión, se aclaró la garganta y levantó la pesada tapa de madera.

Dennis esperaba lo peor. En Vietnam, durante la ofensiva Tet, cuando el pelotón zapador hacía explotar las minas en la selva, había visto suficiente muerte y putrefacción para toda una vida.

El ataúd, forrado con una seda azul oscuro que absorbía los reflejos del cielo, estaba vacío. No había nada adentro, más que aserrín, trozos pequeños de madera, piedras y un poco de tierra seca.

Dennis no sabía qué decir. Queenie O'Hare murmuró unas palabras que él no comprendió. Se inclinó para oler el forro de seda. Movió levemente la cabeza; sus ojos giraron hacia Dennis.

—Huela esto.

Él se agachó, pero ya comprendía el significado de esa orden impartida con tranquilidad. Del ataúd salía el olor mustio del desuso, pero nada más. No había evidencia alguna de deterioro orgánico. Dennis comprendió lo que Queenie ya había notado: no había olor a detergente ni a ninguna otra sustancia de limpieza. En ese ataúd no había habido ningún cuerpo en descomposición que más tarde hubiera sido retirado. Allí jamás había habido un cadáver.

Queenie miró a Dennis y a Sophie.

—¿Están sorprendidos?

Sophie dejó escapar un suspiro que se congeló en el aire, y volvió la cabeza hacia otro lado.

—Sí —le dijo Dennis a Queenie—. ¿No lo está usted?

—¿Quiere que le sea honesta? —Queenie dio un salto casi atlético. —No me sorprende en absoluto. Habría apostado el rancho y la hipoteca a que esta tumba estaría vacía como una iglesia en vísperas de Año Nuevo. Ahora abramos la otra tumba. ¿Alguna apuesta?

Poco tiempo después comprobaron que el segundo ataúd estaba vacío y tampoco tenía mal olor.

Mientras caminaban de regreso a la ciudad, entre la nieve que volaba a causa del viento, Queenie dijo:

—Ustedes saben tan bien como yo que estas tumbas no fueron ni abiertas ni robadas. Dennis, esos cuerpos que encontramos en el paso Pearl son los restos de Henry Lovell y Susan Lovell. ¿Comprende ahora?

Como Dennis no respondía, Queenie se volvió hacia Sophie, que aún debía responder más que monosílabos a las preguntas de procedimiento. Tenía las manos hundidas en los bolsillos de su abrigo. Caminaba con la cabeza gacha. En su expresión, Dennis percibió cierto estoicismo: "Yo saldré de esto de alguna manera, si tú me eres leal". Era como si el aire frío llevara el mensaje directamente desde el cuerpo de Sophie a la mente de Dennis.

—Creo que el dentista estaba equivocado —dijo Queenie— acerca de la identificación dentaria. Tal vez cometió un error y tomó las radiografías que no correspondían. Volveré a hablar con él.

—Sí, por supuesto —dijo Sophie.

—Y la doctora Pendergast, la que extendió los certificados. Deseo verla a ella también.

—Comprendo.

—También debo saber quién colocó los cuerpos en los ataúdes, o declaró haberlo hecho y quién fue el que, al bajar esos cajones vacíos a la tierra, se olvidó de decir: "Pero, muchachos, ¡qué livianos que son!". —Queenie rió, pero su risa tenía un sabor amargo. —Y además hoy debo tomar las huellas digitales. Ésa es la otra razón por la que vine hasta aquí. Preferimos hacerlo en el juzgado de Aspen. Supongo que su clienta y el esposo podrán venir, ¿verdad, doctor?

—La están esperando en su casa —dijo Dennis—. Una vez que les tomen las huellas, ¿cuánto tardarán en compararlas y obtener un resultado?

Queenie se encogió de hombros.

—Si es negativo, lo sabremos mañana. Si es positivo, podría tardar un par de días. Si no estamos seguros y las huellas deben ser enviadas por fax a Denver y al FBI en Washington, podríamos tardar una semana.

• • •

Desde la sala de los Henderson, Dennis llevó a Scott hasta la piscina, para hablar en privado. Hacía calor allí, y Dennis se secó la frente con un pañuelo.

—Scott, tengo cosas importantes que hacer en Springhill, pero no deseo perder tiempo ni jugar jueguitos con la oficina del comisario. Llamaré a uno de mis socios y haré que se encuentre con ustedes en el juzgado; él representará a Bibsy a mi nombre. Eso significa que yo no los acompañaré en el viaje a Aspen. No le digas nada a la oficial. Habla del clima, habla de la nueva autopista de cuatro carriles, habla de lo que te plazca, pero, por favor, no hables de la causa. ¿Está claro?

—Yo también soy abogado, ¿recuerdas? —Scott le dirigió una sonrisa cálida, pero ésta se desvaneció enseguida—. —¿Qué es lo que es tan importante como para impedirte acompañarnos?

Dennis dijo:

—Debo hablar con algunas personas de aquí acerca de un par de ataúdes vacíos.

13

Un abogado en acción

30 de noviembre de 1994

Un débil olor a antiséptico flotaba en el ambiente del consultorio dental de Edward Brophy. Dennis debió esperar a que Edward terminara de ajustar los aparatos de ortodoncia de Nancy Loomis, una de las adolescentes del lugar. Intentó concentrarse en la lectura de un par de ejemplares de *Time* y *Money* de un año de antigüedad, pero le resultó imposible.

Diez minutos más tarde Edward parado junto a la camilla cubierta de plástico, escribía una notas en la ficha de su paciente. Dennis se sentó en la silla giratoria que solía ocupar la asistente del dentista.

—Ante todo, Edward, debo aconsejarte que inviertas algún dinero en revistas nuevas. Segundo, créeme que estoy de tu lado en este asunto. Bibsy es mi clienta. Tal vez no comprendas el concepto, pero esa relación cuenta para mí tanto como el hecho de que ella es la madre de Sophie.

—Ustedes, los abogados, son seres muy peculiares.

—A menudo lo afirman así…

Edward suspiró.

—Los dentistas también tenemos ética.

—Me complace escucharlo. Quisiera que dejaras de lado esa ética y volvieras a verificar las fichas de los Lovell. La subcomisaria de Aspen cree que podrías haber cometido una equivocación en la identificación. Volverá a interrogarte sobre el tema. Es posible que en algún momento te obligue a hacer una declaración bajo juramento. —Dennis vaciló; quería que sus siguientes palabras trasmitieran un significado más contundente. —Yo creo que cuando ella utilizó la palabra "error" te estaba otorgando el beneficio de la duda.

Edward suspiró y mostró una expresión sombría.

—¿Puedes revisar las fichas ahora? —preguntó Dennis.

—Tengo un paciente que llegará enseguida. El chico de los Crenshaw. Es una emergencia. Debo revisar su ficha.

—¿Quieres que espere?

—No. Lo haré más tarde.

—Edward, esto es grave.

El dentista seguía suspirando, como si sufriera algún dolor. Dio una vuelta por el consultorio, se detuvo y miró a Dennis, que notó un destello imperceptible en sus ojos, como si fuese un animal herido atascado una trampa. Pero su voz sonó sorprendentemente suave.

—¿Quieres que te dé un consejo, Dennis?

—Siempre agradezco los consejos inteligentes.

—Sea lo que fuera lo que tratas de averiguar o probar… déjalo.

Dennis sintió que su sangre comenzaba a hervir.

—Estoy tratando de probar que Bibsy Henderson no es culpable de un asesinato. Edward, ¿qué es lo que intentas ocultar? ¿Las personas del paso Pearl eran los Lovell? ¿Cambiaste sus registros dentales? Y si lo hiciste, ¿por qué?

Al cabo de unos momentos, Edward se dejó caer en la camilla. "Entonces tengo razón —se dio cuenta Dennis—. Y si yo lo averigüé, también lo harán Queenie O'Hare y Josh Gamble."

—Debo saber todo lo referido a este asunto —dijo—. Esperará hasta que hayas terminado con tu paciente, con esta emergencia o lo que diablos sea.

—No hay ninguna emergencia —admitió Edward—. No vendrá ningún paciente. —Las manos le temblaban.

—Te equivocas, Edward. Sí hay una emergencia. Y tú te encuentras en medio de todo esto. Ahora tómate un trago de Pentotal, si lo necesitas, y dime por qué cambiaste esos registros.

•   •   •

Dennis llegó a la cantera de mármol después de que terminara el receso para el almuerzo. Se encontraba al final de Quarry Road, a casi tres kilómetros de su casa. A lo largo de los bordes del camino había bloques y trozos de mármol que los camiones y vagonetas habían descargado allí. Un vehículo para nieve y una topadora que se utilizaba en caso de avalanchas estaban estacionados afuera, junto a las camionetas y a los vehículos de servicio pesado con tracción en las cuatro ruedas.

La cantera producía uno de los tipos de mármol más puros del mundo; parte de ese producto se utilizaba en la construcción de Bancos y monumentos en todos los Estados Unidos. Unas cortinas gigantes de lana colgaban encima de las dos grandes entradas, para mantener la temperatura interior por encima del punto de congelamiento. Había una docena de hombres trabajando, enfundados en camperas y gruesos sombreros para esquiar. Dennis observó mientras un bloque de mármol de veinte toneladas, que había sido cortado aquel día, era deslizado y subido mediante un cargador frontal a una rampa de acero portátil, para luego colocarlo en la plataforma de un camión que haría el viaje hacia el ferrocarril del oeste Denver & Rio Grande, a varios kilómetros de West Glenwood Springs.

Unos minutos más tarde, se hallaba sentado con Hank Lovell en la oficina del director de la cantera que contaba con escasa decoración y con un gran calefactor que evitaba el frío. Dennis se quedó con el saco y los guantes puestos. Hank era un hombre de buena contextura física, de cabello negro, boca sensual y ojos castaños de largas pestañas.

—¿En qué puedo servirte, Dennis?

—Puedes decirme la verdad sobre la muerte de tus padres.

—Mis padres… —Hank casi no pudo articular las palabras.

—Hank, no es momento para evasivas. Si debo darle a Bibsy la clase de ayuda legal que necesita, debo saber qué es lo que sucede. Edward cambió las historias dentales. Ya estoy enterado.

—¿Él lo admitió?

—No puedo contestar esa pregunta. Si lo hizo, sería una confesión confidencial. ¿Comprendes lo que digo? No estamos hablando de extraños. Tus padres fueron asesinados, o se los asistió para que se suicidaran, lo cual, bajo las leyes de Colorado, es una forma de asesinato. ¿Qué estaban haciendo en el paso Pearl? ¿Y por qué Bibsy y Scott estaban también allí?

Hank golpeteó con los dedos regordetes sobre el escritorio.

Dennis suspiró.

—Trataré de hacértelo más fácil. Hasta donde tú sabes, ¿alguno de tus padres murió de cáncer?

—No lo sé —dijo Hank—. Es la realidad.

—¿Alguna enfermedad degenerativa? ¿O más rara, como disentería bacilar o reumatismo cerebral?

—Te juro que no lo sé.

—¿Y de sida?

—¡Por Dios! Eran un poco viejos para eso, ¿no te parece?

—No lo sé. En Springhill, cualquier cosa es posible.

—¿Por qué no le preguntas a la doctora Pendergast?

—Ya lo hice —dijo Dennis—, después de hablar con Edward Brophy.

—¿Y qué dijo?

—Grace es una señora difícil. No puede hablar conmigo sobre las enfermedades de su pacientes, ni siquiera cuando éstos ya están muertos. Ella extendió los certificados de defunción. Eso también fue una mentira. Hank —Dennis se adelantó hacia el joven y lo tomó por la muñeca—, debo saber la verdad. ¿Por qué no enterraron a tus padres en el cementerio de Springhill?

—No lo sé —repitió Hank. Pero el vigor había desaparecido de su voz.

—¿Por qué los enterraron allá arriba, en el paso Pearl?

—No lo sé —insistió Hank.

—¡Dios mío! ¿Es que no sabes nada? ¿Murieron aquí en Springhill, o en las montañas del condado de Pitkin? ¿Estaban con ellos Scott y Bibsy? ¿Para ayudarlos a morir?

—¿Qué dicen ellos?

—Nada. Están ocultando algo. Todos ustedes ocultan algo. Y, dadas las presentes circunstancias, es un error terrible. —Dennis sentía que se hallaba a punto de perder el control.

—Será mejor que hables con Sophie —sugirió Hank—. Sería lo más adecuado.

—Sí. Adecuado. ¡A la mierda contigo y a la mierda con este

asunto "adecuado"! Pero, sí, tienes razón, lo haré. —Dennis se puso de pie y añadió: —Una cosa más. Le pregunté a Grace quiénes habían llevado los ataúdes en los dos funerales. Casi tuve que obligarla, pero logré que me diera los nombres de esos hombres. Tú fuiste uno de ellos, y los otros trabajan aquí, en la cantera. Los mismos dos hombres se ocuparon de los dos funerales. —Echó una mirada a lo que había escrito en un papel. —Mark Hapgood, Oliver Cone, John Frazee. Cone es tu capataz, ¿no es así? Debo hablar con ellos ahora. Con ustedes cuatro juntos, a menos que eso signifique que se detenga el trabajo de la cantera y que se vea amenazada toda la economía del pueblo.

Diez minutos después los cuatro hombres esperaban de pie bajo una lámpara de luz halógena, cerca de unas sierras de cadena con partículas de diamante, de 30 metros de largo, que se usaban para cortar los bloques de mármol. Ninguno de los hombres fumaba. Todos masticaban goma de mascar. Hapgood era un joven de unos veinticinco años, de cabello rubio, aspecto rudo y dientes sobresalidos. Frazee parecía unos años mayor, era moreno como la mayoría del clan que componía su familia, tenía bigotes negros y una cabeza en forma de bala, con el pelo cortado al ras. Oliver Cone, de brazos musculosos y hombros que parecían casi reventar la campera, era el jefe de los otros dos.

Todos vestían camperas de color azul oscuro o caqui y pantalones de franela. Pertenecían al grupo de gente joven que Dennis casi no conocía. Solían conducir a campo traviesa sus vehículos para nieve y, en la temporada, aunque a veces también fuera de ella, se internaban en la soledad de Maroon Bells, con las topadoras pertenecientes a la empresa, para cazar alces con rifles o arcos de metal. Durante la noche se ejercitaban en el gimnasio de aparatos de la calle principal. Al volver de su trabajo, en Aspen, si tenía abierta la ventanilla de su vehículo, Dennis a menudo oía sus risotadas por encima del traqueteo de los discos de hierro y el golpe de las mancuernas sobre el cemento. Siempre le habían parecido peligrosos, a la defensiva, como si su presencia constituyera una amenaza. Dennis se habría mostrado más amistoso si le hubieran dado oportunidad, pero lo único que obtenía de ellos era un saludo con la cabeza, cuando se cruzaban en los negocios o en el Banco de la ciudad.

Sophie decía siempre que sólo se necesitaba tiempo. Que no eran mala gente. No lo conocían. Además, Oliver había demostrado interés en ella durante un tiempo. Y quizá pensó que ella lo alentaba, aunque eso no sucedió jamás. Tal vez le molestara la llegada de Dennis y que Sophie se enamorara de él. Todo era cuestión de tiempo.

No sabía lo que Hank Lovell les había dicho, pero lo cierto era que se les había borrado toda alegría de los rostros. Permanecían de pie, con las mandíbulas en movimiento, balanceando los cuerpos sobre los talones, y miraban a Dennis con más desconfianza que nunca. Lo miraban como si fuera un extraño y no uno de ellos. Eso era lo que Dennis sentía. Se preguntaba si alguna vez se sentiría en Springhill como en su casa. Su vida se había visto invadida por montones de dudas, como si se tratara de una niebla que impedía que la luz llegara a la tierra.

—Ustedes cuatro llevaron los ataúdes de Susan y Henry Lovell. Sucedió en dos ocasiones, en dos funerales distintos.

Dennis esperó una respuesta. Los cuatro hombres lo escucharon con atención, como gatos monteses acorralados contra una pared por una fiera más peligrosa. Pero los gatos tenían garras para dar zarpazos y dientes para hincar. Además, eran cuatro.

—No voy a hacerles ninguna pregunta sobre esos funerales y el trabajo que hicieron —continuó Dennis—. No lo haré hoy.

Sintió que se tranquilizaban un poco. Frazee raspó las botas contra el piso. Mark Hapgood movió su goma de mascar en la boca y todos sus músculos faciales parecieron pegarse a su piel. Oliver Cone miró directo a los ojos de Dennis, casi traspasándolo. En aquellos ojos no había expresión, salvo indiferencia. Dennis había visto ojos así en las caras de los mafiosos. Se sintió un poco impresionado al verlos allí, en el rostro de un habitante de Springhill. Pero Dennis sabía que ese hombre tenía razones personales para detestarlo.

—Quiero que todos ustedes —dijo Dennis—, ahora, delante de Hank Lovell, me pidan que los represente como abogado. No les cobraré ningún honorario, pero si aparece algún oficial del comisario del condado de Pitkin o algún investigador, para hacer preguntas sobre esos funerales, pueden decirles y será la pura verdad, que Dennis Conway es su abogado. Que él les dijo que no hablaran con nadie. Que será mejor que hablen conmigo primero. Y no digan una palabra. Simplemente los envían conmigo. ¿Está claro?

Todos asintieron. Uno por uno, le pidieron a Dennis que los representara como abogado. Y en cada ocasión Dennis respondió:

— Está bien. Acepto.

Como si se tratara de una ceremonia matrimonial.

Esa noche, Dennis encaró a Sophie en el invernadero, donde ella estaba podando una buganvilla. Brian y Lucy por fin se habían hecho amigos de los hijos del vecino y habían ido a Carbondale para una fiesta de Navidad.

—Sophie, cuando eras niña, ¿armaste alguna vez uno de esos dibujos que se conectan con puntos?

Sophie levantó la mirada y asintió, mientras Dennis, con un suéter viejo y unos pantalones de corderoy gastados, sostenía en la mano un vaso de vodka con agua tónica y se paseaba de un lado al otro.

—Una causa penal es exactamente igual —prosiguió Dennis—. Un dibujo en el que debes conectar todos los puntos. El fiscal los conecta para que parezca el dibujo de un animal depredador. El abogado defensor lo hace para que parezca una vaca rumiando pasto. La realidad, para el fiscal y para el abogado defensor, son dos círculos que se superponen. Hay una zona de hechos, en la cual existe cierta coincidencia, y otra de interpretación, donde no coinciden en nada. Salvo que la defensa negocie previamente, será el jurado quien pinte el cuadro final. Y aparte de eso —lanzó una risita irónica—, bueno, permíteme explicártelo de esta forma: conocí a un policía de homicidios de Manhattan que decía que resolver un asesinato era agotador porque sólo dos personas sabían lo que en realidad había sucedido. Una de ellas no quería hablar, y la otra no podía.

—¿Asesinato…? —murmuró Sophie.

—Sí. Una palabra desagradable. Pero es la que corresponde para lo sucedido en el paso Pearl.

—Pensé que había una probabilidad de que fuera eutanasia —dijo Sophie.

—Existe esa posibilidad. Por desgracia, en Colorado la eutanasia se considera asesinato.

—Qué ley estúpida.

—En la mayoría de las circunstancias, yo estaría de acuerdo
contigo. Pero ése no es el punto. Se trata de la ley. No puedes
hacer de cuenta que no existe.

—Mi madre no lo hizo —dijo Sophie—. No podría haberlo
hecho.

—Yo lo creo. ¿Y tu padre?

—Mi padre tampoco.

—Muy bien, supongamos que es la verdad…

—¿Supongamos? —Cerró de un golpe las tijeras de podar y se
puso de pie. —¿Es lo mejor que puedes hacer, Dennis? ¿Suponer?

—Es lo más importante que puedo hacer —replicó él—. Si yo
supongo que son inocentes, puedo construir el caso basándome en
una teoría sólida para la defensa. Si tengo una fe ciega en esa inocencia, no me molestaría en hacerlo. Simplemente dejaría que los acontecimientos siguieran su curso. Y eso podría resultar peligroso, en particular porque hay en esta causa muchas cosas que no comprendo.

—¿Como cuáles?

—Las tumbas vacías. Las víctimas, en efecto, eran los padres
de Hank. Edward admitió que había cambiado sus fichas dentarias.

El rostro de Sophie se crispó levemente.

—¿Te dijo por qué?

—Creyó que, si las autoridades del condado de Pitkin sabían
que los cuerpos encontrados en el paso Pearl eran los de los
Lovell, la acusación contra Bibsy y Scott tendría más fundamentos. De alguna manera, el fiscal ataría cabos. En cambio, si eran
personas no identificadas, no existía conexión.

—Tiene sentido —dijo Sophie.

—Para Edward, sí. Pero para la ley, Sophie, es conspiración.
¿Comprendes? Es una obstrucción a la justicia. Un crimen, un delito. Si Ray Boyd lo descubre, ten la certeza de que acusará a Edward.

—Pero no lo averiguará, ¿o sí? Edward no se lo dirá. Y tú
tampoco. —Sonaba en parte como una declaración, en parte como una pregunta y en parte como una súplica.

—No. —Dennis ya había luchado con el dilema. De la misma

forma en que lo había hecho con los hombres de la cantera, le había dicho a Edward que lo nombrara su abogado. De ese modo, lo que le dijera y lo que había dicho sería considerado información confidencial entre abogado y cliente. Él no podría revelarlo sin su permiso.

Fue con Sophie a la sala, donde trató de hablar con calma.

—Eso soluciona el problema para Edward, pero no para mí. Si tus padres son en verdad inocentes, Sophie, ¿por qué Edward creyó que debía encubrirlos? ¿Y por qué Grace Pendergast se rehúsa a ayudarme y no habla de las historias clínicas de los Lovell? Es como si toda esta ciudad estuviera involucrada en alguna clase de conspiración.

—¿Para qué?

—Sophie, ¿te haces la inocente en forma deliberada? ¡Para encubrir la verdad sobre un doble asesinato!

—¿Para qué harían una cosa así?

—Para protegerse. No se me ocurre otra razón.

Sophie se acercó y apoyó la mejilla contra el cuello de Dennis. Su piel estaba caliente, casi ardiente. Habló tranquila, pero con pasión.

—Ellos no lo hicieron, Dennis. Te lo juro. Ayúdalos. Todo esto que está sucediendo, estas incoherencias, no importan. Son inocentes. Lo sé. Por favor, ayúdalos. Haz lo que debas hacer.

—Sé que lo haré —afirmó Dennis, incómodo.

—Júramelo.

Dennis frunció el entrecejo.

—¿Debo hacerlo? ¿No me crees?

—¿Dónde están ahora mis padres? —preguntó Sophie—. Los llamé. No responden.

—Yo los llamé también. —Preocupado, Dennis se apartó de Sophie. —Tuve que ir a ver a Edward, a Grace y a la gente de la cantera, incluido tu primo Oliver. No podía estar en dos lugares a la vez, de modo que dejé que tus padres fueran a Aspen con la oficial de policía, para que les tomaran las huellas digitales. Le pedí a Mickey Karp que se encontrara con ellos en el juzgado. Supongo que hasta entonces tu padre sabría qué decir y qué no decir. —Sacudió la cabeza. —Pero no debería haber dejado que Bibsy fuera sin mí. Ella es mi clienta. Debería haberla acompañado. Y no sé dónde están ahora.

14

La confesión

El comisario Josh Gamble depositó su robusta humanidad en el sillón de cuero destinado a los clientes, situado delante del escritorio de Dennis, en Karp & Ballard. Detrás estaba el fiscal de distrito Ray Boyd, con un pulgar enganchado en su cinturón mejicano repujado, mientras que con el otro sostenía con firmeza un portafolios de cuero de vaca. Su mirada era dura y poco amistosa.

El comisario estaba disgustado.

—¿Qué demonios pasa, Dennis?

—¿De qué hablas?

—Un par de oficiales fueron a ver a tus clientes de la compañía de mármol de Springhill. Fueron a hacer preguntas sobre ese par de ataúdes vacíos.

—Y mis clientes les dijeron que vinieran a hablar conmigo. No hay nada malo en eso.

Detrás del comisario, Ray Boyd dijo:

—Estamos aquí para averiguar de qué se trata todo este asunto.

—Déjame hacerlo a mí, Ray —dijo el comisario, sin girar la cabeza para mirarlo—. ¿Te molestaría, Dennis, informarme qué sabes acerca de esos ataúdes vacíos?

—No sé nada.

—Esos cuatro tipos que trabajan en la cantera colocaron los ataúdes en las tumbas, ¿no es así?

145

—Así me dijeron.

—Entonces sabían muy bien que estaban vacíos.

—Difícil de afirmar.

—¿Me estás diciendo que ellos levantaron esos ataúdes y que no se dieron cuenta de que faltaba algo?

—No te estoy diciendo eso —respondió Dennis con cuidado—. No te estoy diciendo absolutamente nada.

El comisario se inclinó hacia adelante.

—No me embromes.

—No lo hago —replicó Dennis—. Protejo a mis clientes. Ellos no cometieron ningún delito y no te han dicho ninguna mentira. Todo lo que hicieron fue pedirte que hablaras con su abogado, lo que, como sabes, es su derecho legal. No tengo respuesta a tu pregunta, porque tu pregunta no tienen conexión con la posible comisión de un delito. ¿Deseas presentar cargos contra esos hombres, Josh?

—Yo me he comportado bien contigo en este caso —dijo el comisario—. Compartí contigo lo que descubrimos.

—Y lo aprecio —contestó Dennis—. También compartiste conmigo tu opinión de que yo podría ser un reverendo tonto si hiciera lo mismo contigo.

—Mierda —exclamó Josh. Le hizo una seña a Ray Boyd, que sacó unos papeles de su portafolio y se los pasó a Dennis.

—Dos copias —dijo Boyd—. Lea cualquiera de las dos.

—¿Ahora? —preguntó Dennis.

—Tal vez desees estar a solas —dijo el comisario—. Ahora que lo pienso, no sé si quiero estar presente cuando empieces a sangrar. Podemos retirarnos, Ray.

El comisario y el fiscal se marcharon. Dennis tomó las hojas y se sentó a leer.

INFORME COMPLEMENTARIO DE INVESTIGACIÓN

El presente informe se funda en la continuación de la investigación del homicidio cometido el 15 de agosto de 1994, o en fecha cercana, contra dos NN, varón y mujer, cuyos restos fueran descubiertos el 10 de noviembre de 1994, aproximadamente a cinco kilómetros al sudoeste del paso Pearl, a una altitud de tres mil ochocientos metros sobre el nivel del mar, en el condado de Pitkin, Colorado.

Queenie O´Hare, comisionada del condado de Pitkin, Colorado, declara:

A las diez y media de la mañana, u hora cercana, del miércoles 30 de noviembre de 1994, en el vehículo número 7 del condado de Pitkin, salí de la ciudad de Springhill, condado de Gunnison, hacia la ciudad de Aspen, condado de Pitkin, con el señor Scott G. Henderson y la señora Beatrice R. Henderson, como pasajeros del citado vehículo. Mi propósito era conducir al señor y a la señora Henderson a la oficina del comisario del condado de Pitkin para que tomaran sus huellas digitales.

La señora Beatrice Henderson me informó que ella tenía como representante legal a don Dennis Conway, miembro del Colegio de Abogados de Colorado, pero el señor Conway había decidido no acompañarnos en el vehículo del condado. También el señor Scott Henderson me informó que él era miembro del Colegio de Abogados de Colorado y que no necesitaba otro representante legal, ya que él mismo lo sería.

Ni el señor ni la señora Henderson se encontraban bajo arresto ni bajo custodia, ni tampoco se les había informado que estaban bajo sospecha de haber cometido un delito. La conversación que tuvo lugar en el vehículo número 7 del condado no adoptó, por lo tanto, la forma de un interrogatorio bajo custodia.

La conversación no fue registrada por ningún medio mecánico. Yo tomé notas a mano de tal conversación, tan pronto llegué a la oficina del comisario del condado de Pitkin, a las once y media de la mañana, u hora cercana, por lo que recordaba perfectamente la conversación.

Según mis notas:

En el vehículo número 7 del condado, hasta que llegamos al cruce de la ruta 133 a través de la calle principal de la ciudad de Carbondale, y desde allí, a través de Catherine Store Road a la ruta 82 rumbo a Aspen, la conversación entre Beatrice Henderson, Scott Henderson y yo fue de índole general. Hablamos del tiempo, de la propuesta para aumentar la superficie de Snowmass ampliando las pistas de esquí de la montaña Burnt, y después de si era posible o no ensanchar la ruta 82, para transformarla en una autopista de cuatro carriles, a fin de dar solución al creciente problema del tránsito en el valle. El señor Henderson me dijo que estaba en contra de la autopista, que arruinaría el ambiente, y que estaba a favor de la propuesta de instalar un ferrocarril a lo largo del viejo recorrido del Ferrocarril de Río Grande.

Cuando le pregunté a la señora Henderson su opinión sobre el tema, me dijo que no había escuchado nuestra conversación. Declaró: "Hoy me siento muy mal. No me siento nada bien. Supongo que tengo otras cosas en la mente".

Le pregunté en qué pensaba.

(Nota: Beatrice Henderson, en ese momento, ocupaba el asiento delantero, del acompañante, del vehículo número 7 del condado, y Scott Henderson ocupaba el asiento trasero. Antes de comenzar el viaje, le ofrecí al señor Henderson ir en el asiento delantero, ya que es un caballero muy alto, pero él declaró en ese momento: "No, en realidad prefiero el asiento trasero, porque me puedo estirar y estar más cómodo. Uno nunca puede desplazar del todo esos asientos delanteros, como para que yo, con mi estatura, me sienta cómodo. En mi propio jeep, tengo la corredera del asiento sin los pernos y desplazada hacia atrás diez centímetros, de modo tal que puedo deslizarlo y estar bien cómodo. Ese pequeño detalle ha convertido mi jeep en un vehículo de lujo".)

En respuesta a mi pregunta sobre qué era lo que

estaba pensando, Beatrice Henderson declaró: "No puedo dejar de pensar en los pobres Susie y Henry. Ellos siempre desearon ir a una isla cerca de Hawai y jamás tuvieron oportunidad de hacerlo".

Yo le dije: "¿Susie y Henry? ¿Se refiere por casualidad a Susan y a Henry Lovell?". (Nota: Se considera que ésas son las posibles identidades de las víctimas que actualmente se encuentran clasificadas como NN.)

Al mismo tiempo, en el asiento trasero del vehículo, el señor Henderson mencionó en voz muy alta el nombre de su esposa. (Dijo: "¡Bibsy!", que, según me informaron, es el sobrenombre de Beatrice Henderson.) Al parecer, estaba advirtiendo a su esposa que no mencionara nada más sobre el tema.

Pero la señora Henderson asintió en forma afirmativa a mi pregunta y declaró: "Tal vez iban hacia allá. Jamás lo supimos. Jamás les preguntamos".

El señor Henderson se irguió en el asiento y dijo en voz alta: "¡Bibsy, cállate!". Yo podía verlo con claridad por el espejo retrovisor. Su voz tenía un tono de orden y la expresión de su rostro era de furia.

Yo dije: "Señora Henderson, si usted desea hablarme de eso, por cierto puede hacerlo. Pero debo explicarle que si usted admite algo ante mí, podría ser usado en su contra".

Ella dijo: "Oh, sé que no debo hablar. Pero ¿qué importa ahora? Susie y Henry ya están muertos y a mí tampoco me queda mucho tiempo".

La señora Henderson miró a su marido, que iba en el asiento trasero y que aún trataba de hacerla callar, y le dijo: "A ti tampoco, Scott. Odio mentir. Lo odio. Es un pecado. Quizá Dios nos perdone a todos por lo que hicimos en el paso Pearl, pero no creo que nos perdone por mentir ahora. No puedo mentir. No le mentiré a la policía. No le hice daño a nadie. No maté a nadie. Ni tú tampoco. Simplemente tenemos que tener el valor de vivir de acuerdo con nuestras convicciones".

El señor Henderson dijo: "Bibsy, no estás bien. Te encuentras bajo una gran presión. Divagas". Me dijo a mí: "Oficial O'Hare, usted se está aprovechando del estado físico de mi esposa. Ella padece una enfermedad que la hace sufrir alucinaciones en voz alta. Por favor, deje de interrogarla. Insisto en eso. También insisto en que no tenga en cuenta lo que le dijo".

Yo respondí: "No la estoy interrogando, señor. Ella acaba de hacer unos comentarios en forma voluntaria y sin ninguna presión de mi parte, y esto no es un interrogatorio bajo custodia. Usted es abogado. Sabe que no puedo aceptar el no tener en cuenta lo que me dijo".

El señor Henderson comenzó a hablar con su esposa en un idioma que no era inglés, pero del que puede entender unas cuantas palabras, que no recuerdo. Parecía algún tipo de dialecto del inglés. Creo que en Springhill, en el condado de Gunnison, donde viven los Henderson, la gente del lugar lo llama *springling*. Pero no comprendí el significado de lo que él le dijo.

Después de eso, la señora Henderson dejó de conversar conmigo. Cerró los ojos y se durmió o simuló hacerlo, hasta que llegamos a la oficina del comisario, en la calle principal de Aspen, donde estacioné junto a la entrada lateral.

Ingresamos en la oficina del subsuelo del edificio de tribunales, donde el señor y la señora Henderson, bajo custodia de los oficiales Hermine Fuld y Jerrod Pentz, se dirigieron a que se les tomaran las huellas digitales. Yo me retiré a una oficina cercana y allí, en mi escritorio, puse por escrito la anterior conversación con el señor y la señora Henderson.

Más tarde, ese mismo día, basándome en esas notas, informé oralmente la conversación al comisario Gamble. Él me dio instrucciones para que transfiriera de un modo literal dicha conversación a un archivo en la computadora, además de cualquier otro detalle que yo recordara. Así lo hice.

Tomando como base esas notas mecanografiadas he completado este informe.

Firmado y declarado bajo juramento a los 5 días de diciembre de 1994,

Queenie Anne O'Hare
Subcomisaria
Condado de Pitkin, Colorado

15

Los dominios del juez Florian

11 de enero de 1995

En el exterior del edificio de tribunales del condado de Pitkin, y bajo un frío cielo gris que semejaba una enorme cúpula de acero, Dennis dijo:

—No debí permitir que fuera sola.

—No podías preverlo —dijo Sophie.

—No es excusa.

—Está hecho, Dennis.

Cuando Dennis regresó a su casa, en Springhill, le entregó a Bibsy el informe de Queenie O'Hare. Su suegra lo revisó, suspiró y dijo:

—Es verdad que dije esas cosas. Tal vez no sean las palabras exactas, pero son similares. Y es verdad que Scott fue algo rudo cuando me dijo que callara, y no lo culpo. Pero te diré una sola cosa. He pensado mucho en todo esto y en verdad creo que hay una sola cosa que tú debes saber a fin de actuar debidamente como mi abogado. Yo no maté a esas dos personas. No las ayudé a suicidarse. No les inyecté nada. Quiero que me creas, Dennis. ¿Me crees?

—Sí —respondió Dennis, intranquilo.

Pero el creer en la inocencia no se podía poner al nivel de la fe religiosa. Era posible creer en un momento y después cambiar de parecer. Si Bibsy era inocente, ¿qué explicación tenía lo que le había dicho a Queenie O'Hare? ¿Y por qué había mentido Edward

Brophy? A Dennis le resultaba difícil aceptar la simple explicación de que lo había hecho para ayudar a viejos amigos. Todo el asunto del entierro falso era desagradable. Las tumbas vacías en el cementerio no probaban que las víctimas del paso Pearl fueran Henry y Susan Lovell. Pero una cosa es la prueba, y otra, el conocimiento.

Si fue eutanasia, ¿por qué se llevó a cabo a cincuenta kilómetros y a tanta altura? Si los hubiera aquejado una enfermedad terminal, los Lovell bien podrían haber dicho que deseaban morir en la soledad que amaban. Pero había bastante soledad a pocos kilómetros de su propio hogar. ¿Y por qué la flecha que traspasó el cuerpo de su perro? ¿Se habían acercado los asesinos en silencio? ¿O fue la muerte del perro algo accidental que no guardaba relación con las muertes de esos NN?

Dennis alimentaba dudas acerca de todo eso.

—¿Pero le crees a mi madre? —le preguntó Sophie en la puerta del edificio de tribunales.

—Sus huellas digitales estaban en el pastillero. Las huellas digitales de tu padre se encontraron en el rifle Remington que hallaron cerca de las tumbas. Debe haber una teoría para llevar a cabo una defensa racional. Sin embargo, aún no la tengo.

—Eso no responde a mi pregunta.

Dennis dio un golpe con el pie en el pavimento.

—Sophie, ¿qué esperas que crea? Deseo creer en ella. Pero no es fácil.

Sophie lo evaluó con cuidado.

—Sin embargo, la defenderás en el juicio y lograrás que la absuelvan.

—Aún no existe una defensa que pueda ser ganada o perdida. Sólo existe una acusación.

—¡Debes creer en ella!

La fuerza del grito de Sophie lo sorprendió.

—Escúchame —dijo él—. Haré todo lo que sea humanamente posible para que tu padre y tu madre salgan de todo este embrollo. Ya sean culpables o inocentes, no habrá diferencia. Yo soy su abogado. La defraudé al abandonarla el día que vino a que le tomaran las huellas digitales. Tenía muchas cosas en la cabeza.

Tenía que hacer otras cosas, y tomé la decisión equivocada. Yo me debo a ella. Si existe un caso que ganar, estoy preparado para hacer todo lo que sea necesario. Por ella, Sophie, y por ti.

El juez Curtis Florian miró desde su sillón de cuero detrás del alto estrado de roble. En la pared de la única sala de los tribunales del condado de Pitkin, encima de la cabeza del juez, colgaba el escudo azul y dorado del estado de Colorado. Junto a dicho emblema había un ventilador de pared que el secretario del tribunal encendía dos o tres veces cada verano. En Aspen nunca hacía mucho calor, y aun cuando la temperatura pasara los veintiséis grados centígrados, casi no había humedad. Pero en aquel momento corría el mes de enero. La temperatura en la calle principal de Aspen era de tres grados centígrados.

La amplitud de la sala, de techos altos, agregaba autoridad a la atmósfera. La frente amplia y curva del juez brillaba bajo las luces fluorescentes. El juez Florian era un hombre de unos sesenta años, de orejas caídas y fríos ojos rasgados. Sus labios se curvaban hacia abajo y daban la impresión de que la justicia podía tener mal humor. Por un momento miró en silencio a los tres abogados que se hallaban de pie en su lugar de la sala. Ray Boyd, con los fuertes brazos en jarra, el rostro rosado casi a punto de estallar como globo de fiesta de cumpleaños, representaba al estado. Era el fiscal del noveno distrito judicial y el fiscal de la causa. Dennis Conway, el chico nuevo del barrio, era uno de los abogados defensores. El otro abogado defensor, Scott Henderson, desempeñaba doble papel, pues era también uno de los dos acusados. Sophie y Edward Brophy estaban ubicados en uno de los bancos traseros de la sala.

El pecho del juez dejaba escapar un sonido peculiar cuando respiraba. No le agradaba que un acusado insistiera en su derecho a defenderse a sí mismo. En general, significaba que la corte debería hacer un esfuerzo mayor para ayudar al "abogado" a proceder con su defensa, pues todo el mundo coincidía en que el cliente de ese abogado era un tonto. En esa causa, sin embargo, el acusado era abogado y miembro del Colegio de Abogados de Colorado, aunque jubilado. No necesitaría ayuda. De todos modos, al juez no le agradaba la situación. Era imposible prever el resultado y la actitud que adoptaría un tribunal de apelaciones respecto del proceso. La rigidez y la falta de movilidad facial del juez Florian ocultaban una indecisión crónica. Cuando debía decidir algo que creía de importancia vital, sufría de erupciones en la piel. En los casos de derecho civil, siempre aconsejaba a los abogados de las partes en conflicto que llegaran a un acuerdo extrajudicial. En las cuestiones de derecho penal, aconsejaba que el acusado se declarara culpable.

Beatrice Henderson, la otra acusada, estaba sentada sola a la mesa rectangular de la defensa. Se la veía tranquila; Grace Pendergast le había recetado veinte miligramos de Valium por día. De vez en cuando, en las semanas transcurridas desde que Dennis leyó el informe de la oficial de policía y vio los resultados de las huellas digitales, le había preguntado si se sentía bien. Y Bibsy, de modo invariable, le había respondido que sí, ya que se encontraba bajo los efectos del Valium. Dennis se sentía preocupado pero decidió que era mejor dejar las cosas tal como estaban. Si el testimonio de Bibsy fuese necesario para su propia defensa, su estrategia habría sido diferente. Pero era muy poco probable que ocurriera esa circunstancia.

Dennis aún no había tomado ninguna decisión en cuanto al testimonio de Bibsy. Rara vez lo hacía en un juicio por homicidio, hasta que la fiscalía presentaba la acusación. En general, era preferible no presentar al acusado como testigo; el interrogatorio podía resultar devastador. Pero a veces constituía la única forma de salvar un juicio perdido. "Rectifica eso —pensó Dennis—. De intentar salvar un juicio perdido." Había visto a muchos acusados cometer un suicidio legal en el banquillo cuando eran interrogados.

Poco después de haber comenzado su carrera profesional en Nueva York, Dennis tuvo un cliente, un hombre llamado Lindeman, un funcionario de la ciudad acusado de aceptar sobornos. Antes del juicio, Dennis le preguntó qué había pensado cuando le hicieron la primera propuesta de cohecho. Lindeman le confesó que había sentido preocupación. No quería quebrantar la ley. Necesitaba imperiosamente el dinero, pero no le parecía correcto.

Dennis le aconsejó que lo dijera de esa manera y, en la sala, con su cliente en el banquillo de los acusados, le formuló la pregunta ensayada. Lindeman respondió que en ese momento se había preguntado si el tipo no sería un policía encubierto, y que ante esa posibilidad había decidido que la suma de dinero no era tan grande como para correr el riesgo.

Dennis comenzó a transpirar y tuvo miedo de hacer más preguntas. Más tarde, Lindeman le había confesado que no podía creer lo que había hecho. Simplemente se había ido de boca.

Lo que había hecho era decir la verdad. La verdad que luchaba por respirar, por obtener espacio, supremacía y reivindicación. Lindeman había sido encontrado culpable y condenado a un lapso de cinco a diez años de prisión.

Sin embargo, Dennis creía que podía ganar el caso Henderson, a menos que surgiera alguna otra cosa que él ignorara o no pudiera prever. Su atención se dispersó, como le sucedía a menudo cuando se hallaba en un lugar donde no deseaba estar. Por cierto, habría preferido no estar en esa sala como abogado de la defensa. Su cliente casi ni le hablaba. Bibsy no estaba enojada con él; simplemente se mostraba distante, tranquila bajo la influencia del Valium.

El juez dijo:

—¿Quería presentar una petición, señor Conway? ¿Era eso lo que comenzó a decir hace un minuto?

La mente de Dennis volvió a concentrarse.

—Sí, Su Señoría.

—Proceda.

Dennis se adelantó al centro de la sala y miró al juez.

—Su Señoría, inclusive antes de cualquier audiencia para fijar fianza, quisiera solicitar que se anulen los cargos y la información contra mi clienta, la señora Beatrice Henderson. Creo que el señor Henderson también solicitará que se anule la información en su contra como coacusado.

Scott prestó consentimiento haciendo un movimiento de cabeza. Dennis agitó algunos papeles en dirección al estrado.

—Esta información presentada al tribunal por la fiscalía —prosiguió, con lentitud primero, luego aumentando la velocidad— está compuesta casi en su totalidad por pruebas circunstanciales y frágiles de sustentar. Hay huellas digitales encontradas en la escena del crimen sobre un pastillero. Admitimos que una caja que concuerda con esta descripción perteneció una vez a mi cliente, pero no existen pruebas de que la caja fuera dejada en la escena en el momento en que se perpetró el crimen. O, en lo que nos compete, que fuera dejada allí, en algún momento, por la señora Henderson. Hay huellas digitales en el rifle y se declara que dichas huellas pertenecen al señor Scott Henderson, el coacusado. Pero el rifle, Su Señoría, no tuvo nada que ver con el crimen. Simplemente se encontró en la escena del crimen o cerca de ésta. Nadie sabe a quién pertenece dicho rifle. No pertenece a mi clienta. Jamás estuvo a su cuidado ni bajo su custodia, tampoco bajo la custodia ni el cuidado del coacusado. El estado no podrá probar tal suposición y me complace ver que no han intentado hacerlo. De modo que las huellas no constituyen prueba de nada. Son intrascendentes.

Dennis hizo una pausa. No deseaba ir demasiado rápido. Quería que el juez absorbiera los hechos, los clasificara y se aferrara a ellos. Había oído comentar que el juez tenía una conducta concentrada y sombría que en realidad ocultaba una lentitud de percepción.

El juez Florian le hizo una seña a Ray Boyd.

—¿Y qué dice a eso, Ray, en representación del pueblo?

¿Ray? Dennis tuvo un mal presentimiento. Aspen era una ciudad sofisticada y muy cara, pero seguía siendo una ciudad pequeña. Los miembros de la comunidad legal trabajaban en estrecha colaboración desde hacía muchos años, compartían almuerzos, se saludaban de una aerosilla a otra, vivaban al unísono en los partidos de hockey de la escuela secundaria. Dennis se preguntaba si lo estaban colocando en su lugar e informándole de ese modo que él era un recién llegado. En cuanto a los Henderson, también le pareció que podrían considerarlos como extraños; en realidad, existía una broma local sobre la "escoria de los alrededores". ¿Cuánto había de broma y cuánto de prueba de esa estructura de clases que los estadounidenses niegan con tanta vehemencia y, sin embargo, practican religiosamente? Springhill, un lugar remoto, aislado, acaso hostil, bien podía pertenecer a una categoría peor que la de "los alrededores".

Ray Boyd dio un paso adelante con los ojos brillantes de placer; era un hombre que amaba su trabajo. Para complementar su traje de sarga azul, el fiscal llevaba una botas negras de puntera afilada. Después de Vietnam, Dennis había usado botas durante un tiempo, y sabía que las que llevaba puestas Boyd costaban alrededor de mil dólares.

Los tacones sonaron como balas mientras Boyd recorría el piso de parqué de la corte.

—Si el tribunal me lo permite —dijo Boyd—, me gustaría explicarle al abogado defensor la forma en que yo veo la esencia de lo que él llama una prueba circunstancial frágil.

El juez asintió, aprobando. Boyd movió sus angostas caderas y fijó su atención en Dennis.

—Ésta es una historia verdadera, señor. Yo estoy sentado en la sala de mi casa un domingo y oigo un choque en la calle, donde está estacionado junto al cordón de la vereda mi Ford Explorer color verde. Mi esposa y yo salimos corriendo y el Ford tiene una abolladura en el guardabarros, donde quedó una raya roja. Más adelante, a unos cuantos metros, al final de un sendero cubierto con anticongelante, hay un viejo Chevy rojo que fue estacionado sobre el jardín de alguien en un ángulo medio raro. Y su paragolpes delantero tiene una gran rayadura verde que concuerda con el color de mi Ford Explorer.

Ray Boyd miró de frente al juez Florian.

—Su Señoría, yo no lo vi chocar mi automóvil. Ni tampoco lo vio nadie en el barrio. Sólo tengo pruebas circunstanciales para guiarme, más el sentido común. ¿Qué me dice el sentido común? La única explicación inteligente… y apuesto mi recibo de sueldo a que el abogado por la defensa, aun cuando tal vez jamás haya visto una camioneta Chevy hasta que se mudó de Nueva York a aquí, estará de acuerdo conmigo… es que el tipo del Chevy chocó mi Explorer. Si hubiese tenido que hacerlo, podría haber presentado una acusación con esos datos y habría ganado el juicio sin ningún esfuerzo. De la misma forma en que puedo hacerlo en la causa contra el señor y la señora Henderson. Y si en Colorado podemos tener un jurado imparcial con un mínimo de sentido común, lo cual no debería ser difícil, creo que podemos ganar.

Dennis ya había adivinado que esa declaración era similar a las que Ray Boyd había hecho una y otra vez ante el juez y varios jurados. Antes de que el juicio terminara, decidió, si era que había un juicio, ese hombre lo iba a hacer vomitar. Y confiaba en que, cuando lo hiciera, se hallara lo bastante cerca como para que el vómito cayera sobre sus botas.

Dennis volvió a pararse.

—Su Señoría…

El juez Florian levantó una mano pálida.

—Ya lo oí a usted, señor Conway, y también al señor Boyd. De todos modos, las pruebas no son todas circunstanciales. ¿No está el tema de la confesión? No le llama circunstancial a eso, ¿verdad?

Dennis tomó de su portafolio una copia del informe de Queenie O'Hare. Arqueó un poco la espalda, de modo tal que las vértebras sonaron. Con toda la firmeza posible, sin arriesgarse a despertar la furia del juez, dijo:

—Su Señoría, he estudiado el documento al que hace referencia. Me veo obligado a señalar al tribunal que esto no es una confesión. Esa palabra tiene un significado específico, y este informe no califica para serlo. Es un informe sobre una conversación sostenida en un vehículo, en el cual se alega que la señora Henderson hizo ciertas declaraciones. Cito la que dice: "lo que hicimos en el paso Pearl". Señor Juez —Dennis tomó las páginas con dos dedos, lejos de su rostro e igualmente lejos del estrado del juez, como si estuvieran contaminadas—, léala con detenimiento. ¿La declaración de la oficial O'Hare contiene algo que mi cliente haya dicho aclarando qué hizo, específicamente, en el paso Pearl? No. La oficial no lo menciona porque la señora Henderson no reconoció ni confesó nada. Lo que dijo sólo puede considerarse un recuerdo.

Dennis esperó, con expresión seria.

—¿Algo más? —preguntó el juez.

—No, señor.

El juez Florian dijo:

—Dejaré que un jurado decida sobre el tema. Yo soy juez de

la ley; el jurado es juez de los hechos. Que ellos decidan si es una confesión, una admisión o un recuerdo, tal como usted lo expone, o incluso una divagación de esta encantadora oficial, la señorita O'Hare. Señor Conway, rechazaré su petición de anular los cargos. La información cuenta con mérito. Este tribunal la acepta. Así que sigamos adelante.

Dennis absorbió el golpe. Miró a Bibsy, que parecía tranquila. Sophie, en la parte trasera de la sala, se había puesto pálida.

—¿Ha venido preparado para efectuar su alegato? —le preguntó el juez Florian a Dennis—. Y si es así, ¿cómo se declara su cliente?

—Inocente —respondió Dennis.

—¿Y usted, señor? —El juez bajó la mirada hacia Scott Henderson, que estaba de pie con un viejo traje de franela oscuro, de amplias solapas, con el aspecto de un Moisés contemporáneo.

—Inocente —dijo Scott.

—Entonces juzgaremos las dos causas juntas. ¿Alguna objeción? Si es así, me dispongo a oír los argumentos. —El juez pasó su mirada de un abogado a otro.

—La fiscalía no tiene objeciones —dijo Boyd.

—Yo tampoco —dijo Scott.

Dennis sabía que no tenía posibilidades de que las causas fueran separadas. En otras circunstancias, podría haber luchado para separar a los dos acusados, basándose en la teoría de que no deseaba sufrir la carga de lo que Scott podría haber hecho en el paso Pearl o pudiera decir en el tribunal. Pero se trataba de los padres de su esposa: era casi imposible separarlos, debido a sus sentimientos, y menos aún permitir que uno sufriera un destino distinto del otro. Y, por cierto, sería más eficaz y menos doloroso juzgarlos juntos.

—La señora Henderson no tiene objeciones —dijo.

—Los acusados se presentarán juntos en juicio. Hemos llegado al tema de la fianza, ¿Ray?

El fiscal dijo:

—Señor Juez, se trata de un caso de asesinato en primer grado. La fiscalía no cree que una fianza sea posible en estos casos. Existen suficientes precedentes y no insultaré su conocimiento de la ley al citárselos. Pedimos que no se fije fianza para ninguno de los acusados.

—¿Señor Dennis Conway?

Un progreso, se dio cuenta Dennis. Primero fue "señor Conway", y ahora era "señor Dennis Conway". Después de veinte años de práctica del Derecho allí y cincuenta almuerzos en el Ritz-Carlton, podía llegar a ser simplemente "Dennis".

—Los acusados —dijo— han sido ciudadanos de la comunidad durante toda su vida. No poseen antecedentes criminales. Todas sus propiedades están en el condado vecino de Gunnison. Su familia está aquí. Pagan sus impuestos. No son jóvenes. No tienen costumbre de viajar. En lo que respecta a la señora Henderson, enfermera matriculada que prestó servicios en su ciudad durante casi cuarenta años antes de jubilarse, pido que quede en libertad bajo palabra. Y el señor Henderson, abogado, funcionario de la corte, comparte conmigo ese pedido para sí mismo.

El juez hizo un esfuerzo por convencer a los abogados de que estaba considerando la petición. La verdad era que ya había decidido el tema hacía varios días, en su oficina, mientras masticaba una manzana y bebía una Sprite durante la merienda. Y sólo una prueba contundente lo habría obligado a cambiar de opinión.

—Señor Ray Boyd —dijo—, debo decirle que su presunción de culpabilidad en este caso no es muy fuerte. Existe, pero no es aplastante. Y sin duda hay muchas pruebas circunstanciales en esa confesión del informe. El señor Henderson fue arrestado por lo que yo apenas si denominaría una causa probable. Los comentarios del señor Dennis Conway sobre la naturaleza de la confesión de la señora Beatrice Henderson tienen algún mérito. Por lo tanto, no pondré en prisión a esta gente hasta el día del juicio.

Se volvió hacia Dennis.

—Pero tampoco puedo dejarlos en libertad bajo palabra, señor. No existe precedente alguno en un caso de homicidio en primer grado. Estas personas deberán depositar una fianza de doscientos cincuenta mil dólares cada uno. Ellos poseen propiedades en Springhill y todo está por las nubes hoy en día, de modo que no debería haber problemas. Puede arreglar los detalles con mi secretario. Ahora, en cuanto a la fecha del juicio…

Scott Henderson se puso de pie.

—Su Señoría —dijo con una voz profunda, típica de hombre de leyes—, según el estatuto de juicios ejecutivos de Colorado, se me permite pedir un juicio dentro de los noventa días. Por lo tanto, lo solicito. Estaré preparado en noventa días y estoy seguro de que el señor Conway lo estará en representación de mi esposa.

El color desapareció de las mejillas de Dennis. No se había mencionado la posibilidad de un juicio rápido.

La voz del juez fue sorprendentemente gentil.

—Sí, señor Henderson, es su derecho por ley. Tiene razón. Pero… —Su voz se desvaneció. Dijo algo en voz baja. Después frunció el entrecejo. —Ray, ¿qué dice la fiscalía?

—No es conveniente, Su Señoría —espetó Ray Boyd—. ¡Hablamos de una escena del crimen que está bajo tres metros de nieve! Nadie podrá llegar al paso Pearl para obtener pruebas hasta junio, en el mejor de los casos, tal vez incluso hasta julio. Y hasta agosto tenemos nevadas de primavera. Su Señoría, ¡un juicio rápido no sería justo!

—Pero tienen derecho ante la ley, Ray —señaló el juez Florian.

—No sirve a los intereses de la justicia, Su Señoría. Contradice la finalidad del estatuto mismo.

—El estatuto no dice nada sobre el deshielo. Puede mirar hasta que se canse, pero no encontrará esa cláusula. Simplemente dice que un acusado tiene derecho a someterse a juicio en noventa días, si así lo solicitara. Usted lo sabe, Ray. Habría sido más inteligente no presentar la acusación hasta mayo, pero no lo hizo. De modo que debo aceptar la moción.

El juez consultó el calendario, mientras Ray Boyd mascullaba en silencio.

—La fecha del juicio será el lunes 10 de abril. A las nueve de la mañana, para elegir el jurado. ¿Le parece bien, señor Henderson?

—Sí, Su Señoría —dijo Scott.

—¿Alguno que no pueda?

Nadie habló.

—¿Les parece que podrán llegar a algún tipo de entendimiento —preguntó el juez con su tono más convincente, y estuvo a punto de esbozar una sonrisa— antes de esa fecha?

Lo que quiso decir fue: ¿Llegarán a un acuerdo? ¿Se declararán culpables? ¿Me ahorrarán el trabajo de tomar decisiones?

—Fue un crimen brutal —afirmó Ray Boyd—, pero la fiscalía está dispuesta a negociar.

—Mi cliente no se declarará culpable —respondió Dennis. Tomó la mano de Bibsy. —Ella no ha cometido delito alguno.

Era obligación tanto de la fiscalía como de la defensa atacar y defender con todo el arsenal de armas que fuera posible. De todos esos enfrentamientos podía surgir un panorama de los hechos, incluso la verdad. El resultado no era un ingrediente puro, sino una sopa que resultaba de mezclar amargo y dulce, blanco y negro, tesis y antítesis, acusación y defensa. ¿Tenía buen sabor? No era ése el punto. Debía poder digerirse.

—¿Señor Henderson?

—Mi cliente también decide no negociar —dijo Scott.

Las delgadas mejillas del juez se desinflaron como si se tratara de hojas arrugadas de papel gris.

—En ese caso, nos veremos aquí el 10 de abril.

16
La conexión de los puntos

Enero de 1995

En la oficina de Dennis, el comisario contemplaba el lento ascenso de la aerosilla hacia la cima de la montaña Aspen.

—Bonita vista —dijo.

—Si tú tuvieras esa vista —observó Dennis—, el control del cumplimiento de la ley en el condado de Pitkin sufriría un paro total.

—Sé cómo delegar funciones.

—¿Viniste a verme para hablar de la vista desde mi oficina?

—Tu clienta está limpia con respecto a ese asunto del potasio —informó Josh—. Jamás presentó ninguna solicitud para obtener ninguna droga letal en los últimos cinco años. Ni tampoco para Versed ni Pentotal.

—Eso te lo podría haber dicho yo.

—No lo dudo. Siempre dije que eras un universitario de Dartmouth, un poco mesurado en el hablar, pero no tonto. ¿Conoces a una médica llamada Pendergast?

—Por supuesto.

—¿Es la única médica del lugar?

—Es una ciudad de trescientas cincuenta personas, Josh. Dos médicos se morirían de hambre. Dos abogados, por el contrario, podrían hacer bastante buen negocio.

—Tu doctora Pendergast consigue las drogas a través de una dro-

164

guería de Grand Junction. Espera, deseo estar seguro de que estos datos estén bien. —El comisario consultó su cuaderno. —En los últimos cinco años, en Grand Junction, la doctora Pendergast hizo un pedido de alrededor de ciento quince ampollas de veinte micro-equivalentes de cloruro de potasio. ¿Recuerdas lo que dijo Jeff? Se necesitan diez ampollas para matar a una persona.

—También se usa para salvar vidas —le recordó Dennis. Pero se preguntó quién estaría tan enfermo en Springhill. No sabía de ninguno.

—Eso es lo que me gusta de ti —dijo Josh—. Siempre miras el lado positivo de las cosas. Piénsalo. Si tienes alguna conclusión inteligente para compartir conmigo, ya sabes dónde encontrarme.

Dennis llamó a Grace Pendergast el día siguiente por la mañana temprano. Grace tenía un consultorio pequeño en un edificio con marcos de madera azul, junto al Banco de Springhill. Dennis le relató el descubrimiento que había hecho el comisario.

—Ellos ya se comunicaron conmigo por ese tema —repuso Grace—. Tengo una paciente con un desequilibrio de potasio, crónico y peligroso. Es una mujer mayor. Una vecina tuya a la que no le interesa andar divulgando sus problemas por todo el mundo. Ya puedes imaginarte de quién se trata.

—¿Se lo dijiste al comisario?

—A la oficial, a la mujer llamada O'Hare. Pero no le di el nombre de mi paciente. No puedo.

—Podrías habérselo dado, pero elegiste no hacerlo.

Dennis había comenzado a hablar también sobre otros temas.

—Tú tienes las historias clínicas, Grace, incluidas las de Henry y Susan Lovell. Soy consciente de que, en circunstancias normales, su contenido es confidencial. Tus pacientes están muertos, de modo que esas historias podrían abrirse por orden legal. O tú podrías ofrecerlas en forma voluntaria. Yo soy el abogado de Bibsy, no la ley. Si me muestras las historias clínicas, no estarías violando los derechos de dos personas muertas.

—Ya sé todo eso —dijo Grace.

—Bien. En alrededor de una hora iré a Aspen, y deseo llevar

esas historias conmigo. Necesito determinar si Henry o Susan Lovell sufrían de alguna enfermedad incurable. Es posible que no use la información, si es un hecho, pero es posible que pueda salvar a Bibsy y a Scott de ir a prisión.

Grace dijo:

—En las historias clínicas de los Lovell no existe nada que indique una enfermedad incurable. Cree en mi palabra.

—Lo hago, pero me gustaría verlas, de todos modos.

—Las destruí.

Dennis la miró fijo.

—¿Cuándo?

—Treinta días después de elevar sus certificados de defunción al registro del estado.

Dennis cerró los puños y los golpeó contra sus muslos. Le costaba ocultar su rabia.

—¿Es un procedimiento habitual, Grace?

—No estoy sometida a ningún tipo de interrogatorio —contestó la doctora Pendergast, y se apartó de su escritorio.

Dennis fue desde allí a la casa de los Henderson y encontró a Scott en la tina de agua caliente, con el rostro vuelto hacia el sol de invierno.

—Achaques y dolores —comentó—. Es la edad.

—Debo hablar contigo sobre algunas cosas —dijo Dennis.

—Habla.

—¿Por qué invocaste el estatuto de juicio rápido?

—¿De veras quieres saberlo? —Scott suspiró. —Para terminar con esto. Es difícil para Bibsy, más que para todos nosotros. Cuanto antes terminemos, mejor.

—¿Hay algo allá, en el paso Pearl, debajo de la nieve? —preguntó Dennis.

—No, que yo sepa —respondió Scott con cautela—. Pero uno nunca sabe. —Se dio vuelta en la tina de agua caliente, para que el chorro más fuerte le diera en la parte inferior de la espalda. —Escucha, Dennis. Tú llevarás adelante el juicio y sé que harás un trabajo estupendo. Confío en ti. Tal vez fui un burro al querer representarme yo mismo, pero lo cierto es que aquí no existe nadie en quien pueda confiar.

Dennis asintió. Que lo hiciera solo no era el problema.

—¿Alguna vez te enfrentaste en la sala del tribunal con Ray Boyd?

—No fui penalista. De vez en cuando intervine en algún caso aislado para ayudar a algún muchacho de la ciudad. Ray es la respuesta fiscal del condado de Pitkin a la bomba neutrónica. Todos los edificios permanecen de pie, pero la gente sucumbe ante sus discursos.

Dennis logró emitir una semicarcajada.

—No es estúpido —afirmó Scott—, pero no tiene límites. Además tiene mal carácter.

—¿Puede perder los estribos en el tribunal?

—Los ha perdido algunas veces.

Dennis volvió al tema que más le preocupaba.

—Me serviría de gran ayuda que me contaras tu versión de lo que sucedió en el paso.

—No creo que lo haga. Dejaré que lo imagines… en tanto que lo que imagines sea a favor mío y de Bibsy.

Dennis, que se hallaba sentado al borde de la tina, se puso de pie.

—¿Están tratando de volverme loco?

Salió de la casa, subió al Jeep con tracción en las cuatro ruedas y partió rumbo a Aspen. El camino abierto entre la nieve estaba lleno de curvas; dobló hacia Carbondale, y casi podía sentir los parches de hielo debajo de los neumáticos. Unas sombras de nubes arrastradas por el viento corrían a través del bosque.

"Imagina lo que sea mejor para nuestros intereses", había dicho Scott. No era tan tonto y quijotesco como sonaba, reflexionó Dennis. En un juicio, los abogados de la defensa solían idear —imaginar— una teoría razonable de defensa que el jurado pudiera creer. Hacia el final, llamaban a testigos amistosos para apuntalar esa teoría e interrogaban con rudeza a los que eran hostiles. Pero la imaginación debía contar con un fundamento de realidad. Un abogado no podía simplemente sacar algo de la galera y hacer desaparecer de un soplido las pruebas que presentaba el estado con la mera fuerza bruta del alegato. Uno podía hacer eso si tenía un alegato, pero no podía contar con éste si no tenía una teoría. Y no se podía tener la teoría si el cliente no ofrecía un clavo con el cual apuntalarla. Dennis se preguntó cómo podría explicar lo que había sucedido. ¿Lo del pastillero? ¿Las huellas digitales? ¿Las admisiones que se le habían hecho a Queenie O'Hare? Sabía que los Henderson habían estado en el paso Pearl. El cuento de la pérdida del pastillero en Glenwood Springs hacía tres años era una tontería. Si Bibsy hubiera dicho que no tenía idea de haberlo perdido, Dennis se habría mostrado dispuesto a creerle. Pero había sido explicado con tanto detalle, con tanto ensayo…

Conducía el vehículo despacio, absorto en sus pensamientos. Una camioneta de reparto apareció en el espejo retrovisor, tocó bocina dos veces. Cuando Dennis disminuyó la marcha y llevó su vehículo hacia la banquina, la camioneta lo pasó y aceleró.

Toda la gente de Springhill, pensó Dennis, eran amigos de los Henderson. Creían protegerlos, pero en realidad los estaban perjudicando. ¿Por qué no podían darse cuenta?

Oyó el sonido familiar de una explosión a la distancia. Menos de un minuto más tarde un ruido gutural pasó muy por encima de él, seguido de otro que parecía un trueno. Los latidos del corazón de Dennis se aceleraron. De inmediato aplicó los frenos, aminoró la velocidad y miró en todas direcciones. Pero la vista estaba bloqueada por el mismísimo bosque. No veía nada salvo un reflejo anaranjado entre los árboles, contra el cielo. Luego el mundo volvió a quedar en silencio.

Después de la siguiente curva, arriba, una rampa empinada bajaba desde una hondonada abierta hasta el camino. El corazón de Dennis comenzó a latir con más fuerza a medida que se acercaba al lugar. Al subir por la curva vio un inmenso manto de nieve blanca. Algo volvió a rugir; esta vez era como si una manada lejana de leones gruñeran por haber sido despertados de su siesta. Se oyó una serie de crujidos a lo largo de la ladera.

La ladera comenzó a deslizarse. Pisó el freno con fuerza y detuvo el vehículo contra el banco de nieve, con la esperanza de protegerse en un bosquecillo de álamos temblones. Se inclinó hacia adelante, mirando fijo, casi sin creer lo que veía. Una gigantesca nube de polvo se levantaba en el aire. A cien metros, las luces de freno de la camioneta negra que lo había pasado parpadeaban con un rojo violento… y tras una milésima de segundo, el vehículo comenzó a rodar como si fuera un juguete. Giró, saltó y rebotó cuesta abajo. La nieve blanca la arrojó contra los bosquecillos de álamos temblones. Hasta que de pronto desapareció por completo.

La nieve se asentó; el rugido se extinguió lentamente. Hubo silencio otra vez. Adelante, el camino bloqueado por la avalancha se había elevado casi dos metros. Dennis ya no podía ver hacia el frente.

El sudor le cubría la frente. Cuando tomó el teléfono celular, temblaba tanto que casi tuvo que sostenerlo con las dos manos.

Cuando las palas mecánicas y el equipo de emergencia llegaron de Glenwood Springs, les llevó más de una hora despejar el camino. Dennis estaba sentado en su Jeep, temblando.

Le dijeron que podía irse. Condujo con lentitud por el camino serpenteante hacia Carbondale y después ingresó en la congestionada ruta 82 hacia Aspen, pensando en lo que había sucedido. "Dios mío, podría estar muerto. Si la camioneta no me hubiera pasado y si yo no hubiera aminorado la velocidad, la avalancha me habría aplastado a mí y no a la camioneta."

Desde su oficina llamó a Sophie, a la escuela. Los rumores habían llegado a Springhill y ella ya conocía los detalles.

—¿Te sientes bien, Dennis?

—Un poco asustado.

—¿Encontraron al conductor de la camioneta?

—Me dijeron que encontraron el vehículo. Es decir, pudieron verlo, pero no pudieron llegar. La puerta del conductor estaba arrancada de las bisagras. El conductor no aparecía por ninguna parte.

—¿Sabías que le llevaba una heladera nueva a Shirlene Hubbard?

De alguna forma esa noticia hacía que la muerte del repartidor resultara aún más absurda, aún menos aceptable.

Mickey Karp, el socio de Dennis, llegó tarde. Era voluntario del equipo de rescate de montaña, una organización civil que prestaba servicios en momentos de catástrofe.

—Estaba de servicio —dijo Mickey—, pero hoy no me necesitaban. Tampoco la semana que viene. Hasta el verano no cavarán para rescatar el cuerpo.

—¿Hablas en serio? —preguntó Dennis—. ¿Quieres decir que no cavarán ahora mismo?

—Dennis, se trata de una fractura en la cuesta. Puedes enviar gente al lugar para encontrar a la víctima de la avalancha, pero si la falla vuelve a fracturarse una segunda vez, como sucede a menudo, ¿qué pasaría? ¿Sabes cuánto vivirías enterrado debajo de toda esa nieve?

—No creo que pueda adivinarlo.

—Veinte minutos, si tienes suerte. A veces no puedes respirar. Inhalas nieve. Estás en una especie de calabozo de cemento mojado. O tienes algo de espacio, pero cavas en la dirección equivocada. Tu respiración se congela y se forma una máscara de hielo. Sesenta centímetros de nieve encima de uno son suficientes para matar. Este tipo fue arrojado de la camioneta a tal vez uno o dos metros de profundidad. ¿Y dónde se puede cavar? La gente estuvo mirando alrededor de cuatro o cinco hectáreas de terreno inestable, cada centímetro cuadrado puede desprenderse y aplastarte. El invierno pasado hubo unos esquiadores, unos estúpidos de Denver, que subieron a la montaña a pesar de los avisos sobre avalanchas y desaparecieron en la tormenta. ¿Cuántas vidas se supone que se pueden arriesgar para salvarlos? Los helicópteros pueden caer en esas tormentas como si fueran de papel. Lo intentamos con los vehículos para nieve, a pie, al aire libre, de todas formas, pero no pudimos encontrarlos. Tuvieron suerte y pudieron salir solos.

—¿Qué crees que provocó el desmoronamiento de esta mañana?

Mickey se encogió de hombros.

—Era un lugar abierto, con un ángulo aproximado de treinta y ocho grados. Una receta clásica para el desastre. Los vientos de altura desprendieron un trozo de cornisa, un trozo de hielo. Algún ciervo o una cabra de montaña abrió una grieta allá arriba. Muchas veces, la nieve fresca o helada no se adhiere a la nieve vieja que hay debajo. Después se derrite una gran cantidad de nieve, cuando sube la temperatura, cae de los árboles, choca contra el lugar sensible y toda la montaña rueda cuesta abajo. Pero los muchachos de Springhill estaban allá arriba esta mañana, en la cresta sobre el camino, verificando los salientes. Vieron la mayor parte del deslizamiento. Dijeron que el tipo de la camioneta tocó con fuerza la bocina justo antes de que la ladera se fracturara, quizá cuando te pasó a ti.

—Sí, hizo eso —confirmó Dennis.

—Ese tipo de vibración pudo provocar el desprendimiento.

—¿La gente de Springhill estaba allá arriba con una topadora?

—Supongo que sí.

Eso era lo que había visto, se dio cuenta Dennis; el destello anaranjado, por encima de los árboles. Y había oído una explosión sorda un minuto antes de que el conductor de la camioneta hiciera sonar la bocina.

—¿Cómo controla los desprendimientos la gente de las topadoras?

—Se colocan en los lugares que parecen inestables y lanzan una carga de dinamita. Eso provoca una fractura o, si es sólido, no hay movimiento y en teoría no hay motivos para preocuparse. Pero sólo lo hacen a la noche muy tarde o antes del amanecer. De ninguna forma lo habrían hecho a mitad de la mañana, cuando hay tránsito en el camino.

—No, por supuesto que no —dijo Dennis.

El clima mejoró. Los días soleados y cálidos se sucedían uno tras otro. Los esquiadores se quejaban de que no había suficiente nieve. El cielo se tornó gris y volvió a nevar. Los esquiadores de fin de semana se quejaron de que no había suficiente sol.

Dennis hizo una investigación discreta en el pueblo de Springhill para determinar quién podría haber estado en el camino, en una topadora, el día de la avalancha. Era el equipo normal, le dijeron, compuesto por voluntarios de la cantera y dirigido por Oliver Cone.

"¿Habrá habido tiempo —se preguntó—, entre mi visita a Grace Pendergast y mi partida hacia Aspen, para que Grace fuera a ver a Cone a la cantera? ¿Le dije a ella cuándo me iba hacia Aspen?" No podía recordarlo. "¿Pero por qué haría una cosa así? ¿Y por qué Cone y su pandilla deseaban enterrarme bajo toneladas de nieve? Yo deseo ayudarlos. ¿Acaso no lo saben? ¿No les importa?"

La fecha del juicio parecía acercarse a la velocidad de un tren expreso... o de una avalancha. Esta vez, se preguntó Dennis, ¿quién quedaría enterrado?

Una tarde, mientras conducía su Jeep por el camino cubierto de hielo, Lucy apareció detrás de un banco de nieve, sorprendiéndolo.

—¿Te encuentras bien, querida?

—Papá, ¿qué sucede con Sophie?

Se sintió alarmado.

—¿Qué quieres decir?

—Está muy triste.

Abrazó a su hija, le acarició el cabello negro, cargado de electricidad por el viento frío.

—Porque la abuela tiene problemas. Ya te dije, por eso estoy trabajando tanto. Así que Sophie está triste.

—¿La abuela hizo algo malo? —preguntó Lucy.

Siempre volvía a lo mismo. No: ¿era culpable? Sino: ¿había hecho algo malo?

—No —contestó Dennis.

Podía mentirle a una niña, pero no a sí mismo. Los niños se habían ido a la cama. La luz de invierno se colaba por las ventanas congeladas de la sala. Sophie estaba acurrucada en el asiento situado junto a la ventana, mirando la noche oscura y contemplando caer la nieve. Dennis se hallaba echado sobre la alfombra. En un rincón de la habitación estaba el estuche del violín de Sophie, apoyado contra la biblioteca. Dennis lo tomó.

—¿Por qué has dejado de tocar? —le preguntó a Sophie.

—No puedo —dijo ella. Sus ojos comenzaron a llenarse de lágrimas.

Dennis se agachó y la tomó en sus brazos. Jamás la había visto así, derrotada y herida. Era como la réplica en madera de la Sophie viva. Iba a la escuela y a sus reuniones; cocinaba pero casi no comía. Los pómulos se le habían marcado. A la noche, se iba temprano a dormir y le daba la espalda. El brillo de su cabello, tan lustroso que a veces en la oscuridad, mientras dormía, podía ver el reflejo rojizo, se había tornado de un tono marrón arratonado.

—Todo saldrá bien —le dijo—. Terminará. Funcionará. Créeme.

Recordó cuántas veces y por cuántas cosas Sophie le había dicho a él esa última palabra. Ahora era el turno de Dennis.

Justo antes del mediodía, un brillante día de marzo, Dennis caminaba por el pasillo alfombrado de color beige de la oficina de Karp & Ballard, que miraba hacia las laderas de las pistas de esquí y hacia el centro comercial de la ciudad. Con los pies sobre el escritorio, los anteojos sobre la punta de la nariz, Mickey estudiaba un contrato inmobiliario, ocupado en un caso típico de derecho civil. Representaba a un miembro de la familia real de Arabia Saudita que había comprado una propiedad por 10 millones de dólares, en una zona en la que sólo podían construirse establos para cría de animales. El príncipe árabe había construido dos de esos establos. Cada uno contenía tres baños con Jacuzzi y sauna, duchas de triple chorro y seis establos para caballos, todos alfombrados y con camas matrimoniales gigantes. Los vecinos que permanecían todas las noches en vela por el tránsito nocturno y las risotadas que se oían a la distancia presentaron una queja. Querían que estos "establos" fueran desmantelados.

Mickey estaba elaborando la defensa sobre la base de la teoría de que lo que se ha hecho hecho está. Había intentado sugerir que una buena multa, que el príncipe estaba dispuesto a pagar, sería más beneficiosa para el condado de Pitkin que una demolición.

—¿Estás muy ocupado? —preguntó Dennis.

—Cualquier cosa en el mundo puede seducirme para dejar de defender los derechos de una persona rica y arrogante.

—Si así lo sientes, ¿por qué lo haces?

—Alguien debe presentar el alegato en el caso del príncipe

—dijo Mickey—. ¿No es de eso de lo que se trata nuestro sistema de justicia?

Dennis se rascó la barba y notó que volvía a necesitar un retoque.

—Después de ejercer el Derecho durante veinte años —dijo—, aún no sé de qué se trata. Sé lo que pretende ser. Pero lo que logra suele ser diferente.

Mickey suspiró.

—¿Y qué puedo hacer por ti esta mañana, barbudo?

—Necesito ayuda —dijo Dennis—. Alguien que se siente a mi lado.

En Nueva York, Dennis había comenzado su carrera como un neófito asistente del fiscal, en el Distrito Sur de Nueva York. Era uno más entre los doscientos abogados penalistas que trabajaban en una oficina, con el servicio casi ilimitado de investigadores del FBI. Más tarde, en la práctica privada, declinó ser socio de un estudio, pero compartió con algunos abogados de mente independiente, como él, un conjunto de oficinas en el centro y, lo que era más importante aún, los servicios de un grupo de secretarias, asistentes y empleados jóvenes. Sólo en la televisión los abogados trabajaban como pistoleros solitarios. En el mundo real del juicio, un abogado necesitaba ayuda; y no sólo necesitaba los conocimientos y la inteligencia de sus pares, sino también oídos que lo escucharan, mentes que lo criticaran y, a veces, brazos que lo contuvieran.

—No soy abogado penalista —dijo Mickey.

—Has litigado en muchísimos casos civiles. Necesito hablar con alguien, ésa es la verdad. Se trata de tener sentido común, Mickey, y tú lo tienes en abundancia. Yo comienzo a pensar que he perdido el mío. En este instante necesito ayuda para elegir el jurado.

—¿Cuándo, exactamente, comienza el juicio?

—El 10 de abril. Dentro de tres semanas.

—Jamás lo pregunté y tampoco lo ha hecho nuestro socio, Bill, pero ¿quién paga todo esto?

—Mi suegra no piensa en esos términos. Pero cuando el juicio termine, la familia, incluido yo, pagaremos las cuentas. Las tuyas también. No te estoy pidiendo un favor gratuito.

—Bueno —suspiró Mickey—, la familia es la familia… y si los defraudas, te chuparán la sangre. Una vez defendí al hijo de Bill, y el chico ni siquiera me ofreció una copa. El problema en que te encuentras es un poco más complicado. Pero le encontraremos una solución. No te cobraré más que el doble de los honorarios comunes. Mientras tanto, vayamos a almorzar y allí podrás contarme sobre el caso.

—Más que eso —repuso Dennis—. Te contaré todo lo que "no" sé sobre el caso. Y será un almuerzo muy prolongado.

Jamás había estado en un juicio en el juzgado a cargo del juez Florian. En todos los casos que había atendido en el condado de Pitkin hasta ese momento, había alegado culpabilidad para llegar a una especie de acuerdo con los asistentes jóvenes de la fiscalía, que eran sus adversarios.

La mañana siguiente a la reunión con Mickey, pasó por el juzgado para inspeccionar el calendario que tenía el tribunal para ese mes. Vio que había tres casos anotados para juicio la semana siguiente: dos por robo, uno por lesiones. Dennis preguntó al secretario del juzgado si Ray Boyd vendría de Glenwood Springs para actuar como fiscal en alguno de esos casos.

—Es probable que lo haga en el caso de lesiones. Eso le gusta.

El día señalado, Dennis ingresó en la sala unos minutos antes de las diez. Se sentó en la parte trasera.

La sala estaba vacía, pero había algunos parientes y amigos del acusado, un trabajador salvadoreño de nombre Hernández, acusado de usar una navaja para cortajear el brazo del dueño del café Heavy Metal, situado en el centro comercial de la calle Cooper. El dueño del bar era su cuñado.

Dennis presenció lo que quedaba de la selección del jurado. Escuchó y tomó notas. Ray Boyd habló rápido en la declaración de apertura y después presentó a los testigos. Hizo que éstos dijeran lo que él deseaba.

—¿Trata de decirnos, señor, que usted vio al acusado enojarse de pronto por algo que dijo la víctima? ¿Fue eso lo que sucedió?

Una pregunta con doble intención, pero a nadie parecía

importarle. El joven defensor de Carbondale sólo hizo una tímida objeción en toda la mañana, y fue rechazada.

Dennis comprendió. En el juzgado del juez Florian, si uno representaba al estado de Colorado podía hacer lo que quisiera. Era perjudicial que la defensa hiciera objeciones, y por cierto nada político. Un defensor de la localidad debía convivir con el juez y el fiscal en los meses y años por venir. Era posible que en algún momento hubiera que negociar algo importante en beneficio de un cliente; ¿para qué hacer enemigos entre vecinos y colegas? La justicia podría incluso dejarse de lado en el largo plazo.

Ray Boyd se adelantó como un ingeniero hacia la rueda de un tren: estaba en la trocha, no se saldría; podría traquetear, pero no desviarse. Alrededor de las once y media, el defensor se acercó al acusado para susurrarle al oído la realidad. Los hombros de Hernández se desmoronaron debajo de la camisa. Lentamente, asintió.

El abogado de la defensa pidió aproximarse al estrado. En minutos se había realizado una negociación, el acusado se había declarado culpable y el jurado era despedido. La sentencia se dictaría al cabo de un mes.

Dennis salió de la sala, fue hasta Cemetery Lane, estacionó su vehículo y echó a andar por la trocha del Ferrocarril Río Grande, a lo largo del río Roaring Fork. Mientras caminaba por la nieve fresca, oía el murmullo del río. El sol brillaba. Después de un rato, se sentó sobre una piedra, a orillas del río.

Estaba tratando de conectar los puntos.

"Mi clienta es culpable y ella me mintió. Ella y Scott asesinaron a Henry y Susan Lovell. Pero, a pesar de todo, debo luchar para demostrar que son inocentes."

17

La amalgama dental

25 de enero de 1995

Un mensaje escrito a mano por Lila lo esperaba cuando regresó a su oficina. Decía: "Dennis, el comisario pregunta si puedes ir a su oficina unos minutos después de las cinco de la tarde".

Llamó y la comunicación le fue transferida al teléfono celular de Josh Gamble en Redstone, el puesto más lejano del condado de Pitkin. El comisario estaba allí para que la gente supiera que se hallaba de servicio, pensando en el bienestar de todos.

—¿Qué sucede, Josh?

—Algo que tengo para compartir contigo —dijo el comisario.

Dennis se quedó en silencio por un momento.

—Dame un indicio. ¿Descubriré algo que me hará sentir feliz o algo que me hará llorar?

—Algo que me ha dado un dolor de cabeza que mataría a hombres más débiles. Lo que estoy diciendo es que no sé qué hacer con esta información. Tal vez tú puedas decírnoslo. Ve para allá después de las cinco, ¿está bien?

Más tarde, Dennis miró por la ventana y vio unas nubes grises y bajas que cubrían la ciudad. En unos minutos se tornaron del color de la gasa blanca. Ya no se podían ver las montañas de Aspen. Los esquiadores que estaban en la cima quedarían atrapados en la niebla. Podían atravesarla esquiando con la esperanza de no llevarse un árbol por delante, o podían quedarse sentados esperando que pasara, y correr el riesgo de que los atropellara otro esquiador que intentaba atravesarla.

A las cinco y diez, entre el viento y la nieve que le castigaban la cara, Dennis entró en el edificio de tribunales. Se sacudió el manto blanco de los hombros y bajó a la oficina del comisario, en el subsuelo.

También Ray Boyd estaba allí, quitándose la nieve de las botas.

—Se viene una grande —comentó.

Dennis asintió con amabilidad. Josh Gamble le hizo una seña para que tomara asiento.

Jeff Waters estaba sentado en un sofá junto a Otto Beckmann, el patólogo de Glenwood Springs, calvo y cincuentón. Queenie O'Hare llegó un momento después, con las mejillas rojas y mojadas.

—Vamos, empapa la alfombra —ladró el comisario—. Total, es propiedad del condado. Y no te preocupes por que sea la oficina de tu jefe. Llamó tu enamorado. Su último paciente canceló el turno, por la tormenta. Ya debe de estar por llegar. Prepárate, O'Hare. No le saltes encima y lo eches al piso para desnudarlo y bajarle los pantalones. Bueno, está bien, hazlo. Pero primero déjame contarle la historia.

—Oh, cállate —le dijo Queenie al comisario.

Menos de un minuto más tarde, Howard Keating, odontólogo forense, apareció en la puerta; parecía una versión elegante del abominable hombre de las nieves. Era un hombre más corpulento que Josh Gamble, alegre y lleno de vida. En su juventud había jugado en la defensa para la Universidad del Sur de California, luego fue guardavidas en Santa Monica, donde vivió de fiesta en fiesta hasta los treinta; por último logró ingresar en la facultad de odontología de la UCLA. Le gustaba decir a sus pacientes que era el mejor ejemplo de que los padres no deben preocuparse por los hijos descarriados. En sus propias palabras: "Salí de la playa y me convertí en el dentista más caro de uno de los reductos de esquí más costosos de los Estados Unidos".

Era el odontólogo forense del condado. Cuando el sistema judicial necesitaba una opinión, siempre llamaban a Howard Keating. Dennis no lo conocía. Como todos en Springhill, si necesitaba un arreglo en su dentadura, concurría al consultorio de Edward Brophy.

El comisario les recordó que, en el mes de noviembre anterior, Howard había sido llamado por el doctor Beckmann para tomar unas radiografías *postmortem* de los cuerpos encontrados en el paso Pearl.

—Los denominados NN. —El comisario levantó las comisuras de la boca, dibujando una sonrisa. Queenie había llevado las radiografías al doctor Brophy, de Springhill, para que las comparara con las de Henry Lovell y Susan Lovell.

—Y éstas no coincidieron —dijo Josh Gamble—. Pero no es ésa la razón de esta reunión, salvo tal vez de forma indirecta. —Le hizo una seña con su manaza al odontólogo. —Howard, cuéntales.

Keating, un hombre apuesto, movió su humanidad en la silla en un esfuerzo por ponerse cómodo. Los ojos de Queenie no abandonaron en ningún momento su rostro.

—Debo regresar al día —dijo— en que tomé las primeras radiografías, a pedido de Otto. Esa gente había muerto hacía un tiempo, y la tarea era un poco espeluznante. Cursé dos semestres de anatomía general en la facultad de Medicina, de modo que estoy acostumbrado a ver y a oler cosas desagradables. Mi técnica consiste en desconectarme de la realidad. Hago el trabajo, me voy a casa y me tomo un Jack Daniel's.

Todos asintieron.

—De modo que, cuando estuve en el hospital —continuó Keating—, en realidad no me acerqué para estudiar los dientes en los cadáveres. Pero al tiempo pensé en ellos. Los veía mentalmente de vez en cuando, en especial cuando atendía a pacientes ancianos. Porque había algo raro. Lo sabía, pero no lograba darme cuenta de qué era.

Los ojos de Keating se trasladaron hacia Otto Beckmann.

—Hace diez días llamé a Otto por teléfono y le pregunté si aún tenía los cadáveres.

Beckmann dijo:

—Guardamos los cadáveres en la morgue de Glenwood. —Su voz de bajo tenía fuerte acento austríaco; había nacido en el Tirol y trabajado como instructor de esquí para financiarse los estudios. —Embalsamados y a cinco grados de temperatura, por supuesto.

Para poner al tanto a Dennis, el comisario dijo:

—Los cadáveres permanecen allí hasta que nosotros firmemos un formulario que declare que ya no son de valor para el forense. Y ese momento aún no ha llegado.

—Bajé allí para echar un vistazo —volvió a hablar Keating—. Había llevado conmigo un par de libros de texto. Le había dicho antes al médico forense que creía que el hombre tenía casi setenta años, y la mujer, un poco menos. Él estuvo de acuerdo. Se puede deducir la edad por la pérdida de hueso periodontal. También puedo examinar las restauraciones, los arreglos y coronas, y deducir en forma aproximada su antigüedad. No hice eso el pasado mes de noviembre. No deseaba estar allí demasiado tiempo.

Permaneció en silencio unos instantes, a la espera de aprobación, y Josh Gamble le hizo una señal de asentimiento.

—Esta vez miré bien las restauraciones. Si el hombre tenía sesenta y ocho años, o incluso setenta, había nacido en 1925, ¿correcto? Y la mujer había nacido alrededor de 1927. En general, los primeros arreglos de caries se efectúan en la adolescencia. ¿Cuándo habrá sido en el caso de estas víctimas?

Dennis dijo:

—Entre y fines de la década de los 30.

—Correcto. Cualquier arreglo hecho en esa época —dijo Keating— sería de oro o amalgama. Las amalgamas modernas son una mezcla de mercurio con alguna combinación de metal. —Se aclaró la voz. —¿Los aburro?

—Aún no —respondió Dennis.

—Escuchen bien. Todos esos arreglos reciben el nombre de amalgamas de fundición. Se hacen mediante el proceso de moldes de cera. La amalgama de fundición la inventó un dentista de Chicago en 1907 (busqué la fecha), y se ha usado desde entonces. Con anterioridad, lo mejor que se podía realizar con una caries a la que se pudiera acceder era hacer una restauración con una lámina de oro. Se enroscaba una hoja de oro en forma de cilindro, se pasaba por una llama y se la soldaba; de ese modo se rellenaba el diente. En general, esto requería tener al paciente durante horas en el sillón, con una goma en la boca. No era divertido.

El comisario protestó.

—¿Crees que es divertido ahora?

Keating dijo:

—Bueno, ahí va. Los dos cadáveres tenían muy pocas amalgamas en la boca. Pero también tenían restauraciones hechas con láminas de oro. Tres el hombre y dos la mujer.

Dennis hizo algunos cálculos mentales.

—No parece posible. Nos dijo que las restauraciones con láminas de oro no se usaron después de 1907, cuando se inventaron las amalgamas de fundición.

—No —contestó Keating—. El hecho de que la amalgama de fundición se inventara en ese año no significó que se usara de inmediato en todas partes. Demoró diez o quince años en convertirse en una práctica común.

—Eso nos lleva a 1922 —calculó Dennis—. En cuyo caso esos dos NN aún no habían nacido.

—Bingo —exclamó Keating.

Dennis extendió las manos en gesto de preocupación. Pensaba en las tumbas del cementerio de Springhill, tratando de hacer una conexión. En aquel momento no lo logró.

—De modo que ustedes se equivocaron en cuanto a las edades en el momento de la muerte —dijo—, o bien ellos se atendieron con un dentista rústico que jamás oyó hablar de amalgamas de fundición y del proceso de moldes de cera.

El doctor Beckmann habló en tono enfático.

—No nos equivocamos en la edad. Tenían casi setenta años. La lengua puede mentir, pero la próstata y el útero, jamás.

—Entonces nos queda el dentista rústico —dijo Dennis.

Keating negó con la cabeza.

—Las restauraciones con láminas de oro eran muy complejas. No las practicaban dentistas rústicos. En los viejos campos mineros de Colorado, les arrancaban las muelas. O rellenaban el agujero con madera blanda.

Dennis frunció el entrecejo.

—¿Qué más nos puede decir?

—Con la aprobación de Otto, tomé unas amalgamas de las bocas de los cadáveres y las hice analizar en mi laboratorio.

La amalgama moderna, explicó Keating, era una mezcla de mercurio con otros metales de aleación, una mezcla que casi no se ha cambiado desde 1910. Tiene el sesenta y ocho por ciento de plata, con cantidades específicas de cobre, latón y cinc. Con esta mezcla se puede controlar con precisión la expansión y contracción.

—Antes de la composición moderna, los dentistas no podían hacer eso. Antes de 1910, la amalgama tenía proporciones totalmente diferentes de plata y mercurio. Tenía mayor parte de latón para reducir el achicamiento. Y además contenía cadmio. Bueno, el punto es que las dos amalgamas de la boca del hombre NN y una de la mujer NN eran de las viejas. Contenían cadmio y mucho latón. Por lo tanto, debemos llegar a la conclusión de que es probable que las amalgamas se hicieran antes de 1910. Sin duda, antes de 1920.

Dennis se volvió hacia Josh Gamble y hacia Ray Boyd.

—En opinión de ustedes, ¿qué importancia tiene todo esto?

—Creí que tal vez tú lo sabrías —dijo el comisario—. O se te ocurriera alguna idea que quisieras compartir con estos montañeses.

Dennis dijo:

—Si las víctimas tenían arreglos realizados antes de 1920, eso significaría que nacieron, como máximo, en 1910. O tal vez antes, tal como dice el doctor Keating. Lo cual significaría que tenían como mínimo ochenta y cinco años…

—No es posible —protestó el doctor Beckmann, serio.

Dennis extendió las manos.

—Entonces, doctor, ¿cómo explica la amalgama? ¿Cabezas de ancianos cosidas en cuerpos de personas más jóvenes?

—No lo sé —dijo el doctor Beckmann—. Howard y yo no estamos de acuerdo sobre este tema.

Dennis se volvió hacia Keating.

—¿Podría haberse equivocado en las fechas?

—Lo verifiqué. Busqué en la biblioteca de odontología de la universidad de Boulder.

—Los historiadores cometen errores —dijo Dennis—. Los escritores son falibles. Existen los errores de imprenta.

Keating suspiró.

Dennis volvió a mirar al comisario.

—El doctor Beckmann dice que las víctimas tenían casi setenta años. En noviembre, el doctor Keating examinó la pérdida de hueso periodontal y estuvo de acuerdo. Pero ahora dice que las restauraciones demuestran que esa gente tenía por lo menos ochenta y cinco años. Tal vez más, tal vez incluso noventa y cinco. ¿Qué significa eso? Supongamos, siguiendo el argumento, que las amalgamas nos dicen la verdad. Las víctimas tenían casi noventa años. Primera pregunta: ¿cómo diablos subieron a casi cuatro mil metros de altura, hasta el paso Pearl?

—Lentamente —bromeó Ray Boyd.

El comisario no le prestó atención.

—Ése es uno de los puntos que estamos considerando —le respondió a Dennis—. Es posible que signifique que las inyecciones letales se administraron en algún otro lugar. Después, los cuerpos fueron llevados allá arriba para enterrarlos.

—Fueron llevados —repitió Dennis—. En verano. ¿Cuál es el ancho del sendero que lleva hasta el lugar donde se encontraron las tumbas?

—Angosto, de unos treinta y tres metros. Después de eso, no hay sendero.

—¿Podría pasar una topadora o un vehículo con tracción en las cuatro ruedas?

—De ninguna manera. Una moto, una parte del camino. El resto es bosque.

—¿Podría una moto cargar dos cuerpos?

—Mierda, no lo sé. Supongo que podrías arrastrar algo. Una camilla o algo parecido, como usaban los indios. No sería fácil.

—Y por cierto resultaría evidente si uno se encuentra a alguien por el camino.

—Estoy de acuerdo. Puedo masticarlo, pero no tragármelo.

—¿Y para qué molestarse en cargar dos cuerpos hasta el paso Pearl? ¿Adónde nos conduce toda esta cuestión del tema dental? ¿Es conveniente para la fiscalía o lo es para los chicos buenos? ¿Qué es lo que prueba? —Dennis miró a Ray Boyd, que se había quedado callado y pensativo. —¿Quién de nosotros está dispuesto a hacer el ridículo llamando a testificar al doctor Keating? ¿Y para qué?

Josh Gamble colocó una de sus manazas sobre el hombro de Dennis Conway.

—Salgamos los dos a la tormenta y vayamos a tomar una copa al Little Nell. Varias copas. De todos modos, con este tiempo, no puedes regresar a tu casa. Es posible que se nos ocurra algo. O tal vez no. En ese caso, más probable, podemos hablar de cosas importantes, como dónde pasar la noche y dónde conseguir una topadora que nos lleve al Ajax esta semana, para poder esquiar. Ray, puedes venir con nosotros, también. Si es posible, quiero que se hagan amigos. ¿De acuerdo?

—De acuerdo —repuso Dennis.

—Queenie —dijo el comisario, mirándola a la cara—, tú acompaña al doctor Keating a su consultorio, los dos solos, y sácale… quiero decir, tómale su declaración.

18

Una novela rusa

10 de abril de 1995

El valle Roaring Fork estaba a punto de registrar una de las nevadas más fuertes del siglo. Había nevado en forma continua durante dos semanas y se anunciaba más nieve proveniente de California. En las llanuras la nieve se derretiría pronto, pero en medio del aire frío de la montaña, se apilaba más y más alto. Había avisos de avalanchas. En las cornisas situadas por encima de las sendas a campo traviesa se practicaban explosiones tres veces por semana. Toda la cordillera del Elk había sido calificada como peligrosa, y estaba prohibido esquiar. Las laderas de Aspen se cerraron para la temporada, un día después del domingo de Pascua, pero el SkiCo ya hablaba de un fin de semana de esquí hasta el día de conmemoración de los Caídos en Guerra.

Sophie les había dado de comer a los niños, que en ese momento estaban mirando televisión en la planta alta. Una vez más se acurrucó en el asiento ubicado junto a la ventana.

—Henry y Susan Lovell eran amigos de tus padres —dijo Dennis—. Tú los conocías muy bien, ¿no es así?

Sophie contemplaba la nieve que caía sin pausa, en silencio. Aun estando parado en el exterior, la nieve no producía sonido alguno mientras se fundía con la tierra.

—¿Qué edad tenían?

Asombrada, Sophie se sentó y lo miró a los ojos.

—¿Por qué?

—Porque hay un misterio en todo eso. Y es posible que influya de algún modo en la causa.

Acto seguido, le contó la historia de Howard Keating y las teorías que se referían a las láminas de oro y las amalgamas dentales. Sophie apartó los ojos una vez más, hacia la extensión blanca.

—Es posible que no sean los cuerpos de los Lovell los que encontraron allá arriba —dijo.

—Vamos, Sophie, sabemos que son ellos. Volveré a preguntarte. ¿Sabes qué edad tenían?

—Unos años más que mis padres.

—¿Cuántos años más?

—Cuatro o cinco. Seis como mucho.

—¿Me dices la verdad?

—Sí.

Dennis recordó que su padre le había preguntado cómo era posible que Sophie hubiese estudiado con el profesor de inglés que luego se mudó a Cambridge. Recordó que ella le había mentido acerca de la edad de su abuelo y de Ellen Hapgood. Le habían parecido mentiras inocentes, incluso errores. Pero ahora, a la luz de la información que les había dado Keating, Dennis dudaba. ¿Y qué significaba? ¿Qué edad tenían las dos personas muertas que yacían en la fosa común del paso Pearl? ¿Importaba si tenían noventa, ochenta o sesenta años?

Sí, pensó Dennis, importaba, e importaba mucho. Pero no sabía por qué.

En la sala del tribunal del condado de Pitkin, a las nueve y media de la mañana del 10 de abril, el juez Florian hizo sonar su mazo y dijo:

—Orden en la sala.

El público acomodó sus asentaderas en los bancos de madera, para encontrar la posición menos incómoda. Los observadores veteranos, sentados sobre almohadones que habían llevado de sus casas, colocaron sus botellas de agua en el piso.

El juez Florian dijo:

—El Estado contra Scott Henderson y Beatrice Henderson. El señor Raymond Boyd como representante del Estado, el señor Dennis Conway y el señor Henderson por la defensa. ¿El Estado está preparado?

—Lo estamos, Su Señoría. —Las fosas nasales de Ray Boyd se agitaron como un caballo de carrera a punto de largar de la gatera.

La defensa estaba preparada también, afirmaron Dennis y Scott, en ese orden. Ante el mundo, ambos transmitían un aire de confianza. Pero también lo hacía Ray Boyd.

Dennis vestía con su mejor traje azul marino a rayas. Era supersticioso; jamás había perdido un caso cuando usaba ese traje el día que comenzaba un juicio. Jamás se lo había contado a nadie, ni siquiera a Sophie. Había cosas que una persona no debía compartir.

—¿Hay algún testigo en la sala? —preguntó el juez—. Si lo hay, sírvase levantarse y retirarse.

Nadie lo hizo.

—Comenzaremos con la selección del jurado.

La mitad de los bancos de madera destinados al público de la sala del juez Florian habían sido desocupados y estaban destinados a un panel de cuarenta posibles miembros del jurado, que recibían el nombre de jurados convocados. Uno de los alguaciles del juez, vestido con su uniforme ajustado color gris pardo, y munido de una Magnum .357 colgada a la cadera en una cartuchera marrón brillante, hizo ingresar al panel en la sala. Para un juicio de esa magnitud, los recursos del condado de Pitkin no eran suficientes. Por ello se había pedido más personal a Glenwood Springs. Los medios de comunicación habían acudido desde Denver. Si sucedía algo extraordinario, la noticia llegaría a toda la nación. La eutanasia era un tema candente. El *National Enquirer* ya había publicado como titular de primera plana: "UN CULTO AL SUICIDIO ASISTIDO EN ELEGANTE CENTRO DE ESQUÍ". La *New York Magazine* se había conectado con Dennis para realizar un artículo menos sensacionalista, si la eutanasia se convertía en el tema principal del juicio. Dennis no estaba dispuesto a permitirlo, así que les contestó que hablaran con él después del juicio.

Juicio por jurado. Los resultados a veces desafiaban la lógica y podían hacer llorar a los abogados. Por el contrario, en la

Europa civilizada, hace quinientos años, los cargos a menudo se resolvían haciendo que un hombre caminara descalzo y con los ojos tapados sobre nueve rejas de arado al rojo vivo, dispuestas en forma equidistante. Si el acusado se quemaba, se lo declaraba culpable. Dennis decidió que aquello casi podía hacer que uno creyera en el progreso.

El secretario del juzgado, de voz chillona, tomó a los jurados convocados el juramento de *voir dire*: decir toda la verdad y nada más que la verdad. "Como si cualquiera de nosotros fuera capaz de eso —pensó Dennis— bajo juramento o no."

El juez Curtis Florian presentó al escribiente judicial, al secretario y a los alguaciles. Cada uno se puso de pie e hizo una leve reverencia en dirección al jurado y después hacia el público. El juez dijo:

—Ciudadanos, esta causa se basa en lo que llamamos una información, la cual dice lo siguiente: "El señor Raymond Boyd, fiscal del Noveno Distrito Judicial, informa al tribunal que, perturbando la paz y dignidad del pueblo del estado de Colorado, en el mes de agosto de 1994, o fecha aproximada, en el condado de Pitkin, Beatrice Henderson y Scott Henderson, hijo, en forma ilícita, criminal y deliberada, provocaron la muerte de dos personas calificadas hasta el presente como NN"…

Cuando el juez finalizó, el secretario de la corte retiró al azar trece nombres de un recipiente que contenía placas numeradas. Trece cuerpos vivientes se dirigieron de inmediato al estrado del jurado y se sentaron en las sillas de madera que parecían haber estado allí desde los días de las minas de plata. Los demás jurados convocados fueron retirados de la sala.

El juez pidió a cada uno de los trece elegidos que recitara una breve autobiografía.

Los primeros trece candidatos eran: una contadora, un publicista desocupado con título universitario, un agente inmobiliario, un piloto de aerolínea, una mujer que enseñaba la Biblia a la comunidad latina del valle, un joven empleado de hotel, dos instructores de esquí, un vaquero de Redstone, un dermatólogo jubilado al que Dennis conocía como líder de la comunidad judía de la aldea de Snowmass, una masajista, un repostero con un título de filosofía de la Universidad de Princeton y una mujer taxista que informó a la corte que había publicado dos novelas románticas y que se podían adquirir en la farmacia de Carl. Ninguno había nacido en el condado de Pitkin. La mayoría eran solteros o divorciados. Ninguno era negro. Dennis se dio cuenta de que no era un jurado típico del oeste.

El secretario leyó la lista de posibles testigos.

—¿Conocen a alguna de estas personas? —preguntó el juez Florian a los miembros del jurado.

Aspen era una comunidad de sólo ocho mil personas. Una instructora de esquí explicó que hacía unos años le había dado clases grupales a Ray Boyd, en una clínica de fin de semana para gente de la localidad. El agente inmobiliario dijo que su suegro era el escribiente judicial. Todos conocían a uno o dos posibles testigos.

Ray Boyd contaba con dos asistentes para el juicio: Don Stone, un abogado de aspecto pulcro de Glenwood Springs, y su socia de Aspen, una mujer rubia de nombre Sarah Westervelt, que usaba gafas y parecía tener las mejillas rellenas de manzanas deliciosas. Ray Boyd comenzó el ataque. Le dijo al jurado:

—Van a oír lo que llamamos pruebas circunstanciales. De modo que permítanme explicarles de qué se trata. Yo estaba sentado en la sala de mi casa en Glenwood y oí un choque afuera, en la calle…

Una vez más, Dennis tuvo que escuchar el cuento del Ford Explorer y de la camioneta Chevy roja.

Cuando terminó, Boyd dijo:

—Ya han oído los cargos. Contienen lo que llamamos los elementos del delito. Yo debo probar todo eso, y lo haré. Pero tengan presente que no debo probar nada más allá de esos elementos.

Dennis vio el gesto de asentimiento que hizo el vaquero. Ray Boyd y el hombre ya habían establecido un entendimiento; el vaquero asentía a cada una de las palabras pronunciadas por el fiscal. A cada parte se le permitía el rechazo de seis miembros del jurado —seis bajas, por así decirlo—, y Dennis, aunque le agradaban los vaqueros tanto como a cualquiera que hubiese crecido en Nueva York, decidió que ese hombre en particular debía ser enviado a su casa durante el curso del juicio.

Cuando le llegó el turno a Dennis, trató de mirar a cada miembro del jurado a los ojos, por lo menos una vez. En el pasado, había hablado con muchos integrantes de un jurado que reconocieron que su decisión en uno u otro sentido había sido influenciada por la antipatía o simpatía que les despertaban los abogados de la causa.

—No objetaremos los elementos del delito —dijo Dennis—, sino sólo la participación del señor y la señora Henderson en él. La fiscalía presentará fotografías horrendas de las víctimas. Esas fotos podrían indignarlos al punto de provocarles reacciones prejuiciosas contra los acusados, aunque no se haya probado que ellos tuvieran algo que ver con estas muertes. ¿Hay alguno de ustedes que no pueda tolerar ese tipo de fotografías?

Ninguno levantó la mano. Eran estadounidenses, descendientes espirituales de Billy The Kid o de Gary Cooper en *A la hora señalada*. La violencia llenaba las páginas de los diarios y las pantallas de la televisión. La mayoría había seguido por televisión el juicio a O. J. Simpson, y les molestaba que no se hubiesen mostrado las imágenes sórdidas de las víctimas. Si el testimonio del juicio era público, ¿no lo eran también las pruebas? Que mostraran las fotografías.

—Es posible que la señora Henderson no se presente como testigo —continuó Dennis—. Pero me gustaría recordarles que Pilatos le dijo a Jesús: "Tú no respondes a mis acusaciones; debes de ser culpable". En nuestro sistema judicial el acusado no está obligado a responder a ninguna acusación, por inverosímil que sea. ¿Alguno de ustedes opina lo contrario?

La masajista de cabello enrulado que estaba sentada en la primera fila levantó la mano.

—Siempre he creído que, si una persona es inocente, querrá testificar. Yo lo haría.

Para beneficio de los otros miembros del jurado —sabiendo ya que utilizaría su derecho a rechazar testigos para eliminar a la masajista—, Dennis respondió:

—Aun siendo inocente, una persona puede estar nerviosa. Esta sala es un lugar bastante sombrío. Yo me sentiría muy mal si tuviera que comparecer en esta sala y me acusaran por algo, en especial si no lo hice.

Mickey Karp le había proporcionado una descripción bastante precisa de las pautas en que se basaba Ray Boyd para elegir a los jurados. Aunque lo negara, la oficina del fiscal de Colorado poseía perfiles detallados, preparados por funcionarios policiales, del tipo de personas que apoyarían a la fiscalía en un juicio. Los ciudadanos de más de cuarenta años, republicanos y obreros, votarán, con toda seguridad, por una condena a cadena perpetua por cualquier delito más grave que cruzar la calle de manera imprudente. La fiscalía elegía, por lo general, a jubilados, empleados públicos, fundamentalistas religiosos, hombres blancos jóvenes y mujeres negras mayores. Cualquier ciudadano con un título universitario o terciario era excluido, por lo general, debido a su elevada inteligencia. Pero la mayoría de los abogados defensores desconfiaba de ellos por la misma razón.

El condado de Pitkin poseía sus propias peculiaridades. La gente de la zona rural de Colorado gozaba de la vida al aire libre y por lo tanto poseía una visión más sencilla de la vida. Muchas personas se habían establecido en el valle Roaring Fork por impulso. Era difícil determinar con precisión los prejuicios de la gente impulsiva, ya que, por definición, esa gente es proclive a cambiar de opinión. Dennis había llegado a la conclusión, mucho tiempo antes, de que el arte de seleccionar un jurado, como la medicina, no era tal. A él le gustaba que en sus jurados hubiese personas que le resultaran agradables. Era una cuestión de piel.

El *voir dire* finalizó avanzada la tarde. Dennis y Mickey Karp conferenciaron en el pasillo, fuera de la sala.

—En tu lugar —dijo Mickey— eliminaría al dermatólogo judío.

—¿Por qué?

—Es jubilado. Según dijo, es originario de Detroit. Una ciudad violenta. Tendrá prejuicios contra el acusado en un caso de homicidio.

—Es imposible comparar a Bibsy Henderson con el cabecilla de un gueto, que asalta un bar y asesina al dueño.

—Pero tal vez, inconscientemente, ese tipo de Detroit lo haga.

—¿Le viste los pies? —le preguntó Dennis.

—¿Los pies del dermatólogo? No, Dennis, por lo general no miro los pies de los miembros del jurado.

—Usa zapatillas sin medias. Apuesto a que su mujer le dijo que se pusiera medias para venir al tribunal y él le dijo que no lo haría porque nunca usaba medias en su casa y tampoco lo haría para ir al tribunal. Es un pensador independiente. Quiero incluirlo.

—Tú estás a cargo —repuso Mickey.

Dennis utilizó su derecho para rechazar a tres personas: el vaquero, el taxista y la masajista. Ray Boyd rechazó al repostero que tenía un título en filosofía y al hombre con título universitario.

Una hora después, a las cinco menos cinco de la tarde, se había seleccionado el jurado. Las cosas se llevaban a cabo según lo programado y el juez se mostraba complacido. No había cámaras de televisión que inmortalizaran sus errores, ni editores de libros que solicitaran sus memorias. Sólo debía hacer su trabajo como siempre, y al diablo con lo que pensara la gente. Él controlaba la situación. Hizo caer el mazo sobre el estrado; se oyó un crujido autoritario.

—La corte entra en receso hasta mañana por la mañana, a las nueve en punto, para comenzar con los alegatos iniciales.

Se ha dicho con frecuencia que un juicio penal es como una novela rusa del siglo XIX: comienza con una lentitud exasperante, a medida que se presentan los personajes al jurado y a los espectadores; después vienen las complicaciones bajo la forma de testigos menores; por último, aparece el protagonista, luego de lo cual surgen las contradicciones que producen el drama; y al fin, cuando tanto el jurado como los espectadores están cansados y confundidos, se acelera el ritmo y se llega al clímax con el apasionado alegato final.

Dennis sabía que en el ínterin podían suceder muchas cosas interesantes, si el abogado defensor estaba dispuesto a correr riesgos. Dennis estaba dispuesto. Su cliente era culpable, su defensa era débil, pero también lo era la acusación de la fiscalía. No aparecería ningún testigo vivo que dijera: "Vi lo que sucedió". Pero un fiscal inteligente podía vencer esa dificultad. Y muchos lo habían hecho.

No; en esa causa, la debilidad residía en el propio fiscal. Y Dennis decidió que, si lograba que el jurado odiara a Ray Boyd, podía llegar a ganar.

19

Volar como una mariposa

11 de abril de 1995

El día comenzó con la lectura de la acusación. Bibsy Henderson, con un suéter de algodón color durazno y una falda recta marrón oscuro —con el aspecto de una abuelita que prepara galletitas de chocolate, nunca se olvida de un cumpleaños y cuida a los chicos cuando los padres salen de campamento un fin de semana largo—, se puso de pie y dijo con claridad y seguridad:

—Inocente.

Scott, alto, delgado y de cabello cano, se levantó de su silla y también dijo:

—Inocente.

Los ojos de Dennis se dirigieron hacia los espectadores. Sophie había encontrado una maestra suplente de Marble y se hallaba sentada en la parte posterior de la sala, rodeada de más de una docena de personas que habían llegado de Springhill. Harry Parrot y Grace Pendergast se habían ubicado a sus costados. Detrás de ellos estaban Rose Loomis, Hank y Jane Lovell, Edward Brophy, varios miembros del clan Frazee, y otra media docena de ciudadanos de Springhill.

A Dennis le llamó la atención su aspecto; por alguna razón sobresalían de entre el resto de los espectadores. Estaban vestidos como siempre, como gente de campo, con ropa limpia pero antigua, bastante desactualizada. Formaban un grupo atractivo y de aspecto saludable. Salvo Sophie, que estaba pálida y demacrada, parecía como si acabaran de entrar, dejando atrás el frío energizante de la mañana de invierno.

El juez Florian ordenó que retiraran de la sala tres latas de gaseosa.

—¿Señor Boyd? ¿Está listo para hacer su alegato inicial?

El rostro de Ray Boyd parecía estar siempre sonrojado. Tenía la reputación de ser demasiado teatral y de aproximarse mucho a los jurados cuando les pedía que utilizaran el sentido común, lo cual los atemorizaba. Mientras se hamacaba sobre los tacos de sus botas sin moverse de su lugar, detrás de la mesa de la fiscalía, detalló la acusación. Utilizando repetidas veces la frase: "las pruebas lo demostrarán", relató el asesinato a sangre fría de dos ancianos a tres mil setecientos metros de altura, un bello día de agosto.

—¿Quiénes eran esas personas? Creemos saberlo, pero no podemos probarlo, y por lo tanto la ley debe identificarlos como dos NN, uno de sexo femenino y otro de sexo masculino. Pero queremos que recuerden, amigos, que eran seres humanos. Tal vez tenían hijos e inclusive nietos. Y, por cierto, tenían nombre. Aunque legalmente no estemos seguros de su identidad.

Hizo una pausa para que los jurados asimilaran sus palabras.

—¿Por qué los acusados asesinaron a esos dos seres humanos? No tenemos la respuesta a esa pregunta. Podemos conjeturar, y estoy seguro de que ustedes también lo harán, pero lo cierto es que no lo sabemos. La fiscalía no tiene que probar los motivos. Lo único que tenemos que probar es que hubo un asesinato y que los acusados cometieron ese asesinato. Cuando llegue el momento, el juez Florian les dirá que lo que comúnmente se conoce como eutanasia, o muerte piadosa, o suicidio asistido, es considerado asesinato según las leyes de Colorado, si fue hecho en forma premeditada. Vamos a probarles a ustedes, damas y caballeros, que estos asesinatos fueron premeditados. Las pruebas demostrarán que los acusados llevaron las armas asesinas desde su hogar a la escena del crimen. Eso es, sin duda, premeditación. Y esas armas tenían un único objeto: matar. No se trataba de cuchillos de caza o rifles para ciervos que alguien llevaría cuando se interna en el bosque. ¡No! ¡Eran jeringas llenas de veneno! No creo que ninguno de ustedes, cuando sale de caza o excursión, lleve jeringas llenas de veneno.

Dennis se puso de pie para objetar esas palabras.

—Su Señoría, eso es hipotético. No tiene fundamentos, y es inflamatorio. El señor Boyd debería saber que no debe utilizar ese lenguaje.

El juez lo miró ceñudo.

—Pero el señor Boyd dijo: "las pruebas demostrarán". No creo que sea inflamatorio. El jurado lo decidirá. Ya llegará su turno, señor Conway.

—Gracias, Su Señoría.

Dennis decía siempre "Gracias" cuando no aceptaban sus objeciones. No lo hacía con sarcasmo; estaba convencido de que a los jurados les agradaba que los abogados se mostraran amables con la autoridad jurídica.

Cuando Boyd terminó, Dennis se puso de pie, mirando hacia el jurado.

—Beatrice Henderson y su esposo han vivido en este valle toda su vida. Hasta el día de hoy, jamás habían sido acusados de infringir la ley. No deberían estar en este tribunal excepto como espectadores o, al igual que ustedes, como miembros de un jurado en otra causa. Beatrice Henderson y su esposo no cometieron asesinato. No cometieron eutanasia. Los acusa falsamente un fiscal que necesita una condena y un chivo expiatorio para obtenerla, y antes de que termine este juicio, su inocencia será clara para ustedes más allá de toda duda.

Las venas del cuello de Ray Boyd se hincharon mientras se paraba de un salto gritando:

—¡Su Señoría! ¡Eso es inaceptable!

El juez dio varios golpes con su mazo hasta que Boyd se tranquilizó.

—Normalmente —dijo con su voz más severa— en una circunstancia como ésta llamaría a los dos abogados a mi despacho, donde le indicaría a usted, señor Conway, que se comportara correctamente. Pero, en cambio, voy a reprenderlo ante el tribunal. Esa acusación contra el señor Boyd es inexcusable. ¿Me entiende bien?

—Sí, Su Señoría —dijo Dennis con calma.

—Le ordeno que se disculpe.

Dennis vaciló todo el tiempo que le fue posible sin enfurecer más al juez. Después miró a Ray Boyd, cuyo rostro se había puesto rojo langosta, y le dijo:

—Le ruego me disculpe, señor Boyd.

—¿Tiene algo más que decir, señor? —le preguntó el juez Florian a Dennis.

—Su Señoría, he terminado mi alegato inicial.

—¿Señor Henderson?

—Nada más, Su Señoría —dijo Scott—. Le dejaré la mayor parte de esto al señor Conway. Estamos comiendo del mismo plato. Si quiero intercalar algo, levantaré la mano como lo hacía cuando iba a la escuela.

Los jurados sonrieron. La tensión se había aflojado.

—Llame a su primer testigo —le indicó el juez a Ray Boyd.

Dennis consideraba que el fiscal encararía en forma simple y directa la prueba de la culpabilidad. Boyd avanzaría en orden cronológico hasta el momento crucial de atar todos los cabos: el momento de la confesión de Bibsy Henderson. El testimonio de Queenie O'Hare acerca de esa confesión constituía la clave para un veredicto de culpable.

Harold Clark, el primer testigo, era un hombre simple que se esforzaba por decir la verdad. Su presencia daba al jurado la sensación de que las buenas personas estaban del lado del fiscal. La joven Sarah Westervelt realizó el interrogatorio directo. Lo hizo con lentitud, con la precisión de un estudiante, pero sus mejillas lucían sonrojadas por la excitación. Cuando Harold finalizó su relato del perro muerto y su visita a la Oficina de Control de Animales, situada allí mismo, en los Tribunales del condado Pitkin, la señorita Westervelt miró a Ray Boyd, recibió su asentimiento de aprobación, y dijo:

—He terminado con el testigo.

Dennis se puso de pie.

—Su Señoría, en algunos momentos de este juicio hablaré como abogado de mi clienta, la señora Beatrice Henderson, y también del señor Scott Henderson, quien se representa a sí mismo. Ésta es una de esas ocasiones.

Decía un viejo refrán jurídico: Si interrogar de nuevo a un testigo no te reportará ningún beneficio, no lo interrogues. Pero la mayoría de los abogados no podía resistir la tentación. Sólo unas pocas preguntas, para ventilar los pulmones, para que el jurado los tomara en cuenta. Algunos consideraban que no intervenir era una señal de debilidad; que podía dar mayor credibilidad al testigo. Y los acusados a veces se preocupaban si sus caballeros errantes no chocaban sus lanzas contra cualquiera que se atreviera a testificar contra ellos en la cruzada para ponerlos tras las rejas.

Dennis dijo con cordialidad:

—No tenemos preguntas para el señor Clark, y le agradecemos que se haya tomado tiempo para comparecer.

Ray Boyd llamó rápidamente a Queenie O'Hare al banquillo de los testigos para continuar la ilación cronológica de su relato.

Queenie contó su viaje al paso Pearl en su vehículo para nieve y cómo Bimbo, su pequeña terrier, había descubierto los cuerpos. Era una testigo creíble: comprensiva, inteligente, sincera, y se expresaba bien. Los miembros del jurado sonreían. Les agradaba Queenie. Muchos de ellos tenían perros. Les encantaba la historia de la valiente Bimbo deslizándose por el hielo de las cornisas a tres mil setecientos metros de altura.

Después de que Queenie contó como habían descubierto los cadáveres y el pastillero francés con su contenido, así como el rifle Remington, Ray Boyd dijo:

—Su Señoría, la fiscalía volverá a llamar a esta testigo más adelante. Solicitamos que no se retire de la sala. Por el momento no tenemos más preguntas.

—Yo tampoco la interrogaré en este momento —dijo Dennis.

La fiscalía llamó a declarar al asistente del comisario, Michael López, al fotógrafo y al operador de video de la oficina del comisario.

Dennis había asistido a muchos juicios por asesinato en los cuales el abogado defensor había efectuado un alegato contra la presentación de fotos que mostraban en toda su magnitud las heridas de la víctima y la cantidad de sangre que había brotado de un cuerpo humano. Esa presentación era, en las palabras del abogado defensor, "inflamatoria, innecesaria y no probaba nada". El juez rara vez les daba la razón, y al fin se presentaba mayoría de las fotos. Después de esos juicios, cuando Dennis pedía su opinión a los miembros del jurado, casi todos contestaban que cuando el abogado defensor no había querido que se presentaran las fotos, ellos sintieron que lo hacía porque el acusado era culpable.

Dennis consideraba que el abogado defensor debía ponerse en el lugar de los jurados. Ellos no piensan como abogados. Y se preguntan constantemente por qué el abogado hizo tal cosa o por qué no hizo tal otra.

—La fiscalía presenta como prueba este videotape de la escena del crimen y estas seis fotografías en color —dijo Ray Boyd mientras sostenía en alto las fotos de los dos NN en estado de putrefacción en su tumba sin lápida en la montaña.

—La señora Henderson no tiene ninguna objeción —dijo Dennis. La firmeza de su tono de voz y el lenguaje de su cuerpo le decían al jurado: "Mírenlas todo el tiempo que deseen. Beatrice Henderson no tiene nada que ver con ese horror."

Proyectaron el videotape. Las luces se encendieron de nuevo, y las fotografías pasaron de mano en mano.

Aunque los ojos de Bibsy estaban llenos de lágrimas, Dennis consideró que no le quedaba otra opción. Le apoyó una mano sobre el hombro y dijo:

—Su Señoría, cuando el jurado termine de ver las fotos, la señora Henderson desearía verlas también… si el fiscal no se opone.

Después del almuerzo comenzó el desfile de testigos médicos. Por lo general, su presencia imponía autoridad y pesaba contra los acusados. Los médicos eran semidioses, y los hospitales, templos, aunque en algunas oportunidades alguno de ellos ocasionaba la muerte. La opinión pública tendía a suponer que no existían médicos incompetentes o de segunda clase. Pero Dennis recordaba siempre la adivinanza: "¿Cómo se llama el hombre que obtiene las calificaciones más bajas de su promoción en la facultad de Medicina?", y su respuesta: "Doctor".

Otto Beckmann, el patólogo y forense de rostro grisáceo, fue el primero en testificar. Y lo hizo acerca de la causa de la muerte: inyecciones de Versed y Pentotal seguidas de cloruro de potasio. Dennis sólo hizo un par de preguntas. Decidió no preguntar si las víctimas sufrían alguna enfermedad incurable que pudiera haberlas llevado a cometer suicidio asistido. Si la fiscalía hubiese introducido el tema, Dennis habría contraatacado. Pero no era necesario. El jurado sólo podría haber hecho conjeturas, como lo había hecho Dennis y también Josh Gamble y Ray Boyd. La respuesta había muerto junto con el hombre y la mujer en el paso Pearl.

Boyd llamó al doctor Richard Shepard, de Carbondale. Estableció los antecedentes del doctor Shepard como un hombre que había ejercido la profesión médica en el valle durante veinte años después de haber trabajado en un prestigioso hospital de Denver. El médico tenía voz potente y cabello blanco.

—¿Conoce a la acusada en este caso? —le preguntó Boyd a su testigo.

—Objeción —dijo Dennis—. No estamos en un programa de televisión. Esto es Colorado, no Los Ángeles. Somos todos vecinos. El señor Boyd conoce el nombre de la señora Henderson. No es necesario que continúe despersonalizándola y disminuyéndola todo el tiempo repitiendo la palabra "acusada".

Ray Boyd protestó:

—Su Señoría, tengo todo el derecho a llamarla "acusada". Él lo sabe. Y empleé la palabra en género femenino para que fuera absolutamente claro que me refería a ella y no al acusado.

—Usted tiene ese derecho, por supuesto —dijo el juez—. No se acepta la objeción de la defensa.

—Gracias, Su Señoría —repuso Dennis con amabilidad.

—Doctor Shepard —continuó Boyd—, ¿conoce a una mujer llamada Beatrice Henderson?

—Sí, la conozco.

—¿Se encuentra ella en esta sala?

—Sí, es ella, —El doctor Shepard señaló a Bibsy.

—Que quede asentado que el testigo ha identificado a la acusada. Y dígame, doctor Shepard, ¿la acusada trabajó alguna vez con usted en el hospital Valley View como enfermera matriculada?

—Objeción —dijo Dennis—. Está induciendo al testigo.

El juez miró a Dennis con expresión de leve sorpresa. Inducir al testigo era el *sine qua non* de los interrogatorios, pero estaba prohibido en los interrogatorios directos. En ese momento no había causado daño alguno: era un pregunta que sugería la respuesta, pero resultaba inocente pues de uno u otro modo se sabría que Bibsy había trabajado como enfermera matriculada con el doctor Shepard en el hospital Valley View. Sin embargo, el juez se vio obligado a decir:

—Objeción aceptada. Formule la pregunta de nuevo, señor Boyd.

Los músculos de la mandíbula de Boyd se movieron.

—Doctor, cuando trabajaba en el hospital Valley View...

—Objeción —interrumpió Dennis—. No tiene fundamentos. Muhammad Ali había dicho: "Debes volar como una mariposa y picar como una abeja."

—¿A qué se refiere, señor? —le preguntó el juez, como si lo estuviera sometiendo a prueba.

—El testigo ha establecido —respondió Dennis— que ejercía la medicina en Carbondale. Pero no se ha establecido que el doctor Shepard trabajara en el hospital Valley View. Por lo tanto, el fiscal no puede decir, por lo menos no todavía, "cuando trabajaba en el hospital Valley View".

—Objeción aceptada —masculló el juez Florian.

—¿Trabajó en el hospital Valley View, doctor? —preguntó Ray Boyd.

—Sí, por supuesto —respondió el médico—. Durante diez años, en las décadas del 70 y 80.

—¿Y cuando estaba en Valley View, trabajó con la acusada?

—Sí, lo hice, de vez en cuando.

—¿Era enfermera, una enfermera matriculada?

Dennis levantó la mano.

—Objeción. Está induciendo otra vez al testigo.

—Reformule la pregunta, señor Boyd.

Los músculos de la mandíbula de Boyd se endurecieron.

—Doctor Shepard, ¿qué profesión tenía la acusada cuando usted la conoció?

—Era enfermera matriculada. También estaba matriculada como partera.

—¿Lo asistió en alguna ocasión?

—Hacía todo lo que debe hacer una enfermera. Se ocupaba de los pacientes. Sí, me asistió.

—¿Cuándo, en particular, doctor?

—En particular durante un par de años cuando hubo una epidemia de gripe. Fue sumamente útil. Trabajaba con mucho ahínco.

—¿Daba inyecciones contra la gripe a los pacientes?

—Objeción —dijo Dennis—. Está induciendo al testigo nuevamente.

Ray Boyd hizo rechinar los dientes.

—Su Señoría, ¿podemos aproximarnos al estrado?

El juez asintió, y los dos abogados adversarios, así como Scott Henderson, se aproximaron al estrado, donde, en teoría, si no levantaban la voz el jurado no podía oír lo que decían.

—Juez —susurró Boyd—, esto es ridículo. Mis preguntas son totalmente inofensivas. Él trata de hacerme quedar mal frente al jurado.

El juez miró a Dennis.

—Las preguntas del fiscal sugieren la respuesta —dijo Dennis—. Eso no está permitido. Usted lo sabe, él lo sabe y, desafortunadamente para él, yo también lo sé.

—Usted observó —le dijo el juez Florian— que estamos en Colorado. Seguimos las reglas relacionadas con la prueba, por supuesto, pero nos gusta hacer las cosas en forma eficaz, rápida y amistosa. ¿No le parece que actúa de manera un poco quisquillosa?

—No, señor, no lo creo —replicó Dennis—. La acusación de asesinato no es una acusación insignificante. Si permito que el fiscal induzca a sus testigos en cuestiones de índole menor, se establecerá un precedente. Y no puedo permitirlo.

El rostro del juez cambió de su usual color macilento a un rosa pálido.

—Quisiera recordarle que éste es mi tribunal. Aquí soy yo quien permite o no.

—Lo diré de otro modo —repuso Dennis—. El tribunal no puede permitirlo. No debería, y no debe permitirlo. Inducir al testigo infringe las reglas de la prueba. Tengo la intención de exigir que el fiscal y el tribunal se ajusten a las más altas normas de ética y procedimiento.

—Y así debe ser —respondió el juez con brusquedad—. Pero existe un modo correcto para hacerlo. El señor Henderson puede decírselo. Es posible que usted lo haya hecho de otro modo en Nueva York, pero aquí no actuamos de ese modo.

—El tribunal deberá cambiar de actitud —contestó Dennis— cuando yo sea el abogado defensor.

El juez Florian hizo un gesto de desagrado.

—Haremos un receso de diez minutos —declaró con brusquedad.

En un rincón del pasillo, Dennis se secó una gota de sudor de la frente.

—¿Qué opinas? —le preguntó a Mickey Karp.

—Estás haciendo enemigos.

—¿Te parece que el jurado también lo notará?

—El juez puede moverte el piso.

—Peor para él.

—Ray luchará contra ti como jamás lo ha hecho.

—Cuento con ello —respondió Dennis.

Después del receso, el doctor Shepard testificó que la enfermera Beatrice Henderson había dado inyecciones contra la gripe a cientos de pacientes durante varios años, que en otras ocasiones había dado inyecciones intravenosas, y que hacía su trabajo con suma habilidad.

—¿Usted sabe qué es el Versed, doctor?

—Es un sedante.

—¿Sabe qué es Pentotal?

—Un anestésico.

—¿Y el cloruro de potasio? ¿Qué es eso?

—Un producto químico que se utiliza, por lo general, para corregir una falta de potasio en un paciente.

—¿En qué dosis se suministra?

—Relativamente pequeña. Dos o tres centímetros cúbicos.

—¿Por qué no se suministra en dosis mayores?

—En dosis grandes se convierte en un veneno mortal.

—Siendo la acusada una enfermera experta, ¿podría suministrar a una persona esos tres productos: el sedante, el anestésico y el veneno? ¿Posee habilidad suficiente para dar esas tres inyecciones?

—Podría hacerlo con toda facilidad —afirmó el doctor Shepard.

—No tengo más preguntas —dijo Ray Boyd.

Dennis se puso de pie pero no se movió de su lugar a la mesa de la defensa, con Bibsy de un lado y Scott y Mickey Karp del otro. Los abogados sólo se aproximan al banquillo de los testigos, invadiendo el espacio sacrosanto, en las escenas de juicios de las películas y la televisión, y sólo para facilitar las tomas de la cámara y el melodrama. En los juicios reales, el juez debe dar permiso para hacerlo, y ese permiso sólo es otorgado por motivos valederos, como puede serlo la inspección de un documento.

—Doctor Shepard —comenzó a decir Dennis—, ¿alguna vez usted, personalmente, le ha dado una inyección de cloruro de potasio a un paciente?

—Sí, pero no en tiempos recientes.

—No le pregunté cuándo lo había hecho, doctor. Por favor, trate de responder sólo lo que le pregunto. ¿Puede hacerlo?

—Sí, por supuesto.

—¿Alguna vez suministró a un paciente lo que usted llamó una dosis grande y letal de cloruro de potasio?

—Por supuesto que no —dijo el doctor Shepard, con el entrecejo fruncido.

—¿Por qué no?

—Porque es un veneno letal, como dije. Puede matar.

—¿Vio alguna vez que la enfermera Beatrice Henderson le suministrara una dosis letal de cloruro de potasio a un paciente?

—No.

—¿Vio alguna vez que alguien le suministrara una dosis letal de cloruro de potasio a un paciente?

—No. Por cierto que no.

—Pero sabe cómo se hace, ¿no es así?

—Bueno, es una inyección intravenosa. Se coloca en la vena y se inyecta del mismo modo como se inyectaría cualquier dosis grande de una solución intravenosa.

—Pero nunca vio cómo se hacía.

—No.

—Entonces su conocimiento del modo en que se hace es sólo teórico, ¿no es así, doctor?

—Objeción —interrumpió Ray Boyd—. Está acosando al testigo.

—Su Señoría —dijo Dennis—, trato de llegar a la verdad y averiguar a qué se refiere el testigo.

—Objeción aceptada —dijo el juez—. No debe responder la pregunta, doctor. Formúlela de nuevo, señor Conway.

—No será necesario, Su Señoría. Gracias. —Dennis miró al médico. —Señor, considerando que usted jamás suministró a un paciente una dosis letal de cloruro de potasio, y habiendo reconocido que jamás vio a nadie hacerlo… ¿podría decir, sin ninguna duda, que Beatrice Henderson está capacitada para dar esa inyección?

—Bueno…

—Le repito, doctor… sin ninguna duda.

—Bueno, sin ninguna duda, no. Pero ella era enfermera. Sabía dar inyecciones. No es difícil. No se trata de una operación o algo similar.

—¿Tiene motivos para creer que ella sabía dar inyecciones letales?

El médico lo miró fijo.

—No sé como responder esa pregunta —dijo.

—Pruebe con "sí" o "no" —le dijo Dennis.

—¿Podría repetírmela?

—¿Tiene la certeza de que Beatrice Henderson, enfermera y partera retirada, sabía suministrar inyecciones letales?

—No exactamente, no del modo en que usted lo dice —respondió el médico—. Simplemente supongo que lo sabía.

—¿Esa respuesta se aproxima al "sí" o al "no", doctor Shepard? —le preguntó Dennis.

—Si insiste, se aproxima al "sí". Sí, lo sabía.

—¿Pero, con un poquito de buena voluntad, podría aproximarse al "no"?

—¡Objeción!

—Aceptada.

—No tengo más preguntas. —Dennis tomó asiento.

20

Bubo Virginianus

12 de abril de 1995

Morris Green era un cardiólogo de renombre que se había mudado con su familia de Miami a Aspen. Interrogado por Ray Boyd, testificó que Bibsy Henderson era paciente suya y que, debido a que sus arterias coronarias estaban obstruidas y a sus antecedentes de angina periódica, le había recetado un régimen diario de Ismo, Cardizem, aspirina entérica y magnesio con vitamina B_6.

—¿Y le recomendó también que siempre tuviera a mano nitroglicerina?

—Sí, lo hice.

—¿Trajo al tribunal la ficha médica de la acusada?

—Sí.

—Con referencia a esa ficha, doctor Green, ¿podría decirme cuándo fue la última vez que recetó nitroglicerina a la señora Henderson?

—El 17 de junio de 1994. Hace diez meses, aproximadamente.

A continuación, Boyd obtuvo del doctor Green una explicación precisa de la tendencia de las píldoras de nitroglicerina a desintegrarse al cabo de un tiempo, y la consiguiente necesidad de renovar la receta cada doce o dieciocho meses.

Dennis no interrogó al testigo.

A continuación testificó una farmacéutica matriculada, Margaret Eater, de la farmacia City Market, de Carbondale, quien presentó una impresión por computadora de los registros de su farmacia y afirmó que Beatrice Henderson había comprado la nitroglicerina en City Market durante más de cinco años, y que el último frasco de esas píldoras le había sido entregado el 17 de junio de 1994.

—¿Hace más o menos diez meses?

—Sí, señor.

Boyd, que jamás perdía una oportunidad de dar dos golpes aún cuando bastara con uno, interrogó a la señorita Easter acerca del tiempo que tardaban en desintegrarse las píldoras de nitroglicerina, en particular las de la marca Nitrostat. Ella repitió lo que había dicho el doctor Green.

En esta ocasión, Dennis decidió interrogar.

—Señorita Easter, corríjame si me equivoco, pero ¿el Nitrostat es comercializado por Parke-Davis, una división de productos farmacéuticos de la compañía Warner-Lambert?

Margaret Easter se sonrojó un poco.

—Creo que sí, pero no estoy segura.

—¿Le refrescaría la memoria que le mostrara un frasco de las píldoras?

Dennis levantó una mano en la que sostenía un frasquito de unos tres centímetros de alto y uno de diámetro.

—No, no será necesario —dijo Easter—. Usted tiene razón.

—Y las píldoras se fabrican en Morris Plains, Nueva Jersey, ¿no es así?

—Creo que sí.

—¿Y se venden en las farmacias de todos los Estados Unidos?

—Sí.

—Podría decirse que en Florida, Nueva York, California, Texas y Alaska, y también en Colorado.

—Estoy segura de que es así.

—Y en todos esos estados el clima es diferente, ¿no es verdad?

La señorita Easter pensó unos instantes.

—Sí, creo que sí.

—Bien, ¿el clima de Colorado es igual al de Texas?

—No, por cierto que no.

—Pero Parke-Davis vende el mismo frasco de Nitrostat en Houston y en Carbondale, ¿no es así?

—Sí, así es. Sí, con certeza.

—¿Ha estado alguna vez en Houston?

—Nací y crecí allí —dijo Easter, tal como Dennis sabía que lo haría.

—¿Cómo es el clima?

—Por lo general, caluroso y húmedo.

—Objeción, Su Señoría —intervino Ray Boyd—. ¿Qué importancia tiene todo esto? ¿Estamos aquí para hablar del clima o para juzgar un asesinato?

—Sintetice, señor Conway —indicó el juez.

—Lo haré, Su Señoría, y gracias. Señorita Easter, cuando el fabricante y el doctor Green y usted nos dicen que las píldoras de nitroglicerina se convierten en polvo al cabo de un año o dieciocho meses, ¿toman en cuenta las diferencias climáticas de los lugares donde se utilizarán y almacenarán las píldoras?

—Objeción —exclamó Ray Boyd—. La pregunta requiere una conclusión por parte de la testigo.

—Retiro la pregunta —dijo Dennis con rapidez—. Señorita Easter, en su opinión como farmacéutica matriculada con gran experiencia profesional, ¿no está demostrado que las píldoras se desintegran con más rapidez en un clima caluroso y húmedo?

—Yo diría que sí.

—¿Y con mayor lentitud en un clima seco y, por lo general, frío?

—Sí. Eso también es cierto.

—¿Cómo describiría el clima de Carbondale, donde usted vive?

—Seco y agradable en verano. Frío y seco en invierno.

—¿Y cómo es el clima de Springhill en comparación con el de Carbondale?

—Acá hace más frío.

—¿Y también es más seco?

—Creo que sí.

—¿A qué altura está situada Carbondale?

—A mil seiscientos metros, aproximadamente.

—¿Y Springhill?

—¿Dos mil setecientos?

—Para ser más exactos, dos mil setecientos sesenta metros. No tengo más preguntas —concluyó Dennis.

Por la tarde, Dennis y Sophie salieron juntos del tribunal y se dirigieron en auto hacia Carbondale.

—¿Qué opinas? —preguntó Dennis.

—No se parece a *Perry Mason* —respondió Sophie con una sonrisa—. Ni siquiera se parece a *L. A. Law*.

—No. Es tedioso. Está lleno de detalles. Rara vez es melodramático. Todo abogado sueña con interrogar a un testigo que de repente se ponga pálido y diga: "No puedo soportar más. Confieso. ¡Yo lo hice!", y después caiga del banquillo de los testigos debido a un ataque al corazón. Pero a mí no me sucedió jamás. ¿Cómo te sientes?

—Quisiera que terminara de una vez por todas —dijo Sophie con cansancio—. Por el bien de mi madre.

—Por el bien de todos —corrigió Dennis, mientras le acariciaba una mejilla.

En el centro comercial de Carbondale, mientras Sophie compraba alimentos, Dennis compró gorras de béisbol de los Colorado Rockies y una pelota de softball para los chicos. Acababa de terminar la temporada de béisbol y había llegado el momento de celebrar, inclusive a pesar de la incertidumbre. Y él deseaba hacer algo con los chicos, ya que los veía muy poco. Había intentado explicárselo, y ellos dijeron que comprendían la situación. Pero Dennis sabía que, de algún modo, se sentían relegados.

Era un día de sol, los álamos se cubrían de brotes, y de repente parecía que la masa de nieve comenzaba a derretirse.

—Qué les parece si vamos al arroyo —les propuso a Brian y Lucy después de darles la pelota y las gorras—. Juguemos un rato, como lo hacíamos en Westport. —Miró a Sophie, que estaba guardando los alimentos comprados. —Ven con nosotros.

Sophie comenzó a negarse pero Dennis la tomó de la mano.

—No —dijo—, eso puede esperar. Ven.

—Está bien —accedió Sophie, y sonrió.

Los cuatro bajaron juntos al arroyo bajo los rayos del sol

poniente, seguidos por Sleepy, la gata de color gris claro con franjas atigradas anaranjadas. Su pelo era suave como el de un visón.

Cerca del arroyo, jugaron un partido de pelota.

—Ahora juguemos al béisbol casero —sugirió Dennis. Le explicó el juego a Sophie y ella lo sorprendió al responder:

—Está bien, suena divertido. Yo correré primero.

Utilizaron las camperas como bases y Sophie comenzó a correr entre Dennis y Brian, quien intentaba pegarle con la pelota. Lucy los observaba y alentaba a Sophie.

—¡Corre, Sophie!

Dennis dejó caer adrede la pelota que le había arrojado Brian.

—¡Corre! —gritó Lucy—. ¡Sophie está a salvo! ¡Te salvaste, Sophie!

La pelota se deslizó sobre los manchones de nieve y rebotó muy cerca de Sleepy, que, molesta, se trepó a una rama baja de una picea, donde se extendió a la sombra, casi invisible. Unos pájaros que cantaban salieron volando rápidamente.

Comenzó a hacer frío. La noche caía pronto en abril.

—Está bien, chicos, me ganaron —dijo Dennis—. Creo que Brian es el ganador. Regresemos a la casa.

Dennis oyó un sonido suave, levantó la vista hacia el cielo violeta y vio que un pájaro desconocido descendía con rapidez hacia ellos desde el otro lado del bosque. Tenía un copete como los búhos y la envergadura de un halcón. Su vuelo era silencioso como la brisa del anochecer. Brian se colocó más cerca de su padre, que lo rodeó con un brazo protector, y Lucy aferró la mano de Sophie.

—¿Qué es eso, papá? —preguntó Brian.

—Un pájaro enorme, tenlo por seguro. ¿Dónde está Sleepy?

—En el árbol —dijo Lucy.

Brian se dio vuelta.

—No, nos está siguiendo.

Sophie arrojó a Lucy al suelo y la cubrió con su cuerpo.

El pájaro —un búho gigante de las montañas Rocosas, conocido como *Bubo virginianus*— pasó a vuelo rasante sobre sus cabezas y sintieron que el aire frío se agitaba.

Sleepy corrió por el pasto hacia la seguridad de un álamo.

Había logrado subir hasta la mitad del tronco cuando el búho cambió su trayectoria y bajó unos grados más. Casi sin esfuerzo, arrancó a Sleepy de la corteza gris con sus garras gruesas extendidas. La aferró con firmeza. La gata maulló.

Dennis se quedó mirando con incredulidad mientras el búho ascendía hacia el cielo y se alejaba sujetando a la gata, que maullaba entre sus garras. Lucy comenzó a gritar y Sophie le cubrió los ojos con la mano. Pero ella, Dennis y Brian continuaron mirando con asombro hacia el cielo, donde el búho batía las alas en silencio en dirección a las montañas y ascendía hacia las primeras estrellas. La gata maullaba sin cesar, hasta que al fin calló y el ave y su presa desaparecieron. No había quedado ningún rastro de lo sucedido. Ni una pluma, ni un mechón de pelo. El corazón de Dennis latía acelerado.

En la sala, Lucy lloró en brazos de Sophie durante una hora. Después miró a Dennis y le dijo:

—Papá, Donahue tampoco regresará. Ahora lo sé. El búho malo se lo comió.

Dennis no pudo responder, y tampoco Sophie.

Brian miraba televisión. No quería hablar. Lucy se acostó temprano, sin dejar de llorar. Dennis y Sophie se sentaron en su cama, en la oscuridad, durante casi una hora, hasta que se tranquilizó y se durmió.

A la mañana siguiente, muy temprano, mientras Sophie hablaba con su madre por teléfono en la planta alta, Lucy se aproximó a Dennis, que estaba solo frente a la mesa del desayuno.

—No me gusta más este lugar —dijo Lucy—. Tengo miedo, papá. Y Brian también. Piensa que una noche va a venir un oso y se lo va a comer, como hizo el búho con Sleepy. Queremos ir a casa.

—¿Casa? —Dennis abrazó a su hija. Le acarició el pelo.
—Ésta es nuestra casa, querida.

—No, papá —susurró Lucy, acurrucada contra su cuello—. Nuestra casa está donde vivíamos antes. En Connecticut. Donde nada podía lastimarnos.

"Dios mío —pensó Dennis—, éste es un lugar salvaje. Estamos al borde de la espesura. ¿Por qué no lo vi antes? ¿Qué más puede suceder aquí?"

21
La doctrina de la prueba completa optativa

13 de abril de 1995

El recuerdo del rapto de la gata era como el roce de un cuchillo desafilado y herrumbrado en la mente de Dennis. Le rogó a Sophie que se quedara en la casa y estuviera allí cuando llegaran los chicos del colegio.

—Se lo explicaré a tu madre. Ella comprenderá.

—Sí, por supuesto —repuso Sophie—. Por supuesto que me quedaré. Pero le prometí a Harry que lo llevaría en mi auto al tribunal, en Aspen.

—Lo llevaré yo—dijo Dennis.

A la mañana siguiente, Dennis llegó a la casa del pintor unos minutos antes de las siete. Harry estaba parado en el porche, abrigado con una chaqueta marinera, y se mantenía en movimiento para conservar el calor.

—Sube, Harry.

El sol se elevó sobre los picos de la cordillera este; al principio fue un naranja rojizo contra el cielo celeste; después, medio disco refulgente, y media hora más tarde, una esfera enceguecedora totalmente separada de las montañas que formaba largas sombras sobre la nieve. El río Crystal brillaba como un campo de diamantes. En el cielo no había nubes.

Dennis le contó a Harry lo que le había sucedido a la gata y el modo en que habían reaccionado los chicos.

—Debes hablarles de los hechos de la vida —le aconsejó Harry—. Los búhos gigantes y los osos negros forman parte del mundo. ¿Los chicos quieren regresar a Connecticut? Allá hay violadores y policías.

Dennis guardó silencio.

De pronto Harry dijo:

—¿Una vez me dijiste que conocías a los dueños de algunas galerías de arte de la ciudad de Nueva York?

—Sí. Los conozco.

—Y hace un tiempo me dijiste que debería llevarles mis obras. Para que las vieran antes de mi muerte.

—Lo recuerdo.

—Estuve pensando en eso. En especial, últimamente. Tú eres mi amigo. ¿Quieres ayudarme?

—Por supuesto. ¿Cómo, Harry?

—Pensé que quizá podría ir al Este. Ver a algunas personas. Mostrarles fotos o diapositivas… o, inclusive, llevar mis obras en un remolque y exponerlas en las galerías. Intentar interesar a alguien.

—¿En la tierra de los violadores y los policías?

—Soy viejo. Correré el riesgo.

—Debes ir —dijo Dennis con firmeza—. En cuanto termine este juicio, hablaré con un par de amigos.

—No es tan simple. A la gente no le gustará que me vaya.

—No comprendo. —Dennis frunció el entrecejo. —¿A qué gente? ¿Por qué les importaría?

Harry se sumió de nuevo en el silencio y bajó la cabeza.

—No necesitas saberlo ahora —dijo—. Hablaremos de ese tema más adelante. No debería estar preocupándote ahora… Ya tienes bastantes problemas. Como dijiste, cuando termine el juicio. ¿Cómo va todo?

—¿A qué te referías con "no necesitas saber"? ¿Necesitar saber qué?

—Anoche bebí demasiado —dijo Harry—. No sé lo que digo. Cuéntame del juicio.

—Es difícil aventurar un resultado —reconoció Dennis—. Los jurados son seres humanos. Jamás se sabe qué están pensando realmente, ni lo que harán.

Harry asintió en señal de comprensión.

—Tú has estado presente en las audiencias —continuó Dennis—. Imagínate que eres un miembro del jurado y no conoces a los Henderson. ¿Tendrías la impresión de que ellos lo hicieron o de que son inocentes?

—Ah, no puedes preguntarme eso a mí —dijo Harry.

—¿Por qué?

—Soy de Springhill.

Dennis sintió que un escalofrío nacía en la base de su columna y ascendía hacia la nuca.

—¿Qué sabes tú —le preguntó con cuidado— que yo no sé y debería saber?

—Nada.

—Sí, hay algo. No estás mareado. Maldición, dímelo.

Harry miró por la ventanilla. El valle salpicado de nieve —casas, establos, estacionamientos de remolques, el río ensanchado— pasaban con rapidez por las ventanilla del auto. Desde el oeste se aproximaban al pueblo de Basalt, situado en el centro del valle. Los picos de las montañas comenzaban a cubrirse de nubes de lluvia.

—Yo pensaría que son culpables —dijo Harry con lentitud.

—¿Tomando como base las pruebas?

—Me parece probable, simplemente.

—No estás respondiendo a mi pregunta —Dennis comprendió de repente que Harry trataba de decirle algo. —Me estás engañando. —Su tono fue más firme. —Tú sabes algo.

—Sólo lo que escucho en la sala.

—¿Por qué crees que son culpables?

Harry no respondió.

—Estás mintiendo —dijo Dennis, enojado—. Dices que eres mi amigo y me pides ayuda, y después, ¡maldición!, me mientes. ¡Como todos los demás! ¿Qué diablos está sucediendo?

—Será mejor que detengas el auto y me dejes bajar —dijo Harry.

—¡Dímelo!

—Habla con tu esposa.

—¿Mi esposa? Harry...

—Detén el auto. Déjame bajar.

Harry ya estaba manoteando la puerta del auto. Dennis frenó y desvió el Jeep hacia la banquina, cerca de una estación de servicio y un semáforo.

—Nos vemos en el tribunal —murmuró Harry, y antes de que Dennis pudiera detenerlo, bajó del auto y se alejó.

—¿Estás bien? —le preguntó Dennis a Bibsy.

—Desearía que todo hubiese terminado —murmuró Bibsy—, sea cual fuere el resultado.

—Todo va bien.

Dennis la besó en la mejilla. Fuere lo que fuese que ella había o no había hecho, no presentía nada malvado ni destructivo en esa mujer, ni tampoco en su suegro. Dennis se preguntó si alguna vez entendería lo que había sucedido, y por qué.

Se acomodó en su silla tras la mesa de la defensa. Sus ojos recorrieron los bancos de espectadores. La gente de Springhill estaba allí: el clan de los Frazee y de los Hapgood, Grace Pendergast, los hijos de los Lovell, Edward Brophy y otros. Oliver Cone estaba sentado junto a su tío. Dennis se preguntó si la cantera de mármol habría cerrado para esa ocasión.

Harry Parrot aún no había llegado. Dennis todavía trataba de encontrarle sentido a lo que había sucedido en el auto.

El secretario pidió orden.

Ray Boyd llamó como testigo al ayudante del comisario del condado de Pitkin que había tomado las huellas digitales de los Henderson. Después llamó a otro ayudante del comisario, que había recibido de manos de Queenie el rifle Remington y el pastillero encontrados en la escena del crimen cerca del paso Pearl, y los había colocado en una bolsa, que selló, rotuló y trasladó en un vehículo hasta Aspen. Para completar la cadena de hechos, Boyd llamó al oficial a cargo de la custodia de las pruebas y después al agente del DIC de Denver, que había analizado y comparado todas las huellas digitales.

—Una vez más, señor, ¿existe alguna duda de que las huellas digitales impresas en estos dos objetos pertenecen a los dos acusados?

—Ninguna duda —dijo el agente.

Para completar el caso de la fiscalía, Ray Boyd llamó a declarar otra vez a Queenie O'Hare.

Queenie lucía su uniforme. Dennis vio que algunos miembros del jurado le sonreían. Sentían que ya la conocían, dado que había declarado antes. El rostro de Queenie era franco y amistoso y su expresión indicaba que era competente sin ser presuntuosa.

El fiscal solicitó a Queenie que recordara su primer encuentro con los Henderson en Springhill.

—¿Y la acusada, en su propia casa, le dijo algo acerca de un pastillero?

—Sí, me dijo que había tenido un pastillero de plata. Lo había comprado en París hacía muchos años... pero no especificó la fecha. Y lo había perdido. Perdió el pastillero hace tres años, me dijo, en Glenwood Springs.

—¿Usted le mostró en algún momento el pastillero de plata encontrado en la tumba del perro en el paso Pearl?

—Sí, lo hice. Aquí, en Aspen.

—¿La señora Henderson hizo algún comentario?

—Dijo: "Oh, es el mío. Es el que perdí en Glenwood Springs".

Ray Boyd pasó de ese tema al relato de Queenie acerca del intento de exhumar los cuerpos de Susan y Henry Lovell, quienes ella creía en ese momento, y aún creía, que eran los dos NN, y cómo habían encontrado los ataúdes vacíos. Y afirmó que, en su opinión, siempre lo habían estado.

—¿Realizó otras averiguaciones en Springhill acerca de la cuestión de los ataúdes vacíos?

—Lo hice, por cierto.

—¿Cuál fue el resultado?

—No logré averiguar nada.

—No comprendo —dijo Boyd.

—No pude lograr que la médica o el dentista del pueblo colaboraran conmigo. La médica, una tal doctora Pendergast, me dijo que, según lo que ella sabía...

Dennis objetó que hablara por boca de terceros.

—El señor Boyd está preguntando acerca de una declaración efectuada fuera del tribunal. La médica no está aquí para declarar.

—Aceptada.

Boyd sonrió.

—Está bien, señorita O'Hare. Permítame expresarlo de otro modo. Después de hablar con la doctora Pendergast en Springhill, ¿quedó usted convencida de que le estaba diciendo la verdad respecto de la causa de la muerte del señor y la señora Lovell?

—No, no me convenció.

—¿Quedó usted convencida de que el dentista, el doctor Brophy, le estaba diciendo la verdad acerca de los registros dentales?

—No, no quedé convencida. Creí que mentía.

—¿Por qué creyó que le mentía?

—Objeción —dijo Dennis—. Nos estamos internando en el reino de las conjeturas.

—Retiro la pregunta —dijo Ray Boyd.

Tal como sospechaba Dennis, el fiscal temía mencionar la cuestión de la amalgama dental y las reparaciones antiguas: no tenía idea de cuáles podían ser las consecuencias. Y tampoco la tenía Dennis.

—¿Habló con alguna otra persona que pudiera aclarar el misterio de los ataúdes vacíos?

—Hablé con los hombres que cavaron la tumba y con los hombres que trasladaron los ataúdes en ocasión de ambos funerales. Todos ellos trabajaban en la cantera de mármol de Springhill, incluyendo al director, el señor Henry Lovell, hijo.

—¿Obtuvo de esos hombres alguna información valiosa? ¿Algo que aclarara por qué y cómo llegaron a estar vacías las tumbas?

—Nada.

—¿Cuál fue su impresión después de hablar con los hombres, con la doctora Pendergast y con el doctor Brophy?

—Mi impresión fue que todos estaban involucrados en algún tipo de encubrimiento.

—Objeción —dijo Dennis con firmeza—. Eso es pura especulación.

—No se presenta por la veracidad de la declaración —aclaró Boyd—, sino para explicar el estado de ánimo de la señorita O'Hare en ese momento. Lo que ella pensó, lo que ella creyó.

—Está bien —dijo el juez. Miró a Dennis. —Objeción denegada.

Boyd dijo a la testigo:

—¿Un encubrimiento respecto de la verdadera identidad de las dos personas asesinadas en el paso Pearl?

—Objeción —exclamó Dennis de nuevo—. Está guiando a la testigo.

—Denegada.

—Sí —respondió Queenie.

—Y usted cree que esas dos víctimas descubiertas en sus tumbas solitarias cerca del paso Pearl, esos dos seres humanos asesinados mediante una inyección letal de potasio, que sirvieron de alimento a los animales salvajes... cree usted que eran Henry y Susan Lovell, ex residentes de Springhill, ¿correcto?

—Objeción —intervino Dennis—. Lo que ella crea es irrelevante. Puede testificar acerca de lo que considere que son hechos, pero no acerca de sus opiniones especulativas.

—Denegada.

—Sí, estoy segura de que eran los Lovell —dijo Queenie.

—Pasemos a la mañana del 13 de noviembre del año pasado, señorita O'Hare. ¿Sucedió algo alrededor de esa fecha que guarde relación con este caso?

Queenie le relató al jurado que había viajado desde Springhill a Aspen en su Jeep, vehículo del condado número 7, con Beatrice Henderson en el asiento delantero, junto a ella, y Scott Henderson en la butaca trasera, al solo efecto de tomar las huellas digitales de sus pasajeros.

—Durante ese viaje, ¿alguno de ellos le dijo algo que la sorprendiera?

—Sí, la señora Henderson.

—Antes de relatarnos lo que le dijo, oficial, permítame preguntarle lo siguiente. ¿Tomó notas de la conversación a la cual nos referimos?

Queenie explicó que cuando llegó a la oficina del comisario en Aspen había tomado notas en forma manuscrita de lo que se había dicho. Y después, con ayuda de sus notas, había informado la conversación al comisario Gamble. A pedido de éste, unos días después mecanografió sus notas en la computadora de la oficina.

—¿Cuándo fue la última vez que consultó esas notas escritas a máquina, oficial O'Hare?

—Hace una o dos horas. Tienen el formato de lo que nosotros llamamos un informe complementario. Lo imprimí con la computadora. Tengo una copia aquí mismo. —Queenie levantó de su falda un manojo de papeles.

—Puede guardarlos —le dijo Boyd—. Mírelos únicamente si necesita refrescar su memoria. Y ahora díganos qué se dijo en su Jeep que la sorprendió.

—La señora Henderson y yo conversamos acerca del problema del transporte en el valle Roaring Fork. Le pregunté a la señora Henderson qué pensaba al respecto, y me respondió que tenía otras cosas en la mente. Yo le pregunté cuáles.

Queenie bajó la vista hacia su informe, y tanto Dennis como los demás vieron que algunos párrafos habían sido marcados con resaltador amarillo.

—Ella me dijo —afirmó Queenie— que estaba pensando en los pobres Susie y Henry. Utilizó esas palabras: "los pobres Susie y Henry".

Boyd levantó la cabeza.

—¿Susie y Henry qué?

—Yo supuse que eran los Lovell.

—¿Y qué dijo el señor Henderson cuando su esposa mencionó a "los pobres Susie y Henry"?

—Intentó hacerla callar —dijo Queenie—. Pero no pudo.

Boyd se mostró asombrado.

—¿Le dijo "cállate" a su esposa? ¿Utilizó esa palabra?

—Sí, lo hizo.

—Continúe.

—Y después él y la señora Henderson…

—Espere un segundo, por favor, oficial O'Hare. Antes de continuar, ¿la señora Henderson se hallaba bajo arresto en ese momento?

—No, no lo estaba.

—¿Estaba bajo su custodia?

—No.

—Era una pasajera que se dirigía en el vehículo de usted a

la oficina del comisario para que tomaran sus huellas digitales, ¿es eso lo que quería decirnos?

—Objeción —intervino Dennis—. Está guiando otra vez a la testigo.

—Vuelva a formular la pregunta, señor Boyd —dijo el juez en tono amable.

—Oficial O'Hare, ¿cuál era la situación de la acusada en ese momento?

—Era sólo una pasajera que iba en mi vehículo.

—Cuéntele al jurado qué sucedió después de que el señor Henderson le dijo a su esposa que se callara.

En esta ocasión, Queenie leyó directamente sus notas.

—Yo le dije: "Señora Henderson, si desea hablar conmigo sobre el tema, puede hacerlo. Pero quiero explicarle que, si reconoce algo ante mí, sus palabras podrán ser utilizadas en su contra".

—¿La acusada le respondió?

Queenie levantó la vista de los papeles.

—Ella dijo que no debía hablar acerca de eso, pero que ya nada importaba. Susie y Henry se habían ido, y a ella ya no le quedaba mucho tiempo. Y después se dio vuelta para mirar a su esposo, que iba en el asiento trasero, y le dijo: "A ti tampoco, Scott". Después dijo: "Detesto mentir". Y agregó: "Dios podría perdonarnos a todos por lo que hicimos en el paso Pearl, pero no creo que nos perdone por mentir ahora".

Queenie se detuvo. Ray Boyd esperó también, para permitir que las palabras vibraran en las mentes de los jurados y se grabaran en su memoria.

—Después de eso —continuó diciendo Queenie—, el señor Henderson logró que la señora dejara de hablar. Me dijo que ella desvariaba. Me dijo que algunas veces ella tenía alucinaciones en voz alta. Insistió en que yo no debía tomar en cuenta lo que acababa de decirme acerca de que Dios los perdonaría por lo que habían hecho en el paso Pearl. Después le habló en forma rápida y dura, en un dialecto que no pude comprender. Según dicen, es un segundo idioma que tienen en la montaña. Después, la señora Henderson no volvió a hablar conmigo. Cerró los ojos y no dijo nada más hasta que llegamos al tribunal.

—¿La señora Henderson le pareció enferma, oficial?

—No.

—Cuando habló con usted, ¿lo hizo en forma incoherente?

—No.

—¿Hubo algún motivo que la indujera a creer que la señora Henderson estaba desvariando y alucinando, como alegó su esposo?

—Objeción —dijo Dennis—. Le pide a la testigo que saque una conclusión para la cual no está calificada profesionalmente.

—Se presenta para indicar el estado de ánimo, no la verdad —adujo Boyd.

El juez dijo:

—Puede responder, oficial.

—No me pareció que estuviera desvariando o alucinando —dijo Queenie—. En modo alguno. Me pareció que estaba arrepentida. Me pareció que estaba confesando un doble asesinato.

Dennis se paró de un salto.

—¡Objeción! Solicito que esa respuesta se borre del registro y que el jurado no la tenga en cuenta.

El juez Florian dijo:

—Esa respuesta no se asentará en el registro y el jurado no tomará en cuenta la declaración de la testigo según la cual ella pensó que la señora Henderson estaba arrepentida y confesaba un doble asesinato.

—Su testigo —le dijo Ray Boyd, triunfante, a Dennis.

Para un abogado, siempre constituye un problema interrogar a un testigo simpático que es un testigo hostil para él. Si el interrogatorio es muy duro, el jurado se siente ofendido, y el abogado pasa a ser un prepotente. Si, por el contrario, se lo trata con amabilidad, el jurado considera que el abogado confía en dicho testigo. Además, si el abogado es amable, es posible que no logre arrancar al testigo de la postura acusadora a que se ha aferrado.

Dennis se puso de pie.

—Buen día, oficial O'Hare.

—Buen día —respondió Queenie con amabilidad.

—Usted y yo ya nos conocemos, ¿no es así?

—Sí.

—Y fuera del tribunal nos tuteamos, ¿no es verdad?

—Sí, así es.

—Pero esta ocasión es tan seria que me veo obligado a ser formal, en el sentido de que la llamaré "oficial O'Hare". ¿Se sentirá ofendida si lo hago?

—No, en absoluto.

Algunos de los miembros del jurado sonrieron. Qué jovencita agradable. Qué hombre educado, a pesar de que no lo había sido con el señor Boyd.

—Y, por supuesto, para ser justo con mi clienta, deberé tratarla como a cualquier otro testigo.

—Sí, por supuesto —aceptó Queenie antes de que Ray Boyd pudiera presentar una objeción.

Pero eso no le impidió presentarla a continuación de la respuesta de Queenie.

—Su Señoría —preguntó—, ¿debemos continuar escuchando estas tonterías?

El juez Florian dijo:

—Comience su interrogatorio sin más prólogos, señor Conway.

—Lo haré, Su Señoría. Gracias. ¿Usted tiene unos papeles sobre su falda, oficial? —dijo Dennis.

Queenie miró hacia abajo.

—Sí, así es.

—¿Puedo preguntarle qué son esos papeles?

—Es una copia de mi informe complementario, como lo mencioné anteriormente.

—¿Y cuál es el tema de ese informe?

—Es el informe sobre la conversación que sostuve con la señora Henderson el día que los traje aquí, a ella y a su esposo, para que les tomaran las huellas digitales.

—Ah, sí, por supuesto. ¿Me permite verlo?

Ray Boyd dijo:

—Él tiene una copia, Su Señoría. Siempre la ha tenido. No entiendo por qué quiere ver esa copia.

—Ésa es la copia de la oficial O'Hare —dijo Dennis, mirando

al juez—. Y creo que ella ha efectuado algunas marcas y, posiblemente, algunos agregados. La oficial leyó algunos párrafos durante su testimonio bajo juramento. Por lo tanto, según las reglas de la prueba, debe ser puesta a disposición del abogado contrario.

—Está bien —accedió el juez—. Mírela.

—¿Puedo aproximarme a la testigo, Su Señoría?

El juez le indicó con la mano que lo hiciera. Debía consultar un documento.

Dennis dio los pasos necesarios hasta llegar al territorio de la testigo. Pero lo hizo con suavidad, como si temiera invadirlo y violarlo. Su actitud resultó evidente para el jurado.

Queenie ya tenía el informe en la mano y lo extendía hacia él. Dennis lo tomó y comenzó a estudiarlo.

—¿Desearía hacer un breve receso para estudiarlo con más cuidado, señor Conway? —le preguntó el juez.

—No, Su Señoría, pero le agradezco su amabilidad. Está todo muy claro. Oficial O'Hare…

Queenie esperó.

—Este informe complementario le pertenece por completo, ¿no es así? ¿En el sentido de que nadie la ayudó a escribirlo?

—Correcto.

—Usted lo escribió primero en forma manuscrita y después lo comentó con el comisario Gamble, ¿correcto?

—Correcto.

—¿Y después lo pasó a máquina en la computadora de la oficina?

—Sí.

—¿Había escrito todo lo que se dijo durante el viaje en auto que a usted le pareció importante?

—Sí, lo había hecho.

—¿Y en algún momento posterior, por supuesto, discutió este informe complementario con el fiscal de distrito, el señor Raymond Boyd?

—Sí.

—¿Cuántas veces lo discutió con el señor Boyd y lo revisó?

—Dos, quizá tres veces.

—Trate de recordar. ¿Fueron dos o tres?

—Yo… yo diría que fueron tres veces.

—Y en cada una de esas tres ocasiones en que discutió el informe complementario con él, ¿estaba el informe, o una copia, físicamente presente?

—Sí. Con toda seguridad.

—Entonces a usted le consta que el señor Boyd leyó, o miró, su informe por lo menos tres veces. En otras palabras, ¿usted lo vio leyéndolo?

—Sí, lo vi.

—¿Y el señor Boyd le dijo que le haría preguntas acerca del contenido del informe cuando usted testificara hoy en el tribunal?

—Objeción —intervino Boyd—. Ésa es información confidencial.

—No, no lo es —replicó Dennis—. Es información completa respecto de la preparación de un testigo.

—Denegada —dijo el juez.

Dennis miró a Queenie.

—¿Le dijo el señor Boyd que le pediría que citara párrafos del informe?

—Sí.

—¿Le dijo qué partes de este informe le pediría que citara?

—Bueno… —Queenie vaciló. —No me lo dijo en forma explícita.

Dennis colocó la copia del informe que pertenecía a Queenie frente a los ojos de la oficial.

—Estas marcas amarillas que hay en su copia del informe complementario… Por favor, dígale al jurado cómo fueron hechas.

—Son marcas efectuadas con un resaltador amarillo.

—¿Quién hizo esas marcas, señorita O'Hare?

—Yo.

—¿Por qué las hizo?

—Para que fuera más fácil encontrar algunas oraciones.

—¿Se refiere a las oraciones que citó hoy en el tribunal?

—Exacto.

—¿Le dijo el señor Boyd qué oraciones debía marcar y cuáles debía citar?

—Algunas veces.

—Usted memorizó algunas de ellas, ¿no es así?

—Sí. —Queenie levantó un poco el mentón. —No me pareció que hubiese nada de malo en ello.

Dennis asintió como si coincidiera con ella.

—¿Le dijo el señor Boyd qué preguntas le haría hoy en relación con este informe?

—Revisamos las partes del informe que él consideraba importantes. Por ejemplo, hay un párrafo que informa que el señor Henderson tenía desabrochado el cinturón de seguridad. El señor Boyd no lo consideró importante. Me dijo que no me preguntaría acerca de eso y que no era necesario que yo lo mencionara.

—Entonces nos está diciendo que usted ensayó con él no sólo lo que él le preguntaría sino también el modo en que usted respondería, ¿es correcto?

—Objeción —dijo Boyd, a la vez que se ponía de pie—. La insinuación es injusta, Su Señoría. No tiene nada de malo preparar a un testigo.

—Su Señoría —replicó Dennis—, yo no dije que estuviera mal preparar a un testigo. Todo abogado prepara a los testigos de un modo u otro. El jurado tiene derecho a saberlo. Nada oculto; ésa es la regla. Yo simplemente pregunté si habían ensayado sus preguntas y el modo en que ella respondería. El señor Boyd puede interrogar de nuevo a su testigo si no le agradan sus respuestas.

—Sí, puede hacerlo —dijo el juez Florian—. Puede responder, oficial.

—Creo que no recuerdo con exactitud la pregunta.

—¿Ensayaron? —preguntó Dennis.

—"Ensayar", en este contexto, es una palabra fuerte —contestó Queenie.

—Por cierto lo es. Está bien, lo expresaré con otras palabras. ¿Revisaron más de una vez las partes de su informe que el señor Boyd quería que usted citara hoy aquí?

—Objeción —dijo Boyd—. Ya fue preguntado y respondido.

—¿Formulé esa pregunta? —dijo Dennis, sorprendido—. ¿Qué respondió la testigo?

—Ella dijo que sí —respondió Boyd con rapidez—. Sí, revisamos ciertas partes del informe.

—¿La testigo dijo que también habían revisado algunas frases?

—¡Yo no estoy en el banquillo de los testigos! —El rostro de Boyd se enrojeció. —¡Señor juez, esto es incorrecto! ¡Me está tendiendo una trampa!

—Señor Conway, continúe interrogando a la testigo.

El juez bajó la cabeza, tratando de ocultar una sonrisa.

—Retiraré esa última pregunta —dijo Dennis—. Le haré otra, oficial O'Hare. ¿El señor Boyd le dijo que excluyera de su testimonio ante el jurado las partes específicas de la declaración, es decir, ciertas observaciones efectuadas por la señora Henderson, que podrían tender a sugerir que ella era inocente del crimen del cual se la acusa?

Boyd se paró otra vez.

—¡Objeción! ¡Objeción!

—¿Con qué fundamentos? —preguntó el juez.

—¡Es agraviante!

El juez miró a Queenie.

—Responda, señorita.

Queenie miró a Ray Boyd. Su expresión indicaba que sentía pena por él.

—No exactamente —dijo.

Dennis oyó que Bibsy suspiraba a sus espaldas. Quería darse vuelta y decirle que no desfalleciera, que ya casi habían llegado, pero no podía. Dirigió su atención al banquillo de los testigos.

—¿Nos está diciendo, oficial O'Hare, que usted tomó la decisión, por sí sola y sin el asesoramiento del señor Boyd, de omitir las observaciones de la señora Henderson que tienden a sugerir que es inocente del crimen del cual se la acusa?

Ray Boyd golpeó el suelo con el pie con tanta fuerza que el crujido del cuero sobre la madera retumbó en toda la sala.

—Su Señoría, ¿podemos aproximarnos al estrado?

El juez asintió.

El fiscal se lanzó hacia el estrado como si el tiempo fuera esencial. Dennis avanzó despacio. Scott Henderson también. En el trayecto, Dennis miró al jurado; observaban al fiscal y al juez. Boyd ya estaba susurrando y gesticulando cuando Dennis llegó al estrado.

—…Su Señoría, ¡el señor Conway conoce a la perfección la doctrina de la prueba completa optativa! Sabe que no estamos obligados a incluir en las pruebas las declaraciones exculpatorias que son beneficiosas para su clienta. ¡Eso sucede continuamente! Siempre excluimos las partes exculpatorias de las confesiones y declaraciones… es el procedimiento usual. ¡Pero él trata de dar la impresión de que usamos dados cargados!

—Que es exactamente lo que están haciendo —dijo Dennis con calma—. Ésa es la esencia del procedimiento de la fiscalía. Y la defensa debe restablecer el equilibrio, para que el juego sea honesto. Lo cual usted no hace, como es obvio.

—Su Señoría…

El juez Florian levantó una mano pálida y habló en voz tan baja que los dos hombres tuvieron que inclinarse aún más hacia adelante para poder oírlo.

—No me agrada —susurró— que el jurado los vea discutiendo de este modo en público. No son ciegos. Ahora presten mucha atención. Ninguno de los dos está equivocado. Ray, estás en tu derecho al requerir a la testigo que testifique sobre una sola parte de la declaración de la acusada. Señor Conway, usted está en su derecho al interrogar sobre ese tema, y lo permitiré. —Sus ojos taladraron el rostro de Dennis. —Lo único que me molesta es que está haciéndolo de un modo demasiado taimado para mi gusto. No como lo hacemos aquí. Debe aprender nuestras costumbres. Le advierto que, si continúa con esa actitud, lo interrumpiré en cualquier momento.

—Y eso podría causar una anulación del juicio, señor juez —susurró Dennis con calma.

—Ya lo veremos —murmuró el juez Florian—. Y ahora continúen con su trabajo. Y trate de actuar como un caballero, señor Conway.

22

Picar como una abeja

13 de abril de 1995

Queenie parecía haberse sumergido en las profundidades de la silla de los testigos. Dennis deseaba sonreírle, e inclusive guiñarle un ojo. "No tengo nada contra ti. Eres un mero conducto. Trato de salvarle la vida a mi clienta. Nada más… y nada menos. Y tú te interpones en el camino, Queenie."

Dennis frunció la frente en señal de advertencia y reanudó el interrogatorio.

—Le pregunté hace unos minutos, oficial O'Hare, si usted y el señor Boyd habían estudiado juntos este informe complementario a fin de preparar su testimonio. Y usted dijo que lo habían hecho, ¿correcto?

—Correcto.

—Después le pregunté… pero fuimos interrumpidos antes de que pudiera contestarme… si usted, por sí sola, había tomado la decisión de omitir del testimonio algunas observaciones que tendían a sugerir la inocencia de la señora Henderson. ¿Podría responder esa pregunta ahora?

Queenie vaciló. Estaba atrapada.

—Fue… yo diría que fue una decisión conjunta con el señor Boyd. Pero no se trató de una decisión explícita sino más bien de una suposición.

—¿Una suposición de qué?

—De que algunas de las cosas que dijo la señora Henderson no eran relevantes para determinar su culpabilidad o su inocencia. Y no tenía sentido mencionarlas frente al jurado.

Dennis guardó silencio unos instantes. Después levantó hacia el estrado la copia de la declaración que había llevado Queenie.

—Su Señoría, quiero que este informe sea incorporado a las pruebas como Anexo A de la Defensa.

Sorprendido, Ray Boyd dijo:

—No tengo objeciones.

El secretario del tribunal selló el informe, lo rubricó y se lo devolvió a Dennis, que consultó sus propias notas y después le dijo a Queenie:

—Usted declaró que le pidió a la señora Henderson su opinión acerca de una cuestión relacionada con la división de carriles de la carretera 82, y ella le respondió que tenía otras cosas en la mente. ¿Es eso correcto?

—Sí, lo es.

—¿Podría leer de su declaración el párrafo donde la señora Henderson dice que ella tenía otras cosas en la mente? —Le devolvió a Queenie su copia del informe. —Está allí —le indicó—, en la parte superior de la página tres, resaltado en amarillo por usted.

Queenie leyó:

—"Ella manifestó: 'Creo que tengo otras cosas en mi mente'."

—Y ahora, por favor, léanos el texto completo de ese párrafo, las palabras de la señora Henderson tal como figuran en su informe.

Más despacio, Queenie leyó:

—"Ella manifestó: 'Hoy me siento muy mal. No estoy bien. Creo que tengo otras cosas en mi mente'."

—Cuando usted respondió bajo juramento a una pregunta directa, omitió la parte en que ella decía que no se sentía bien, ¿no es así?

—No lo hice con malicia —se justificó Queenie.

—El jurado deberá decidir cuáles fueron sus motivos, oficial, o las presiones a las que fue sometida. Yo sólo estoy aquí para formularle preguntas. Y usted sólo está aquí para responderlas con honestidad, lo cual estoy seguro de que hará. ¿Podría mirar la parte inferior de la cuarta página de su declaración bajo juramento?

Queenie bajó la cabeza.

—Por favor, lea la declaración completa de la señora Henderson, la parte que usted resaltó en amarillo durante las discusiones previas al juicio con el señor Boyd.

Queenie suspiró.

—Me gustaría decir…

—Simplemente lea lo que usted subrayó —le indicó Dennis con frialdad.

Queenie leyó:

—"Ella manifestó: 'Susie y Harry se han ido, y a mí tampoco me queda mucho tiempo'. Después se dio vuelta para mirar a su esposo, que iba en el asiento trasero y aún se esforzaba por hacerla callar. La señora Henderson le dijo a su esposo: 'A ti tampoco, Scott. Detesto mentir. Dios podría perdonarnos a todos por lo que hicimos en el paso Pearl, pero no creo que nos perdone por mentir ahora'."

—Y ahora, por favor, lea las oraciones siguientes, hasta el final de ese párrafo. Hasta la palabra "convicciones".

Queenie aspiró profundamente y leyó:

—"No puedo mentir. No le mentiré a la policía. No lastimé a nadie. No maté a nadie. Y tú tampoco. Debemos tener el valor de defender nuestras convicciones."

—¿Esto también fue dicho por la señora Henderson?

—Sí.

—¿Usted conoce el significado de la palabra "exculpatorio"?

—Significa que tiende a indicar que alguien es inocente en lugar de culpable.

—¿Y no son esas oraciones… las que usted omitió, en las que la señora Henderson dice: "No maté a nadie. Y tú tampoco"… no son declaraciones exculpatorias?

—Supongo que sí —respondió Queenie.

—Esas oraciones constituyen una clara e inequívoca declaración de inocencia, ¿no es así?

—Por sí solas, sí, lo son.

—¿Y usted omitió las declaraciones exculpatorias cuando el señor Boyd le preguntó qué le había dicho la señora Henderson?

—No debí haberlo hecho —se disculpó Queenie. Pero enseguida agregó: —El señor Boyd y yo convinimos en que eran irrelevantes, ya que podía haberlas dicho sólo para beneficiarse.

—¿Quién decidió que eran irrelevantes? ¿Usted o el señor Boyd?

Queenie vaciló.

—Por favor, responda —la instó Dennis.

—El señor Boyd —dijo Queenie en voz baja.

—¿El señor Boyd le dijo directamente: "Oficial O'Hare, cuando declare debe omitir las partes exculpatorias"?

—No, no fue así.

Dennis arriesgó una posibilidad.

—¿Le dijo algo así como: "Oficial, es preferible que cuando declare omita estas partes"?

—Bueno…

—La verdad, oficial. ¿Se lo dijo?

—En cierto sentido, sí.

—¿No le dijo que las partes que quería que omitiera eran exculpatorias?

—Él…

—¿Lo hizo?

—Estaba entendido —contestó Queenie con tristeza.

—Ya casi terminamos —dijo Dennis—. Y cambiaremos de tema.

Queenie soltó un audible suspiro de alivio.

—Volvamos a la conversación que sostuvo con los acusados en el vehículo, camino a los tribunales. Creo que usted dijo que el señor Henderson le había dicho que su esposa desvariaba. ¿Estoy en lo cierto?

—Sí, me lo dijo.

—¿Y usted testificó que él le habló a la señora Henderson en otro idioma?

—Sí, es correcto.

—Un idioma que usted no entendía.

—Correcto.

—¿Se trataba del idioma francés, o portugués? ¿Un dialecto del chino? ¿Algo por el estilo?

—No, era una jerga local.

—¿Local?

—Similar al inglés, pero diferente.

Dennis sonrió.

—¿Jerigonza?

Algunos jurados rieron. Inclusive Queenie O'Hare sonrió.

—En su informe escrito, oficial, usted menciona el nombre de esa jerga, ¿no es así?

—Sí. Lo llaman *springling*.

—Ya veo. —Dennis frunció el entrecejo. —¿Es un hecho de público conocimiento que se llama *springling*?

—Bueno, eso fue lo que me dijeron. Lo hablan en esa parte del condado de Gunnison.

Dennis repitió:

—En el condado de Gunnison hablan una jerga llamada *springling*. Y es un hecho de público conocimiento. Interesante. Oficial, en este caso, ¿quiénes son los que hablan ese dialecto local o jerga?

—La gente del pueblo de Springhill.

—Ya veo. La gente de Springhill habla *springling*. ¿Está segura que no se llama *springlés*?

En esta ocasión, algunos miembros más del jurado rieron.

—Objeto este tipo de interrogatorio —intervino Ray Boyd—. Es irrelevante.

—Exponga su punto, señor Conway —dijo el juez—, y continúe con sus otras preguntas.

—No continuaré con este tema, Su Señoría —dijo Dennis—. Ya estoy muy confundido.

Miró de nuevo a Queenie.

—Usted redactó este informe complementario impreso por computadora tomando como base sus notas manuscritas, oficial O'Hare... ¿fue eso lo que nos dijo antes?

—Sí.

—¿Y usted escribió esas notas en el Jeep, mientras conducía desde Springhill?

—No, por supuesto que no. —Queenie se mostró alarmada. —Estaba conduciendo... No podía tomar notas.

—¿Entonces utilizó un grabador en el auto para registrar las palabras exactas de la señora Henderson? En inglés y en, ¿cómo fue que lo llamó?, *springling*.

—No, no lo hice. En ninguno de los dos idiomas.

—¿Cuándo escribió sus notas respecto de las palabras de la señora Henderson, en inglés?

—Las escribí en mi oficina, en mi escritorio, cuando llegamos a la ciudad y entregué a los Henderson al oficial Pentz, quien iba a tomarles las huellas digitales.

—¿Cuánto tiempo había pasado entre el momento en que se hicieron las declaraciones en el auto en movimiento, digamos desde el momento en que terminó todo, y el momento en que se sentó a su escritorio para ponerlas por escrito?

—Creo que entre veinte y treinta minutos.

—¿Usted tiene buena memoria?

—Sí.

—Por favor, responda a la próxima pregunta con un sí o un no. No es una pregunta tramposa. Es muy simple. Mi pregunta es: ¿usted es experta en tomar notas sobre conversaciones?

—Hice un curso de cinco días en Denver, en la Escuela Reid de Entrevistas e Interrogatorios.

—Sólo un sí o un no —repitió Dennis.

—No, una experta no. Yo no diría que soy experta. Pero como le he dicho, recibí entrenamiento…

Dennis levantó la mano.

—Oficial, recuerde la tarde del 28 de noviembre de 1994, hace sólo cinco meses. ¿Esa fecha significa algo para usted?

—En principio, no.

—Le refrescaré la memoria. ¿No fue el día en que conoció a los Henderson? ¿El día que fue a Springhill para interrogarlos acerca de este caso?

—Es muy posible.

—¿Pero usted recuerda el día en que fue hasta Springhill para entrevistar a los Henderson?

—Sí, recuerdo ese día.

—¿Dónde interrogó a los Henderson?

—En la sala.

—¿Quiénes estaban presentes?

—Los Henderson. Usted. Y su esposa, que es la hija de los acusados y también la intendente de Springhill. El subcomisario Doug Larsen, de mi oficina, también estaba presente. Y el jefe de policía de Springhill.

—¿Usted interrogó primero a la señora Henderson? ¿Antes de interrogar a su esposo?

—Sí.

—¿Grabó la conversación en un grabador?

—No, aunque deseaba hacerlo, y había llevado un grabador. Pero, según recuerdo, usted se opuso.

—¿Yo me opuse?

—Sí, señor, lo hizo —contestó Queenie con firmeza.

—¿Recuerda cuáles fueron mis razones para oponerme?

—No con exactitud. Creo que simplemente se opuso. Usted dijo… creo que preguntó: ¿es necesario usar un grabador? O algo parecido. No estoy un cien por ciento segura. Sucedió hace cinco meses.

—Pero me opuse. De eso sí está segura.

—Completamente segura.

—Y cuando yo me opuse, oficial, ¿no dijo usted frente al subcomisario Doug Larsen, de su propia oficina, y frente a Herb Crenshaw, jefe de policía de Springhill… no me dijo usted a mí, tratando de convencerme de que le permitiera usar el grabador: "Soy muy mala tomando notas. A mi jefe no suelen satisfacerle mis notas"? —Dennis esperó unos instantes. —¿No me dijo eso, oficial?

Queenie no era actriz, ni tampoco un perito profesional que había testificado en una docena de juicios. Gimió suavemente. Pero todos la oyeron.

—Sí, es posible, pero…

—Sin peros, oficial. Usted sabe cómo debe responder.

—Yo sólo trataba…

—¿Dijo o no dijo esas palabras?

—Las dije —respondió Queenie en voz baja.

Después de que Ray Boyd intentó rehabilitar a su testigo y dio por terminado el testimonio de los testigos de la fiscalía, el juez Florian miró con frialdad hacia la mesa de la defensa.

—La defensa puede llamar a su primer testigo.

Dennis sólo tenía tres testigos en su lista. El primero era un forense de Grand Junction que testificaría que existía una leve posibilidad de que las víctimas no hubieran fallecido a causa de una inyección de cloruro de potasio, sino por otro motivo. El segundo era un farmacéutico de Aspen que analizaría la posibilidad de que el Nitrostat no se convirtiera en polvo a alturas extremadamente altas.

"No los necesito —pensó—. Ya logré lo que quería."

La tercera testigo era Bibsy Henderson. Con Valium o sin él, Dennis consideraba que sería una buena testigo en un interrogatorio directo. Pero no estaba tan seguro de que soportara el interrogatorio avasallador de Ray Boyd, aunque él se hallara presente e interpusiera una barricada de objeciones para mantener al fiscal bajo control.

En su oficina, con la presencia de Scott, Dennis había entrenado a su suegra. "No hagas esto —le había dicho—, y no hagas aquello. Boyd intentará demostrar tal cosa haciéndote esta pregunta. Ten cuidado y no respondas de este modo. Ésta es tu respuesta, Bibsy". Dennis había hecho exactamente lo mismo que había hecho Ray Boyd con Queenie O'Hare.

Una vez más, Dennis recordó lo que había sucedido en Nueva York con su cliente Lindeman.

A la mesa de la defensa, juntó las manos y le susurró a Scott Henderson:

—No quiero presentar testigos. No creo que eso mejore la situación de Bibsy. ¿Estás de acuerdo?

—Tú eres el director del espectáculo —susurró Scott.

—Tú te estás representando a ti mismo. Puedes llamar a Bibsy si lo consideras conveniente.

—No me importa que la gente piense que soy tonto, pero te aseguro que no deseo darles ninguna prueba. Dejemos las cosas como están, Dennis.

Dennis apoyó una mano con firmeza en el hombro de Bibsy, se puso de pie y miró al jurado.

—El señor Henderson y yo consideramos que no es necesario llamar a otros testigos. —Miró al juez. —Su Señoría, la señora Henderson da por terminada la exposición de su defensa.

Scott se puso de pie.

—Me baso en las pruebas, Su Señoría.

En Colorado, el juez se dirige al jurado antes de los alegatos finales. El juez Florian explicó a los miembros del jurado que su juramento los obligaba a respetar la ley del estado. La ley, si ellos consideraban que los acusados habían cometido un acto de suicidio asistido con premeditación, requería un veredicto de culpabilidad para el cargo de asesinato en primer grado.

Ray Boyd habló primero, por la fiscalía. Después tendría oportunidad de refutar el alegato final de la defensa. Como compensación por tener que soportar la carga de la prueba, el estado siempre tenía la última palabra.

Dennis contaba con eso.

Controlando su ira, Boyd se concentró en las pruebas que demostraban que los acusados habían estado en la escena del crimen. Habló de las huellas digitales, el pastillero de plata y los conocimientos de Beatrice Henderson como enfermera matriculada. Hasta llegar a las declaraciones que Bibsy hiciera a la oficial O'Hare en el trayecto entre Springhill y Aspen.

—A pesar de la inteligente manipulación de la testigo por parte del abogado de la defensa —dijo Boyd—, no hay dudas de que la acusada, la señora Henderson, estaba confesando un crimen atroz… un doble asesinato mediante una inyección. Les ruego, damas y caballeros del jurado, que utilicen su sentido común. ¿Qué quiso decir Beatrice Henderson cuando dijo: "lo que hicimos en el paso Pearl"? ¿Quería que Dios la perdonara por arrojar basura en una zona salvaje? ¿Quiso decir que quizás ella y su esposo habían herido a un animal de una especie en extinción? No, ella quiso decir que había cometido el pecado más grave. Necesitaba el perdón de Dios porque había asesinado a dos ancianos, por razones que quizá no sepamos jamás, inyectándoles una dosis letal de cloruro de potasio. Y ella dijo "nosotros". El sentido común, damas y caballeros, los guiará hacia la única conclusión correcta. La ley de Colorado, que ustedes juraron respetar, dice en forma inequívoca que Beatrice y Scott Henderson no tenían derecho a jugar a ser Dios y destruir dos vidas humanas, como estoy seguro de que lo hicieron. —Señaló a Bibsy con un dedo. —¡Ella estuvo allí! ¡Lo sabemos! Era enfermera y tenía acceso a las drogas. Los médicos han declarado que sabía inyectarlas. ¡Y ella confesó!

Ray Boyd golpeó la mesa mientras pronunciaba cada una de las últimas tres palabras.

—Estoy seguro que la señora Henderson desearía morderse la lengua por lo que le dijo a la oficial O'Hare, ¡pero es demasiado tarde! Ustedes deben declararlos, a ella y a su esposo, culpables.

—Damas y caballeros —dijo Dennis— la defensa no presentó testigos. No fue necesario. Porque la acusación de la fiscalía no sólo tiene fallas; no sólo está incompleta. También es parcial.

Dennis le recordó al jurado que el doctor Shepard, el testigo del Estado, no se había mostrado seguro de que Beatrice Henderson pudiera aplicar la inyección fatal. Le recordó al jurado que la farmacéutica Margaret Easter había explicado que las píldoras de nitroglicerina tienen una vida útil más prolongada en un clima seco y frío, situado a gran altitud, que en el nivel del mar.

—La señora Henderson vive a más de dos mil setescientos metros de altura. Inclusive si las píldoras del pastillero fueran las píldoras de la señora Henderson, la lógica nos indica que podían ser las que estaban en la caja cuando la perdió hace tres años en Glenwood Springs, como se lo describió a la oficial O'Hare.

Dennis echó un vistazo hacia la mesa de la fiscalía y después miró con firmeza a los miembros del jurado.

—Y ahora llegamos a la parte vergonzosa de la acusación del señor Boyd. No se me ocurre otra palabra más amable que ésa para describir la situación. El 30 de noviembre, en un Jeep que se dirigía de Springhill a Aspen, la oficial O'Hare conversó con la señora Henderson. En inglés, y en un idioma que, según nos dijeron, se llama *springling* y que, según los rumores, sólo se habla en los límites del condado de Gunnison. —Dennis se encogió de hombros. —Dejemos eso de lado. Según ella misma lo reconoció estando yo presente, las notas de la señorita O'Hare no son buenas, y su jefe, el comisario Gamble, le ha llamado la atención varias veces por ese motivo. Olviden eso por un instante… si pueden.

"La señorita O'Hare mecanografió esa declaración basándose en sus notas. El señor Boyd la calificó de "confesión". La copia de la oficial O'Hare está incluida en las pruebas… y si lo desean podrán tenerla frente a ustedes en la sala de deliberaciones. Verán las oraciones resaltadas en amarillo según las indicaciones del señor Boyd. Verán cuáles fueron las partes que el señor Boyd le indicó que repitiera cuando declarara como su testigo. ¿Pero esas partes incluyen las declaraciones exculpatorias? No, no las incluyen. Porque las declaraciones exculpatorias no son convenientes para la trama que él ha tejido. Me pregunto si, cuando la oficial O'Hare cargó esa declaración en la memoria de su computadora, sabía que un día el señor Boyd le indicaría que repitiera bajo juramento únicamente algunas partes, ante un jurado. Y me pregunto por qué el señor Boyd hizo una cosa así. ¿Seré ingenuo? ¿Es tan simple que no hace falta preguntarse nada?

Dennis se dio vuelta y miró directamente a Ray Boyd. Y las cabezas de los miembros del jurado giraron junto con él. Boyd tenía los labios apretados, su rostro estaba hinchado de ira.

—Las palabras "el Estado" tienen una connotación de grandeza. Pero esta causa contra dos ancianos inocentes que han residido toda su vida en la loma occidental no la tiene. Ustedes, que representan al verdadero Estado, merecen algo mejor. No existen pruebas de que los Henderson hayan cometido este crimen, para no mencionar que el fiscal no ha demostrado que sean culpables más allá de toda duda razonable. La gente de Colorado no debe involucrarse en esta acusación.

Dennis se sentó.

El juez miró a Scott Henderson.

—¿Desea agregar algo, señor?

—Su Señoría, creo que el señor Conway ya lo ha dicho todo. Pero creo que debo agregar que yo no confesé ni di a entender que mi querida esposa hubiera confesado algo que no hizo. No somos culpables.

Con un gesto gentil y en su tono más amable, Dennis dijo:

—Su Señoría, creo que quizá el señor Boyd desee refutar mi alegato. Tener la última palabra.

Por un instante, el juez dio la impresión de molestarse por esa impertinente mascarada de amabilidad. Pero no podía hacer nada sin parecer grosero.

—¿Señor Boyd?

Ray Boyd se puso de pie rápidamente. Como un rinoceronte enloquecido, se lanzó hacia la tribuna del jurado, invadiendo en un instante el territorio prohibido, y dos de las mujeres del jurado ubicadas en la primera fila se inclinaron hacia atrás como si buscaran protección. Ray Boyd no lo notó. Lo único que sabía era que lo habían insultado y menoscabado en una sala donde siempre había sido la figura dominante.

Se detuvo en forma abrupta, con la respiración entrecortada, y agitó en el aire un manojo de papeles.

—¡Ésta es una copia de la declaración de la oficial O'Hare! —gritó—. ¡El original forma parte de las pruebas, y ella declaró bajo juramento que es verdad! ¡No necesito esta declaración para ganar esta causa, y ustedes no la necesitan para saber que estas personas son culpables! ¡Estoy harto de que el abogado defensor ataque esta declaración con tácticas bajas! ¡No me interesa la declaración de la señorita O'Hare! ¡Les mostraré cuánto la necesito para ganar esta causa!

Ray Boyd rompió las hojas en dos y después en cuatro, arrugó los trozos de papel y los arrojó al piso junto a sus pies, y por último saltó sobre ellos con sus botas de piel de elefante.

El período de espera era siempre una agonía. Dennis y los Henderson y sus acompañantes permanecieron en la sala.

—¿Un veredicto rápido suele ser bueno? —preguntó Bibsy con nerviosismo.

—En general, sí —dijo Dennis para tranquilizarla, aunque no estaba convencido de que así fuera.

Pero fue rápido: en poco menos de dos horas el alguacil llevó al juez una nota que decía que el jurado se hallaba listo para dar su fallo. El juez convocó con rapidez a las partes. Los miembros del jurado fueron guiados hasta sus asientos.

—Señor presidente, ¿el jurado ha llegado a un veredicto?

Toda la sala guardó silencio cuando el dermatólogo jubilado, el presidente del jurado, se aclaró la garganta y respondió:

—Sí, Su Señoría.

—¿Cómo declaran a la acusada Beatrice Henderson?

—Inocente.

Un fuerte murmullo de aprobación brotó de los bancos de los espectadores, y el juez Florian dio unos golpecitos con su martillo.

—¿Y al acusado Scott Henderson?

—Inocente.

Dennis abrazó a su suegra, que se echó a llorar, y después a Scott. Algunos de los miembros del jurado se aproximaron a la mesa de la defensa, y la maestra de catecismo de Basalt abrazó a Bibsy y le dijo que todos lamentaban mucho que hubiese tenido que pasar por semejante ordalía.

Dennis llevó al presidente del jurado a un rincón de la sala.

—Me gustaría saber qué sucedió en la sala de deliberaciones. No existe ningún impedimento para que me lo diga, aunque no está obligado a hacerlo.

—No tengo ningún problema en decírselo —repuso el médico—. Me encantaría contárselo. Votamos en cuanto entramos en la sala: doce votos a favor de la absolución, ninguno en contra. Eso fue todo. No sucedió nada más. ¡Ese fiscal es un idiota! Cuando rompió la declaración, ¿de veras creyó que lo perdonaríamos por todo lo demás? ¡Qué tonto! Usted nos lo demostró, y yo quiero agradecérselo personalmente.

—¿Por qué tardaron tanto en salir de la sala de deliberaciones?

—No queríamos que el juez pensara que habíamos actuado de manera apresurada. Y no queríamos ser demasiado insultantes con el fiscal y la pobre oficial que reconoció que no sabía tomar notas y alegó que esas personas hablaban en un idioma local. ¿Sabe? Hace quince años que vivo en este valle, y escuché ese rumor acerca de Springhill y ese idioma, al igual que algunos de los otros miembros del jurado, pero todos sabemos que es una actitud esnob de la supuesta gente privilegiada del condado de Pitkin. Lo mismo que sucede entre los serbios y los bosnios, o las tribus de Nueva Guinea que creen que la gente que vive del otro lado de la montaña habla jerigonza y adora al diablo y tiene cola. Es increíble que siga sucediendo en nuestra época. Así que nos pusimos a charlar, y algunos jugaron a las cartas. Cuando consideramos que había pasado un tiempo respetable, salimos.

Dennis respiró profundamente.

—¿Discutieron algún aspecto de la causa? ¿Qué los convenció de la inocencia de los Henderson?

—¿Está bromeando? Eso jamás estuvo en duda. No diga que yo se lo dije, pero algunos consideramos que, inclusive si hubiese sido eutanasia, ninguna ley aprobada por una banda de políticos acomodaticios nos haría condenar por homicidio en primer grado a dos personas decentes. ¡De ningún modo! Miramos a los Henderson y supimos que no habían hecho nada ilegal o criminal. Se puede ver en sus rostros exactamente lo que son. Buenas personas. No son asesinos. Era ridículo.

—Gracias —dijo Dennis. Aún recordaba cuando él había sentido lo mismo. Estrechó la mano del médico.

Scott se aproximó a Dennis.

—Voy a llamar a Sophie para darle la noticia. ¿Quieres hablar con ella?

—Ahora no —respondió Dennis—. Dile que regresaré a casa más tarde.

Se apartó abruptamente y notó la expresión de intriga de Scott. Dennis había actuado y hablado en forma impulsiva; ni siquiera sabía que quería estar solo.

Caminó a pasos rápidos en la tarde helada, mientras respiraba hondo, y se dirigió al bar Little Nell. Se sentó en uno de los taburetes de la barra y le pidió al *barman* un Wild Turkey con hielo. "Dios mío —pensó—, hace diez años que no hacía esto. No solo, de todos modos, y no en la barra. Al diablo con todo." Tomó la bebida de un sorbo y pidió otra. La habitación estaba llena de gente y había mucho ruido; los esquiadores hablaban de las pistas que habían recorrido ese día y de lo que harían al día siguiente y del tiempo y de cuán afortunados que eran de hallarse en Aspen. Dennis miró a su alrededor y al principio no vio a ningún conocido.

De pronto vio a Oliver Cone y Mark Hapgood en el otro extremo de la barra, parados a un costado, vestidos aún con sus vaqueros y camperas gastadas, terminando lo que parecía ser una medida de whisky cada uno. Habían ido al bar directamente desde el tribunal, al igual que Dennis.

El whisky había desinhibido a Dennis. Se aproximó con pasos lentos y medidos, pero sonreía.

—Caballeros, ¿me permiten convidarles una copa? ¿No deberíamos celebrar juntos? Una victoria para un ciudadano de Springhill es una victoria para todos, ¿no es así?

Oliver Cone se sonrojó.

—Ya nos íbamos —murmuró.

—¿Sí? —Dennis notó que casi no sentía los dientes. —¿Tienen que llegar a la cima antes que yo? ¿Tienen dinamita a mano?

Cone lo miró con frialdad.

—No es gracioso, Conway.

—Vamos —le dijo Hapgood en voz baja a su acompañante mientras lo tomaba del brazo.

Cone se soltó con brusquedad.

—Tú quieres lo que nosotros tenemos —le dijo a Dennis—, pero jamás lo tendrás mientras yo pueda evitarlo.

—¿Yo quiero lo que ustedes tienen? ¿Y qué es lo que quiero? —preguntó Dennis.

—Vamos, Oliver —insistió Hapgood, mientras empujaba a Cone.

Dennis no se opuso ni interfirió. Tenía un nuevo objetivo. Dio la espalda a Oliver Cone y Mark Hapgood y caminó con el mismo paso lento y medido hacia el taburete de la barra que había ocupado antes.

—¿Tiene un teléfono inalámbrico? —le preguntó al *barman*.

Cuando colocaron el aparato frente a él, Dennis marcó los números de su casa.

—¿Sí? —dijo Sophie.

—Soy yo. Todavía estoy en Aspen, pero voy para casa. Y cuando llegue, quiero que me cuentes todo. Creo que ya conozco una parte, pero quiero que me cuentes todo.

—Aún no sabes nada —le dijo Sophie—, pero te lo contaré ahora, Dennis. Te lo prometo. Te contaré todo.

23
El relato de Sophie

13 de abril de 1995

Sophie lo abrazó como hacía muchos meses que no lo hacía.

—Gracias —le dijo.

Dennis sintió que pronunciaba esa simple palabra con todo su corazón. Pero estaba un poquito borracho y no pudo evitar que su lengua expresara lo que pensaba.

—De nada. Todo en un solo día de trabajo. Es posible que haya perdido un par de amigos, y tuve que poner en la picota a un asistente del fiscal de distrito, pero es probable que el desgraciado se lo mereciera. No importa que él tuviera razón y yo no. Pero no dejo de preguntarme por qué siento este sabor amargo en la boca. ¿Será el whisky?

—No actúes de este modo, Dennis, por favor. Sea lo que fuere lo que tuviste que hacer, hiciste lo correcto.

—¿De veras? —replicó Dennis—. Convénceme. Cuéntamelo todo.

Sonó el teléfono. Sophie atendió y Dennis subió de a dos escalones hasta la planta alta para abrazar a sus hijos.

—Ay, papá —se quejó Lucy—. Demasiado fuerte.

Se quitó el traje, la camisa y la corbata y después se metió en la ducha. Detrás de la mampara de vidrio opaco, cerró los ojos y permaneció durante diez minutos bajo la lluvia de agua caliente, como si el jabón y el vapor pudieran limpiar la suciedad del juicio. Cuando al fin salió para secarse, Sophie lo estaba esperando.

—El llamado era de mi padre. Querían que fuéramos a cenar, para celebrar. —Sonaba muy doméstico, como si él hubiera obtenido un ascenso o fuese el cumpleaños de alguien. —Pero le dije que no podíamos. —Sophie no sonreía; parecía cohibida. —Necesito hablar contigo, Dennis. Lamento como te sientes, pero creo que después de que hable contigo cambiarás de parecer. Quiero explicarte Springhill. Debo hacerlo esta noche. Tengo que contarte muchas cosas… todo lo que no pude decirte antes.

Dennis estaba intrigado por la ansiedad de su esposa, pero la idea de no tener que pasar la velada festejando con Scott y Bibsy no lo hacía infeliz. Los había visto más que suficiente durante la semana anterior. Había hecho lo que debía, pero no estaba seguro de volver a sentir el mismo afecto que sentía por sus suegros antes de llegar a la conclusión de que eran culpables de todos los cargos. Los había defendido con todas sus armas; era su obligación como abogado. Y había ganado. Pero no estaba obligado a perdonar y olvidar.

El embotamiento del alcohol comenzó a disiparse.

—Ahora me gustaría pasar un rato con los chicos.

—Me parece perfecto, por supuesto. Yo me refería a después de cenar.

Sophie había preparado dos pollos a la parrilla y una tarta de duraznos. Más tarde, frente a la computadora, Dennis trabajó con Brian y Lucy en un nuevo programa de astronomía. Les mostró las órbitas de los planetas, la Luna girando alrededor de la Tierra, la Tierra girando alrededor del Sol. Todo era ordenado, y sin embargo no tenía sentido. Igual que la vida, pensó. Cuando por fin los chicos se aburrieron y llegó la hora de que se acostaran, Dennis sentía que la vida comenzaba a volver a la normalidad. Recordó la vieja verdad fundamental: Suceda lo que sucediere, la vida continúa. Los planetas se mueven en sus órbitas, y nosotros también.

Se despidió de los chicos con un beso. En la planta baja, Sophie corrió hacia él.

—Oh, Dios, estoy feliz —exclamó—. Ven al porche conmigo. Ponte un abrigo. —No podía permanecer quieta. Le dijo a Dennis que necesitaba espacio para relatar su historia. Dennis se puso su campera de esquiar. Salieron. —Tengo que contarte un poco de la historia de este lugar —dijo Sophie.

—¿Historia? ¿Ahora? ¿De qué hablas Sophie?

—Llegarás adonde quieres llegar. Sabrás qué sucedió en el paso Pearl, y sabrás por qué sucedió, y comprenderás que hiciste algo bueno.

Eso daba un giro diferente a las cosas, pensó Dennis, preocupado.

Comenzó a soplar un viento helado. Dennis tenía que hacer un esfuerzo para oír las palabras de Sophie, cuyo rostro resplandecía contra el fondo negro del bosque, y ésa era la única razón por la cual Dennis sabía dónde estaba Sophie y quién era.

—¿Me escucharás? ¿Creerás en mis palabras? ¿Harás un esfuerzo por comprender? ¿Lo prometes?

—Sí, te lo prometo.

Se lo prometió como se lo hubiese prometido a una criatura. Pero presentía que Sophie no iba a hablarle de cosas infantiles.

—Los primeros colonos llegaron después de la Guerra Civil. Sólo eran tres familias y unos hombres solteros. Cuando llegaron, encontraron equipos de mineros abandonados en las playas del lago Indian. También encontraron a un par de montañeses que afirmaban que cazaban castores en esa zona desde 1860. A los montañeses no les agradó que los colonos se instalaran en lo que ellos consideraban su territorio privado, aunque jamás se habían molestado en registrarlo a su nombre. Creo que hubo algunas discusiones… Un hombre fue asesinado, según cuenta la historia… pero es una historia vieja y se ha perdido con el correr de los años. El hecho es que los montañeses empacaron sus cosas y se marcharon de Springill.

”Una de las primeras familias fue la de los Henderson. Charles Henderson, mi bisabuelo, provenía de los alrededores de Pittsburgh. James Brophy, el bisabuelo de nuestro amigo Edward, era un arriero de Worcester, Massachusetts. Y también hubo un William Lovell, un minero, y después un Frazee, que era cazador, y un Cone, otro cazador que abrió un bar unos años después. En apariencia, fue Cone quien mató al montañés, escondido detrás de un pino… y logró que los montañeses se fueran. También vivían en la zona algunos indios Ute, del otro lado del lago. Pero fueron expulsados del oeste de Colorado después de la masacre Meeker, en 1861.

"Marble era la colonia más grande de la zona, y más adelante se convirtió en un pueblo de gran tamaño. Springhill no dejó nunca de ser un campamento minero y nadie le prestaba atención. Los colonos buscaban oro. Lo encontraron en cantidades pequeñas. Por fortuna, lo bastante pequeñas como para no iniciar una estampida. También encontraron plata y plomo y cinc y cobre, pero en cantidades tan reducidas que no justificaban el esfuerzo de extraerlas. En esa época no se llamaba Springhill. Charles Henderson y los primeros colonos la llamaron Ciudad Fortuna. Podría decirse que fue el triunfo de la esperanza sobre la realidad. Desde luego, el nombre no prendió, y la gente recordó que el nombre que le habían dado los Ute era Wacha-na-hanka, que, según les habían dicho, significaba "la colina donde está el manantial". La expresión era demasiado larga para el hombre blanco, y por lo tanto se convirtió en Springhill. Prosaico, pero apropiado. Más de lo que todos sabían.

"La gente se afincó, se ganaba la vida en las minas. Los inviernos eran duros pero nadie se congelaba; había madera abundante para el hogar. Nadie pasaba hambre; había abundante caza. Nadie pasaba sed; el agua potable era pura e ilimitada, dependiendo de la acumulación de nieve y los deshielos. La gente utilizaba el agua del arroyo cercano o del lago Indian.

"Más arriba, cerca de la mina El Rico, un pequeño depósito de cobre sobre la ladera que mira hacia el norte, había un manantial de aguas termales y una cascada diminuta. ¿Recuerdas el lugar adonde los llevé, a ti y a los niños, aquel día? ¿Donde el agua brota de la ladera de la montaña? Ése era el predio El Rico. Según dicen, allá por el 1860 el arroyo tenía un mayor caudal de agua y el cauce era unos sesenta centímetros más ancho. William Lovell era el dueño del predio. Nosotros entramos en la cabaña que él habitaba. La vieja cabaña donde la gravedad estaba desquiciada y sobre la cual no volaban los pájaros.

"El baño no era una actividad diaria en el siglo XIX, pero los mineros se ensucian mucho. William Lovell se bañaba en el ma-

246

nantial de aguas termales durante todo el año, simplemente para quitarse la suciedad del trabajo. Y también lo hacían algunos hombres que trabajaban en la mina con él.

"Cuando te bañas, tu cuerpo absorbe agua. Aunque te esfuerces por no beberla, como lo harías al nadar en una piscina donde el agua tiene cloro, o en el mar, salvo que te agrade el agua salada, el agua te humedece los labios y te sube por la nariz. De tal modo que absorbes cantidades minúsculas sin darte cuenta.

"Los mineros comenzaron a bañarse en el manantial cercano a la mina de cobre, alrededor de 1868. Eran tres hombres. William Lovell tenía treinta y tres años. Francis Hubbard, un obrero que trabajaba para él, era un viudo de alrededor de cuarenta años. Otis McKee, el tercero, tenía casi cincuenta años y era el socio del señor Lovell. Los tres absorbieron el agua del manantial.

"La esposa de William Lovell, Rebecca, no se bañaba en el manantial; se bañaba en la casa dos o tres veces por semana en una gran tina de hierro con agua del arroyo que calentaba en la cocina de leña. Los tres hijos de Lovell, Caleb, Naomi y John, también se bañaban en la casa.

"Presta atención. La primera esposa de Otis McKee había fallecido de gripe en Ohio. Él acababa de casarse con una joven de Ohio llamada Larissa Orlov, nacida en este país pero de origen ruso. Decían que Otis McKee estaba loco por ella. Larissa tenía treinta años menos que él y era una joven inteligente, atrevida e imaginativa, pero lisiada. De pequeña, había caído de una calesa y se había destrozado un pie contra las piedras, y por eso tenía una pierna más larga que la otra. Cojeaba mucho, pero tenía un cuerpo muy bien formado, ojos oscuros y pelo largo, castaño cobrizo. No era una belleza, pero era bonita. Había aprendido a tocar el violín, guiada por su abuelo ruso. Su padre era un guardagujas del ferrocarril pero le había comprado un violín italiano, quizás a modo de compensación por no poder reparar su cuerpo.

"Larissa también amaba a Otis, primero por salvarla del destino de las solteronas, y segundo porque era bueno con ella. Según cuentan, era un hombre divertido y afectuoso.

Dennis asintió. Había dejado de nevar y el cielo comenzaba a despejar. La luz de las estrellas se reflejaba en el rostro de Sophie.

247

—Regresemos a El Rico —continuó— y los mineros que se lavaban el polvo de cobre todas las tardes en las aguas cálidas del arroyo que brotaba de la ladera de la montaña. En 1900, William Lovell cumplió sesenta y cinco años. Quiero mostrarte algo.

Sophie regresó con Dennis a la tibieza de la casa y fue al dormitorio, donde retiró de la pared el cuadro al óleo de Harry Parrot e hizo girar los diales de la caja fuerte. Dennis notó que sus dedos temblaban. La caja fuerte no se abrió. Sophie murmuró una maldición. Hizo girar los diales de nuevo en forma más lenta, esforzándose por tranquilizarse. La caja fuerte se abrió.

—Mira.

Sophie retiró una foto gastada, color sepia, y se la dio a Dennis. Había un grupo de gente parada y sentada, rígida, mirando a la cámara. La foto tenía la solemnidad y rigidez de todas las fotos viejas; nadie se atrevía a sonreír. En el borde blanco, al pie, alguien había escrito con tinta la fecha: 16 de abril de 1900.

—Es una foto tomada en la fiesta de cumpleaños de William Lovell —dijo Sophie—. Mira a ese hombre. —Dio un golpecito con la uña en el rostro de un hombre apuesto ubicado a la izquierda del centro, en la fila del medio. —¿Cuántos años le das?

—No podría decirlo con exactitud. —Dennis se acercó más a la foto. —¿Alrededor de cuarenta?

—Ése es William Lovell. Tenía sesenta y cinco años. Aún trabajaba nueve o diez horas por día en la mina El Rico. Tú has visto fotos de los mineros de las Apalaches. Sus ojos estaban hundidos y parecían mayores de lo que en realidad eran. Estoy segura de que puedes imaginar en qué estado se hallaban sus pulmones. Mira a Lovell…

Dennis miró otra vez. No había ni un solo manchón blanco en los cabellos de William Lovell. No sonreía pero había un destello de humor en sus ojos.

—Su aspecto es vital, ¿no? —dijo Sophie—. Un espécimen asombroso. Su esposa, Rebecca Lovell, era un año menor; tenía sesenta y cuatro años. Es la que está junto a él. —Sophie la señaló con la uña y Dennis vio a una mujer anciana, arrugada, canosa, que comenzaba a encorvarse. Parecía la madre de William, no su esposa.

—Los hijos de Lovell también están en esta foto —prosiguió Sophie—. Caleb tenía cuarenta y dos años; a los dieciséis había comenzado a trabajar con su padre en la mina El Rico. Naomi tenía cuarenta años y estaba casada. John, el menor, tenía treinta y siete años y trabajaba como conductor de diligencias en la ruta a Carbondale. ¿Lo ves? Ése es John. Aparenta su edad. La de labios delgados es Naomi. Gastada por la vida, una típica ama de casa de mediana edad de esa época.

"Es cierto —pensó Dennis—. Si uno no supiera quiénes son, pensaría que Naomi y John, los hijos de William, eran en realidad sus hermanos enfermos."

—Y ése es Caleb —indicó Sophie—. El hijo mayor, de cuarenta y dos años, el que comenzó a trabajar en la mina de cobre a los dieciséis. —Sophie señaló a un hombre joven y apuesto que parecía tener alrededor de veinticinco años.

—No entiendo —dijo Dennis.

—No eres el único. Muy pocos lo entendieron. Ven, vamos a la planta baja.

Sophie retiró de la caja fuerte un sobre de papel marrón y cerró la puerta de metal gris. Con ansiedad, llevó a Dennis a la sala.

Dennis avivó el fuego del hogar, agregó dos leños y ventiló las brasas hasta que crepitaron y comenzaron a hacer llamas.

—Sin duda —dijo Sophie—, si esas cosas hubiesen sucedido hace mil años en Europa, o en Massachusetts en el siglo XVII, William y Caleb habrían sido quemados en la hoguera. Pero era una época más científica. Podían intercambiar opiniones, elaborar una tesis que explicara el fenómeno… Al fin y al cabo, nadie podría cuestionar una idea si era lógica. Excepto una cosa. Francis Hubbard y Otis McKee y Larissa McKee debían ser tomados en cuenta en las explicaciones. Francis Hubbard tenía alrededor de cuarenta años cuando comenzó a trabajar en la mina para William Lovell. Y dejó de trabajar cuando tenía ochenta.

Dennis levantó una ceja.

—¿Ochenta?

—Ochenta, y aún trabajaba con el pico. Dicen que poseía la fuerza física de un leñador de cuarenta años.

—¿De qué se trata todo esto, Sophie? ¿Adónde quieres llegar? Me estás confundiendo.

—Espera —le dijo Sophie—. Permíteme que te hable de Larissa. Y entonces podrás comprender. Comenzarás a entender.

Las mejillas de Sophie estaban sonrojadas; Dennis no la había visto nunca tan excitada, excepto en la cama.

—Continúa.

—Larissa y Otis McKee son una leyenda en Springhill. En 1868 cuando los colonos llegaron por el paso, Otis tenía cuarenta y nueve años. Cuando comenzó a trabajar en El Rico con William Lovell, Larissa, su esposa, con el pie lisiado, tenía diecinueve. Todas las noches, cuando los hombres terminaban de trabajar en la mina, se bañaban y regresaban a su hogar, junto a su familia. Pero Otis McKee no lo hacía. Inventaba alguna excusa y se quedaba mientras los otros preparaban sus cosas. ¿Por qué? Porque cuando los otros hombres se habían ido, Larissa, su esposa joven y sensual, aparecía por el bosque. Su cabaña estaba cerca de la mina.

"En el invierno era difícil abrirse camino por el bosque, en especial para una persona lisiada, como Larissa. Pero desde mayo en adelante, hasta que la nieve se acumulaba en octubre, ella iba al manantial. Larissa era una joven de gran determinación, y se había propuesto bañarse con su esposo en aquel lugar. Le encantaba retozar en el agua cálida, en invierno y en verano, y sentarse debajo de la cascada. Era como una tina de agua caliente de hoy en día, pero por completo natural, rodeada por el bosque. Bajo las estrellas invernales, rodeada de nieve... o en verano, con el aroma de los pinos en el aire y la brisa que mecía las ramas de los álamos temblones... o en otoño, con hojas doradas y secas que cubrían el suelo. El lugar era bellísimo. Misterioso. Otis y Larissa hacían el amor allí, apasionadamente, casi todas las noches. Jugaban en el agua y en las orillas. ¡Ah!, eran muy pícaros. Estaban casados, como te dije, pero de todos modos había algo prohibido en sus juegos...

"Y en su vida sexual había algo fuera de lo común, por lo menos para su época, fines del siglo XIX. Cuando vivía en Youngstown, Ohio, después de que Otis le pidió que se casara con él y ella aceptó, Larissa hizo algo que yo considero meritorio, teniendo en cuenta la época y el lugar. Encontró un ejemplar de un manual sexual árabe del siglo XVI, titulado *El jardín perfumado*. Se lo compró a un vendedor ambulante. Es un libro extraordinario. No sólo incluye ciento una posiciones para hacer el amor, sino también todo tipo de instrucciones para utilizar las uñas, morder y besar como es debido, cremas y ungüentos, supuestos afrodisíacos, el uso de la voz en el acto sexual. Larissa estudió el manual noche y día, porque prometía grandes placeres. Cuando Otis y ella vinieron al oeste, lo trajo consigo en su baúl. Se dejó crecer las uñas inclusive antes de que llegaran a lo que hoy se llama Springhill; en un viaje que hicieron a Carbondale en verano, compró los ingredientes para los ungüentos. Y después, con el tiempo, en el manantial burbujeante próximo a la mina, Larissa logró el placer prometido. Lo único que tenía lisiado era el pie; el resto de su cuerpo era totalmente sano. Con frecuencia tocaba el violín para excitar a Otis. Después practicaban casi todas las posiciones descriptas en *El jardín perfumado*, excepto aquellas en que la mujer debía ser suspendida en el aire mediante cuerdas y poleas. No era rara; simplemente le encantaba el sexo. Conocía las once posiciones básicas y muchas de las más esotéricas, como la Cola del Avestruz y la Postura del Herrero. Y el libro contenía muchos cuentos que Larissa le leía a Otis, como por ejemplo "Acerca de las mujeres meritorias" y "La historia de Bahloul".

Al llegar a ese punto, Sophie se sonrojó y apretó la mano de Dennis. El comprendió el motivo: había oído esos relatos. Y cuando le preguntó a Sophie dónde las había aprendido, ella había susurrado en las sombras del dormitorio: "En otras vidas".

—Al principio, Larissa no le contó a su esposo maduro que gran parte de su inspiración provenía de un libro, porque creyó que él se escandalizaría. Pero más adelante se lo dijo y a él no le importó. Esas visitas continuaron mientras Otis McKee trabajó en la mina. Pero en 1897 se retiró, aunque aún tenía una pequeña participación en las ganancias de El Rico. Contaba setenta y siete años.

"Eso no significa que Larissa y él dejaron de bañarse en el manantial. Aquél era su placer secreto y, considerando la rigidez moral de la época, sospecho que ellos lo consideraban su pecado secreto. Iban dos o tres veces por semana, a la noche, y los domingos de sol por la tarde en invierno, cuando sabían que Lovell y Hubbard y los otros obreros no estarían allí. Lo hicieron hasta el día en que Otis McKee falleció, en 1915, gozando de una salud perfecta, salvo por un leve reumatismo. Si te hubieras cruzado con él en la calle, habrías pensado que era un hombre vigoroso de alrededor de sesenta y cinco años. Podría haber seguido así por siempre, o casi, pero no era su destino. Fue a Glenwood Springs para visitar al dentista debido a un fuerte dolor en la boca. Estaba cruzando la avenida Grand cuando a un auto le fallaron los frenos. El auto lo atropelló, y Otis sufrió una fractura de cráneo. Tenía noventa y cinco años.

"Larissa nació en 1851 y vivió hasta los cien años… Murió en 1951. Gozaba de una salud perfecta y su paso a la otra vida fue una ocasión alegre y festiva. Unos días antes del hecho se organizó una gran fiesta para ella. Larissa tocó el violín y dio un discurso acerca de lo afortunada que había sido en la vida, en especial por haber conocido a Otis. Pensaba que había gozado de una vida maravillosa e incluso privilegiada. Mencionó que cuando ella nació no existía la luz eléctrica y la radio, y que al morir ya existían la televisión y los aviones a chorro. Pero esas cosas, señaló, eran meros detalles, los adornos superficiales de la vida que inadecuadamente llamamos progreso. Lo que en realidad significaba una bendición era formar parte de una comunidad, tener amigos afectuosos y leales y una familia con la que uno pudiera contar.

"No lo mencioné aún, pero Larissa y Otis tuvieron hijos. En ese aspecto no fueron muy afortunados. Un varón, Malcolm, murió de polio cuando tenía doce años. Una mujer, Clara, murió al nacer. Pero en 1874 nació su segunda hija, Sophie. Esa Sophie se casó con un hombre llamado Samuel Whittaker. Los dos fallecieron el mismo día: los dos gozaban de una salud perfecta, tenían cien años, aunque en su lápida, como habrás notado el día que esos hombres abrieron las tumbas vacías de los Lovell, dice que tenían setenta y cinco. Sophie era mi abuela materna. Me pusieron el nombre por ella.

"Beatrice Whittaker Henderson, mi madre, a quien acabas de

252

salvar de una terrible injusticia, aunque aún no comprendas la razón, es la hija de esa Sophie. Bibsy nació en 1903. Tiene noventa y dos años. Larissa McKee, que es casi la santa patrona de este pueblo, por razones que pronto sabrás, fue mi bisabuela. Ella me enseñó a tocar el violín. Lo intentó primero con su hija y después con mi madre, pero a la abuela Sophie no le interesaba y Bibsy no tenía aptitudes. Yo tenía las dos cosas, así que antes de morir, Larissa me regaló su violín. Sí, aún lo conservo, y últimamente lo he descuidado porque estaba muy preocupada por lo que te sucedía a ti y por el juicio de mi madre. Y Larissa también me regaló su ejemplar gastado de *El jardín perfumado*, que he aprendido casi de memoria.

"Yo quería muchísimo a Larissa. Era una mujer admirable, una mujer apasionada cuya gran sensibilidad y lógica aumentaron en forma constante durante toda su vida, y todos los que la conocieron dicen que me parezco mucho a ella. Nada me halaga más. Yo tenía veintiún años cuando murió. Nací en 1930. ¿Comienzas a entender ahora? ¿Te das cuenta de qué fue lo que pasó, y por qué?

Dennis, enojado, se levantó de la silla. Aferró a su esposa por los hombros.

—Sophie, estás insultando mi inteligencia. Estás diciéndome que tienes sesenta y cinco años. Conozco tu cuerpo. Estoy mirando tu rostro en este momento. ¡Tú no tienes sesenta y cinco años!

Sophie lanzó una carcajada; sus dientes blancos brillaron bajo la luz del fuego.

—Tienes razón. Nací el 5 de noviembre de 1930. ¡Sólo tengo sesenta y cuatro! Aquí, en este sobre, está mi partida de nacimiento. ¡Mírala! ¿Crees que la falsifiqué? Tu padre casi me descubrió. ¿Recuerdas que preguntó cómo había cursado inglés con el profesor Daiches en Cornell? Me sentí muy tonta en ese momento; tuve que buscar un justificativo.

Dennis sacudía la cabeza, sin saber qué decir.

Sophie le acarició el rostro con ternura.

—¿Qué motivo tendría para inventar esta historia? Dennis, si me amas, créeme. Creer es el único modo, el único camino para llegar adonde debemos ir. Las pruebas vendrán más adelante.

24

La partida

13 de abril de 1995

No es posible, pensó Dennis. Conocía a esa mujer íntimamente: la suavidad de su piel, cada curva, cada hueso, inclusive cada línea imperceptible de alrededor de los ojos. Eran las curvas y las líneas de una mujer joven. La conocía en la cama. No tenía sesenta y cuatro años. Sophie sostenía en la mano el papel que lo probaba. Dennis no lo había mirado. No quería mirarlo.

—Primero te relataré algunos hechos históricos —le dijo Sophie—. Eso te ayudará. Después hablaremos de lo que te interesa.

—Continúa…

—Continuar, no. Retroceder. Para comprender lo que le sucedía a esa gente. En 1893, Grover Cleveland desmonetizó la plata, lo cual causó la ruina de Aspen durante cincuenta años. Pero no surtió un efecto grave en Springhill, porque el país aún necesitaba carbón. Y también mármol. El mármol es una piedra caliza cristalina que puede ser pulida. Los mineros de carbón sabían que había mármol, pero al principio resultaba difícil cortar los grandes bloques requeridos para la mayoría de las construcciones, y después transportarlos, por lo cual durante mucho tiempo nadie se ocupó del mármol.

"La Compañía de Mármol Colorado-Yule fue fundada en 1906 en Marble, por un coronel de Iowa que alegaba ser famoso porque había comprado los tranvías tirados por caballos de la

254

ciudad de México, los había electrificado y después vendido, obteniendo grandes ganancias. El coronel era un empresario aventurero, y Springhill lo imitó. La Compañía de Mármol de Springhill comenzó a funcionar recién en 1911. Era una sociedad anónima con acciones y bonos, pero financiada por entero por la gente del pueblo. El consorcio de mineros y empresarios obtuvo un préstamo de los bancos de Denver, que para 1927 había sido totalmente cancelado. Desde entonces, la compañía de mármol le pertenece en un ciento por ciento al pueblo.

"Alrededor de 1904 llegaron dos familias de mineros, los Crenshaw y los Rice, provenientes de Boonville, California, donde sus hijos adolescentes habían creado una especie de dialecto para que sus padres no pudieran entender lo que decían. Pero los padres lo aprendieron y comenzaron a utilizarlo también. Cuando vinieron a Springhill trajeron su jerga, y nosotros pusimos nuestro granito de arena. Era natural que la gente del pueblo adoptara un idioma secreto y después lo adaptara. Ellos ya tenían varios secretos… y luego vendrían otros.

"Permíteme que te cuente algo más —dijo Sophie, mientras comenzaba a pasearse frente al hogar— acerca de la primavera en El Rico…

"En la foto viste que William Lovell parecía veinte años más joven que la edad que en realidad tenía. Era un mujeriego y muchos de los hombres más jóvenes del pueblo no permitían que sus esposas bailaran con él en las fiestas de los sábados a la noche. Hacía una visita semanal al prostíbulo de Glenwood Springs hasta pocos años antes de su muerte, cuando contaba ya más de noventa años. Cuando Rebecca Lovell falleció, en 1901, a los sesenta y cuatro años, era una anciana marchita. Caleb, que trabajaba en la mina, era igual a su padre: un sátiro de aspecto juvenil. Naomi y John, los otros dos hijos, eran normales. ¿Pero por qué el destino había favorecido a ese hombre e ignorado a los demás? Nadie lo sabía. Todos especulaban. Al fin la gente comenzó a preguntarse: ¿qué tienen en común Francis Hubbard y los McKee y William Lovell y su hijo Caleb? No era necesario ser un genio para encontrar la respuesta, pero requería una mentalidad lógica y abierta y dispuesta a soportar las burlas de los demás. La solución común para la respuesta de la disparidad en la edad fue que se trataba de una rareza sexual, una desagradable promiscuidad que hacía que algunos hombres parecieran y actuaran como hombres más jóvenes. ¿Pero entonces por qué Larissa McKee, ¡una mujer!, también lucía asombrosamente joven? ¿De dónde provenía la vitalidad que, a los cincuenta años, la volvía, en el aspecto físico igual a cualquier mujer de treinta de Springhill? Esa pregunta volvía locas a las mujeres más jóvenes.

"La respuesta popular a esa pregunta también fue muy ingenua. ¡Era una prostituta! Bailaba desnuda bajo la luna llena, preparaba pociones y las bebía con Otis, un esclavo de sus deseos. ¡Dios se vengaría! ¡Una noche, cuando estuviera acostada con su esposo jadeando junto a ella, un rayo atravesaría el techo y los calcinaría hasta los huesos!

"Y fue entonces cuando Larissa McKee cambió la historia de Springhill.

"Oyó las cosas que decían de ella. Sabía que no eran ciertas, y entonces se preguntó cuál era la verdad. Comenzó a razonar. Sabía algo que sólo Otis sabía: que ella se bañaba en el manantial como lo hacían los hombres que seguían pareciendo jóvenes y vivían muchos años.

"Y se atrevió a hablar. No para defenderse de las injurias, sino para llegar a la verdad, porque había comprendido la magnitud de esa verdad y el modo en que cambiaría la vida de todos de un modo que jamás se habían atrevido a imaginar.

"'Es el agua —les dijo—. Hay algo en el agua del manantial.'

"Al principio todos se rieron. ¡La maldita fuente de la juventud! ¿Cómo se llamaba ese español loco que la había buscado por todas partes? ¡Ponce de León! ¿Dónde se suponía que estaba? ¿En Florida? ¡No, demonios! ¡Estaba allí, en el condado de Gunnison, Colorado!

"Larissa evitó las discusiones. No deseaba que la canonizaran ni pretendía conseguir conversos. Pero, por supuesto, siguió visitando el manantial con Otis. Y al poco tiempo dejaron de estar solos. La gente del pueblo aparecía las tardes de verano, a veces en pareja, otras, solos. Tal vez no estuvieran convencidos, pero muchos pensaron: ¿Y si estamos equivocados? ¿Y si ella no está loca y tiene razón? ¿Qué podemos perder? ¡Y todo lo que podríamos ganar! Iremos una vez por semana. Y fueron a El Rico y le preguntaron a William si les permitía ir. Y por supuesto, obtuvieron su permiso.

"Sin embargo, pasaron otros ocho o diez años hasta que todos comprendieron que no había otra explicación racional. Al final, el razonamiento de Larissa se impuso por su simpleza, elegancia e inspiración. William Lovell era su más ardiente defensor. Proclamaba que sus tres hijos eran la prueba fehaciente. Uno de ellos se bañaba en el manantial y conservaba su juventud y vitalidad, mientras que los otros dos no lo hacían y habían envejecido. Era un hecho. 'Y miren lo que está sucediendo con el resto de ustedes —les decía—, con los que se bañan en el manantial. ¡Por Dios, casi no han cambiado!'

"Por lo tanto, en junio de 1908 se convocó a una asamblea del pueblo presidida por el intendente, mi abuelo y padre de Scott. Para entonces, todos tenían un barril o una jarra con agua del manantial en su casa, pero se formó una comisión para realizar una investigación adecuada. Se la llamó, con un cierto toque de humor, en mi opinión, la Junta de Agua. La gente decidió llegar al fondo de la cuestión, pero sin que nadie se enterara. Temían que se burlaran, o algo peor.

"Se recaudaron fondos. Se llevó a Denver una muestra del agua del manantial, para que fuera analizada en el mejor laboratorio hidrológico. El resultado no se demoró: el agua era potable. Asombroso. No contenía nada que no debiera contener.

"Desde entonces, durante los últimos ochenta y ocho años, el procedimiento se repitió veinticuatro veces. Cada vez que la Junta de Agua se entera de que se ha formado una nueva empresa que utiliza alta tecnología para analizar el agua, o un nuevo procedimiento microbiológico, enviamos una muestra del agua del manantial para que se realice un análisis químico. Desde que soy intendente, hemos enviado muestras al Departamento de Salud Pública de Colorado situado en Denver, a laboratorios de Los Ángeles, Los Álamos, la Universidad Tecnológica de Austin, y Washington, D.C. Por supuesto, jamás decimos el verdadero motivo del análisis; simplemente pedimos un informe de la composición química. El agua nunca contiene nada que no debería contener. Quizás un poquito más de algunos contaminantes. Nada importante. Se encuentran en el agua de Carbondale y en todas las montañas Ozark.

"Yo soy química. Tú lo sabes, pero nunca supiste por qué o cómo llegué a serlo. Mi educación fue pagada por el pueblo. A fines de la década de los 40 Cornell tenía uno de los mejores departamentos de química del país. Aquí siempre hace falta un químico, para mantenerse al tanto de la nueva tecnología. Pronto tendré un ayudante: Jed Loomis se recibirá de químico orgánico en la Universidad de Washington. Una de las chicas Pendergast está estudiando gerontología en la Universidad del Estado de Florida. Te dije que Oliver, además de otras cosas, es un hidrobiólogo de carrera, y Shirlene Hubbard es licensiada en geología en la Universidad de Colorado. Enviamos a Oliver a seminarios que se dictan en distintos lugares del país para que estudiara hidropatía, que es la ciencia que cura las enfermedades con agua. Gran parte de lo que decían era pura charlatanería, pero debemos estar informados. Seguimos investigando. Pero ahora no sabemos más que lo que sabíamos hace noventa años. Es posible que jamás lo sepamos. Si lo supiéramos, si pudiéramos aislar el factor, todo sería diferente.

"Eso me lleva a una decisión vital, que se tomó en la asamblea de junio de 1908, y que ha sido ratificada desde entonces. La decisión de guardar secreto absoluto.

"Por ese entonces, con los limitados recursos científicos que tenía a su disposición, la gente del pueblo estudió el manantial. Trajeron a un geólogo de renombre de San Francisco. Se le pidió que determinara el origen y la cantidad aproximada de agua. ¿Brotaría eternamente? Los representantes del pueblo le dijeron que estaban estudiando la posibilidad de instalar un *spa*.

"El experto cavó, perforó y verificó el caudal, y consultó sus gráficos y, quizá, inclusive su bola de cristal y al fin dijo: 'La fuente de la cascada y la fuente acuífera tienen distinto origen. Es un manantial de aguas termales subterráneas. Es posible que esté mezclado con agua de deshielo, pero también es posible que no. No es profundo. Podría brotar eternamente, o un buen día podría secarse. Su caudal no es fuerte.'

”—¿Pero le parece que hay agua suficiente para un *spa*, una gran piscina pública, como la que está en Glenwood Springs?

”El geólogo miró con condescendencia a los montañeses y les dijo:

”—Es un viaje muy largo para que la gente venga a bañarse.

”—Eso no importa. Si abriéramos un *spa*, si el agua se utilizara en forma descontrolada, ¿duraría cincuenta años en esas circunstancias?

”—Lo dudo —dijo el geólogo.

”Después, en 1909, la gente del pueblo realizó otra asamblea. Desde entonces se ha realizado una asamblea de ese tipo cada dos, tres o cuatro años. Casi siempre sucede lo mismo. Alguien decía, o dice ahora: 'Estoy preocupado. Poseemos algo que el mundo desea con desesperación. ¿Tenemos derecho a ser egoístas, a mantenerlo en secreto?'

”Y otra persona, acaso más inteligente y anciana y sabia en las miserias de la humanidad, le responde así:

”—¿Sabes qué pasaría si se lo dijéramos a todo el mundo? Primero, dirían que estamos locos. Pero la curiosidad los superaría y vendrían como langostas. Al fin se darían cuenta de que es verdad. Después de agotar todas las pruebas posibles, llegarían a la conclusión, como lo hicimos nosotros, de que el contenido del agua no aparece en los análisis… lo cual significa que éste es el único y finito manantial de este tipo que se conoce en el mundo. No puede ser analizado químicamente y después patentado y copiado en otra parte, y embotellado y vendido en los supermercados de Boston y Bakersfield, Berlín y Beijing. Pero se correrá la voz. No es el tipo de secreto que puede guardarse. Y cuando la noticia se esparza por el mundo, ya sea en forma oral o a través de los diarios o la radio o la televisión, esto es lo que sucederá, tan seguro como que Dios creó el huevo. Vendrán miles, cientos de miles, millones de personas. Vendrán por avión, por ómnibus, por helicóptero, y a pie si fuese necesario. Vendrán en familias y en batallones, en tal cantidad que inclusive estas montañas, que han estado aquí casi eternamente, no bastarán para albergarlos. Acamparán en el bosque, perforarán las rocas y dinamitarán la nieve, se matarán por cada gota de humedad que se desprenda de una hoja de álamo temblón. 'Caos' será una palabra insuficiente para describir lo que sucederá en esta parte del mundo. El gobierno deberá hacerse cargo para evitar la anarquía. Y ése será el fin de todo, como sucede siempre que el gobierno se hace cargo.

"Ninguno de los habitantes de Springhill sobrevivirá a estos hechos. Aunque no fuéramos aplastados por las hordas que anhelan la vida eterna, nuestra vida, tal como la conocemos, será destruida. Y con el tiempo, puesto que la fuente acuífera es limitada y no es profunda, el manantial se secará. A pesar de sus gritos de angustia, todo lo que soñaron las masas invasoras se evaporará frente a sus ojos.

"Para entonces, toda la zona será un desierto. ¿Podemos permitir que suceda eso? ¿Por qué? ¿Para ser ricos? No necesitamos riquezas. Queremos vivir felices y tranquilos en nuestro pequeño Shangri-la, en nuestro minúsculo rincón del paraíso, como lo hemos hecho hasta ahora por más de cien años, sin causar daño a nadie. Tenemos algo que no tiene ninguna otra persona en el mundo, y lo hemos cuidado y protegido durante todos esos años. ¡La fuente de la juventud! Somos únicos. Hemos sido bendecidos. Queremos que nuestros hijos tengan lo que tuvimos nosotros: no el don imposible de la vida eterna, sino el don posible de la longevidad en salud. Y les rogaremos que preserven y protejan ese don. Que lo transmitan como un legado para las generaciones futuras… por lo menos, para el futuro que pueda esperarse de la locura de este planeta violento. Quizá otro siglo, quizá siempre. ¿Quién lo sabe?

"Por lo tanto —prosiguió Sophie—, la gente del pueblo decidió no decírselo al mundo. Juraron guardar el secreto. Cada generación siguiente, al cumplir la mayoría de edad, ha prestado el mismo juramento. Springhill comenzó a aislarse de los otros pueblos. Decidimos que el pueblo crecería de manera normal sin incorporar nuevas familias, pues si crecía demasiado perderíamos el control del secreto.

"A fines de la década de los 20 vinieron dirigentes gremiales de Denver para organizar la cantera de mármol y las minas de carbón. Fue un capítulo feo en la historia del pueblo. La gente les dijo a los gremialistas que se fueran, y cuando se negaron a hacerlo e intentaron predicar el evangelio de la clase obrera, nuestra clase obrera los emboscó una noche en el camino Quarry, les dio una paliza y los obligó a marcharse. Los gremialistas se dieron por vencidos.

"Nunca hemos tenido una iglesia. Eso evitó que mucha gente se mudara a la zona. El pueblo se ganó la reputación de no ser amistoso con los *fureños*. Recuerdo que en la década del 50 había en el camino a Marble un cartel que, según decían, había sido colocado en 1927. Decía:

SPRINGHILL
PUEBLO CONSTITUIDO EN MUNICIPIO. 282 HABITANTES.
VELOCIDAD MÁXIMA: 8 KILÓMETROS POR HORA,
ESTRICTAMENTE CONTROLADA
NO HAY SALONES NI BARES
NO HAY IGLESIA
NO HAY HOTEL
NO SE PERMITE EL INGRESO DE VENDEDORES AMBULANTES
PROHIBIDO ACAMPAR
CUIDADO CON LOS OSOS Y LOS LINCES
MÉDICO MÁS PRÓXIMO: 55 KILÓMETROS

"La mayor parte era mentira. El que lo redactó tenía un gran sentido del humor. Después lo suavizaron un poco… pero no demasiado.

"Mientras tanto, las ventas de mármol aumentaron. Nuestro mármol era utilizado en Bancos, tribunales, monumentos, mausoleos, edificios municipales, oficinas de correo, hoteles. Llegó la Gran Depresión y después la Segunda Guerra Mundial. Fueron dos golpes sucesivos que una economía basada en una sola industria no podía soportar. No necesitaban mármol para los submarinos o las bombas atómicas. En 1941 la Colorado-Yule malvendió sus instalaciones. La cantera de Springhill también tuvo que cerrar, pero no vendimos las instalaciones. Podíamos vivir de nuestras minas de carbón: las fábricas y los hogares debían tener calefacción, a pesar de la guerra. El Rico producía cobre de buena calidad, que hacía falta para fabricar balas. Nos ajustamos un poquito los cinturones. Nadie era rico, pero tampoco pobre. Compartíamos lo que teníamos. Eso se convirtió en una tradición. La gente se convirtió en una familia… y aún es así. Unidos por el juramento del manantial.

Sophie dejó de hablar. Miró a Dennis, le tomó una mano, se la apretó y no aflojó la presión.

—Y había un segundo juramento —dijo.

Dennis notó que hacía un esfuerzo para mirarlo a los ojos, para no flaquear.

—El agua debía seguir siendo un secreto, eso estaba claro, pero ya en 1915 la gente comprendió que no sería un secreto por mucho tiempo si casi toda la gente de Springhill vivía eternamente. Me dijiste en una ocasión, cuando tratabas de explicarme un principio legal: "No sólo debe hacerse justicia; debe verse que se hace justicia". En este caso sucedía lo contrario. Nuestro pueblo no podía permitir que se viera lo que ocurría.

"No porque creyeran que beber el agua del manantial les permitiría llegar a la edad de Matusalén. Algunos deseaban creerlo, pero el sentido común les indicaba que no era cierto. El agua del manantial retrasaba el proceso de envejecimiento, pero no lo eliminaba. Y en 1920 se produjo una explosión en la mina de carbón, debido a una fuga de gas metano. Murieron algunos mineros. Podían bañarse en el manantial cuanto quisieran, pero era imposible evitar la muerte repentina.

"William Lovell envejeció, aunque jamás se enfermó. Murió con una sonrisa en el rostro. Al igual que Otis McKee, en el accidente del cual te hablé, y Francis Hubbard. Caleb Lovell, el hijo de William, comenzó a beber el agua del manantial a los dieciséis años. Vivió hasta los noventa y cuatro, aunque siempre pareció treinta años más joven. En un viaje a Jamaica, en 1953, mientras estaba buceando, su tanque se quedó sin aire cuando se hallaba a treinta metros de profundidad. Sufrió un ataque al corazón y fue enterrado en Montego Bay.

"Larissa McKee, que comenzó a ingerir el agua a una edad más temprana que el resto, también vivió hasta una edad avanzada, pero cuando falleció, a los cien años, parecía una mujer de sesenta y cinco excepcionalmente sana. Nuestro médico realizó su autopsia. Sus arterias habían comenzado a cerrarse y su hígado estaba levemente dañado. —Sophie sonrió. —Creo que olvidé decirte que ella y Otis bebían mucha cerveza y los dos fumaban cigarrillos y en pipa. Podría haber vivido otros diez o veinte años antes de sufrir un infarto o algo similar.

Dennis la interrumpió.

—¿Podría haber vivido otros diez o veinte años? ¿A qué te refieres? ¿Cómo murió Larissa?

Sophie guardó silencio unos instantes.

—Por su propia voluntad —dijo—. Larissa se fue por su propia voluntad… como lo hacemos todos. O lo haremos. Porque debemos hacerlo, y porque lo decidimos. Si no sufrimos un accidente cardiovascular, o un ataque al corazón o cáncer, o no nos aplasta una avalancha, como le sucedió a mi primer esposo, o no nos atropella un auto, como le sucedió a Otis McKee, vivimos hasta los cien años. Un siglo. Suficiente, ¿no te parece? Fue idea de Larissa y se convirtió en la clave para la existencia segura del secreto de Springhill. Larissa comenzó su vida madura como una devota de la sensualidad. Cuando quedó satisfecha, comenzó a cambiar: fueron su sabiduría y su percepción del futuro los que lograron que esta comunidad sobreviviera. Primero, convenció a todos de que el agua les permitiría vivir casi eternamente. Y después convenció a todos de que 'casi eternamente' era demasiado tiempo… que 'casi eternamente' provocaría un desastre. Fue ella quien dijo en una de las asambleas del pueblo, realizada allá por 1910: 'Si vivimos casi eternamente, o inclusive si vivimos durante un período desacostumbradamente largo, el mundo se enterará. Debemos protegernos y proteger a nuestros hijos de esa catástrofe. Debemos guardar el secreto, y protegernos de la invasión que vendría si no lo hacemos'.

Sophie hizo una pausa.

—No podemos ser avaros, Dennis.

Dennis la miró; finalmente comenzaba a comprender.

—Llevó un tiempo —continuó Sophie— y muchos protestaron. Algunos lloraron y se golpearon el pecho… pero por fin comprendieron que ella tenía razón, y cedieron. No es posible vivir ciento cincuenta años o más sin que el mundo se entere. Los científicos y los periodistas desean saber el porqué y el cómo de esas cosas. Quieren entrevistar a esas personas y exponerlas al público, o conseguir que publiciten determinada marca de pan y estrechen la mano del Presidente en la Casa Blanca y reciban una placa en memoria de su logro. Las personas llegan a los cien años con más frecuencia que en el pasado. ¡Pero imagínate si averiguaran que tienes ciento veinte años! ¡O ciento sesenta! ¡Y sólo aparentas setenta y cinco! Y aún puedes esquiar y subir una colina en bicicleta, y escalar hasta tres mil seiscientos metros de altura, y tu vida sexual es plena… ¡Dios mío, serías inmensamente famoso! Te perseguirían hasta la tumba.

"Y también comprendimos que, aun guardando silencio, siempre había partidas de nacimiento, certificados de defunción, declaraciones impositivas, pasaportes, registros de conductor que debían ser renovados, servicios sociales, prestaciones médicas… registros en abundancia. Todo lo que hacemos está documentado. Nuestras vidas son todo lo opuesto a la intimidad. El gobierno nos quita libertad. Tras muchas décadas de estudio, en Springhill hemos aprendido a controlar todo eso. Hemos aprendido a cubrirnos para que no nos descubran. Ésa es la razón por la cual muchas de las fechas del cementerio no son correctas. Es la razón por la cual tenemos autonomía y nos ocupamos de nuestros impuestos y registros. Es la razón por la cual muchos de los hombres llevan el mismo nombre que sus padres. Nos aseguramos de que siempre haya por lo menos un médico, como Grace, para que extienda los certificados de defunción y los presente al estado, y un dentista, como Edward, que, en caso de presentarse una emergencia, se ocupe de mezclar los registros. Una funeraria, y una enfermera matriculada, así como algunas otras entrenadas por ella, que sean capaces de aplicar la inyección que recibe la gente, en caso de necesitarla, el día de su elección dentro del mes posterior a su cumpleaños número cien. Antes se utilizaba cianuro. Ahora utilizamos cloruro de potasio.

"Eso es lo que hacemos y el modo como lo hacemos. Hemos llegado a la conclusión de que podemos mantener el engaño durante cien años. Más tiempo sería peligroso. Alguien podría preguntar: '¿Pero por qué no ciento cinco?', y no hay una respuesta del todo correcta. Simplemente nos decidimos por cien porque era un número redondo. Un buen número. Un lapso durante el cual podemos engañar al mundo exterior con cierto grado de certeza.

—Espera —dijo Dennis, y levantó la mano—. Recuerda a mi tía Jennie. En la actualidad, mucha gente vive más de noventa años. Jennie podría llegar a los cien. O más. No es algo tan raro en esta época.

—Jennie podría llegar a los cien —dijo Sophie—, ¿pero en qué condiciones? El día de Acción de Gracias, en Watkins Glen, tu hermana me dijo que Jennie usaba pañales, que se olvidaba de apagar el fuego en la cocina, que durante la noche gritaba de dolor debido a la artritis. Dennis, ¿qué sentido tiene vivir ciento veinte años, o inclusive noventa y cinco, como tu tía Jennie, si la calidad de tu vida se evapora y erosiona… si eres una carga para los que amas… si sufres? ¿Comprendes que aquí en Springhill el hombre o la mujer que vive hasta los cien años está en la plenitud de su vida? ¡Si postergamos la partida hasta los ciento diez o más, nos descubrirían, porque a esa edad seríamos tan vigorosos como un hombre o una mujer normal de sesenta! ¿No comprendes? Te aseguro que hemos recibido una bendición.

”Por lo tanto, ése es nuestro segundo juramento cuando cumplimos veintiún años. Juramos que partiremos por propia voluntad, y sin melodramas, a la edad madura de un siglo completo. Poco antes de esa fecha, celebramos una fiesta de despedida para darnos ánimo. La llamamos la ceremonia de la partida. ‘Partida’ es la palabra formal que utilizamos para lo que es, en esencia, una muerte voluntaria. Muchas canciones y ternura y caricias. Muchas risas y recuerdos. Y después partimos. Con dignidad, rodeados por nuestros amigos y familiares, y sin dolor. ¿Te das cuenta de lo maravilloso que es? ¿Qué final más adecuado para una vida larga y decente? ¿Qué perfecto?

”Lo más asombroso es que, después de la ceremonia y antes de que sea necesaria una inyección, la persona que llega a los cien años suele partir muy rápido. Comprenden que ha llegado su momento, que su vida ha sido buena, y parten. ¿Has oído hablar alguna vez de la ceremonia del hueso? La realizan los aborígenes de Australia. El brujo de la tribu señala con un hueso a un hombre, por lo general una persona muy anciana o con una enfermedad supuestamente incurable. El hombre que ha sido señalado con el hueso cae al suelo y se arrastra hasta su choza. Su espíritu flaquea. A los pocos días, a veces al cabo de pocas horas, fallece.

"Nosotros utilizamos la expresión 'ceremonia del hueso' para describir lo que sucede aquí. Todo comenzó como una especie de broma. Después se convirtió en parte del folklore. Con frecuencia nos referimos a la ceremonia de la partida como la ceremonia del hueso. Pero nuestros espíritus no flaquean, aunque sabemos que nos queda muy poco tiempo. ¿Recuerdas cuando falleció Jack Pendergast?

—Sí, por supuesto.

Dennis estaba recordando lo que había visto, oculto en las sombras, esa noche de junio: Jack Pendergast despidiéndose del mundo abrazado a Rose Loomis.

—Jack había cumplido cien años pocos días antes de su partida. Le hicieron una pequeña ceremonia del hueso en la casa de mis padres. Sólo estaban invitados los amigos íntimos. Y tres días después se acostó a dormir una siesta y no despertó jamás. No sufrió un ataque al corazón y no fue necesario suministrarle Versed ni cloruro de potasio. Así nos sucede a la mayoría. Nos vamos sin remordimientos, habiendo hecho casi todo, y sin ira. Con total aceptación de la muerte como el cierre voluntario de una vida plena. Porque sabemos que hemos sido más afortunados que cualquier otro grupo de gente sobre la faz de la Tierra. ¿En qué otro lugar del mundo sucede algo igual? Larissa, mi bisabuela, fue la primera. El resto de nosotros… bueno, casi todo el resto… seguimos sus pasos con gratitud.

—Casi todos, sí. —Dennis asintió con lentitud. —Pero no todos.

—Correcto. Ha habido ocasiones en que alguien dijo: "No, aún me quedan cosas por hacer, lugares para ver… No quiero morir aún. No me importa lo que juré cuando era chico. ¡Quiero seguir viviendo!".

—¿Y entonces qué sucede, Sophie?

—En general los convencemos. Hacemos un esfuerzo comunitario concertado, porque lo consideramos importante. Y ellos ceden. Comprenden que su muerte encaja en el orden establecido… en especial, que beneficia a sus hijos y nietos. Que permite que el resto de nosotros sigamos viviendo. Son señalados por el hueso, por así decirlo, y parten con tranquilidad.

"Pero no todos, como tú dijiste. Estoy al tanto de dos de esas circunstancias. Hace veinte años, más o menos, vivía un hombre llamado Julian Rice. No tenía hijos y, por lo tanto, no tenía un gran sentido de continuidad. Dos de sus hermanos habían fallecido en un accidente en la mina que, según él, se podría haber evitado, y culpaba a la comunidad. Además, estaba enamorado. Imagínate, estaba por cumplir cien años y se enamoró de Betsy Prescott, una mujer de ochenta y dos que había quedado viuda en ese mismo accidente minero. Julian y Betsy eran amantes. Si tienes un alto porcentaje de colesterol bueno y no fumas y bebes agua del manantial, puede suceder.

"El punto esencial es que ellos no querían morir. Julian y la viuda se fueron del pueblo una noche. Se llevaron una provisión de agua del manantial, aunque no era necesario. Una de las cosas que hemos aprendido es que a cierta edad el agua resulta redundante. Si bebes cantidades regulares desde los veinte hasta los sesenta, tu organismo habrá ingerido toda la que necesita. El agua inicia un ciclo biológico que, en apariencia, es irreversible. Aunque dejes de ingerirla, continuarás envejeciendo lentamente y sin sobresaltos y conservarás tu vitalidad. ¿Recuerdas *Horizontes perdidos*, la novela de James Hilton? Después hicieron una película con Ronald Colman. Su avión se estrellaba en los Himalayas, cerca del monasterio paradisíaco de Shangri-la, donde la gente vivía eternamente. Al final Ronald Colman se marcha con una bella joven tibetana, pero cuando logran atravesar una tormenta de nieve y salen del valle ella se ha convertido en una anciana decrépita de cien años.

"Aquí no sucede lo mismo. No es tan romántico ni tan drástico. Pero Julian Rice no lo creyó y se llevó el agua. Teníamos que detenerlos, a él y a Betsy Prescott. Podrían haber vivido demasiado y se habría descubierto el secreto, o Rice podría haber hablado, porque era un hombre jactancioso y de mal carácter. No podíamos correr el riesgo. Oficiamos de detectives y averiguamos que estaban en la costa del Pacífico, en México. Enviamos gente a buscarlos. Lo que sucedió fue terrible y violento. Julian Rice fue asesinado. Y también uno de nuestros jóvenes, Sam Hubbard. Rice lo mató de un tiro. Betsy no sufrió daño alguno pero quedó en estado de *shock*. La trajeron de regreso. Ella se recuperó poco a poco y murió a los noventa años, mucho antes de su tiempo. Fue muy triste y me he preguntado con frecuencia si hicimos lo correcto. Pero, en definitiva, creo que no nos quedó otra salida.

Sophie guardó silencio, esperando la respuesta de Dennis.

—Y, por supuesto, —dijo él—, la segunda vez que alguien intentó romper el pacto fue el verano pasado. Lo intentaron los Lovell. Susan y Henry Lovell.

—Sí. Y voy a contarte como fue. Te contaré todo. Pero ahora ven conmigo —Se puso de pie. —Tenemos que salir. Ponte un abrigo. Vamos.

—¿Adónde vamos?

Sophie lo tomó del brazo.

—¿No lo sabes?

25

La asesina

13 de abril de 1995

Algunas veces la mano enguantada de Sophie tocaba la de Dennis. Otras, ella caminaba un paso más adelante. Llegaron a la tranquera, en el bosque. Unas cuantas estrellas brillaban entre los copos de nieve que pendían de los árboles.

—Resulta difícil creerlo, Sophie.

—Te comprendo.

Sophie hizo girar el dial del candado de combinación de la tranquera, y el candado se abrió. Entraron en la propiedad. Sophie lo guió por el sendero, el mismo sendero que habían recorrido junto con los chicos hacía casi un año cuando Sophie les mostró la cabaña y el modo extraño en que rodaba la pelotita de tenis y la inclinación aparentemente imposible de su cuerpo.

Llegaron al manantial y a la pequeña fuente ovalada. En la oscuridad, una suave niebla de vapor color rosa se desprendía del agua. La luz de la Luna se reflejaba en la nieve formando motas. Sophie se quitó la ropa. Su piel parecía color marfil. Sus pezones se endurecieron por el frío. Le sonrió a Dennis.

—Ahora tú, Dennis.

Dennis se desvistió y dejó la ropa apilada sobre el suelo. No había viento y no sentía frío. Sophie lo tomó de la mano y lo llevó al agua, con mucho cuidado porque había rocas sin erosionar. Dennis se sentó en la fuente junto a ella. Era lo bastante profunda para sentarse y dejar que la corriente tibia se deslizara alrededor de sus caderas y lo salpicara hasta los hombros. No sintió olor a sulfuro u otros productos químicos. El agua lo relajaba y tranquilizaba.

—Aquí es adonde venían —dijo Sophie—. Mis bisabuelos, Larissa y Otis. ¿Sientes su espíritu en el aire?

—No estoy seguro.

—Yo sí. ¿Quieres hacer el amor?

Dennis recordó que Sophie le había preguntado lo mismo la primera noche que estuvieron solos en su casa, cuando él había viajado desde Nueva York porque ya sabía que no deseaba vivir sin ella. En esa oportunidad le había dicho: "por supuesto que quiero". Pero ahora no eran necesarias las palabras. Dennis ya estaba excitado; la tomó en sus brazos y la atrajo hacia sí en el agua del manantial. Inclusive mientras Sophie se acomodaba sobre sus piernas y él penetraba en su cuerpo tibio y comenzaba a hamacarse con suavidad, Dennis sintió que el agua llegaba a sus labios. El agua del manantial estaba en su rostro. El agua dulce y tibia del manantial. Se pasó la lengua por los labios y bebió sus primeras gotas.

Una hora más tarde estaban de regreso en la casa. Sophie llevó queso, galletitas y vino tinto de la cocina. Dennis removió el fuego y agregó otro leño. Se sentía maravillosamente cansado y limpio. Las llamas anaranjadas se elevaban en el hogar.

—¿Estás cansado? —le preguntó Sophie—. ¿Quieres ir a dormir?

—No. Quiero saber el resto. —Tratando de conservar la calma en vista de todo lo que le había dicho y lo que había sucedido, le preguntó: —¿Cuál fue la razón que esgrimieron los Lovell para negarse a honrar el pacto?

—Henry y Susie nos dijeron que hacía años que lo venían pensando. Que lo pensaban, lo discutían, lo planeaban. No creían que fuera necesario morir. La medicina, la nutrición y las ciencias biológicas modernas habían avanzado mucho. Con la excepción de la neumonía y el sida, habíamos encontrado la cura de todas las enfermedades infecciosas. Ya no era asombroso que alguien viviera cien años. Los Lovell consideraban que la edad de la partida debía cambiarse a ciento diez. O, por lo menos, a ciento cinco.

—Vinieron a verme a mí y a mis padres con esa sugerencia, y se reunió la Junta de Agua; invitamos también a otros ancianos, para conocer sus ideas. Lo discutimos, y se decidió en contra de su sugerencia. Podíamos quedar en evidencia y dar pie a que se presentaran pedidos constantes de prorrogar la vida.

"Mi padre, debido a que era un viejo amigo de los Lovell, les informó la decisión. Ellos se sintieron decepcionados, para decirlo suavemente. Pero tenían una segunda línea de persuasión. Querían irse de Springhill con la bendición del pueblo. Y no regresar jamás. Dijeron que entendían los riesgos pero que tenían un plan bien pensado para sortearlos. Viajarían a una ciudad de otro estado y comenzarían una nueva vida como una pareja de más de sesenta años. Al cabo de veinte años se mudarían a otra ciudad de otra parte del país y allí le dirían a la gente que tenían más de setenta años. Y después, más adelante, se mudarían otra vez. Y así sucesivamente. Cada vez que se mudaran mentirían acerca de su edad inicial, de tal modo que nadie sabría jamás la edad que tenían. Podían vivir de ese modo durante muchísimo tiempo.

"La idea era factible pero inaceptable. Podían pasar muchas cosas en el ínterin. Podían afincarse en la primera comunidad en la cual se instalaran, y no desear mudarse. ¿Cómo solucionarían el problema de la asistencia médica, los registros de conductor? Fuera del aura protectora de Springhill, serían vulnerables. Y podían sentir la necesidad de confesarle el secreto a alguna persona. A lo mejor una noche, mientras compartían la mesa con unos amigos, les parecería perfecto decir: "¿Saben que Susie tiene ciento dieciocho años y yo tengo ciento veinte? ¿No lo creen? Podemos probarlo".

"Además de todas esas probabilidades aterradoras, estarían sentando un precedente para toda la comunidad de Springhill. Una excepción podía provocar un desastre. Todos los años de disciplina se perderían.

"Ellos habían jurado cumplir con el pacto. Todos lo considerábamos un acuerdo inviolable. Mi padre, hablándoles como amigo, no como funcionario, les dijo que no, que eso no funcionaría. Los Lovell vinieron a verme en mi carácter de intendente y presidenta de la Junta de Agua. Les pedí por favor que comprendieran que no podíamos permitirlo. No les pedí perdón, porque habría sido una hipocresía. No consideré que estuviese tomando una decisión que requiriera perdón.

"Para entonces, Henry ya había cumplido cien años. Se había fijado una fecha para la ceremonia del hueso y para la ceremonia de despedida. Susan era dos años menor, pero mucho tiempo antes le había dicho a la Junta que quería partir al mismo tiempo que Henry. Es algo común en las parejas que han estado casadas sesenta o setenta años o más, y cuando el más joven de los dos está próximo a los cien años. Siempre se ha respetado la decisión del solicitante.

"Pero una noche, Henry y Susan salieron a caminar con su hijo Hank y su hija Carol y les confesaron lo que habían planeado. De hecho, se despidieron de sus hijos. Al principio, Hank y Carol no sabían qué hacer. Pero al fin nos contaron lo que sucedía. Temían que sus padres pusieran en peligro la vida de los otros miembros de la comunidad, lo cual significaba sus vidas y las vidas de sus hijos y los hijos de sus hijos.

"Para entonces, Henry y Susan se habían ido. Habían subido al paso Pearl, donde intentaban acampar hasta que cayera la primera nevada mientras nosotros los buscábamos infructuosamente en otros lugares, porque en las primeras discusiones con mis padres y la Junta de Agua habían dejado entrever que pensaban comenzar su nueva vida en el área de San Diego, para después mudarse a Hawai.

"Hank recordaba que cuando su padre era más joven siempre hablaba de pasar unos días en la Columbia Británica, al norte del lago Louise. Henry amaba las montañas y decía que la Columbia Británica era el último lugar habitable hacia el norte. Y Susie no soportaba el calor extremo. ¿Qué tipo de vida podían llevar en una zona costera como la de San Diego? Hank, Carol y yo hicimos de detectives. Revisamos la casa de los Lovell, cada una de sus pertenencias, y entre los tres dedujimos qué ropa habían llevado. Habían dejado gran parte de su ropa de verano; se habían llevado

272

equipo de camping y un cuchillo militar, y en un tacho de basura encontramos el recibo de una nueva carpa de nailon. En el desván encontramos un viejo juego de mapas del Bosque Nacional White River realizado por el Departamento del Interior. Faltaba uno de los mapas: el que abarcaba la zona próxima al paso Pearl, en el condado de Pitkin. Papá, Henry y algunos de los miembros más antiguos de la comunidad habían cazado alces en esa región unos diez años antes. Henry conocía el terreno y el bosque a la perfección. Por lo tanto, hicimos una deducción inteligente y enviamos tres equipos de gente a buscarlos.

—En este caso —preguntó Dennis—, ¿quiénes fueron los que tomaron la decisión?

—La Junta de Agua, cuya comisión de emergencias está presidida por mí. Nosotros estábamos a cargo de la situación, pero consultamos a todas las personas del pueblo que pudimos.

"Un equipo fue directamente al paso Pearl y acampó en la parte oriental. Era la única salida de la zona hacia el paso Independence y Leadville y Denver, a menos que quisieran regresar a Aspen a través de terreno peligroso. Peter Frazee dirigía ese grupo. Yo fui con el segundo grupo, con mi primo Amos McKee y Dan Crenshaw, que dirige el gimnasio, y Louise Hubbard, la hija que tuvo Grace en su primer matrimonio. Nominalmente, yo dirigía el grupo, aunque Amos es un verdadero montañés y Dan era el mayor de los tres. Pero yo soy la intendente y, como habrás comenzado a comprender, eso implica mucho más que un mero trabajo burocrático.

"Mis padres, con Oliver Cone y Shirlene Hubbard, formaban el tercer equipo. Papá es un gran rastreador, Oliver es arquero, Shirlene es geóloga, y fueron ellos los que encontraron el campamento de los Lovell. Lo encontraron a la tarde, pero sólo se aproximaron al amanecer. Tuvieron que matar al perro. Fue una pena, pero cuando lo conversamos, antes de partir hacia el paso Pearl, todos estuvimos de acuerdo en que, si el perro alertaba a los Lovell, Henry podía hacer una tontería. Todos recordábamos el desastre de México, con Julian Rice y el pobre Sam Hubbard. Henry Lovell tenía un rifle, ese Remington que tontamente dejaron allá arriba y que fue encontrado con las huellas digitales de mi padre. No creíamos que Henry lo utilizara, pero no nos atrevimos a correr el riesgo.

Dennis se inclinó para avivar otra vez el fuego. Puso un leño grueso sobre los otros.

—Mis padres y los Lovell se sentaron a conversar, a razonar acerca del problema intentando poner el bienestar de la comunidad por encima de todo lo demás; de un modo humanístico y comunitario, si aceptas que utilice esas dos palabras juntas. Porque para nosotros, la "comunidad" no es una abstracción gloriosa, como "el Estado" para el marxismo, o "toda la gente que ama la libertad", esa trampa dialéctica que hemos oído durante décadas. Esta comunidad es un grupo específico de personas que tienen rostro y nombre. Trescientos setenta seres humanos vinculados, y sus descendientes que aún no han nacido.

"Conversaron durante un par de horas. Henry comenzó a ceder, a comprender, a aceptar. Y a cambiar su ira por resignación. Pero Susan estaba enojada. Lo gracioso del caso es que no estaba enojada porque mi padre insistía en que ella y Henry debían partir en ese instante, ese día, por el bien de todos, sino porque Oliver había atravesado con una flecha el corazón de Gerónimo, su viejo perro. Susan no dejaba de repetir: "¿Cómo puedes hablar del bien de la comunidad después de haber matado a un perro inocente que ni siquiera le haría daño a un gato? ¿Lo hiciste por el bien de la comunidad? ¿Qué valor puede tener una comunidad que hace una cosa tan brutal?". Fue asombroso; Susan habló casi una hora del perro, y era una de las últimas horas de su vida.

—¿Cómo sabes esos detalles? —le preguntó Dennis.

—Para ese entonces, yo estaba allí junto con mi equipo. En la discusión, no hablé mucho. Escuché. Y mis padres no tuvieron una respuesta decente para esa pregunta de Susan. Fue sólo una de esas cosas que "debía hacerse". Al cabo de un rato, la discusión fue llegando a su fin, porque desde un principio estaba claro que habría un solo resultado. Si los Lovell se negaban, tendríamos que utilizar un cierto grado de fuerza. Era una idea horrible. Era lo que tratábamos de evitar a cualquier costo.

—Trataban —dijo Dennis— de lograr que ellos ratificaran su propio asesinato.

—¿Su asesinato? —Sophie palideció por un instante, pero enseguida se recuperó. —No, Dennis, su asesinato no. Su muerte. Su partida. El acto universal al cual todos nosotros, sin excepción, estamos predestinados. Forma parte de la vida. No hay escapatoria. La única cuestión es "cuándo". Por lo tanto, no, mi querido, mi querido esposo abogado, no se trataba de un asesinato. Era la aceptación voluntaria del final de sus vidas a la edad de cien años. ¿No ves la diferencia? Es enorme. Olvida que lo juraron setenta y nueve años antes, olvida inclusive eso, porque estoy segura de que la ley no consideraría que ese juramento constituyera un contrato vinculante. Simplemente recuerda todo lo que te dije. Pon en un platillo de la balanza la muerte de los Lovell y en el otro la vida de la comunidad que tanto ellos como nosotros amamos y deseamos perpetuar.

—Lo estoy intentando —dijo Dennis—, pero no lo logro. Tienes razón cuando dices que la ley no consideraría que ese pacto de suicidio asistido constituye un contrato vinculante. Y la ley consideraría que la muerte de los Lovell en esas circunstancias constituye un asesinato. Ni siquiera es eutanasia. Por Dios, ellos no sufrían… Estaban sanos. Por lo tanto, estamos hablando de matar en forma deliberada a dos personas aptas. ¿Cómo puedes decir que no se trata de asesinato?

—Porque ese acto que tú llamas suicidio asistido —dijo Sophie con cierto enojo— está fuera de los límites del mundo estrecho de la ley. No encaja en ninguna definición prudente o útil de la justicia, que es lo que ustedes, los abogados, se esfuerzan siempre por definir y cumplir, y cuyos resultados son ridículos y rayanos en lo grotesco. ¡Sí! Va directamente al centro del corazón humano. Se relaciona con lo que todos soñamos cuando nos atrevemos a soñar.

—No. No lo veo así.

—Porque no te atreves, Dennis. Aún no. Escúchame con atención. Piensa antes de responder. ¿Puedes hacerlo?

Dennis asintió. Podía intentarlo.

—Si tú —Sophie se inclinó hacia adelante—, Dennis Conway, hoy, con tus cuarenta y nueve años, tuvieras la oportunidad, dejando de lado los accidentes o alguna enfermedad que tu cuerpo esté comenzando a desarrollar, de vivir hasta los cien años, en un entorno armonioso, rodeado por tus seres queridos; de vivir con vitalidad física y potencia sexual y una inteligencia plena, hasta el mismo fin de tu existencia, a los cien años, pero para ello debes prometer que te someterás a una muerte humana y pacífica cuando llegue el fin... ¿lo aceptarías o lo rechazarías? ¿Cerrarías el trato? ¿O correrías el riesgo, como tu tía Jennie?

Dennis la miró fijo.

—Tu mirada lo dice todo —dijo Sophie—. No es el diablo pidiéndole a Fausto que entregue su alma a cambio de la vida eterna. Recibirás cien años de salud garantizados. No te costará nada.

Dennis no respondió y Sophie continuó diciendo:

—Pero hay otro codicilo en este trato. Tendrías la certeza de que tus hijos gozarían la misma oportunidad de vivir de ese modo, y durante todo ese tiempo. Dejando de lado los accidentes imprevistos que hacen que este mundo sea imperfecto y con frecuencia cruel, les estarías garantizando cien años de vida sana. Lo que ellos hagan con esa vida, por supuesto, nadie puede garantizarlo. ¡Piénsalo! ¿Hay maldad en ese trato? ¿Dónde está el mal? ¿La injusticia? Dímelo. Yo no los veo. Excepto quizá por una cosa: que cuando llegue el momento en que debes partir, tus amigos y familiares tendrán que ayudarte a emprender el viaje, porque tú no puedes hacerlo solo. Sí, a los ojos de la ley de Colorado y los otros cuarenta y nueve estados y el gobierno federal y todos esos otros gobiernos maravillosos del mundo, la gente leal que te ayudó a cumplir tu promesa de partir a los cien años estaría cometiendo el crimen de asesinato bajo la sección tal y tal del código penal. ¡Qué pecaminoso! ¡Qué inhumano! ¿Pero lo es, Dennis? ¿Es un asesinato espantoso? ¿O es la vida más afortunada y la muerte más llena de luz? ¿Y si te lo ofrecieran a ti, a ti personalmente, lo aceptarías o lo rechazarías?

—No estoy seguro —respondió Dennis—. Es difícil responder algo así en teoría.

—¿En teoría? —Sophie rió. A Dennis le encantaba verla reír, inclusive en un momento como aquél. —¿Por qué crees que es una pregunta teórica? No solemos aceptar extraños en la comunidad. Sólo hubo tres durante mi vida. Uno falleció relativamente joven, de leucemia, que sufría ya antes de comenzar a beber el agua del manantial. El segundo es Harry Parrot, tu amigo y mi ex suegro, quien está a punto de cumplir cien años; en realidad, vamos a conversar con él y planificar la ceremonia de partida esta semana. Y el tercero, querido, eres tú. Hace mucho tiempo decidimos que no aceptaríamos inmigrantes. No podríamos controlarlos. Pero si alguno ingresaba en nuestro medio a través del matrimonio, era una historia diferente: lo recibiríamos con beneplácito. Lo pondríamos a prueba durante un año, y si veíamos que durante ese tiempo se ajustaba a nuestra idea moderada de cómo debe ser un ser humano civilizado, le ofreceríamos la misma oportunidad que tendría si hubiese nacido y crecido en Springhill. Se le ofrecería el agua. Se le ofrecería el mismo pacto que nos ofrecieron a nosotros cuando éramos más jóvenes. Cien años.

”Por lo tanto, no es teórico, Dennis. Es real. Tu año ha pasado. El ofrecimiento no fue hecho en el momento oportuno, porque no nos pareció conveniente cargar tu mente con todos esos hechos mientras te preparabas para defender a mis padres por un asesinato que ellos no cometieron pero que sin duda habrían cometido si hubiesen tenido que hacerlo. Todos me pidieron que esperara hasta el final del juicio. Tuve que aceptarlo. Tuve que guardar silencio, aunque odié cada minuto de ese tiempo.

”No es teoría. ¡Es real! Tú puedes elegir. Regresa al mundo y corre el riesgo con la biología, o quédate conmigo en Springhill, en nuestro mundo, y vive hasta los cien años. Y después muere por propia voluntad. Como comenzarás a beber el agua a una edad avanzada, es posible que sólo llegues a los noventa y cinco. No es posible garantizarlo. ¿Es una decisión difícil? Lo dudo. Simplemente no lo ves como una realidad... todavía crees que es una fantasía. Pero no lo es. Muy pronto, cuando hayas hablado con otras personas del pueblo y formulado más preguntas, será real para ti. Y cuando estés listo para elegir, me lo dirás.

—Espera —la interrumpió Dennis—. Antes de que lleguemos a eso, si logro hacerlo, porque estoy vacilando, necesito preguntarte algo. Hace unos minutos me dijiste que no me hicieron el ofrecimiento antes porque no era el momento oportuno para hacerlo, porque me estaba preparando para defender a tus padres por un asesinato que no cometieron. ¿Un asesinato que no cometieron? Sophie, yo sé que lo hicieron. Luché por tu madre en el tribunal y gané, pero sé que ella lo hizo. Ella me dijo que no lo había hecho, pero yo sabía que mentía. Era culpable bajo la ley que yo juré respetar. Y tú admitiste aquí, hoy mismo, que lo habían hecho. Conversaron, dijiste, pero todos sabían que podía haber un solo resultado. Tu madre les aplicó una inyección mortal a los Lovell. El juicio ha terminado, no pueden ser juzgados dos veces por el mismo delito. ¿Por qué tomarse la molestia de negarlo ahora?

—Shirlene Hubbard no deseaba ir, desde un principio —explicó Sophie—, y al final mi madre decidió que no deseaba hacerlo, si bien para esa etapa del procedimiento tanto Henry como Susan estaban dispuestos, aunque no se mostraban entusiastas, por supuesto. Lo siento, no pretendo ser graciosa. En esa carpa, en el paso Pearl, hubo una discusión extraordinaria. Sirvió para aclarar todas nuestras ideas. Pero Bibsy sufrió una especie de crisis. Hacía mucho que conocía a Susan Lovell.

—Sin embargo —dijo Dennis, desviando la vista hacia las sombras proyectadas por el fuego—, Bibsy superó su renuencia. Aceleró la partida de los Lovell, para utilizar tu eufemismo.

Miró de nuevo a Sophie, su esposa de treinta y ocho años que afirmaba tener sesenta y cuatro.

—No. —Sophie se inclinó hacia adelante y apretó las manos sobre sus rodillas, como un niño. —Mi madre no tuvo que hacerlo. Allí había otra persona que podía y estaba dispuesta a hacerlo para evitar esa herida en la conciencia de mi madre. Yo estaba allí. Ella me enseñó la técnica hace muchos años. Les apliqué dos inyecciones a cada uno. Primero los sedantes, después el potasio. De acuerdo con tu ley, yo los asesiné.

26

La elección

16 de abril de 1995

Dennis comía y no le sentía sabor a la comida; jugaba a las cartas y al ajedrez con Lucy y Brian y les enseñaba historia de los Estados Unidos y estudiaba el sistema solar con ellos; iba y venía entre su casa y su oficina en Aspen. Una mañana, después de que habían convenido no hablar del juicio o de la causa, se hizo tiempo para esquiar en la pista trasera de la montaña Aspen con Josh Gamble. (El comisario le había dicho: "Mi trabajo no es enojarme con los abogados por hacer su trabajo. Mi trabajo es hacer mi trabajo".) Comenzó a trabajar en dos nuevos casos ordinarios, pero sentía todo el tiempo que se hallaba en otro lugar: estaba con Sophie, la nieve caía en silencio, oía su relato y observaba el óvalo pálido de su rostro contra la oscuridad del bosque. O enmarcado por el hogar crepitante. O en primavera, cuando había bebido sus primeras gotas del agua que podía mantenerlo vivo durante otros cincuenta años. ¿Sería posible? ¿No era un sueño?

Cada vez que se encontraba solo, Dennis hablaba consigo mismo en voz alta. Formulaba preguntas y se esforzaba por responderlas. Había estudiado la partida de nacimiento de Sophie emitida en Colorado; la fecha era el 5 de noviembre de 1930. Sophie había retirado la banda de goma y desenrollado su título de la Universidad de Cornell; la fecha de graduación era junio de 1952. Le había dado una lupa y Dennis se había inclinado bajo la luz halógena brillante de la lámpara del escritorio de Sophie para inspeccionar una vez más la fotografía color sepia de la fiesta de cumpleaños número sesenta y cinco de William Lovell. Salvo que Sophie se equivocara al identificar los rostros, eran tal como se los había descripto a Dennis. En el fondo de la caja fuerte había un ejemplar amarillento y gastado de *El jardín perfumado* del Sheik Nefzawi, de Túnez. Había sido publicado en Londres en 1846, y no se mencionaba el nombre del traductor. En la solapa, Dennis descifró un garabato escrito en tinta color turquesa: "Este libro maravilloso pertenece a Larissa Orlov McKee".

Dennis pensó otra vez en los dientes de los Lovell: los empastes de oro y las amalgamas de tipo antiguo que, según el odontólogo forense debían haber sido colocadas antes de 1910, cuando Susan Lovell, de soltera Susan Crenshaw, y Henry Lovell, padre, eran adolescentes. Henry Lovell, padre, era el hijo de Caleb y el nieto de William…

Si Dennis optaba por no creer, entonces estaba casado con una charlatana, una mujer con una mente retorcida y la determinación de lograr sus propósitos a cualquier fin. Una fantasiosa y asesina. Si optaba por creer que su esposa, la mujer a la que amaba, tenía sesenta y cuatro años, entonces se le abría una puerta hacia un futuro asombroso. Tenía un nuevo mundo por delante. Podía rechazarlo, cerrar la puerta de un golpe, y alejarse hacia una vida normal con sus riesgos y posibilidades… o trasponer el portal y formar parte de un destino hasta ese momento inimaginable: vivir hasta los cien años y después morir por propia voluntad. Y hasta el momento de la partida, no sólo guardar el secreto del pueblo sino también asegurarse de que permaneciera en secreto. Dennis comprendía que debería ayudar, porque eso formaba parte del pacto: todos ayudaban. En el caso de la muerte de los Lovell, todos habían colaborado para tapar la verdad. Y todos estaban convencidos de que no habían hecho nada malo.

Si aceptaba todo lo que le había dicho Sophie, no había existido asesinato. Suicidio asistido, sí. Y en ese caso, ¿qué ley debía prevalecer? ¿La ley del estado o la ley de la comunidad? Dennis no tenía dudas respecto de esa respuesta. El estado era una abstracción; la comunidad estaba compuesta por seres humanos vivos. Sophie no era una asesina.

Dennis se sentó de nuevo con Sophie frente al hogar y descorchó una botella de vino tino fino. Tenía que saber muchas cosas.

—¿Qué hacen —le preguntó— cuando una persona joven no acepta el pacto? ¿Cuando no elige la longevidad y una eventual partida a los cien años?

—Algunos lo han hecho —dijo Sophie—. Se fueron de Springhill.

—¿Les permiten irse?

—Esto no es una cárcel.

—¿No temían que los traicionaran?

—Se fueron porque no creyeron lo que les dijimos. Entonces nos preguntamos cuál sería la peor hipótesis. Adondequiera que fueran, le dirían a la gente que en las montañas Elk vivía un grupo de gente loca que creía haber descubierto la fuente de la juventud. Creemos que sucedió una vez. Un grupo formado por una docena de jóvenes de pelo largo provenientes de Oregon llegó hace seis o siete años y preguntó si existía ese lugar. Utilizaron esas mismas palabras: "la fuente de la juventud". Nos reímos de ellos. Los hicimos sentir como unos tontos a quienes un grupo de chicos drogados les habían vendido un buzón. Los pobrecitos acamparon a orillas del lago Indian durante una semana, más o menos, comieron sus cereales, intentaron nadar en el agua helada, y después se marcharon. Desde entonces no nos han molestado.

—¿No ha venido nadie más a investigar?

—Nadie.

—¿Y el estado de Colorado? ¿El gobierno federal? ¿Nunca descubrieron alguna discrepancia?

—De vez en cuando. El comisionado del condado es muy curioso, y el Departamento de Salud Pública nos ha efectuado algunas preguntas. Nos tratan como si fuésemos montañeses incultos: gente poco inteligente que no sabe llevar sus registros como todos los buenos estadounidenses. Pero, en general, les entregamos la documentación necesaria. Los registros de conductor deben ser renovados en forma personal cada cinco años, y debes llevar una foto; por lo tanto, si hay algún problema, enviamos a otra persona que represente la edad correcta. Y cada año inscribimos algunos nacimientos adicionales, de tal modo que tenemos una reserva de partidas de nacimiento. Grace es la custodia actual. La Junta de Agua mantiene al día el trabajo burocrático.

—¿Han pensado alguna vez que podrían estar equivocados respecto de la causa de la longevidad? ¿Qué podrían existir otros factores?

—Por supuesto. Sabemos que hay otras cosas que contribuyen a una longevidad sana. La vida ordenada, sobre todo. Los granjeros viven más que la gente que realiza otros trabajos. Los montañeses tienden a vivir más tiempo. En Kazajstan y Armenia hay una cantidad insólita de personas de cien años. Por un tiempo se dijo que era porque comían yogur, lo cual, por supuesto, era una tontería. La verdad es que la gente longeva de Kazajstan eran campesinos físicamente activos: pastores de cabras y ovejas que subían a la montaña los siete días de la semana. Es una forma natural de ejercicio aeróbico. Comían frugalmente y respiraban aire puro. Algunos llegaban a los cien años. Pero muchos fallecían a los sesenta, setenta y ochenta. No existía una longevidad coherente. Más que eso. Unanimidad.

Dennis asintió; había comprendido.

—Y recuerda —le dijo Sophie— que a poca distancia, en Marble, tenemos un grupo de control, aunque ellos no lo saben. El mismo patrón genético, las mismas ocupaciones, la misma altitud y clima. La única diferencia es que ellos no beben agua del manantial. Son muy sanos, pero, en promedio, sólo viven unos pocos años más que la gente de Carbondale.

—¿Y la dieta? ¿No podría ser un factor importante?

—¿Tú crees que la cocina francesa de mi madre puede fomentar la longevidad? ¿O el amor de mi padre por el vino borgoña?

Dennis frunció la frente.

—Aún te cuesta creerlo.

—Sí.

—¿Qué es lo que más te intriga?

—El cómo y el porqué —dijo Dennis—. Si los análisis químicos no revelan el elemento exclusivo del agua que produce el fenómeno… entonces, ¿qué lo produce? ¿Y cómo es posible que lo produzca? ¿No lo ves? ¿Por qué aquí? ¿Por qué en ninguna otra parte?

—Es posible que exista en otro lado —dijo Sophie— y que ellos hayan llegado a las mismas conclusiones que nosotros y decidido guardar el secreto. Pero tú tienes razón. No sabemos el cómo o el porqué. Si lo supiéramos, todo sería diferente. Compartiríamos el secreto. Te conté que existía la teoría de que hace miles de años cayó en esta zona un meteorito, que está enterrado cerca del manantial, y supuestamente a eso se debe la distorsión de la gravedad y las otras cosas raras que suceden en el lugar. Quizá también afecte el agua. O quizá, no. No lo sabemos. Hemos llegado a aceptar que todo esto es como una especie de milagro, aunque yo detesto esa palabra, porque creo que, si supiéramos todos los hechos, veríamos que todo tiene una causa química lógica. Yo prefiero considerarlo un regalo. Y siempre uso la palabra "bendición". Pero no me atrevo a especular de qué o de quién. Lo que sí sé es que los regalos y las bendiciones pueden utilizarse en forma inteligente o tonta. Y creo, dado que somos humanos y poseemos conocimientos limitados, que hemos utilizado el nuestro con inteligencia.

Esa noche, en la cama, Dennis dejó de lado toda discusión e hizo el amor con su hermosa esposa de sesenta y cuatro años. Los números eran abstractos, y Sophie era tangible, real. Su cuerpo brillaba bajo la luz de la luna de abril como lo había hecho dos años antes cuando hicieron el amor por primera vez en esa misma cama. Dennis oyó sus gemidos de placer, sintió su cuerpo temblar. Y volcó en ella toda su pasión.

Abrazado a Sophie, mientras se dormía, murmuró:

—Todo saldrá bien. Nosotros estaremos bien. A pesar de todo.

A la mañana Dennis se despertó con la sensación de que había cruzado un puente. Lo que había dicho era cierto. Recordó las palabras de Sophie. "Tú puedes elegir. Regresa al mundo y corre el riesgo con la biología, o quédate conmigo en Springhill, en nuestro mundo, y vive hasta los cien años. Y después muere por propia voluntad".

"Es cierto —pensó—. No es una fantasía. Lo creo. Me quedaré, beberé el agua, prestaré los juramentos que haya que prestar.

Viviré hasta los cien años, y también lo harán mis hijos. ¿Qué tiene de malo?"

Ese día, más tarde, Dennis recordó su promesa a Harry Parrot. Le había dicho que hablarían cuando el juicio terminara. Dennis llamaría a sus amigos de la costa Este y prepararía el camino para el viaje de Harry. También recordó lo que le había dicho Sophie: Harry estaba llegando al fin de sus cien años. Iban a planear la ceremonia de la partida aquella semana. Había tantas cosas en movimiento en la mente de Dennis que no captó de inmediato el significado de esas palabras. Harry estaba sentenciado a muerte... pero Harry le había dicho que quería ir a Nueva York a mostrar sus pinturas.

Dennis salió temprano de la oficina y fue directamente a la casa de Harry, la primera casa a la entrada de Springhill. Había comenzado a nevar de nuevo. Bajo el sol cálido de abril, la nieve se derretía todos los días y al anochecer se convertía en hielo. Las barredoras de nieve del condado trabajaban en forma permanente. El Jeep rojo de Dennis tenía tracción en las cuatro ruedas y neumáticos para nieve, pero a pesar de ello el vehículo resbaló sobre el hielo acumulado en el camino de entrada a la propiedad de Harry.

No había timbre. Cuando Dennis llamó a la puerta, Harry gritó desde el interior:

—¡Adelante!

En la sala demasiado caldeada, Harry se hallaba hundido en un viejo sillón de cuero junto al hogar; una mano de nudillos grandes, manchada de pintura, aferraba con firmeza una botella semivacía de vodka.

—Sabía que eras tú. ¿Quieres un trago? Sírvete. Ya has estado aquí; sabes dónde guardo los vasos.

Dennis buscó un vaso en la cocina y se sentó sobre una mesita baja de pino, frente a Harry.

—Lo sé todo —le dijo—. Sophie me contó acerca del agua. El pacto. Toda la historia de Springhill. Resulta un poco difícil de creer.

—Bueno, es cierto, mi amigo. Todo. ¿Te habló de la ceremonia del hueso?

—También.

—Es lo que me están haciendo a mí ahora. Debes irte con gracia, me dice tu esposa. Me lo dicen todos. Tienen derecho. Yo estuve de acuerdo hace mucho tiempo, y ellos han sido buenos conmigo. No podrían haber sido mejores. —Harry emitió un gruñido; inclusive rió. —Los hijos de puta.

—Me dijiste que ibas a Nueva York.

—A la gran ciudad. No estuve nunca allí. Quisiera llevar mi trabajo. En diapositivas y conocer a la gente apropiada. Tú los conoces, ¿no? ¿Qué fue lo que me dijiste una vez? "Sería una pena que pasaras inadvertido el resto de tu vida." Lo he pensado. El resto de mi vida no es mucho tiempo. Soy un buen pintor. Podría ser un gran pintor. Es difícil saberlo; no está en mis manos. ¿Sabes cuándo cumplí cien años?

—No, Harry, no lo sé.

—Ayer. Llegué a este mundo el 14 de abril de 1895. ¿Sabías que estuve en la Primera Guerra Mundial? Pues así fue. No podía contártelo antes. Quería contártelo, porque sabía que estuviste en Vietnam y que te interesaría saber dónde estuve yo. Cabo, Sexto de Infantería. Fui a Francia, a Château-Thierry. El primer día, a los diez minutos de permanecer en la trinchera, estaba aterrado, esperando que me dieran la orden de subir para que me mataran, y entonces recibí una herida de metralla en el hombro. Fue lo más afortunado que me pasó en la vida. Me enviaron a un hospital de París. No volví al frente jamás. En París hice el amor diez días seguidos. Ginette, Marie… no recuerdo a las otras. *"Voulez-vous coucher avec moi, mam'selle?"* Siempre me respondían: *"Oui, ché-ri"*. Fue algo impresionante. ¿Me crees?

—Hace una semana no lo habría creído —dijo Dennis—, pero ahora sí.

—Lamento haber tenido que callarme. El otro día, cuando me bajé de tu auto, me sentí muy tonto. Pero no podía decírtelo.

—Lo comprendo.

—No me molestaría ver París otra vez, después de conocer bien Nueva York. Quizá le digan *"Oui, chéri"* a un viejo de cien años.

Dennis sonrió.

—Ya lo averiguarás.

—¿Lo haré? ¿Cómo? Ellos no permitirán que me vaya.

Dennis había pensado en eso todo el día.

—No te detendrán por la fuerza, Harry. Quieren que cumplas la ceremonia de la partida. Pero si te niegas, no te matarán. Son personas civilizadas, no bárbaros. —Mientras lo decía, Dennis recordó lo que les había sucedido a él y al chofer de la camioneta en el camino que unía Springhill y Redstone, pero con cierto esfuerzo dejó de lado el recuerdo; no tenía nada que ver con lo que sucedía en ese momento. —Si les planteas que te irás —le dijo a Harry— no podrán hacer nada. Tendrán que aceptarlo.

Harry se llevó la botella de vodka a los labios. Después de tragar, sacudió la cabeza.

—Tú no comprendes —dijo.

—Sophie me contó todo.

—¿Acerca del viejo Henry y Susie?

—También.

—Supongamos que Henry y Susie hubiesen dicho: "De ningún modo. Váyanse todos a la mierda". ¿Qué crees que habría sucedido?

Dennis se dio cuenta de que no había pensado en eso. Si los Lovell se hubiesen negado, según había dicho Sophie, "habríamos tenido que emplear cierta fuerza… y eso era lo que tratábamos de evitar a toda costa".

Pero Dennis no le había dado importancia; lo había borrado de su mente.

—La aguja —dijo Henry— habría penetrado de todos modos en sus brazos, mi amigo. Puedes apostar todo tu dinero a ello. Y me lo harán a mí también. Ellos tienen gente que se ocupa de esas situaciones, y tú sabes quiénes son. No pongas esa expresión de inocencia y asombro. Me arrojarían de una maldita montaña si tuviesen que hacerlo.

—No puedo creerlo —dijo Dennis.

—No quieres creerlo.

No podía darse el lujo de creerlo. Porque en ese caso Sophie formaría parte de un sistema capaz de cometer asesinato, de ser necesario. El fin justificaba los medios.

—¿Qué sucedería si simplemente te fueras, Harry? Te subes a tu camioneta en la mitad de la noche y conduces hasta Carbondale y después por la I-70 hasta Denver. Y no regresas jamás.

—Henry y Susie Lovell lo intentaron —contestó Harry.

Dennis dijo con lentitud:

—La gente del pueblo sabía donde buscar a los Lovell. ¿Y si no los hubieran encontrado en el paso Pearl?

—Habrían seguido buscando. Hace unos años hubo un tipo llamado Julian Rice. Escapó. Lo persiguieron hasta México. Tardaron dos años, pero lo encontraron. Lo mataron.

En su relato, Sophie no había mencionado el elemento tiempo, la dedicación a la cacería.

—Fueron a México y hablaron con Rice para convencerlo —replicó Dennis. Notó que los estaba defendiendo. Un abogado defensor es siempre un abogado defensor.

—Julian Rice no quería conversar —contó Harry—. Quería beber margaritas en Puerto Vallarta y divertirse con su novia anciana y sensual, y vivir.

—No te encontrarán —afirmó Dennis.

—No lo sabes. Tendría que estar todo el tiempo mirando por encima del hombro. Es una forma horrible de vivir.

—No sabrán donde estás.

—Si hago una exposición en Nueva York lo sabrán de inmediato. Y si no lo averiguan, sabrán que tú lo sabes, y tú se lo dirás.

—No lo haría jamás —aseguró Dennis con firmeza.

—Lo harás si eres uno de ellos.

—No lo haría, Harry, te lo juro.

—Tendrías que hacerlo.

Harry lo dijo con tanta certeza que Dennis vaciló.

—¿Por qué?

—Si no lo hicieras no te permitirían vivir aquí.

Dennis comenzó a caminar por la habitación. Comprendió el dilema. La aldea no hacía excepciones. No podía. Pero si Harry no se sometía con docilidad… tendrían que hacer una excepción.

—¿Qué vas a hacer? —preguntó Dennis.

—Todavía no lo sé —respondió Harry—. Tenía la esperanza de que tú me dieras algún consejo sabio. Y si no fuese sabio, cuando menos un consejo bueno y simple. Utilicé mi fuerza de voluntad, y creo que funcionó, porque estás aquí. Eres abogado. Has visto muchas cosas, y tengo la impresión de que eres muy independiente. Y eres mi amigo. ¿Qué debo hacer? ¿Qué harías tú?

Dennis se sentó y miró al anciano pintor.

—¿Por qué quieres vivir?

—¿Tiene alguna importancia?

—Muchísima.

—Entonces te lo diré. Quiero vivir un poco más para que el mundo exterior conozca mi obra. No puedo dejarle ese trabajo a otra persona porque exige mucho esfuerzo y tiempo y nadie lo haría tan bien como yo. No quiero vivir hasta los doscientos años, ni hasta los ciento veinte, ni siquiera hasta los ciento cinco. No me interesan los números en tanto pueda obtener un cierto reconocimiento por lo que he hecho allí. —Señaló con el pulgar hacia su estudio. —Por sesenta y cinco años de sudor. Sesenta y cinco años de volcar mis entrañas en una tela. No es un motivo noble, lo sé. Pero es el único que tengo, y quisiera cumplirlo.

—Es lo bastante noble —dijo Dennis—. Hablaré con ellos. Creo que comprenderán. Soy hábil para convencer a la gente. Lo demostré en Aspen.

Dennis habló con Sophie aquella noche en el dormitorio.

—No pide que sea para siempre —le dijo—. Ni siquiera una década. Sólo un poco de tiempo en Nueva York, y después quizás en París. Yo creo que serían tres años como máximo. Su obra es maravillosa. Ustedes creen en él como artista; lo han mantenido durante más de cuarenta años. Ésta podría ser la recompensa. Para él, y para todos ustedes.

—El pueblo no quiere ninguna recompensa —contestó Sophie—. Mantuvieron a Harry por los motivos más nobles. Fue idea de mi madre, ¿lo sabías? Por ese entonces, ella y Henry Lovell estaban en la Junta de Agua. Hablaron con toda la gente y al fin hubo un referéndum que fue aprobado ampliamente. En esa época, la gente amaba a Harry. Él no bebía tanto cuando era joven. Se sentían orgullosos de que un artista viviera y trabajara en el pueblo.

—¿Y ahora?

—Creo que la mayoría de los jóvenes ya no lo ven de ese modo. Hay un grupo que piensa que es un parásito, que no hace nada por los demás. Lo único que ven es el Harry que bebe una botella de vodka por día. El Harry que pinta es un extraño para ellos.

—¿Por qué fue nombrado en la Junta de Agua?

—El trabajo de la junta no es fácil. Hubo muchas personas que prestaron servicio durante unos años y después renunciaron. Cuando se produjo una vacante, la gente creyó que Harry sería más imparcial que muchas otras personas. Él era el único de nosotros que no tenía docenas de parientes en el pueblo.

—¿Él quería que lo nombraran?

—Se había convertido en uno de nosotros. Y fue en la misma época en que le dijeron que lo mantendrían para que pudiera dedicarse a la pintura. No podía negarse.

—Déjame alegar por él frente a la junta —sugirió Dennis.

—La junta no es un tribunal —dijo Sophie—. Las reglas son diferentes.

—Puedo aprenderlas.

—Dennis, escúchame. La gente está contenta de que hayas ganado el juicio de mis padres. Pero al hacerlo te ganaste algunos enemigos. Grace Pendergast y Hank Lovell y los muchachos que trabajan en la cantera. Te ven como un tipo de la ciudad y no confían del todo en ti. Aunque lo harán, con el tiempo. En este momento, si abogaras por Harry Parrot no lo beneficiarías. Perderías.

—El juez Florian también me consideraba un tipo de la ciudad. Necesito hacer esto. Quiero hacerlo. Y quiero que tú… necesito que tú quieras que lo haga.

27

La ceremonia del hueso

18 de abril de 1995

La Junta de Agua se reunió a la mañana temprano del martes siguiente en la escuela de una sola aula situada en la calle Main de Springhill, antes de que los niños llegaran para comenzar su día escolar. Un edificio simple, rectangular, de madera roja con techo de chapa inclinado, la escuela había sido construida en 1927 cuando la anterior fue destruida por una avalancha, en el mes de marzo. Cada dos años recibía una nueva capa de pintura roja, de tal modo que parecía una escuela de un libro de cuentos infantiles. No era, pensó Dennis, el lugar apropiado para decidir si un hombre debía vivir o morir.

A fines de abril nevaba casi todos los días. Nadie recordaba que en las últimas décadas hubiese habido una primavera con tanta nieve. Por la mañana, sin embargo, los rayos del sol entraban por las ventanas de la escuela en un ángulo agudo y formaban rayas anchas y amarillas a lo largo del pizarrón, el escritorio de la maestra y las hileras de pupitres y bancos de pino. En el aire dorado flotaban partículas de polvo.

Las reuniones de la Junta de Agua estaban abiertas para todos los residentes de Springhill. Las sillas del aula se hallaban ocupadas por los cinco miembros de la Junta y por dos docenas de personas del pueblo, Bibsy y Scott entre ellos.

—No es un juicio —le había dicho Sophie a Dennis cuando

le informó que la junta estaba dispuesta a escucharlo—. Es una audiencia amistosa. Pediste la oportunidad de explicar el punto de vista de Harry. Te la dan porque consideran que están en deuda contigo por lo que hiciste por mis padres. Es posible que te hagan algunas preguntas. Eso será todo.

Harry Parrot no había sido invitado, lo cual molestó a Dennis. En la historia de la humanidad había muchos precedentes de juicio en ausencia, pero ninguno brindaba mucha seguridad al acusado o a su abogado acerca del resultado.

Sophie, con vaqueros y una blusa blanca, presidía la reunión. Los otros miembros de la junta eran Amos McKee, Grace Pendergast y Oliver Cone. Con una sonrisa, Sophie levantó la vista del escritorio y dijo:

—¿Dennis? Tú querías decir algo.

Dennis se paró y les dijo que estaba agradecido por tener esa oportunidad. Sabía que era un recién llegado y que le habían otorgado un gran privilegio. No pedía nada para él; hablaba en nombre de un miembro de la comunidad, tal como lo había hecho en el alegato final frente al juez Florian. En ese momento, lo había hecho por Bibsy Henderson, y ahora, por Harry Parrot, su amigo. Repitió todo lo que Harry le había dicho. Les explicó el plan del pintor, sus necesidades, su vida emocional como artista.

—Quisiera mencionar el tema de la inmortalidad —dijo.

Hubo un leve movimiento de incomodidad entre los presentes. Dennis sonrió con amabilidad.

—Hay dos clases de inmortalidad —dijo—. Una es física… la idea de vivir eternamente. Estoy seguro que nadie lo considera posible, ni siquiera conveniente. Pero existe otro tipo. Las obras de Shakespeare y Leonardo da Vinci y van Gogh y Picasso estarán siempre con nosotros. Y también lo estarán esos artistas, debido a su obra. Ésa es la verdadera inmortalidad. Es maravillosa, porque nos vincula con el pasado y con el futuro. Nos da una sensación de plenitud en el tiempo. Y puede lograrse. —Hizo una pausa. —Pero nunca se sabe qué artista la alcanzará y cuál no, porque la opinión contemporánea no siempre es objetiva. Esa opinión debe madurar con el correr de varias décadas. Creo que Harry Parrot tiene la oportunidad de alcanzar la inmortalidad, y ustedes pueden elegir entre darle o no esa oportunidad. Efectuar la elección equivocada sería un pecado. Por eso les ruego que elijan con sabiduría. —Y agregó: —Por lo tanto, si tienen alguna pregunta, háganla. Las responderé con gusto. Pueden preguntar lo que quieran.

Desde su asiento, en una silla escolar detrás de un pupitre de madera, Grace Pendergast miró a cada uno de los miembros de la junta. Todos ellos, excepto Sophie, asintieron de manera imperceptible. Sophie permaneció inmóvil.

Grace miró de nuevo a Dennis. Le sonrió con afecto y dijo:

—Le agradecemos el tiempo que nos ha dedicado y todo los que nos dijo. Harry debe sentirse muy feliz por tener un amigo tan leal. Vamos a pensar en lo que nos dijo. Y cuando tomemos una decisión, se la diremos a Harry.

—¿No quieren hacerme ninguna pregunta? —dijo Dennis.

—Usted ha dicho todo lo necesario —respondió Grace—. Ahora tenemos que irnos. Los chicos comenzarán a llegar en cualquier momento.

Aquella tarde, cuando Dennis llegó a casa de su oficina en Aspen, Claudia estaba en la sala con Brian y Lucy, ayudándolos con los deberes.

—¿Dónde está Sophie? —preguntó Dennis.

—En la casa de sus padres.

—¿Puedes quedarte un rato, Claudia? Yo también tengo que salir.

Después de comer algo rápido, Dennis salió al frío atardecer de abril. El viento había barrido las nubes que cubrían las montañas hacia el norte. Las primeras estrellas brillaban como cabezas de alfileres blancos en vibración clavados sobre un terciopelo negro.

Se sentó al volante del Jeep y condujo hasta la casa de Harry Parrot. Springhill se hallaba en silencio; salvo algunas luces, casi no había señales de que estuviera habitado. El edificio violeta del banco brillaba como una imagen fantasmagórica bajo la luz de las estrellas.

En la casa de Harry estaban encendidas las luces de la planta baja. Las gastadas persianas de madera, cerradas. Tres vehículos con tracción en las cuatro ruedas se encontraban estacionados junto a pirámides de nieve que habían sido formadas por las barredoras a lo largo del camino. Uno de los vehículos era un Bronco azul; el segundo, un LandCruiser Toyota gris plateado; el tercero, una camioneta Ford con un barrenieve en la parte delantera. Dennis conocía muchos de los autos del pueblo. El Toyota gris plateado era de Grace Pendergast. Pero no reconoció los otros.

Era raro que alguien fuese a visitar a Harry Parrot. Y más raro aún, de noche. Harry no invitaba a nadie. Dennis estacionó su Jeep en la zona más alejada del camino. Deseaba hablar a solas con Harry, contarle lo que había sucedido en la reunión de esa mañana con la junta. Caminó despacio hacia la casa; después se detuvo, se quitó un guante y colocó la palma de la mano sobre el capó del Toyota. El metal estaba helado. Hacía rato que habían llegado los visitantes. Dennis vaciló… Se detuvo un momento bajo las sombras púrpura cerca de los pinos.

La puerta principal de la casa se abrió de repente. La luz formó un triángulo sobre la nieve apilada en el sendero. De manera instintiva, Dennis retrocedió dos pasos hacia el bosque de pinos.

Dos hombres salieron abruptamente de la casa, seguidos por Grace Pendergast. Harry los siguió, pero enseguida se detuvo. Era una sombra oscura, con camisa a cuadros y vaquero arrugado y manchado de pintura, que se recortaba contra la luz brillante de la sala, donde un fuego anaranjado crepitaba en el hogar.

—Sabes que tratamos de ayudarte… —dijo Grace.

—Cuando necesite tu asquerosa ayuda —gritó Harry—, te la pediré.

El fuego se avivó e iluminó con una luz roja el rostro de uno de los hombres. Dennis reconoció a Oliver Cone. El rostro del otro hombre, enmarcado por la pirámide de nieve, era el de Amos McKee.

La Junta de Agua menos Sophie.

—¡Sinvergüenzas… los sobreviviré a todos! —gritó Harry.

Por un instante, Dennis pensó que Amos McKee iba a golpear

a Harry. Las venas de su cuello se hincharon; sus hombros se irguieron. Dennis se puso en guardia, listo para correr hacia ellos.

Grace se colocó entre los dos hombres. Hubo murmullos que Dennis no pudo oír con claridad. Después los visitantes caminaron hacia el Toyota. La puerta de la casa de Harry se cerró de un portazo.

Dennis permaneció inmóvil en su lugar, conteniendo el aliento. En la oscuridad repentina, Oliver Cone, Amos McKee y Grace se hallaban a pocos metros de distancia del lugar donde él estaba. Se detuvieron y se miraron, y Dennis vio que el vapor de su aliento se elevaba en el aire nocturno. Los ojos de Oliver brillaban bajo la luz de las estrellas como los ojos de un gato montés.

Dennis oyó que decía:

—Podría huir. Es muy escurridizo y está *tucho*. Tendremos que *tundarlo*.

McKee arrastró los pies. Oliver Cone miró a la doctora.

—¿Grace?

—No podría hacerlo ahora —dijo Grace—. Tendría que ser el *lundi*.

El resto de las palabras de Grace se hicieron más borrosas a medida que Oliver se aproximaba a su camioneta. Ella lo seguía. McKee les gritó algo mientras se dirigía a su auto. La puerta del coche de la doctora se cerró. Un minuto después los faros de la camioneta de Oliver iluminaron el camino blanco y parte del capó rojo del Jeep de Dennis. Dennis se agazapó en el refugio de pinos. Las luces se alejaron del Jeep. Los motores rugieron en la noche y dejaron el aire cargado de los gases del caño de escape.

Cuando los autos desaparecieron, el olor quedó flotando unos minutos y después se desvaneció. El aire puro de la noche volvió a ocupar su lugar.

Dennis llamó a la puerta de Harry. Esperó, después golpeó más fuerte con el puño.

Harry abrió una rendija de la puerta. No lograba mantenerse erguido y sus ojos enrojecidos no miraron a Dennis sino hacia la oscuridad.

—¿De dónde demonios vienes?

—Estaba afuera —dijo Dennis—. Ellos no me vieron.

—Entra.

En esta ocasión, Dennis rechazó el vodka que le ofrecía Harry.

—¿Qué te dijeron?

—Me dijeron que era terco como una mula. —Harry rió con crueldad. —Me señalaron con el hueso.

—Espera un minuto. ¿Qué pasó con mi alegato?

—Diablos, no te di las gracias, ¿no? Eres un buen amigo, pero no sirvió para nada. Jamás pensé que serviría. Pero no quise desilusionarte. Ellos sabían que si regresaba a París no volvería jamás. Que me quedaría haciendo el amor con las nietas de Ginette y Marie hasta que muriera. —Harry dio un paso hacia la escalera y después se detuvo. —Tengo que dormir un poco. Pensar en todo esto.

—Harry, debo hablar contigo.

—Estás hablando, ¿no? ¿O soy yo el que habla? Estoy un poco borracho, Denny.

Dennis lo tomó por los hombros.

—Recupérate y escúchame. Los oí cuando hablaban en su jerga. Creo que no harán nada por el momento. Será el lunes, según dijo Grace. *Lundi* es lunes, ¿correcto? Ese día te darán una paliza. Pero no dijeron por qué.

—¿Paliza? ¿De qué diablos estás hablando? —Harry lanzó una carcajada. —¿Por qué harían algo tan incivilizado?

—No lo sé. Oliver Cone dijo que eras *tucho*. ¿Qué significa *tucho*?

—Loco.

—Y dijo que tendrían que darte una paliza. Eso fue lo que no comprendí. ¿Qué tiene que ver el castigo con todo esto?

Harry se sentó de nuevo en la silla, apretó la botella de vodka con las dos manos y fijó la vista durante un largo rato en el fuego crepitante. Después miró a Dennis.

—¿Podrías repetir todo otra vez? ¿Si no te molesta?

Dennis repitió lo que había oído.

Harry lanzó una carcajada áspera.

—¿Darme una paliza? ¿Creíste que dijeron "darme una paliza"? —Harry se llevó la botella a la boca, tragó, se relamió y suspiró. —No es así, amigo. Ojalá lo fuera. Lo que tú oíste fue "tundar": Es la palabra que significa "matar" en su jerga. Si se lo permiten, el bastardo me atravesará el corazón con una flecha como lo hizo con el perro de los Lovell.

Dennis meditó unos minutos acerca de la situación. Le creía a Harry. Lo habían planeado para el lunes porque para entonces, ahora comprendía, Grace obtendría los implementos necesarios en la farmacia de Grand Junction.

—¿Sabes? He vivido cien años —dijo Harry—. Más de lo que sueñan muchas personas. Lo lógico sería que estuviera preparado para marcharme. —Se llevó la botella de vodka a la boca, bebió las últimas gotas, la miró con disgusto y después la arrojó al fuego. —Pero no lo estoy, Dennis. No puedo evitarlo. No estoy listo. Y tú sabes por qué.

—Sí, sé por qué. Así que salgamos de aquí.

—No puedo irme sin mis cuadros —objetó Harry—. Es lo único que cuenta, ¿no? Creo que ellos lo saben. Saben que no puedo irme de repente.

Dennis pensó en ese detalle.

—Todavía queda una salida. Empaca lo que necesites para un par de noches. Ven conmigo.

—¿Dónde?

—A mi casa. A hablar con Sophie. —Entonces recordó que Claudia le había dicho que Sophie se encontraba en la casa de los Henderson. —¿Dónde está tu teléfono, Harry?

El pintor señaló un viejo teléfono negro situado sobre una mesa junto a la mecedora, en una esquina de la habitación. Dennis levantó el auricular y se dispuso a marcar el número de los Henderson. Pero cuando colocó el auricular en su oreja no oyó el tono de discado, únicamente silencio.

—¿Pagaste la cuenta del teléfono, Harry?

—El pueblo la paga por mí.

—¿Entonces por qué no funciona?

—Te aseguro que funcionaba la última vez que lo usé.

—¿Cuándo lo usaste?

—Hace un par de días. Se detuvo mi reloj despertador y llamé a la operadora para averiguar la hora.

—Han cortado la línea —dijo Dennis. Sonrió. —Pero tengo un teléfono en el Jeep.

Se sentó al volante, tomó el teléfono y presionó el botón. No había tono de discado. Dennis tenía una linterna en el llavero. Iluminó los cables del teléfono y no vio pruebas de manipuleo.

Recordó lo que había aprendido en el pasado en un caso de intervención telefónica que involucraba a la Mafia y la policía de Nueva York. En algunas ramas de las fuerzas armadas se enseñaba a desconectar un teléfono insertando un alfiler a través del cable que conectaba con la batería. Cuando se quemaba el fusible, se recortaban las puntas del alfiler. Si alguien reemplazaba el fusible defectuoso, se quemaba de nuevo. El ojo inexperto no notaba nada raro.

Habían visto su auto y desconectaron el celular cuando él se hallaba en el interior de la casa conversando con Harry. Dennis se preguntó con qué clase de hombres se estaba enfrentando y, por primera vez, sintió temor.

28
La fuga

18 de abril de 1995

Cuando se aproximaban a la casa, Dennis vio luz en la cocina. Las montañas se elevaban más atrás como paredes de marfil; la noche era tan silenciosa que desde el camino podía oír el murmullo del arroyo que navegaba por su cauce entre trozos de hielo. Apagó el motor del auto y entonces también oyó los latidos de su corazón.

—Ven conmigo, Harry.

En la cocina caldeada, Sophie apoyó su mejilla contra la de Dennis. Hacía media hora que había regresado de la casa de los Henderson. Los chicos se habían acostado y tal vez ya estuvieran dormidos. Claudia había regresado a su casa. Sophie abrazó a Harry, que de repente parecía sobrio.

Sophie giró la cabeza y miró a su esposo.

—Dennis, nuestro teléfono no funciona.

Sin prisa aparente, Dennis levantó el auricular del teléfono de la cocina y lo apoyó contra su oreja. No había tono de discado. Aunque no fue su intención, caminó un poquito más rápido hacia la habitación pequeña llena de libros que él y Sophie llamaban biblioteca. Sobre la mesa de ajedrez tapizada en cuero había un aparato de fax conectado a otra línea telefónica. Dennis levantó el auricular. Esa línea se hallaba igualmente silenciosa. Sintió un sabor seco y amargo en la boca, el mismo que había sentido por

298

última vez veinticinco años antes en la selva próxima a Da Phong. Pero cuando se sentó de nuevo a la mesa de la cocina con Sophie y Harry, estaba tranquilo. Inclinó la silla hacia atrás y aceptó el vaso de vino que Sophie le ofrecía. Le contó todo lo que había sucedido en la casa de Harry.

—No me vieron. Oliver Cone iluminó mi auto con los faros de su camioneta durante alrededor de diez segundos. No hizo nada al respecto, así que pensé que no sabía de quién era el Jeep. Me equivoqué. Cortaron la línea telefónica de Harry, después cortaron el teléfono celular de mi auto, después vinieron aquí y cortaron los nuestros, en la caja que está en el camino. —Los músculos que rodeaban sus ojos se endurecieron. Tomó las manos de Sophie. —No te dijeron que iban a realizar la ceremonia del hueso, ¿no es así?

Sophie negó despacio con la cabeza, abrumada por la decepción.

—Te dejaron afuera —dijo Dennis—. Podrían haberte encontrado si lo hubiesen deseado. No confían en mí porque soy amigo de Harry y aún soy un *fureño*. Y ahora no confían en ti porque eres mi esposa. El otro día le dije a Harry que no iban a detenerlo por la fuerza. Le dije que eran personas civilizadas, no bárbaros. Dime, Sophie, ¿qué son?

—Personas asustadas —murmuró Sophie—. Tratan de proteger lo que tienen. Si Harry se marcha… —No terminó la oración.

—Si se marcha —dijo Dennis—, puede haber un riesgo. Pero la alternativa es peor. Esta comunidad… No, lo expresaré en términos menos drásticos… Una parte de esta comunidad se ha propuesto detenerlo a toda costa, sin importar lo que tengan que hacer. No será suicidio asistido, sino un asesinato. Los oí decir que deberían matarlo. No puedo permitir que lo hagan. Tú lo entiendes, ¿no es así? No puedo permitirlo por ningún motivo. No cuestiono nada de lo que me dijiste, pero ninguna comunidad civilizada tiene derecho a ejecutar, salvo que lo haga de acuerdo con la ley, y en ese caso, únicamente como castigo por un crimen horrible. Dime, Sophie, ¿qué crimen ha cometido Harry?

Sophie sufrió un cambio; sus labios se curvaron hacia adentro, la sangre subió a sus mejillas como si la hubiesen abofeteado.

—Ellos creen que irá a Nueva York y decidirá vivir para siempre. Consideran que eso es un crimen contra nuestra existencia. Y, además, es alcohólico. —Miró a Harry y le acarició con suavidad una mejilla. —Lo lamento, Harry. Ellos creen que si te marchas, te emborracharás… y hablarás.

—Yo no haría una cosa así —alegó Harry.

—No lo harías de manera intencional. Pero podría suceder.

—Y si así fuera —dijo Dennis—, y viniera gente a preguntar por la fuente de la juventud, ustedes se burlarían de ellos y los convencerían tal como lo hicieron cuando vino la gente de Oregon. Pero ni siquiera sucedería eso. Si Harry hablara, la gente pensaría que está loco.

—Si se hiciera famoso, la gente no pensaría que está loco —afirmó Sophie—. Y al ver que no envejece, entonces deberían creerle. Tendrían pruebas.

Dennis comenzó a caminar por la habitación; cada vez que pasaba frente al hogar el resplandor del fuego iluminaba su rostro y le daba una apariencia salvaje. Tomó su vaso de vino, lo bebió y lo dejó sobre la mesa ratona.

—¿Se trata de todo el pueblo, Sophie, o solamente de McKee, Cone y Grace Pendergast?

—Son ellos, pero están haciendo lo que quiere el pueblo.

Dennis miró a Harry Parrot.

—¿Estás sobrio?

—Totalmente —aseguró el pintor—. Pero sería preferible que no lo estuviera.

—Cuándo viniste a este pueblo, hace sesenta y cinco años, y ellos te aceptaron, ¿accediste al pacto?

—Sabes que lo hice —repuso Harry.

—Pudiste elegir. Pudiste decir que no.

—Por supuesto.

Dennis se dio cuenta de que lo estaba interrogando. Le costaba desprenderse de los viejos hábitos.

—¿Entendiste el significado de tu juramento?

—Sí, lo entendí.

—Siendo así, ¿cumplirás tu palabra? ¿Aceptarás que se realicen los ritos de la ceremonia de la partida?

—No, no estoy dispuesto a aceptarlo.

—¿No cambiarás de opinión?

—De ningún modo, amigo.

—¿Qué quieres hacer?

—Irme. Salir de aquí.

Dennis extendió las manos sobre la mesa de la cocina y presionó con tanta fuerza que sus nudillos se pusieron blancos.

—No puedo permitir que lo maten —le dijo a Sophie.

—¡Pero no permitirán que se vaya! —exclamó Sophie.

—Lo voy a llevar a Aspen en este mismo instante. Mickey Karp lo recibirá. —Miró a Harry. —Mañana contrataremos un camión. Vendremos con un par de policías. Nadie podrá impedir que cargues tus cuadros y todo cuanto quieras llevarte. Nadie te impedirá que salgas de este pueblo y de este valle y vayas adonde quieras ir. Estarás a salvo, Harry. Serás libre.

Sophie dijo en voz muy baja:

—Si lo haces, Dennis, no te permitirán regresar a Springhill. Ni a ti, ni a tus hijos. Ni a mí.

—Es posible —contestó Dennis—. Me ocuparé de eso cuando Harry esté en Aspen y no tenga que temer que esos fanáticos lo sujeten para que Grace Pendergast pueda introducirle una aguja en la vena.

Dennis guardó silencio unos segundos; intentaba leer la mente de Sophie, pero sus ojos no le dijeron nada.

—Quédate aquí, con los chicos —le dijo.

Harry había llevado un par de medias y ropa interior en un viejo bolso. Tenía puesto un pantalón de corderoy, botas forradas con piel y una campera roja gastada con olor a tabaco rancio. Se sentó junto a Dennis en el asiento delantero del Jeep y comenzó a tamborilear con los dedos sobre la tapa de metal de la guantera. Después introdujo la mano en un bolsillo y extrajo un cigarro envuelto en celofán.

—Te ruego que no lo enciendas —le pidió Dennis.

—A veces eres muy molesto. ¿En la costa Este te dejan fumar un cigarro de vez en cuando?

No lo recuerdo. Escríbeme una postal y cuéntamelo.

—No estarás aquí para recibirla. ¿No oíste lo que dijo tu mujer? Averiguarán que me ayudaste y te expulsarán.

Dennis trató de comprender con exactitud el significado de esas palabras. Sophie era propietaria de la casa; no podían desalojarlos. Lo peor que podía hacer el pueblo era aislarlo. ¿Se vengarían de algún modo en los chicos? Eso no podría tolerarlo.

Dennis ya había pensado en la posibilidad de que Sophie no los acompañara si él y los chicos eran obligados a dejar Springhill. Si ella renunciaba a él, le permitirían quedarse. Su vida estaba allí. Él era su esposo y compañero, pero quizá para ella fuese más doloroso renunciar a sus raíces y su hogar, que al hombre que sólo había conocido un par de años antes. Dennis se dio cuenta de que no sabía cuál sería la decisión de Sophie.

—¿Tienes un arma? —le preguntó Harry.

—Maldición, por supuesto que no. ¿Acaso estamos en la ciudad de Dodge? ¿Se supone que soy Wyatt Earp? No nos van a emboscar, Harry.

Mientras masticaba el cigarro apagado, Harry se encogió de hombros y Dennis pensó que era su forma de coincidir con él.

Cruzaron el pueblo, giraron hacia el norte cuando pasaron la tienda de ramos generales y continuaron por el camino angosto que cruzaba el bosque en forma serpenteante y desembocaba en la zona llana del río Crystal, la aldea de Redstone y por fin el pueblo de Carbondale. En la calle Main había la suficiente oscuridad como para que Dennis se sintiera seguro de que nadie los seguía.

Pasaron frente a la casa gris de Harry. La vieja camioneta Chevy estaba estacionada junto a la pila de leña. El cielo se había cubierto de nubes. El camino giraba bruscamente hacia la izquierda.

Dennis clavó los frenos. Un montículo de nieve bloqueaba el camino. La nieve había sido apilada y formaba una barrera de un metro y medio de altura por diez de largo. El Jeep no podía atravesarla.

—Esto es lo que me preocupaba —dijo Harry—. No puedes salir de Dodge si ellos no quieren que lo hagas.

El camino de dos manos no tenía banquinas. Del otro lado de

la barrera de nieve, a la sombra de los abetos, Dennis distinguió las formas oscuras de la camioneta con la pala para nieve, detenida en el camino como un silencioso animal prehistórico que protege un camposanto.

—Y me atrevo a decir —agregó Harry en voz muy baja— que previendo que tú o yo fuésemos lo bastante tontos como para intentar caminar por el bosque para cruzar esa masa de nieve, el señor Cone o el señor Frazee, o los dos, o algunos otros, están sentados en la cabina de esa camioneta. Con un arma. ¿Crees que esto no es la ciudad de Dodge?

—Esos hombres están locos —dijo Dennis.

—Tal vez, pero será mejor que te metas en la cabeza que su locura no es un juego. No permitirán que nos marchemos.

Dennis puso marcha atrás y comenzó a retroceder por el camino hasta que pudo girar en el sendero de entrada de la casa de Harry, y después se dirigió a su casa.

El fuego aún estaba encendido en la cocina de leña. Un minuto después de que llegaron Dennis y Harry, dos vehículos con tracción en las cuatro ruedas estacionaron en el camino que pasaba frente a la casa, apagaron las luces y se quedaron allí. "Nos están acorralando", pensó Dennis.

Sophie tenía la cabeza inclinada, y, con el cabello recogido, era posible ver la base blanca de su cuello. De pronto le pareció muy frágil... esa mujer hermosa, su esposa, que probablemente viviría hasta los cien años. Le contó lo que había sucedido en el camino.

—Los hombres de la camioneta no te permitirán pasar —dijo Sophie.

—¿Y la casa de tus padres...?

Dennis estaba pensando en la posibilidad de que uno de ellos llegara hasta allí por el camino del arroyo y utilizara el teléfono de los Henderson para pedir ayuda. Pero Sophie sacudió la cabeza.

—¿Por qué no? ¿Crees que cortaron...?

Dennis se detuvo al comprender que no era eso lo que Sophie había querido decirle. La línea telefónica de los Henderson no había sido cortada.

Sintió que se le subía la sangre a la cabeza

—Están en deuda conmigo —dijo con brusquedad.

—Serán leales a la aldea —dijo Sophie—. Le deben a la aldea noventa años de vida.

"¿Y tú a quién te debes, mi amor? ¿Con quién te sientes más profundamente ligada? No has dicho nada al respecto. Aún no te has comprometido."

Dennis miró hacia afuera, donde no brillaba ninguna estrella a través de la capa de nubes y las montañas casi no se veían. Ahora comprendía que habría más hombres esperándolos, y no sólo Cone y McKee. Harry tenía razón: eran hombres decididos que protegían algo muy importante para ellos y que sabían que, sucediera lo que sucediere, el pueblo, a su vez, los protegería. Hombres peligrosos que estaban armados y eran hábiles con sus armas.

Dennis intentó pensar como ellos. Les resultaría peligroso atacar en la oscuridad: él también podía estar armado. Pero Dennis no tenía un arma, ni siquiera un rifle para ciervos. Siempre se había negado a tener un arma, ya que lo había considerado innecesario.

Esperarían hasta el amanecer. La luz favorecía a esos hombres; la oscuridad lo favorecía a él.

A la mañana siguiente, recordó, tenía dos citas en su oficina y un almuerzo con uno de los clientes de Mickey Karp para discutir un problema de evasión fiscal. No llegaría a esas citas.

—Sophie, tengo que sacar a Harry.

—¿Cómo lo harás?

—La puerta trasera no lleva a ninguna parte, excepto al bosque. No esperarán que salgamos por allí… y no pueden vernos desde el camino. ¿Recuerdas la cabaña de la Décima División de Montaña donde estuvimos una vez? —Habían hecho el amor en la cabaña, pero Dennis no había estado tan ciego como para no estudiar el entorno. —Harry y yo podemos llegar utilizando raquetas para nieve. Hay un equipo para emergencias… un radiotransmisor y un generador, ¿recuerdas? Josh me dijo que esos radiotransmisores tienen un canal que se comunica con la oficina del comisario, en Aspen a través de Carbondale.

Sophie tomó su mano entre las suyas.

—Está totalmente oscuro. ¿Sabes dónde está esa cabaña? En la Hoya Lead King, en las Maroon Bells. Las Bells son una trampa mortal.

—Conozco el camino.

—Fuimos en la temporada de calor. Y a la luz del día.

—Saldremos antes del amanecer, cuando todavía esté oscuro, y nos quedaremos del otro lado del arroyo hasta que haya luz suficiente. A la luz del día no será tan difícil. Josh enviará gente a buscarnos.

Sophie pareció encogerse en la oscuridad.

—Dennis, no encontrarás jamás esa cabaña. El único camino hacia la hoya Lead King es una picada que queda a tres mil metros de altura. ¿Te das cuenta de cómo estará en esta época del año? Es posible que las hojas estén brotando en Connecticut, pero aquí todavía es pleno invierno.

Dennis sintió una puntada en los ojos.

—Si nos quedamos aquí, vendrán a buscar a Harry. Y lo asesinarán. Será un asesinato, Sophie. Esta vez será un asesinato.

Sophie se tapó los ojos unos instantes, como si el mundo fuese demasiado ofensivo como para contemplarlo. Cuando bajó las manos, dijo:

—Los llevaré yo. Conozco el camino.

Dennis sacudió la cabeza.

—Tienes que quedarte aquí, con los chicos.

—Si permito que Harry se vaya y no aviso a la Junta —dijo Sophie—, mi vida en esta aldea habrá terminado. No me lo perdonarán jamás. Y yo podría vivir con eso, porque quiero estar contigo. Tú eres mi vida ahora, Dennis. Pero si tú y Harry salen solos, morirán. No conoces las montañas. Yo los llevaré. Lucy y Brian irán con nosotros. La cabaña no queda muy lejos. Llegaremos y todo saldrá bien. —Sophie contuvo el llanto y se abrazó con fuerza a Dennis. —Y no volveré jamás.

Dennis arropó a Lucy y a Brian y les dio un beso.

—Los despertaré antes de que amanezca —les dijo—. Vamos a emprender una gran aventura, una caminata por el bosque hasta una cabaña que Sophie y yo conocemos. No queda muy lejos. Tendrán que ser silenciosos como ratones.

A las once, Dennis y Sophie apagaron todas las luces de la casa. Dennis sentía una puntada en el estómago cuando pensaba que llevarían a Lucy y Brian, pero Sophie tenía razón: era muy difícil que encontrara la cabaña por sí solo. Debían ir todos o ninguno... a menos que estuvieran dispuestos a entregar a Harry. ¿Estaba arriesgando la vida de sus hijos para salvar la vida de un anciano? Era impensable.

—¿Estás segura de que llegaremos, Sophie?

—Si el clima no empeora, sí.

—¿Cuánto tardaremos?

—Un par de horas. Tres, quizá, debido a los niños.

—¿Ésas son nubes de nieve?

—Creo que no. Son sólo nubes.

—Esta idea es una locura —dijo Harry—. Conozco esas cabañas. Son muy populares. Tienes que reservarlas con muchas semanas de anticipación. —Al ver que nadie reía, añadió con más seriedad: —Los chicos no podrán llegar.

—Los chicos son más fuertes que tú. —Dennis observó las nubes en busca de alguna amenaza de nieve. —Si el clima no empeora, iremos. De lo contrario...

No durmieron. En el dormitorio, Dennis abrazó a su esposa. Sophie lloraba suavemente. Dennis comprendía que ella estaba renunciando a todo por él, y sintió que jamás la había amado más que en ese momento.

A las cuatro de la madrugada, el clima no había cambiado. Las nubes estaban inmóviles sobre los picos de las montañas. Dennis vio un manojo de estrellas borrosas.

—Voy a despertar a Brian y Lucy —dijo en voz baja.

Dennis y Sophie, con Harry y los dos chicos, estaban parados en la cocina junto a la puerta trasera de la casa con el aspecto de un quinteto de astronautas a punto de caminar sobre la Luna. Todos tenían puesta ropa interior de polipropileno, varios pulóveres de algodón aislante, camperas de nailon con capucha forrada en piel, guantes forrados, pasamontañas y antiparras de esquí. Sophie había sacado toda la indumentaria de invierno que encontró; era suficiente para un pelotón. Tenían botas gruesas forradas en piel, raquetas de nieve y bastones, y cada uno de los adultos llevaba una mochila con comida, una linterna, una bolsa de dormir, una carpa para supervivencia y una manta. En su mochila, Dennis había incluido, además, un mapa topográfico, una brújula, un pico para hielo, una pala para nieve, un cortaplumas suizo, un equipo de primeros auxilios y un calentador Primus. Aunque sabía que estarían menos de doce horas en las montañas y en la cabaña, no quería que los chicos corrieran ningún riesgo.

Sophie les dio a los chicos manzanas y bananas y barras de chocolate para comer en el trayecto. En la oscuridad, hasta que se vistieron, guardaron silencio. Lucy aferró el brazo de Dennis mientras él encajaba las raquetas de nieve bajo sus botas.

—¿Por qué susurramos, papá?

—No queremos que nadie se entere de que nos vamos, querida. En el camino hay gente que nos está observando, pero no pueden vernos si salimos por la puerta trasera.

—¿Adónde vamos? —preguntó Brian.

—A una cabaña que conoce Sophie.

—¿La cabaña del minero? ¿Esa en la que Lucy parece alta como yo?

—No, a ésa no, Brian. A una más grande. Más grande y mejor.

La puerta externa de la cocina, donde él y Brian habían enfrentado al oso, se abría hacia las montañas. La casa impedía que se viera nada desde el camino y los protegía de los vehículos estacionados allí. Dennis había trabajado durante casi una hora preparando un rollo ancho formado por mantas de lana dobladas, y dentro del rollo había colocado libros en forma plana a modo de lastre. Hizo un orificio en el extremo más angosto del rollo, pasó un hilo grueso y ató los dos extremos a los ganchos para guantes situados a cada lado de su campera.

—¿Para qué diablos es eso? —le preguntó Harry.

—Ya lo verás.

—No es momento para jugar a los niños exploradores, amigo.

—Sólo tenemos que llegar allá y esperar hasta que haya luz

suficiente para ver. Cuando llegues a los ciento cincuenta años podrás contarles la historia a tus nietos franceses. Quizá no te crean, pero por lo menos vivirás para contarla.

Afuera todo estaba oscuro y silencioso; era ese momento antes del amanecer cuando la noche se toca con el día. El cielo, la tierra y las montañas esperaban en un silencio expectante. Dennis abrió despacio la puerta de la cocina. "No hagas ningún chirrido", rogaba. Bajó con torpeza los escalones, con la botas firmemente sujetas a las raquetas de nieve, mientras el rollo de mantas rebotaba y se deslizaba detrás de él. Harry lo seguía, y después iban Lucy, Brian y Sophie.

—Tú irás adelante, Harry, pero no vayas muy rápido —susurró Dennis—. Los chicos no deben quedar rezagados. —Empujó al pintor hacia adelante mientras señalaba hacia el arroyo. —Adelante. Ahora ustedes, chicos, y después Sophie.

—Papá…

—Debes hacerlo, Brian, por favor. Ve con Sophie y no hagas ruido. Yo iré detrás de ustedes.

Sus piernas se deslizaban con facilidad sobre la nieve suave que cubría el campo llano que se extendía hasta el arroyo. Con Harry a la cabeza, avanzaban con lentitud. Dennis iba último y el rollo de mantas con lastre barría a sus espaldas casi todas las huellas dejadas por las raquetas de nieve.

Llegaron al arroyo en dos minutos y se protegieron en las sombras espesas del bosque. No se oía ningún sonido, excepto la respiración de los cinco, el agua burbujeante y el crujido de las ramas mecidas por el viento. El viento helado golpeaba las mejillas de Dennis, pero se veían más estrellas.

—Lo logramos —dijo Sophie—. No saben que nos fuimos.

Dennis apoyó una rodilla sobre la nieve.

—¿Están bien, chicos? ¿Tienen frío?

—No, papá —dijo Lucy—. Pero está muy oscuro. No veo nada.

—Dale la mano a Sophie. Brian, camina delante de mí. —Miró a Harry. —¿Estás listo? ¿Estás bien?

—Por supuesto. —El anciano sonrió. —Hace años que no me divertía tanto. ¿En qué dirección?

—Sigue a Sophie.

Veinte minutos después llegaron a la tranquera con candado en la cerca de alambre tejido por la cual se ingresaba en los terrenos del manantial. Dennis colocó su linterna a pocos centímetros del candado y la encendió. Una vez más, Sophie giró los diales y el candado se abrió.

Cinco minutos después llegaron a la pequeña cascada que bajaba por la ladera nevada; la cascada que había cambiado la vida de toda la gente de Springhill. Allí estaba la posibilidad de concretar el sueño más antiguo de la humanidad: el poder de lograr la inmortalidad; el poder por el cual algunos pagarían una fortuna; el poder por el cual otros serían capaces de matar. Allí, recordó Dennis, él y Sophie habían hecho el amor. Allí había bebido su primer sorbo de inmortalidad.

Dennis iluminó el agua con el haz de su linterna. Sophie bajó la vista y vaciló por un instante. Y también lo hizo Harry.

—No nos detengamos —dijo Dennis.

Caminaron en dirección noreste hacia las orillas heladas del lago Indian. Dennis iba en la retaguardia. De vez en cuando, miraba hacia atrás para comprobar si el rollo de mantas realizaba su trabajo de borrar las pruebas de la travesía.

Brian se rezagaba.

—¿Cómo estás, hijo? —le preguntó Dennis.

—Tengo frío.

—Todos lo tenemos. ¿Pero lo demás está bien?

—Sí, papá.

—Ya entrarás en calor. Y cuando lleguemos a la cabaña prepararemos un gran fuego. Come otra barra de chocolate. La comida ayuda a conservar el calor.

Delante de ellos, el terreno tenía una suave pendiente. La mañana era gris y sin sombras. El viento elevaba copos de nieve sobre la superficie de la tierra. Comenzaron a avanzar en bajada sobre una capa de nieve más dura. Se detuvieron a descansar para no agotar a los chicos. Debido a la poca luz, las piceas parecían negras. Sobre ellos, los dos picos blancos de las Maroon Bells se elevaban como pirámides inexpugnables.

Se dirigieron hacia la hoya Lead King, evitando los barrancos situados debajo de pendientes pronunciadas donde podían producirse avalanchas. Dennis había visto en el mapa que pasarían por el brazo norte congelado del río Crystal, después por el lago Geneva y el pico Hagerman. Si continuaban al este por el paso Trail Rider se dirigirían a Aspen, pero si seguían en línea recta llegarían a la hoya Lead King y la cabaña. Sophie se detuvo, le hizo un gesto, y Dennis avanzó hasta llegar junto a ella. Sophie le tocó la mejilla con el guante y levantó el pasamontañas con el dedo pulgar para que su oreja quedara libre.

—¿Oyes algo?

Hacía un rato que Dennis oía el sonido distante, pero su mente no lo había asimilado. Escuchó con más atención. No era una avalancha distante… conocía muy bien el sonido que hacían las avalanchas. Esto era más persistente, con distintos tonos y una especie de eco.

Harry se había reunido con ellos.

—Un vehículo para nieve —dijo.

Sophie negó con la cabeza, de tal modo que la nieve cayó en cascada sobre sus hombros.

—Un vehículo para nieve no podría atravesar este terreno. Debe de ser un Sno-Cat. Tienen uno grande en la cantera.

Dennis iluminó con la linterna la pendiente que acababan de cruzar. Las huellas no estaban borradas del todo. Un buen rastreador las encontraría. Un Sno-Cat tenía orugas de tanque y podía pasar por cualquier terreno, aunque no subir pendientes pronunciadas sobre nieve o hielo. Podía transportar una docena de hombres.

—¿Cómo lo averiguaron?

—Es posible que se hayan dividido en dos o tres equipos y éste sea sólo uno de ellos. Aunque piensen que podemos estar aquí, no saben el lugar exacto. No saben si vamos a Aspen o a la hoya Lead King.

Harry los miró con pesar.

—¿Qué diablos vamos a hacer?

Como si fuera una respuesta, comenzaron a caer copos de nieve. El viento formó remolinos de hielo que les lastimaron la cara. De repente había tan poca visibilidad que no podían distinguir nada excepto las altas paredes que se elevaban a cada lado del barranco. En el cielo la poca claridad de la mañana adquirió un tono más duro y oscuro. Lucy se aferró a la pierna de su padre, mientras Brian se cubría la cara con los mitones para protegerse de la violencia invisible del viento.

Dennis miró su reloj. Faltaban unos minutos para las ocho. La cabaña significaba protección y seguridad; el radiotransmisor que había en ella, rescate.

—¿A qué distancia estamos? —le preguntó a Sophie.

—Una hora, si el clima no nos retrasa.

Mientras hablaba, la nieve cubrió por completo el sendero en forma de espada que se extendía frente a ellos, y Dennis sólo vio un impenetrable manto blanco.

29

Las Maroon Bells

20 de abril de 1995

Enormes nubes oscuras avanzaron con rapidez desde el norte y cubrieron primero el pico de esa montaña y después el de la siguiente, bajando casi al nivel de la hoya Lead King y arrojando contra las Bells una lluvia de nieve envuelta en viento. La temperatura bajó con una velocidad alarmante.

Dennis caminaba con dificultad, hundiendo las raquetas en la nieve, luchando por llenar sus pulmones de aire. La nieve húmeda se introducía entre sus pantalones y sus botas, y se congelaba alrededor de sus tobillos. Le dolían los dedos de los pies, a causa del frío. Llevaba a Brian en brazos. Ya no se esforzaba por borrar las huellas; la nieve las cubriría en pocos minutos. De vez en cuando oía el sonido familiar que producen los trozos de nieve al desprenderse. Frente a él, casi no distinguía la figura gris de las piernecitas de Lucy que se movía entre Sophie y Harry.

—¿Cómo estás, Brian?

El muchachito respondió en voz baja:

—Puedo caminar si me dejas, papá.

—Sé que puedes, hijo. Pero creo que así iremos más rápido. Tenemos que avanzar con rapidez. Lo más rápido posible.

Antes de que Dennis lo levantara en brazos, Brian había comenzado a tambalearse y caer. Y cada vez, Dennis había tenido que detenerse, liberarlo de la trampa suave de la nieve y limpiar las zonas expuestas del rostro del niño.

En ese instante vio que Harry comenzaba a caminar con mayor lentitud y después se separaba de Sophie y Lucy. Se detuvo en el barranco y bajó la cabeza.

Dennis se aproximó a él.

—¿Puedes llegar, Harry?

Harry respiraba con dificultad y temblaba.

—Mis manos y mis pies están helados. Esto ya no es divertido.

—Es el camino a París, Harry. Nunca es fácil.

Dennis intentó reír, pero cuando abrió la boca el aire frío y la nieve tocaron sus muelas y le provocaron dolor.

Cuando reanudaron la marcha, Dennis mantuvo el rostro hacia un costado dentro de la capucha de su camper; sólo de vez en cuando echaba un vistazo hacia la hoya Lead King. El sendero estaba cubierto de nieve pero Sophie avanzaba sin pausa, girando hacia la izquierda cada vez que podía y arrastrando a Lucy consigo.

"Solos —pensó Dennis—, nos habríamos perdido. Harry y yo habríamos desaparecido en la espesura. Habríamos muerto."

—¿Está cerca la cabaña? —murmuró Harry.

—Debería estarlo —dijo Dennis—. Confía en Sophie.

Las nubes se elevaron por un instante, y oyó el grito de Sophie. Levantó la cabeza y vio que ella señalaba hacia la izquierda. Dennis miró entre los densos copos de nieve y al pie de una pendiente, en un claro rodeado de piceas, vio la cabaña de la Décima División de Montaña. Si la capa de nubes no se hubiese abierto un instante, habrían pasado sin verla. La sólida cabaña de troncos estaba rodeada por pilas de nieve que llegaban hasta las ventanas. Sobre ella se elevaba una delgada antena de radio.

—Llegamos, Brian. Estamos a salvo. Sophie nos salvó.

Con su hijo en brazos, Dennis bajó rápidamente por la pendiente, detrás de su esposa e hija.

La cabaña era para viajeros y para gente perdida y desesperada. En invierno la puerta no estaba nunca cerrada con llave. Sophie la abrió de par en par y entró, se inclinó para desabrocharse las raquetas de nieve y después comenzó a sacudirse las botas contra el piso. En el interior hacía casi tanto frío como en medio de la tormenta, pero las ventanas dobles bloqueaban el viento. Los cinco estaban cubiertos de nieve. Se parecían a los muñecos de nieve de los jardines de Connecticut, pensó Dennis. Abrazó a Sophie.

Había camas y latas de comida y platos, un generador de ciento diez voltios, una cocina de gas propano activada por un sistema electrónico, utensilios en armarios abiertos, una camilla, esquíes, un armario cerrado con un candado y un cartel que decía: "EQUIPO PARA CONTROL DE AVALANCHAS. NO ABRA NI UTILICE SIN AUTORIZACIÓN", y un hogar de piedras con un canasto de mimbre lleno de leños. No había reserva de agua, pero en verano corría un arroyo cerca de la cabaña y en invierno se podía derretir nieve.

En el estante, junto a las latas de sopa, se hallaba el tesoro que habían ido a buscar: un radiotransmisor con tapa de cuero negro.

—Ustedes entren en calor mientras yo hago esto —dijo Dennis—. Y coman. No podemos encender fuego porque el viento desparramará el humo y nos descubrirán, pero si enciendes la cocina y el calentador, Harry, podremos calentarnos las manos. Y preparar un poco de café.

Dennis se dedicó al radiotransmisor, un aparato Motorola de diez canales con teléfono celular. Colocó el interruptor en la posición de encendido y sonrió cuando la luz roja se encendió. La luz parpadeó, se puso rosa y después roja de nuevo.

—Débil, pero funciona.

¿Pero cuál de los diez canales era el de emergencia? Lo único que sabía Dennis era que la señal iba de la antena de la cabaña a una repetidora situada en Carbondale, y desde allí al centro de operaciones de la oficina del comisario del condado de Pitkin. Dennis movió la perilla de sintonía para reducir los ruidos de fondo, presionó el botón para hablar y comenzó a cambiar de canal.

—¡Emergencia! ¿Hay alguien allí? ¿Me escucha alguien? ¡Es una emergencia! Emergencia…

Sólo oía ruido de estática, ninguna respuesta humana. Probó otro canal, después otro. Pero no obtuvo respuesta.

Al quinto intento, una voz distante de mujer interrumpió la estática.

—Oficina del comisario… usted… diga su…

Dennis no oyó nada más.

—¡Emergencia! —repitió—. Habla Dennis Conway. Estoy en las Bells...

La conexión se interrumpió, regresó el ruido de estática, y Dennis vio que la luz roja del transmisor se volvía color rosa pálido y después negra. Probó un canal tras otro. Lo único que oyó fue ruidos de estática.

—¿Cuál es el problema? —preguntó Sophie.

—No tiene batería.

—¡Pero hablaste con ellos! ¿Te oyeron?

—No lo sé. Pero inclusive si me hubiesen oído, no pude decir donde estábamos.

—¿No puedes recargar el radiotransmisor con el generador?

—Sí, gracias a Dios —dijo Dennis—. Puedo.

Retiró del rincón el generador de nafta, conectó el transmisor, después dio un tirón del cordón que arrancaba el motor. El cordón se deslizó perfectamente pero no sucedió nada. El generador emitió un sonido suave como el de un motor fuera de borda o de una cortadora de césped que no quiere arrancar.

Dennis repitió la operación tres veces, y las tres veces el motor no arrancó. Dennis levantó la máquina del piso de la cabaña, la agitó para oír el movimiento del líquido. Después emitió un gemido.

—No tiene combustible.

—Debe de haber nafta por algún lugar —dijo Sophie.

Dennis ya estaba examinando el candado del armario.

—¿Cómo vas a romperlo? —le preguntó Sophie.

—No lo voy a romper. Voy a romper la puerta.

—Espera un minuto. —Harry lo miró desde el asiento donde estaba acurrucado en un rincón de la cabaña. —Lee el cartel que está en la parte interior de la puerta de entrada. Dice: "Por favor, deje esta cabaña como desearía encontrarla. Muchas gracias. Sistema de Cabañas de la Décima División de Montaña".

En respuesta, Dennis hizo astillas la puerta con su pico para nieve. En menos de un minuto entró en el armario y Sophie lo siguió.

El armario tenía olor a resina de pino. Contenía bombas de

nitrato de amoníaco de doce kilos, un rifle sin retroceso de setenta y cinco milímetros y un obús de ciento cinco milímetros. Había barras de dinamita en gelatina, bloques de TNT en forma de cartuchos cilíndricos, detonadores y mechas de seguridad y cable de alambre, morrales, y correas de goma elastizadas de gran resistencia. Todo eso servía para controlar las avalanchas.

—Dios mío —dijo Harry. Se había parado y estaba mirando por encima del hombro de Sophie. —Alguien quiere comenzar una guerra.

Dennis asintió con pesadumbre.

—Pero no una guerra mecanizada. No hay gasolina.

—No es posible —dijo Sophie con voz temblorosa.

—Es probable que vuelvan a equipar este lugar cuando termine el invierno y comiencen a venir los excursionistas. ¿Para qué molestarse? ¿Quién podría venir a esta parte del mundo en esta época?

Dennis se presionó las sienes con las manos. Sus ojos se nublaron y tuvo que hacer un esfuerzo para controlar la respiración. Se dio cuenta de que había apostado. Huir de Springhill para salvarle la vida a Harry Parrot había puesto en peligro la vida de sus hijos, y su decisión era equivocada. Había apostado... y perdido.

Dennis calentó una espesa sopa de vegetales y abrió una lata de galletitas. Los tres adultos y los dos niños se sentaron sobre colchones formando un círculo alrededor de la cocina, apoyados unos en otros para generar calor corporal. Eran casi las once de la mañana, aún nevaba, pero el viento había amainado hasta convertirse en una brisa helada.

—Sophie... —dijo Dennis, y ella levantó la cabeza con lentitud. No había dormido en toda la noche. —¿Quién puede estar siguiéndonos en ese Sno-Cat?

—Oliver Cone y los hermanos McKee. Quizás algunos otros hombres de la cantera.

—¿Conocen esta cabaña?

—Oliver caza en esta zona constantemente. Vendrán primero a revisar este lugar.

"Deben de andar cerca —pensó Dennis—. Cada vez más."

—¿Qué harán cuando nos encuentren?

—¿Quieres saberlo? —Harry extendió la mano enguantada y dio un golpecito en la rodilla de Dennis. —No vendrán a negociar. Tú los oíste decir que me matarían… que me harían lo mismo que sus padres le hicieron a Julian Rice en México. Y como tú estás aquí conmigo, y tratas de mantenerme con vida, también te matarán a ti.

Dennis miró a Sophie. Ella asintió con pesar.

Oliver Cone era un asesino. Dennis lo sabía.

—Pero no a ti —dijo—. Ni a mis hijos.

—Yo sería testigo —dijo Sophie—. Y también lo serían Brian y Lucy.

—Sophie… son sólo niños.

Sophie giró la cabeza y miró a los chicos. Estaban apoyados en ella, con los ojos cerrados, profundamente dormidos.

Dennis vio que Sophie había perdido sus fuerzas. Había actuado contra las necesidades de la gente que había conocido toda su vida para ayudar a Harry, Dennis y sus hijos. Había luchado contra la tormenta y los había llevado a un lugar seguro. Había hecho todo lo que podía. El desperfecto del transmisor y el generador había minado su voluntad. Dennis vio que inclinaba la cabeza, sus ojos parpadeaban y después se cerraban. Cuando comprendió lo que sucedía, Dennis sintió como si le hubieran dado un golpe: Sophie se había rendido. Se había rendido a la derrota, al agotamiento y al frío.

Dennis se puso de pie y efectuó varias respiraciones profundas durante un minuto. Después cruzó la habitación y se introdujo en el armario a través de la puerta rota. Allí estudio el material para control de avalanchas y el equipo de rescate.

Harry lo había seguido y miraba por encima de su hombro.

—¿Tú sabes utilizar estas cosas?

Mientras asentía, Dennis colocó una mano sobre la culata de acero del rifle.

—Segunda Guerra Mundial. El obús debe de ser de 1925. Estas cargas están llenas de TNT. El TNT es más viejo que tú, Harry. Y no necesita baterías o nafta.

Sophie y los chicos aún dormían. Había dejado de nevar y comenzaban a aparecer manchones de cielo celeste que se extendían desde el cenit hasta las cumbres de las montañas.

Mientras se calentaba las manos en la cocina, Dennis estudió el mapa topográfico. Los hombres del Sno-Cat conocían muy bien aquellas montañas. Eran cazadores. Sólo había dos rutas que podían utilizar. Una era directamente paralela al brazo norte del Crystal desde una dirección sur, pero si utilizaban ese camino tendrían que pasar debajo de las Bells, con sus múltiples e inestables capas de nieve acumuladas durante el largo invierno. El camino más seguro para llegar a la cabaña era el lento trayecto de la picada que había elegido Sophie.

Dennis eligió un punto del mapa donde la picada y el brazo norte del Crystal parecían casi converger, donde los cazadores estarían obligados a elegir su ruta de acceso definitiva. Era la entrada sur de la hoya Lead King, al borde de la montaña llamada Devils Rockpile. Sophie y él habían pasado por allí sin mirar hacia arriba, porque iban luchando contra el viento y la nieve, tratando de evitar que los chicos se detuvieran.

—Harry, antes de que te hirieran en la trinchera de Château-Thierry, ¿disparaste un arma de fuego?

—No a un blanco móvil —respondió Harry.

Dennis le enseñó a cargar y disparar el rifle sin retroceso, que debía ser disparado desde un pedestal montado sobre un camión pero que también podía ser sujetado con las manos sobre un hombro o instalado en el alféizar de una ventana. No tenía retroceso, pero el impulso inverso era igual a la fuerza que impulsaba la bala fuera del cañón.

—Si está cargado, Harry, y tú te paras detrás de él cuando tire, no llegarás a ver la vela número ciento uno en tu torta de cumpleaños.

Dennis armó los botes de TNT, dio forma a los detonadores y cortó las mechas de seguridad para que retardaran la explosión un minuto y le dieran tiempo para la retirada. Se probó unas viejas botas de montaña que la patrulla de esquí había dejado en el armario de la ropa. Un par era demasiado grande; el otro, demasiado chico. Con un par extra de medias de lana, el par grande le serviría. Las botas eran del tamaño adecuado para uno de los dos pares de esquíes de fondo dispuestos en el soporte.

Mientras lo observaba con atención, Harry le preguntó:

—¿Qué vas a hacer?

—Hay una montaña llamada Devils Rockpile. Tienen que pasar por allí, y yo los estaré esperando. —Dennis hablaba en voz baja. —No voy a despertar a Sophie y los chicos. Si no he regresado cuando despierten, diles adónde fui.

Harry lo abrazó con fuerza.

—Todo esto no debería haber sucedido, Denny. No tendrías que haberte involucrado. Si aparecen por aquí, no voy a disparar esa maldita arma. Me entregaré. Me están buscando a mí, no a Sophie y los chicos. El mundo no necesita un artista más.

No había tiempo para discutir. Dennis miró a Brian y Lucy y después a su esposa. No se atrevió a besarlos por temor a que despertaran.

Salió sin hacer ruido y se internó en la mañana helada.

Con las raquetas para nieve, los finos esquíes de fondo colgados al hombro, los binoculares contra el pecho, Dennis se abrió camino hacia el sur a lo largo de una serie de barrancos y un cañón secundario. En lugar de los mitones se había puesto guantes de esquí, y debajo de ellos dos pares de aislantes de seda. En la mochila llevaba dos de los cuatro cartuchos de dinamita en gelatina de dos kilos. Los había armado en la cabaña porque sería casi imposible hacerlo en el pico helado al cual se dirigía. También llevaba dos bengalas de seguridad. Había pensado en llevar una baliza de salvataje, pero si se producía una avalancha y lo atrapaba no tendría a quien hacerle señales. Estaría solo en las Bells.

Devils Rockpile tenía una altura de tres mil trescientos metros. En el corazón blanco del invierno las rocas que le daban su nombre casi no se veían. Dennis ascendió en forma lenta y regular por la empinada cara norte, tratando de atravesar y mantener grupos de árboles entre él y la cumbre para protegerse si se producía una fractura en la masa de nieve situada más arriba. Respiraba con dificultad. Cuanto más ascendía, mayor era el frío.

No nevaba pero el viento soplaba con fuerza. A pesar de los guantes, tenía la sensación de que sus dedos estaban apoyados en trozos de hielo. Le dolían los pulmones debido al frío, capaz de debilitar sus músculos y embotar la mente. El frío obliga a obedecer. Es posible inclinarse contra el viento y proteger el rostro de su fuerza, pero no hay modo de evitar el frío inmóvil que invade desde todas las direcciones y consume el calor corporal. Dennis sabía que uno podía ceder ante él, podía sentirse conquistado por un poder tan fuerte que la derrota no resultaba vergonzosa. Le habían contado que algunos hombres, cuando estaban a punto de morir congelados, en los últimos instantes antes de quedarse dormidos, se sentían envueltos en una ola de calor, paz, protección. En ese instante comprendió por qué. Había un momento en que uno sentía que no podía experimentar más frío: la persona y el frío eran uno. La muerte, si bien no era deseada, tampoco era temida. Rendirse al frío era un fin en sí mismo, y esa rendición era una forma de gloria.

El viento amainó un poco. Dennis tuvo que dejar de ascender para recuperar el aliento. Durante unos segundos, levantó la solapa de su gorra de esquí para dejar libre una oreja.

El rugido distante de un motor quebró el silencio. Provenía del otro lado de la hilera de árboles, en la cumbre del pico. Se cubrió de nuevo la oreja. Estaba convencido de que en unos segundos más se habría congelado.

Pero ahora sabía donde estaban los perseguidores, exactamente donde él había supuesto: en el extremo opuesto de Devils Rockpile, debajo de él, en el cañón de drenaje formado por el brazo norte del Crystal. Dennis había estado allí un hermoso día de verano con el cielo azul y el suelo verde; ahora se hallaba irreconocible.

Continuó ascendiendo. Caminaba con dificultad a través de los ventisqueros debajo de la línea de árboles, sin aproximarse a los troncos, donde sabía que el calor vivo de los árboles creaba pozos ocultos en cuya blandura un hombre podía hundirse hasta el cuello o desaparecer.

Llegó a la cima de Rockpile, cerca de una cornisa horizontal de nieve casi congelada, y se agazapó.

A pocos cientos de metros, debajo de él, en el cauce congelado, vio la cabina del Sno-Cat: dos mil setecientos kilos de aluminio anaranjado brillante en forma de tractor gigantesco, con una pala inmensa en el frente. Por encima de la pala había una cabina, y a cada costado, grandes orugas de tractor para triturar la nieve. En la caja, detrás de la cabina, Dennis vio dos hombres.

Con una mano retiró los binoculares del interior de la campera, y con la otra se quitó la antiparras para esquiar. La luminosidad repentina casi lo cegó. Los binoculares eran como círculos de hielo contra sus ojos. Entorpecidos por el frío, sus dedos hicieron girar los diales. La imagen se borroneó y después se tornó clara.

Enfocó los rostros de los hombres que conducían el Sno-Cat. Vio a Oliver Cone y Peter Frazee. Frazee llevaba un rifle de caza con mira telescópica. En la espalda de la campera de Oliver Cone había un arco de acero y un manojo de flechas de metal.

Aquellos eran los descendientes de Larissa McKee y William Lovell. Dennis sabía que no lo odiaban, pero creían que Harry y él se interponían en el camino de su supervivencia. Y, sin duda, también debían de estar ansiosos por ver sangre. La cacería y el ámbito salvaje de las montañas los habrían sumergido en un mundo primitivo. Dennis vio ese mundo en la máquina que avanzaba brutalmente por el río hacia la cabaña donde su presa —el amigo, la esposa y los hijos de Dennis— los estaba esperando. El Sno-Cat rugía como una bestia en celo.

Dennis recordó esa noche ya lejana en que espantó al oso y se sintió todo un aventurero, un chico de la ciudad, feliz fuera de su elemento. Un año antes, vivía protegido con su familia en un mundo donde no podía penetrar daño alguno. Una semana antes, jugaba juegos civilizados. Aquel mundo se había evaporado. Esto no era un juego.

Una nube se desplazó y sin advertencia el Sol de abril resplandeció desde un manchón de cielo azul. Antes de que Dennis pudiera bajar los binoculares, la luz se reflejó en las lentes y destelló sobre Oliver Cone en el Sno-Cat. Cone se dio vuelta y miró hacia arriba. Levantó una mano cubierta por un guante rojo.

El Sno-Cat se detuvo. El motor quedó en punto muerto y el sonido se elevó hacia la cumbre. Con torpeza, como una pesada bestia anaranjada, la máquina comenzó a girar hacia la cima de Devils Rockpile. Dennis calculó que entre él y el Sno-Cat había una distancia de trescientos metros. La pendiente que la máquina debía subir para llegar a él tenía una inclinación de veinte grados.

Dennis se movía con dificultad. Si se quitaba los guantes sus manos se congelarían de inmediato. Soltó una de las tiras de su mochila y extrajo el primer cartucho, armó la carga, puso el detonador y la mecha. Estaba preparando la segunda carga cuando el aire pareció vibrar a tres centímetros de su cabeza. Sintió el crujido de un rifle y después un quejido lastimero que vibró como un eco alrededor de las cumbres.

Se ocultó rápidamente detrás de un abeto, y un segundo después una flecha con punta de acero se clavó en el árbol. Sophie le había dicho que Oliver Cone, utilizando una mira telescópica, podía darle al ojo de un toro a cien metros de distancia.

Dennis tiró del alambre de encendido del primer cartucho, se levantó y arrojó el primer cilindro de dos kilos por la ladera. Cuando el rifle crujió otra vez, una rama se desprendió de un árbol y cayó en silencio en la nieve profunda junto a sus pies, seguida por un eco quejumbroso que rebotó en todas las Maroon Bells.

Dennis se paró de nuevo, arrojó la segunda carga sobre la cornisa, hacia la derecha, tratando de que llegara a la parte de la ladera situada encima del Sno-Cat.

Disponía de un minuto antes de que explotaran las cargas. Si la masa de nieve era inestable, se produciría un deslizamiento. Lo único que temía era que las ondas expansivas de la explosión también provocaran un deslizamiento en su lado del pico. Se agazapó detrás del abeto y se llenó los pulmones de aire helado. Estaba casi en la cumbre. Calculó que a sus espaldas y debajo de él el ángulo era de cuarenta grados, y bajaba en picada casi trescientos metros hasta los bosquecillos de álamos temblones.

Mientras esperaba la explosión con los puños cerrados, Dennis miraba el segundero de su reloj, que avanzaba plácido en su travesía hasta los treinta segundos… cuarenta segundos… y después un minuto…

Las cargas explotaron, una detrás de la otra, y el sonido se elevó a gran altura en el aire puro del mediodía. Dennis esperó el trueno que produciría la masa de nieve al desprenderse por la ladera y pondría fin a su pesadilla. Esperó. Pero no oyó nada.

Y después, más fuerte que antes, oyó el rugido del Sno-Cat que continuaba su ascenso. La masa de nieve del otro lado de la cumbre se había mantenido firme; la pendiente no había sido suficiente para que se deslizara.

"No desesperes —se dijo Dennis—. Simplemente, sal de aquí."

Se quitó las raquetas de nieve y retiró los esquíes de fondo que llevaba colgados a la espalda. Había planeado no descender de la montaña con las raquetas de nieve sino esquiar hasta la cabaña. Pero en sus planes no había pensado que un vehículo del tamaño de un tanque, conducido por tiradores expertos, iría pisándole los talones. Mientras se colocaba el primer esquí vio una mancha anaranjada a través de los árboles. Se colocó el segundo esquí y oyó una serie de sonidos crepitantes y el familiar eco quejumbroso. Otra flecha se deslizó por la nieve a treinta centímetros de distancia y desapareció. Dennis levantó la vista y vio la máquina fuera del bosque de árboles y casi en la cima. Los cazadores lo tenían en la mira.

Haciendo acopio de todas sus fuerzas, clavó los bastones, se lanzó colina abajo y a los pocos segundos sintió que volaba. Podía esquiar más rápido que el Sno-Cat, pero no podía ir más rápido que las balas de acero. Con el cuerpo inclinado, las puntas de los esquíes peligrosamente hundidas en la nieve, giró en un ángulo agudo hacia los abetos situados en el lado izquierdo de la ladera. Miró de reojo al Sno-Cat, que en ese instante pasaba sobre la cornisa y rebotaba con fuerza sobre la masa de nieve.

Se oyó el retumbar bajo de un trueno, como el rugido de un grupo de leones furiosos, y la cornisa de la cumbre de Devils Rockpile se derrumbó.

A su izquierda, Dennis vio rajaduras zigzagueantes, como si un vidrio se rompiera en cámara lenta y sin emitir sonido alguno, mientras que a su derecha la superficie de la nieve formaba espuma como un caldero de leche hirviendo. Dennis aceleró hacia la izquierda a lo largo del ángulo superior de una rajadura, en dirección a los árboles. Estaba a nueve metros de los árboles cuando la nieve cedió bajo sus pies. Dennis soltó los bastones y bajó la mano para soltar el seguro de uno de los esquíes. Cuando estaba a punto de soltar el otro, sintió que se elevaba en el aire y quedaba suspendido por algo que parecía una inmensa mano blanda. Estaba flotando, y entonces algo le golpeó el pecho y le impidió respirar. Un borde filoso se clavó en su tobillo, su rodilla se dobló, y el dolor le atravesó todo el cuerpo. Sintió que caía por segunda vez. Pero no sintió golpe alguno cuando tocó la superficie de la montaña. Cayó en un polvillo blanco.

Comenzó a nadar. La nieve lo rodeaba, lo llevaba colina abajo a una velocidad que no podía calcular. Pero sí sabía que debía nadar a través de ella, esforzándose por permanecer en la superficie. Pero tenía que respirar… la respiración era vital. "¡Respira!" Mientras rodaba y giraba hacia abajo, se obligó a respirar. Pero algo le impedía obedecer. Agitó los brazos y las piernas, intentó descubrir por qué no podía respirar, hasta que se dio cuenta de que tenía la boca llena de nieve, de nieve que se dirigía a sus pulmones y lo asfixiaba. Estaba a punto de ahogarse.

Intentó escupir la nieve, pero era una pelota dura que se había instalado detrás de sus dientes y le apretaba las mejillas. Sus fosas nasales también estaban llenas de nieve. Oyó un crujido y se detuvo con un sacudón. No podía moverse, no podía ver. El mundo era totalmente blanco. Algo le presionaba el pecho y los muslos. Se sentía cómodo pero sabía que eso podía producirle la muerte. Comenzó a morder y triturar la nieve que tenía en la boca. El frío le hirió los dientes y las encías.

"¡Respira! ¡Mastica!"

El aire comenzó a ingresar en sus pulmones. "¡Mastica! ¡Escupe! ¡Respira!"

Flexionó una mano y no tocó nada. Podía mover los dedos. Razonó que la mano estaba en el aire. Cerca de la superficie. "Puedo salir —decidió—, si continúo respirando y no me doy por vencido. ¡Respira!"

Centímetro a centímetro fue abriéndose camino por la nieve hasta que por el rabillo de uno de los ojos vio un borrón de cielo azul.

Diez minutos después estaba acostado sobre una cama helada de nieve dura, ciento cincuenta metros más abajo de la montaña donde la avalancha le había dado el primer empellón. Le dolían todos los músculos y huesos. Había librado una batalla con la montaña y no había perdido... aún. Se sentó y comenzó a arrastrarse dolorosamente los tres metros que lo separaban del refugio de los álamos temblones, pues temía que la masa de nieve de Rockpile se fracturara de nuevo.

Estaba vivo, y eso en sí era un milagro. No estaba a salvo, pero estaba vivo. Buscó señales del Sno-Cat en la montaña; al principio no vio nada. Después, su vista se adaptó al resplandor y distinguió una mancha anaranjada al pie de la cuenca. La máquina había volcado y se había detenido contra los árboles ciento cincuenta metros más abajo de Dennis y trescientos metros debajo de la cima. Yacía inmóvil, en silencio. No había ningún ser humano en las proximidades.

Dennis estaba sentado al borde del bosquecillo de álamos temblones. Tenía la mochila pero había perdido las antiparras de esquiar, y la luz era una daga en sus ojos. Era un bello día de sol. Se había dislocado la rodilla, el dolor era muy fuerte y cuando intentó pararse se cayó y perdió el sentido por unos segundos. Decidió no intentarlo otra vez.

El reloj había sido arrancado de su muñeca pero el Sol le indicaba que eran las primeras horas de la tarde. Cuando oscureciera, ya estaría dormido, y a la medianoche, muerto. Pero Sophie se hallaba a salvo. Al cabo de unas horas se daría cuenta de que él había tenido éxito, que nadie iría a la cabaña. Cuando despertara, habría recuperado la confianza en sí misma. Encendería el fuego, dejaría a Harry y los chicos en la cabaña, le pediría a un águila amistosa que la llevara, y llegaría a Aspen. Lo haría. En algún lugar, incluso en Springhill, guardaría duelo por él durante el tiempo que fuese necesario, y al mismo tiempo criaría a sus hijos. Los criaría bien.

Dennis asintió, aturdido; había aceptado su partida. No se sentía avergonzado de nada de lo que había hecho durante su vida, excepto quizá, el modo como había ganado el último juicio. Pero lo había ganado, y eso le causaba satisfacción. Su boca se distendió en una sonrisa semicongelada.

Se preguntó quién lo encontraría, y cuándo. Quizá fuese en el verano. Quizá después. No pasaban muchos excursionistas por aquella zona.

Un pensamiento extraño tomó forma en su mente borrosa. "Es probable que mis dos hijos vivan hasta los cien años. Ése es el legado que les dejo." Podía partir con esa idea fija en su mente como una piedra angular.

Mientras pensaba y especulaba, y se hundía en el sueño y la muerte fácil, oyó un chirrido áspero que conocía muy bien. El chirrido se convirtió poco a poco en un tamborileo rítmico. Era un sonido que muchos años antes, en Vietnam, había aprendido a amar y a odiar. El ruido se tornó más fuerte. Dennis no podía ver el objeto que lo producía. Venía del sur de Devils Rockpile. Estaba allí. No sabía cómo o por qué, pero estaba allí.

Con gran esfuerzo, buscó en su mochila llena de nieve y extrajo una de las bengalas, manufacturadas para soportar todo tipo de clima. La activó y la arrojó lo más alto y lejos posible. La bengala aterrizó en el centro de la ladera, comenzó a encenderse con poca fuerza… y después, con asombrosa velocidad a los ojos de un hombre semimuerto, lanzó al aire de la montaña un deslumbrante juego de luces rojas, blancas y azules.

¡El cuatro de julio en las Maroon Bells! La masa de nieve reflejó los colores y los dibujos cambiantes, y no se fracturó.

Un helicóptero Lama AS-315, con una burbuja de Plexiglas y un protector reticulado, como los helicópteros de rescate que Dennis había visto sobrevolar el cielo de Da Nang, estaba suspendido sobre él. Su rotor vibraba y agitaba el aire y Dennis se preguntó por un instante si no causaría otra avalancha. Sabía que no podía aterrizar en un ángulo de más de seis grados. Pero no necesitaba aterrizar. De su panza colgaba una soga de nailon estática de ciento cincuenta metros, y en una red en forma de cono dispuesta en la punta de esa soga maravillosa, que no se quebraría ni estiraría, bajaban en cuclillas Mickey Karp y otro hombre del equipo de rescate.

Diez minutos después, el arnés subió a Dennis al Lama. El piloto era un extraño para Dennis. Pero la asistente del comisario del condado de Pitkin que trabajaba con el equipo de rescate para desengancharlo y liberarlo de las amarras era alguien a quien conocía muy bien. Era Queenie O'Hare.

Dennis dijo "gracias" con una voz que le pareció que no salía de su boca sino de otro lado, muy, muy lejano. Le dijo a Queenie que su esposa y sus dos hijos y un anciano llamado Harry Parrot estaban en la cabaña de la Décima División de Montaña, a poca distancia de Devils Rockpile, y que si ellos querían, él podía guiarlos hasta allí.

Queenie le preguntó si alguna de las personas que se encontraban en la cabaña estaba herida, y Dennis le respondió que no.

—En ese caso —dijo Queenie— te llevaremos hasta un vehículo que espera en la zona de estacionamiento, y ellos te llevarán al hospital. Después regresaremos a buscar a tu familia. Todo indica que no tendrán ningún problema.

Eso era todo lo que Dennis necesitaba saber, y se desmayó. Pero se despertó de nuevo en la zona de estacionamiento, en el camino Quarry de Springhill, donde el equipo de rescate lo trasladó a una ambulancia. Por fin, enfocó los ojos en Mickey Karp.

—Pensé que estaba muerto —admitió.

—Tal vez lo estarías —dijo Mickey Karp— si no hubieses tenido citas esta mañana. No te presentaste y tus teléfonos no funcionaban. Me preocupé. Lila fue a Springhill. No estabas allí, lo cual indicaba que ocurría algo. Así que cuando me llamaron de la oficina del comisario y me dijeron que tenían un mensaje tuyo en el canal de emergencia de las Bells, todo se aclaró. Josh no quería enviar al equipo de Rescate de Montaña en vehículos terrestres; el riesgo era muy grande. Pero debe de haber tenido un sobrante de dinero en la caja y debe de apreciarte mucho, porque contrató un helicóptero de gran altura del Fuerte Collins. No te preocupes, ya te llegará la factura. Dimos una vuelta con ellos, y tú iluminaste el cielo. Ahora sólo falta saber una cosa, Dennis. ¿Qué demonios estaban haciendo todos ustedes allá arriba?

—Necesito dormir —dijo Dennis, y cerró los ojos.

Camino al hospital de Glenwood Springs, Queenie se comunicó con el Lama mediante su teléfono celular. Habían logrado aterrizar cerca de la cabaña de la Décima División de Montaña, y regresaban con cuatro pasajeros.

Dennis se despertó.

—¿Están todos bien? —preguntó con ansiedad.

—Todos, salvo el anciano.

—¿Qué le sucedió?

—Congelamiento —le informó Queenie—. Perderá un par de dedos de las manos.

—¿De las dos manos? —preguntó Dennis con tristeza.

Queenie asintió.

—Pero está vivo y contento. Es un anciano muy fuerte… Dicen que vivirá hasta los cien años.

30

Los límites exteriores

Mayo de 1995

En la oficina de Josh Gamble en los tribunales de Aspen, Dennis estaba sentado en una silla de respaldo recto, con la rodilla sujeta por un aparato ortopédico de metal. En el exterior, el Sol había comenzado a derretir la nieve.

El reloj de péndulo dio la hora. El comisario hacía sonar sus nudillos mientras hablaba e iba y venía sobre la alfombra gastada y manchada de cenizas.

—Cuatro víctimas de avalancha, en el interior y en los alrededores del Sno-Cat. ¡Cuatro! Cuéntalos. Todos armados. En el mes de abril, por si no lo sabías. Dennis, eso es mucho antes o mucho después de la temporada de caza. El comisario de Gunnison me llama todos los días; me dice que en Springhill nadie sabe nada. Yo digo que es mentira. Alguien sabe. Y yo también tengo que saberlo, porque no duermo bien cuando pasan cosas raras y sin sentido. Esos cuatro hombres te estaban cazando a ti. Dime por qué.

—No me creerías —dijo Dennis.

—Inténtalo.

—Dame un poco de tiempo, Josh.

—Ray Boyd está tras tus pasos. Él también llama todos los días; dice que quiere acusarte de algo, de cualquier cosa.

—¿Qué se le ha ocurrido? ¿Que entré por la fuerza en un armario? Ya le pagué la cuenta de la reparación a la Décima División de Montaña. Pagué el helicóptero. Esos cuatro hombres murieron debido a la avalancha. Tú lo sabes y también lo sabe Ray Boyd.

—Y faltan dos cargas de explosivos de esa cabaña, como bien lo sabes. Tú las usaste, maldición. Aún no hemos encontrado pruebas de que lo hicieras, pero en agosto, cuando la nieve se derrita, las encontraremos.

Dennis aflojó un poco el aparato y flexionó la rodilla; lo habían operado el día anterior en el hospital Aspen Valley.

—¿Y tú crees que en agosto encontrarás pruebas de que las cargas provocaron una avalancha en abril?

El comisario suspiró.

—¿Vas a seguir ejerciendo en el valle?

—Aún no lo he decidido.

—Bueno, espero que lo hagas, porque yo soy de la clase de hombres que cree que no hay que apresurar las cosas. Pero si no me dices la verdad muy pronto, y te quedas en este valle… amigo o no amigo… te haré la vida imposible.

Cuatro hombres habían muerto y la aldea de Springhill estaba de duelo. Tardaron una semana en recuperar los cuerpos. Todos los funerales se realizaron al mismo tiempo, un domingo a la mañana. Dennis no asistió; llevó a los chicos a un partido de hockey sobre hielo en la escuela secundaria de Aspen. Sophie fue a Springhill muy temprano y estacionó su Blazer entre los otros autos y camionetas, en el camino nevado próximo al cementerio. Cuando se acercó a los grupos reunidos alrededor de las tumbas abiertas, la gente se movió a un costado o dio vuelta la cabeza. Edward Brophy le dio la espalda. El cuerpo de su sobrino Oliver fue el último que rescataron de la caótica masa de nieve de Devils Rockpile.

Sophie se quedó durante la ceremonia y después se dirigió a la casa de sus padres, en el camino Quarry.

—Fue extraño —le comentó a Dennis más tarde, mientras caminaban lentamente desde el correo de Aspen por el sendero paralelo al río Roaring Fork—. Estaban contentos de verme, pero casi sentían temor de que los vieran hablando conmigo. Lo sentí, y fue horrible. No me quedé mucho tiempo. Les dije que no regresaríamos y que pensaba vender la casa; y les pregunté si querían el dinero, porque ellos me habían dado la casa y las tierras. Me respondieron que no. Entonces les pregunté qué querían, y mi madre comenzó a llorar. Porque no lo sabe, Dennis. Y tampoco lo sabe mi padre. Ya no lo sabe ninguno de los dos. Y tampoco las otras personas del pueblo. Lo único que saben es que sucedió algo espantoso y que algunas personas se volvieron un poquito locas. No saben qué estuvo bien y qué estuvo mal en todo lo que sucedió. Creo que quisieran olvidarlo, volver el tiempo atrás. Pero no pueden. Pueden vivir casi eternamente en el futuro pero no pueden borrar ninguna parte del pasado. Mi madre me acompañó hasta el auto y me dijo: "Siempre creímos que el manantial era una bendición. Eso fue lo que nos enseñó Larissa, y es lo que tú dices siempre, Sophie querida. Pero ahora algunos hemos comenzado a preguntarnos si no se ha convertido en nuestra maldición".

Dennis guardó silencio unos instantes mientras avanzaba cojeando por el barro y la nieve.

—¿Y qué harán? —preguntó.

—¿Qué pueden hacer? El manantial está allí. El agua es lo que es. Eso no ha cambiado, y el secreto sigue siendo su secreto. Me preguntaron acerca de eso. Mi padre me preguntó si pensabas hacerlo público o contárselo a cualquier persona. Le dije que no, como me dijiste tú.

—¿Te creyó?

—Sí. Y me dijo que nadie saldrá a buscarnos. Que eso quedó en el pasado.

—Y ellos continuarán viviendo como antes.

—Por supuesto. ¿Qué otra cosa podrían hacer? ¿Qué otra cosa deberían hacer? Su razonamiento no era perverso ni maligno; simplemente tenía una falla. Chocaba contra la naturaleza humana. Lo único asombroso es que no haya sucedido antes. En realidad, había sucedido antes, en México, con Julian Rice, y en el paso Pearl con los Lovell, pero jamás lo asumieron como algo personal, la aldea nunca tuvo que pagar un precio tan alto. Esta vez Springhill tuvo que pagar el precio: cuatro hombres jóvenes.

Un precio muy alto en cualquier parte, pero en una aldea tan pequeña es peor de lo que imaginas… es desgarrador. Todos estaban relacionados como mínimo con uno de esos hombres. Les rompió el corazón a todos.

—Sentémonos un momento —dijo Dennis.

—¿Te duele la pierna?

—Un poco. Pero debo ejercitarla.

Se sentaron en dos rocas planas, cerca de la orilla del río.

—¿Y Harry? —preguntó Dennis—. ¿Qué dicen de él ahora?

—Eso también es extraño. En apariencia, se han olvidado de Harry. Ahora que se han ido esos cuatro jóvenes, ya no les importa. Mi padre lo mencionó. Me dijo: "Ya no nos preocupa Harry. Lamentamos lo que le sucedió en las manos, y deseamos que se reponga. Sabemos que no quiso causarnos ningún daño con su partida".

Harry no volvería a pintar. Dennis se preguntaba si podría vivir mucho tiempo sin hacerlo.

—¿Y tú qué sientes, Sophie, acerca de no regresar jamás a Springhill?

Sophie le aferró el brazo con fuerza.

—Mal —dijo en voz baja—. Como si hubiera perdido una parte de mi ser. Lo mismo que debe de sentir Harry respecto de sus dedos.

—¿Quieres quedarte en el valle? ¿En Aspen?

—Al principio pensé que lo deseaba, pero ahora estoy segura de que no. Estaríamos demasiado cerca de Springhill. Quisiera irme lejos, Dennis. ¿Podemos? ¿Podemos regresar a Connecticut, donde vivías tú? Es muy lindo allá. Cada estación tiene su encanto; recuerdo que en el otoño las hojas eran de colores maravillosos. ¿Podrías ejercer la abogacía allí, en la campiña?

—Sí —respondió Dennis—, podría.

—A Lucy y Brian les agradaría. Y podríamos ir a una veterinaria a comprarles nuevos gatitos. —Sonrió con tristeza. —Gatitos que no serán arrebatados por búhos gigantes.

—Sí, a ellos les encantaría. —Acarició la mejilla de Sophie; amaba su suavidad. —Pero cuando nos conocimos me dijiste que, si no vivías en Springhill, serías una persona totalmente diferente.

Me dijiste que tu vida estaba allí. ¿Qué te hizo cambiar de parecer?

—Todo ha cambiado —dijo Sophie.

—Excepto nosotros. ¿No es así? Ahora tú y yo tendremos una buena vida. Con suerte, envejeceremos juntos.

Sophie aferró su mano y en ese instante Dennis vio a la Sophie llena de sabiduría y paz a la que siempre había amado, la Sophie que había enfrentado la tormenta y los había llevado a salvo a la cabaña; vio que su espíritu resurgía en la mujer agotada por las preocupaciones de los últimos meses.

—Has olvidado algo —le dijo Sophie.

Dennis frunció el entrecejo.

—¿Qué?

—Mira treinta o cuarenta años en el futuro. Si no te atropelló un ómnibus o no sufriste un cáncer incurable, serás un hombre muy viejo. Necesitarás ayuda y muchos cuidados afectuosos. Por otra parte, yo tendré mucho más de cien años. Y si me cuido, quizá no sea muy diferente de lo que soy hoy.

Dennis sacudió la cabeza, como un hombre que emerge de una pesadilla.

—Ya sé todo eso, Sophie. Lo creo pero, al mismo tiempo, no me parece posible. Todo el asunto del manantial se ha convertido en un mito en mi mente. Me despierto en mitad de la noche y me pregunto si sus poderes existen en realidad. ¿Existen, Sophie? ¿O fue una alucinación de la cual fueron víctimas muchas generaciones de todo un pueblo?

—Existen —afirmó Sophie—. Quizá te resulte más fácil negarlo y olvidar, pero el mito es real, Dennis. La otra realidad es que la naturaleza humana no sabe manejar los dones que le ofrece el mundo. ¿Te preocupa envejecer?

—No más que a cualquier otra persona.

—Y eso tal vez sea mucho. Pero yo te cuidaré muy bien. Piénsalo, Dennis. Yo envejeceré; si no tengo muy mala suerte y el ómnibus me atropella a mí, llegaré a ser muy vieja. Ya no habrá nadie que me obligue a partir. —Sophie guardó silencio unos instantes para que Dennis asimilara la idea. Después añadió: —Ninguno de nosotros conoce los límites exteriores. Nadie intentó llegar al fin del camino. Yo podría hacerlo. ¿Quién sabe? Podría vivir más de lo que nadie soñó jamás. ¿Cómo será el mundo? Piénsalo. Yo podría averiguarlo.

Se levantó con agilidad y miró a Dennis unos instantes, con ternura. Después le aferró las dos muñecas para ayudarlo a ponerse de pie, tal como lo habría hecho si se tratara de un anciano enfermo.

—Oh, Dennis —dijo con pesar. La tristeza de todo lo que había sucedido, todo lo que habían perdido, nubló sus ojos primero y después los llenó de lágrimas. —¡Qué pena que no vayas a estar conmigo!

Glosario
Palabras en *springling* adaptadas al castellano
y utilizadas en el texto

banza	manzana	*into*	inteligente, astuto
barne	beso	*joca*	auto
beche	ciervo	*jorá*	taza
bille	sensual	*lundi*	lunes
braño	blanco	*memas*	senos
brico	macho cabrío	*monteco*	gato macho
buño	bueno, de buena	*nebe*	niño, chico
	calidad	*quije*	asno, tonto
cobé	joven	*rente*	realmente
codel	tradicional	*soneque*	grande
funis	trasero, nalgas	*tucho*	loco
fureño	extraño	*tundar*	matar
gafí	café	*uslo*	asno (peyorativo)
griso	gris	*vertar*	discutir, filosofar
guño	cumpleaños	*vulo*	borracho
guzo	perro (de raza		
	grande)		